W0340626

Eine schlechte Handlung quält uns nicht in dem Augenblick,
wo wir sie begehen, sondern viel später,
wenn wir uns ihrer erinnern.

Jean-Jacques Rousseau (1712 – 1778), Genfer Philosoph, Aufklärer, Schriftsteller und Musiker

Rache nehmen heißt oft, sich selbst zum Opfer bringen.

Aus dem Kongo

beide Zitate aus: www.aphorismen.de

Für Karl Lehn

Initiator der Bürgerinitiative „Gegen Deichrückbau im Inselnorden e.V."

Für Reinhard A.

(1954 – 1970)

Der Roman hat einen realen Hintergrund in Form von Plänen, den Deich zwischen Karlshagen und Peenemünde im Norden der Insel Usedom entgegen dem geschlossenen Widerstand der Bevölkerung zurückzubauen.
Die Handlung und die handelnden Personen sind jedoch frei erfunden, eventuelle Ähnlichkeiten sind zufällig.

10. März 1970

KLACK.

Eine einzige Fingerbewegung am Abzug und die Kugel klatschte gegen die Wand. Schnell nachladen, grob zielen, abdrücken – und wieder blieb im hellgelben Putz eine kleine Mulde zurück.

Eine kleine Turnhalle verwandelte sich in eine beherrschbare Welt. Nicht einmal seinen Mitstreiter nahm er noch bewusst wahr, vermied es jedoch, in dessen Nähe zu schießen.

Er glitt in einen Rausch. Tausende Jahre menschlicher Entwicklungsgeschichte verdrängten das, was er in sechzehn Lebensjahren an Denkmustern erworben hatte.

Plötzlich betrat ein etwa zehnjähriger Junge die Halle.

Die Schüsse faszinierten ihn, erinnerten an das Pfeifen der Kugeln im Indianerfilm. Er sah sich die Einschusslöcher in den Wänden an, blickte begeistert zu den Schützen.

Vollkommen unerwartet traf der scharfe Schlag sein Gesicht. Mit der rechten Hand griff er an die Stelle – sie färbte sich rot.

Ein etwa drei Millimeter breiter Blutfaden rann aus einer Wunde direkt unterhalb des linken Auges langsam nach unten.

2012

1

Mittwoch, 31. Oktober, 11.00 Uhr

Er schickt vom Ast neben seinem Horst auf der hundertjährigen Eiche am Waldrand einen prüfenden Blick über die Umgebung. Die scharfen Krallen geben ihm Halt in der schon von den Spuren seiner Vorfahren gezeichneten Rinde. Eine immer noch angenehm wärmende Herbstsonne taucht die vor ihm liegende Schilffläche in gleißendes Licht.

Mit zweieinhalb Metern Flügelspannweite und einem respektablen Hakenschnabel gilt er als der größte Vogel des Ostseeraums.

Der Seeadler von Peenemünde erhebt sich mit kraftvollen Flügelschlägen und beginnt den Rundflug über sein Revier. Seit Jahren schon beherrscht er auch den nahen Flugplatz, denn von dort heben anstelle der früheren MiG 23 fast nur noch Kleinflugzeuge ab. Er lässt den Blick hinüberschweifen zu den kleinen Inseln Ruden und Greifswalder Oie. Wie ein Reflektor wirken die hellsandigen Steilufer der großen Nachbarinsel Rügen im Norden. Er fliegt nach Süden zum Deich des Peenestroms.

Im Takt des ruhigen Segelns im mäßigen Wind schwingen seine Gedanken Jahrhunderte zurück, zu Hochwasser – und zu Revierkämpfen der Menschen.

Die Fluten kamen immer von Westen, von der Peene, dem schmalen Fluss zwischen der Insel Usedom und dem Festland.

Nach dem ersten großen Krieg erhielt der Peenestrom endlich einen Deich. Der schützte bald nicht nur Peenemünde vor Hochwasser. An die Stelle kleiner lehmwändiger Fischerhütten des Dorfes traten hohe und großflächige Gebäude aus Ziegel und Beton. Blutgefäßen gleich verbanden Straßen und Schienen die vielen Gebäude, trugen Fahrzeuge, die bis dahin hier niemand kannte.

Die Vorfahren des Adlers bekamen Konkurrenz vom neuen Flugplatz, die aber zum Glück auf andere Beute aus war.

Den Flug der ersten Rakete in den Weltraum sahen sie von hier aus nicht mehr, denn solche Höhe überstieg ihre Möglichkeiten bei Weitem.

Aufmerksam betrachtet er das einzelne Wesen am Ufer des Peenestroms, genau an dem Platz, der ihm gerade erst eine neue Erfahrung über mögliche Beute gebracht hatte.
Das verwirrt ihn auf ähnliche Weise wie Tage zuvor die vielen Menschen am Rande des Flugplatzes. Im großen Bogen flog er damals über die verdächtige Stelle. Schrille, einige Minuten andauernde unbekannte Geräusche hatten ihn dann erschreckt. Schnell war er zu seinem Horst zurückgekehrt, konnte sich nur langsam wieder beruhigen.
Deshalb sah er nicht, wie danach ein einzelner Mann, der das Treiben aus einem Versteck beobachtet hatte, den Weg zum Wald in Richtung Ostsee einschlug. Er kannte jeden Meter, denn einst war er hier der Hausherr.
Zielstrebig marschierte der Mann zum Schilfgürtel an der Ostsee, glaubte sich unentdeckt.
Unverhofft wurde er eines besseren belehrt, als ihm jemand von hinten ein Tuch auf das Gesicht presste und Sekundenbruchteile später zwei kräftige Arme schraubstockgleich seinen Körper bewegungsunfähig machten. Als ihm dann Schlaufen um die Fußgelenke gelegt wurden, war er schon tot. Sein Mörder zog ihn hinter sich her wie einen Baumstamm, wählte den Weg durch das Schilf ins flache Wasser der Ostsee.
Am folgenden Tag, dem 4. Oktober 2012, meldete Ingrid Bornhöft ihren Mann Dieter, den früheren Kommandeur des Jagdfliegergeschwaders in Karlshagen, als vermisst. Die sofort eingeleitete Suche blieb eine erfolglose Formsache, denn niemand wusste, wo er zu finden sein könnte.

2

Mittwoch, 31. Oktober, 11.30 Uhr

Die hohen Bäume hielten mühelos dem stärker werdenden Wind stand, bildeten eine schwankende, rauschende Kulisse, die mit herbstgefärbten Blättern durchsetzt wurde. Dunkle Fichten und breit ausladende Buchen wechselten sich mit meterhohen Betonresten ab. Ein Gemisch aus dicht gewachsenen Sträuchern, wassergefüllten Gräben und sump-

figem Waldboden unmittelbar neben dem Weg machte Verbotsschilder überflüssig.
Pia Bergner nahm mit ihrem Fahrrad auf den holprigen, jahrzehntealten Betonschwellen die unmittelbare Umgebung als einengende Bedrohung wahr und fühlte sich dennoch wie von einem Magnetfeld angezogen. Eine diffuse Furcht, die sie längst in der Kammer ihrer Kindheit eingeschlossen glaubte, kämpfte gegen die unüberwindliche Magie der Geschichte.
Das gesamte Gebiet war für die Öffentlichkeit gesperrt. Im Entdeckungsfall würde sie sich auf ihren Status berufen, auch wenn sie aus ihrer Wahlheimat Schweden nur zu einem Praktikum an das Museum Peenemünde gekommen war.
Kurz vor Ende ihres vierten Lebensjahrzehntes stehend, hatte Pia das Ebenbild einer dieser energischen Frauen in den nordischen Ländern angenommen, deren Alter zwischen fünfundzwanzig und fünfundfünfzig Jahren schwer zu schätzen ist. Mittelblonde halblange Haare passten sich der schlanken Figur an. Das ebenmäßige Gesicht verbarg die Enttäuschungen ihres Lebens, Optimismus und Zuversicht sorgten regelmäßig für einen Ausgleich und gewannen schließlich die Oberhand über ihre von ersten Falten geprägten Züge.
Nicht lange nach dem achtzehnten Geburtstag war sie, die gerade offen werdende Grenze nutzend, aus ihrem Wohnort nahe der deutschen Ostseeküste aus erdrückender häuslicher Enge nach Schweden geflüchtet.
Die Gedanken an ihre Heimat wurden danach dominiert von den Beziehungen zu ihrer Mutter, die sie allein im Haus zurückließ und nur ein einziges Mal besuchte – an ihrem Sterbebett wenige Monate zuvor. Ihren Vater hatte sie nie kennengelernt, und erst beim letzten Besuch seinen Namen erfahren. Schon bald darauf wurde Pia in eine neue Gefühlswelt hineingeschoben. Der Zwang zur Rücksichtnahme und das schlechte Gewissen, die Mutter verlassen zu haben, lösten sich auf.
Die Kehrseite war eine plötzliche Leere. Immer öfter kam sie sich vor wie ein namenloses Sandkorn am Ostseestrand, an dem sie einst entstanden war. Pia spürte den Drang, sich neu zu orientieren, sehnte sich nach einer erfüllenden Aufgabe für ihr Dasein. Seit einigen Wochen glaubte sie, zumindest den Weg dorthin gefunden zu haben.
Der führte für sie an diesem Tag zunächst direkt in die Geschichte: zum Prüfstand VII der ehemaligen Heeresversuchsanstalt Peenemünde. Von

hier aus startete 1942 die Rakete A 4 erstmals bis an die Grenze des Weltraums. Unter dem Namen Vergeltungswaffe (V) 2 sollte sie den deutschen Sieg aus dem Feuer reißen, kam dazu jedoch zu spät.
Nach dem Zweiten Weltkrieg wurde sie zum weltweiten Vorbild für alle Raketen, auch zum Kristallisationskern für den Mondflug. Die noch erkennbaren Reste des legendären Raketenstartplatzes waren das Ziel aller Peenemünde-Enthusiasten.
Pias freudige Erwartung, endlich diese Stelle persönlich hautnah zu erleben, wurde durch die gespenstische Umgebung getrübt. Ehrfurcht gebar gleichzeitig Distanz. Sie fühlte die Last der damaligen Epoche, kam sich vor wie ein unerwünschter Eindringling in eine Dimension, die an die Grenzen ihrer Vorstellungskraft stieß.
Pia rief sich den Beginn ihres Interesses für Peenemünde ins Gedächtnis, der nur wenige Monate zurücklag. Von einem jungen Mann hörte sie die unglaubliche Geschichte einer im Juni 1944 über Schweden abgestürzten Rakete A 4, nur wenige hundert Meter neben dem Hof seiner Familie, in einem kleinen Dorf mitten im Wald. Seitdem fühlte Pia sich von diesem Thema gefangen und umarmt, genau wie von Nils in den verschiedenen Momenten ihrer leidenschaftlichen Begegnungen. Beides verschmolz zuweilen sogar, ohne dass Pia es wahrnahm.
Sie war gefesselt davon, mit welcher Begeisterung Nils Pettersson von diesem Ereignis berichtete, das seine Familie hätte auslöschen können. Er sah nur die technische Leistung, ein Fluggerät über eine solche Entfernung schießen zu können.
Als Erste in der Welt.
Und ausgerechnet neben den Hof seiner Familie.
Nun war Pia an der entscheidenden Wegbiegung angekommen, stieg ab und lehnte das Fahrrad an einen Baum. Langsam bewegte sie sich zu Fuß weiter, blickte dabei auf die Skizze, die den Ort zu seiner aktiven Zeit darstellte.
Ein mit Wasser gefüllter, der Natur überlassener Betongraben begrenzte den Weg zur Linken. Deutlich erkennbar die Reste des irdenen Dammes, der den gesamten Prüfstand einst umgab. Bei jedem Schritt fühlte Pia eine Furcht, etwas von dieser so tot und unbeweglich erscheinenden und dennoch auf ganz eigene Art überlebenden Vergangenheit zu zerstören.

Wie ein Fremdkörper ragte der granitene Gedenkstein empor, auf dessen Vorfläche frische Blumen lagen. „Abschußstelle der A 4-Raketen“, so die nüchterne Inschrift. Darüber eine stilisierte Rakete.

Pia ließ die Umgebung auf sich wirken, schloss dann die Augen. Sie blickte erneut auf das Papier und wandte sich in Richtung des Strandes, der von dieser Stelle nur zu erahnen war. Nach wenigen Metern erreichte sie den Waldrand. Ihr Blick reichte über eine ausgedehnte Schilffläche auf das Wasser der Ostsee. Zum Greifen nahe stand die Insel Oie mit dem Leuchtturm wie ein Wächter im Meer.

Der heikle Auftrag ihres schwedischen Mentors Rune Alfredsson drängte sich in den Vordergrund. Denn es war genau diese Richtung, in der sich einer seiner „Wünsche“ nach brisanten, bisher nur gerüchteweise vorliegenden Informationen befinden sollte. Der pensionierte Mitarbeiter des schwedischen Luftwaffenmuseum in Linköping hatte ihr nicht nur das Praktikum mit einer offiziellen Legende verschafft, sondern sie mit Aufgaben versehen, deren Tragweite Pia nur schwer abschätzen konnte. Sie waren ebenso lichtscheu wie die vielen Raubgräber in Peenemünde. Die anfängliche Skepsis Pias, als sie von diesen Aufgaben hörte, wich schnell einer motivierenden Neugier.

Unmittelbar vor ihren Füßen bemerkte sie eine schmale, offenbar vor einiger Zeit entstandene Gasse im Schilf. Auf einem halben Meter Breite zeigten die Halme mit den Spitzen in Richtung Ostsee, hatten sich aber fast vollständig wieder aufgerichtet. Pia folgte dem noch schwach sichtbaren Pfad, konnte kaum über die Schilfspitzen sehen, die vom Wind in Richtung Meer gebogen wurden. Bei ihrem Gang stellte sie sich vor, wie jemand ein flaches Boot oder einen ähnlich geformten Gegenstand durch das Schilf zieht.

Der auffrischende Westwind hatte das flache Wasser vom Ufer weg getrieben und Pia konnte auf der feuchten Sandbank noch fast fünfzig Meter weiterlaufen. Sie blieb stehen und blickte sich um, bis sich ihre Gedanken wieder geordnet hatten.

Auf dem Rückweg im Schilf wurde ihre Aufmerksamkeit durch einen blitzenden Gegenstand geweckt. Sie hob ihn auf und hatte einen kleinen Ansteckbutton in der Hand. „Heimatverein Peenemünde“ las sie dort halbkreisförmig über dem Bild einer Rakete. Von diesem Verein hatte Pia bereits gehört, er arbeitete eng mit dem Museum zusammen. Den Button nahm sie zunächst gedankenlos an sich. Bis plötzlich ihre

Gedanken übermütige Sprünge machten, wohl angefeuert von der alle Normen sprengenden Atmosphäre. Und getrieben von erneut aufkommender Furcht.
Wer hat diesen Button hier verloren? Und warum war der schmale Durchgang offenbar nur in eine Richtung benutzt worden?
Die Zeitungsmeldung an einem ihrer ersten Praktikumstage über den vermissten ehemaligen Offizier fiel ihr ein.
Als ihre Fantasie schließlich mit ihr durchzugehen drohte und sie sich vorstellte, dass der Button von einem menschlichen Körper stammte, der durch das Schilf…
Weiter kam sie nicht und brachte sich selbst durch ein halblautes kopfschüttelndes Lachen wieder in die Gegenwart zurück. Als wenn sie die Furcht abgeworfen hätte.
Für die Rückfahrt entschloss sie sich zu einem kleinen Umweg an den Peenestrom. Sie erreichte nach wenigen Kilometern auf der asphaltierten Ringstraße die gesuchte Einfahrt, umkurvte meterbreite wassergefüllte Löcher, bis sie am Ziel war. Eine von vielen Löchern durchsetzte Grasfläche reichte fast bis ans Wasser, dessen Wellen der stärker werdende Wind in kurzen Abständen ans Ufer schlagen ließ. Pia suchte sich eine windgeschützte Mulde und setzte sich auf ihre Isomatte. Beim direkten Blick in die Nachmittagssonne schlossen sich ihre Augen. Die anstrengende Radtour steuerte ein Übriges bei.
Ein heller Schrei holte Pia aus ihrem Traum. Neugierig blickte sie nach oben und erkannte den Vogel.
Majestätisch segelte der Seeadler über dem Ufer. Die wie ausgefranste Schals wirkenden Schwingen erstreckten sich trotz des Windes bewegungslos zu beiden Seiten des Körpers. Der Vogel zog seine Kreise, immer enger werdend, über genau diesem Fleck Erde, den die Einheimischen als Nordstrand bezeichneten. Das Tier schien ein bestimmtes Ziel in seinem scharfen Blick zu haben. Pia schaute sich um, nahm jedoch nichts Auffälliges wahr.
Müde von den vielen Eindrücken und der anstrengenden Radtour entschloss sie sich zum Heimweg. Der Adler flog inzwischen noch tiefer, wie sie erstaunt und ehrfürchtig feststellen musste. Pia blieb an ihrem Fahrrad stehen und blickte zu ihm empor. Sie war davon so vollständig gefangen, dass sie nichts von dem bemerkte, was ringsherum geschah.

3

Mittwoch, 31. Oktober, 20.30 Uhr

Je tiefer die Stiefel im taunassen Gras versanken, desto mehr stieg die Stimmung von Hans Waldeck. Er ignorierte die ins Gesicht schlagenden nassen Zweige. Seine kleine gedrungene Gestalt bewegte sich geschmeidig und fast unhörbar durchs Revier. Alle seine Sinne waren auf Empfang gestellt. Besser noch als früher jedes technische Gerät in seinem Cockpit konnte Hans sofort auf alles reagieren, was sich in seiner Umgebung tat. Er ging förmlich auf in der Umgebung, die er während seiner Dienstzeit beim Jagdfliegergeschwader immer besser kennen und schließlich lieben gelernt hatte. Seine treue Hündin Dina bekam wie immer den Vorzug vor Falko, dem jungen Husky-Rüden. Dessen stahlblaue, durchdringende Augen flößten zwar Respekt ein, er war jedoch für die Jagd nicht geeignet. Zu wild, zu schwer zu beherrschen.
Die Hündin mit ihrem dunkelbraunen glatten Fell fühlte sich ganz in ihrem Metier. Sie war in ihre Rolle hineingewachsen, als Gehilfin ihres Herrn, mit der Aufgabe, Wild sofort zu bemerken und unauffällig zu signalisieren, damit der Jäger sich auf das Waidwerk konzentrieren konnte.
Endlich hatte Hans wieder Zeit und Muße und vor allem beste Bedingungen für sein größtes Hobby. Der klare sonnige Tag hatte gutes Büchsenlicht für den Abend angekündigt. Das wollte er sich auf keinen Fall entgehen lassen.
Schießen war schon immer eine Passion im Leben von Hans Waldeck. Das Gefühl, wie Auge, Kimme, Korn und Finger am Abzug eins wurden, den richtigen Moment abwarteten, das Ziel trafen, mit wenig Kraft, aber viel Konzentration fatale Wirkung erzielten, faszinierte ihn seit seiner Kindheit. Das eingespielte Paar aus Jäger und Hund näherte sich lautlos dem Schilf am Ufer des Peenestroms, bewegte sich jetzt in nördliche Richtung immer nahe am Wasser. Allmählich wurde das Gelände etwas freier und damit trockener. Der Nordstrand, eine etwa hundert Meter breite Lücke im ansonsten baumbestandenen Ufer, wurde im Sommer gern als Badestelle genutzt. Dina beschleunigte jetzt ihre Schritte und lief zielstrebig in Richtung Wasser. Lächelnd gönnte Hans seiner treuen

Hündin dieses Vergnügen. Ja, sie kennt die Gegend genauso gut wie ich, dachte er, und konnte zu seiner Freude keine andere Person entdecken. Plötzlich zog Dina beharrlich und ungeduldig an der Leine. Weder der Gegenzug von Hans Waldeck noch sein kaum hörbar gezischtes Kommando „Platz!" zeigten Wirkung. Hans war kurz davor, ungeduldig zu werden, bisher hatte er sich immer auf seine Hündin verlassen können, ihr Gehorsam war Garant für ihr gutes Verhältnis.

Hans gab dem Zug der Hündin schließlich nach und ließ sie, die Leine jedoch straff haltend, laufen wohin sie wollte. Gleichzeitig suchte sein Blick sorgfältig die Umgebung ab und er lauschte auf jedes Geräusch. Kein Mensch. Vielleicht ein totes Tier, vermutete er.

Direkt am Ufer blieb die Hündin vor einem Busch stehen und blickte zu Hans auf, ohne Laut zu geben. Ihre Augen schienen zu sagen: Hier ist etwas für mich, für dich, also für uns.

Hans sah sich immer noch ergebnislos um, was auch Dina bemerkte. Sie spürte, dass ihr Herr einen deutlicheren Hinweis brauchte und versenkte ihre Schnauze direkt in den Busch. Sie suchte etwas, fand es schließlich – und zog daran. Hans nahm seine Taschenlampe zu Hilfe, leuchtete so unauffällig wie möglich – und dann erstarrte er vor Schreck.

Dina hatte eine menschliche Hand zwischen ihren Zähnen. Er ließ den Lichtschein über die Wasseroberfläche unmittelbar neben den Ästen des Busches gleiten, musste näher treten und leuchtete direkt von oben ins Wasser, um die Reflexion zu vermeiden. Er sah einen unbekleideten menschlichen Körper im flachen Wasser liegen, konnte ihn aber nicht im Ganzen beleuchten, musste es schrittweise tun. Das Licht der Taschenlampe zeigte ihm, dass er hier die Leiche einer Frau gefunden hatte.

Dina ließ auf das entsprechende Kommando die Hand wieder los, war völlig verunsichert. Nicht nur wegen dieses ungewohnten Fundes mit dem unbekannten Geruch, der keinem der ihr bekannten Beutetiere entsprach, sondern auch wegen der Reaktion ihres Herrn. Vorsichtshalber blieb sie einfach sitzen und wartete, was passieren würde. Hans lobte seine Hündin mit leisen Worten.

Als der schmale Schein der Taschenlampe schließlich den Kopf der Toten traf, der sich zwischen den Gräsern am Ufer verborgen hatte, erschrak Hans erneut.

Er sah kein Gesicht.
Große Teile des Schädelknochens leuchteten gespenstisch hell im Mondlicht. Die ursprünglich wohl blonden Kopfhaare erschienen durch ihre Nässe dunkel.
Und noch etwas erkannte er: der rechte Arm der Leiche war mit einem dünnen Plastikseil an dem Busch befestigt.
Hans Waldeck versuchte, seine Gedanken zu ordnen, zwang sich zur Ruhe, strich seiner Hündin über Kopf und Rücken.
Plötzlich erschrak er und blickte sich hastig um. Wenn nun…
Hans schoss durch den Kopf, die Person, die für die Leiche verantwortlich war, könnte noch in der Nähe sein und ihn beobachten.
Aber Dina zeigte keinerlei Anzeichen dafür, dass ihre empfindliche Nase die Witterung eines anderen Lebewesens wahrgenommen hätte. Das beruhigte Hans schließlich. Er war es gewöhnt, in allen Situationen selbständig zu handeln. Doch nun fühlte er sich herausgefordert. Er nahm sein Mobiltelefon aus der Innentasche der winddichten Jacke und wählte die 110. Nach dem Telefonat blieb ihm nichts übrig, als der Bitte des Beamten zu folgen und an Ort und Stelle zu warten.
Erste Überlegungen suchten sich den Weg, er versuchte, eventuelle Zusammenhänge herzustellen. Doch auch ein nochmaliges vorsichtiges Ableuchten der Leiche mit der Taschenlampe brachte kein Ergebnis. Er wusste nicht, wer die tote Frau war. Hans Waldeck hatte den Berufsweg eines Offiziers hinter sich, das Sterben war dabei immer gegenwärtig. Der Tod des Gegners, des Kameraden, der eigene – obwohl der Verdrängungsreflex immer besser funktionierte. In seinen fünfundzwanzig aktiven Dienstjahren hatte Oberstleutnant a.D. Hans Waldeck nicht einen einzigen Toten zu Gesicht bekommen.
Und nun die Frau ohne Gesicht. Hilflos.
Endgültig.
Zu den Tieren, die durch Schüsse aus seinem Jagdgewehr ihr Leben beendeten, zog Hans Waldeck keinerlei Parallelen. Ihn bedrückte am meisten, dass er in dieser Situation nichts unternehmen konnte und durfte. Auch Dina war verunsichert, schmiegte sich leise jaulend an die Beine ihres Herrn.
Eine knappe halbe Stunde später näherten sich zwei Fahrzeuge. Hans gab wie vereinbart Lichtzeichen, die Polizeifahrzeuge hielten, die Beamten stiegen aus, nahmen die Personalien des Zeugen auf und baten ihn,

noch zu warten. Dann nahmen sie den Fundort in Augenschein und sperrten ihn weiträumig ab.
Nach wenigen Minuten stellte sich einer der Beamten, kaum älter als dreißig Jahre, als Hauptkommissar Arne Bock vor.
„Herr Waldeck, ich denke, wir nutzen die Gelegenheit und Sie beantworten mir gleich einige Fragen zum Fund der Leiche."
Sie setzten sich dazu in eines der beiden Einsatzfahrzeuge.
Der Kommissar hatte mit gemischten Gefühlen diesen unerwarteten Einsatz am späten Abend aufgenommen. Er konnte dafür zwar eine Verabredung nicht einhalten, fühlte sich jedoch herausgefordert, denn Leichenfunde waren in dieser Gegend fernab von den Metropolen nicht gerade alltäglich.
Er taxierte den Jäger unverhohlen und versuchte, ihn in eine seiner bevorzugten Kategorien einzuordnen. Dabei bemerkte er, wie sein Gegenüber ihn ebenfalls eindringlich musterte. Bock entschloss sich zu einer betont sachlichen Strategie, baute auf die Bereitschaft des Zeugen.
„Schildern Sie bitte zunächst genau, wie Sie die Leiche gefunden haben."
Hans Waldeck begann eine ausführliche Beschreibung seiner Pirsch. Bock unterbrach ihn nicht, obwohl er manchmal kurz davor war, den Redefluss des Jägers zu kanalisieren. Erst am Ende fragte der Kommissar nach.
„Ihr Jagdrevier ist doch bestimmt ziemlich groß", was Waldeck durch ein Nicken bestätigte. „Wie oft sind Sie denn hier unterwegs? Und wann war es das letzte Mal?"
Hans Waldeck überlegte nur kurz. Er war ein sehr genauer Mensch und führte Buch über seine Pirschjagden. „Das war vor genau drei Wochen, aber leider erfolglos."
„Können es auch vier Wochen gewesen sein? Vielleicht am dritten Oktober?"
Aus der Reaktion auf solche Überraschungsfragen hatte Bock schon oft neue Erkenntnisse gewinnen oder die Befragten verunsichern können. Schließlich war an dem betreffenden Tag ein Mensch verschwunden. Doch dieses Mal hatte er kein Glück. „Ausgeschlossen, da war ich gar nicht auf der Insel." Hans Waldeck blickte den Kommissar fragend an, der aber darauf nicht reagierte.
„Gut." Arne Bock ließ offen, ob er Waldeck glaubte und fragte weiter. „Ist Ihnen während des Weges hierher etwas Ungewöhnliches aufgefallen?"

„Nein, gar nichts. Die Leiche ist ja offensichtlich an den Fundort transportiert worden, was sich aus der Befestigung am Busch schließen lässt. Und die Zufahrt ist für jeden erreichbar, die Einheimischen kennen den Weg zum Nordstrand."
Bock lächelte innerlich über den Hobbydetektiv, der offenbar vor ihm saß. Der erste Eindruck sprach für übereifrig.
„Haben Sie Ihr Haus zu Fuß verlassen?"
„Nein, da würde ich zu viel Zeit verlieren. Ich bin mit dem Auto bis zum Peenemünder Hafen gefahren, zur nördlichen Zufahrt. Außerdem muss ich ja meine Strecke", er hielt kurz inne, und übersetzte dann aus der Jägersprache, „also meine Jagdbeute irgendwie transportieren."
„Haben sie vielleicht während Ihrer Pirsch Fahrzeuggeräusche aus Richtung der Fundstelle gehört, oder ist Ihnen auf dem Weg zum Hafen ein Fahrzeug entgegengekommen?"
„Nein, auch da muss ich Sie enttäuschen. In der kurzen Zeit, die ich von Peenemünde bis zum Abzweig Richtung Hafen brauchte, habe ich überhaupt kein Fahrzeug gesehen. Und während der Jagd ist mir aus Richtung Nordstrand keinerlei Geräusch aufgefallen. Auch meiner Dina nicht." Bei diesen Worten klopfte Hans Waldeck der neben ihm sitzenden Hündin anerkennend auf die Schulter.
Bis hierher entsprachen die Antworten durchaus den nicht sehr hohen Erwartungen des Kommissars, der die nächste Frage nach kurzem Zögern anschloss.
„Wer wusste davon, dass Sie heute zur Jagd gehen würden?".
Hans Waldeck überlegte bei dieser Frage.
„Meine Frau natürlich, und wie üblich der Revierförster. Um unerwünschten Überraschungen vorzubeugen, informiere ich ihn jedes Mal, meist im Laufe des jeweiligen Tages."
„Sagen Sie ihm auch, wohin genau Sie gehen werden?"
„Ja, soweit ich das vorher absehen kann. Manchmal wechsle ich auch den Standort im Laufe der Pirsch. Das ist wie beim Pilze sammeln. Sammeln Sie Pilze?" Bock war viel zu sehr auf die Befragung konzentriert, um darauf einzugehen.
„Wenn jemand sieht, dass Sie um diese Zeit das Grundstück mit dem Auto verlassen, kann er sich dann denken, wohin Sie fahren?"
Endlich begriff Hans Waldeck. „Sie meinen, mich könnte jemand beobachtet haben?"

„Genau das meine ich. Und?"
„Schon möglich", sagte Hans leicht zögernd und dachte darüber nach, wer ihm vor der Abfahrt über den Weg gelaufen war. Seine Augen verrieten jedoch nichts.
„Darauf habe ich nicht geachtet. Natürlich geht der normale Mensch nicht davon aus, unter Beobachtung zu stehen."
Der normale Mensch sicher nicht, dachte Bock aus einer Eingebung heraus.
„Auch wenn die Frage angesichts des Zustandes der Leiche makaber klingt, haben Sie den Eindruck, diese Frau gekannt zu haben?"
„Nein, den Eindruck habe ich nicht", kam die exakte Antwort.
Zielführende Fragen hatte der Kommissar im Moment nicht mehr. Der Zeuge schien wirklich nicht mehr zu wissen, als er ihm entlocken konnte. Dennoch blieb bei Bock ein Rest Skepsis, wie immer bei solchen Befragungen.
„Gut, Herr Waldeck, zunächst danke ich Ihnen für die Hilfe. Sie können dann gehen. Falls Ihnen doch noch etwas einfallen sollte, was uns weiter bringt, hier ist meine Karte. Und Sie werden sich bestimmt für weitere Fragen unsererseits bereithalten."
Bock verwendete das Wort uns absichtlich in doppeldeutigem Sinne, denn er hatte sehr wohl den Ehrgeiz Waldecks bemerkt, als Partner anerkannt werden zu wollen.
„Selbstverständlich, Herr Kommissar", erwiderte Hans mit innerlich zufriedenem Lächeln.
Die Leiche wurde nach einer vorläufigen Untersuchung des Umfelds geborgen und abtransportiert, mit dem Tageslicht am kommenden Morgen sollte die gründliche Untersuchung weitergehen.
Hans Waldeck begab sich auf dem kürzesten Weg zu seinem Auto. Für die Jagd war ihm die Lust vergangen, das Büchsenlicht auch zu schwach geworden. Enttäuschung über den misslungenen Jagdabend ergriff den Mann.
Plötzlich aufkommende Befürchtungen, welche Konsequenzen sein Fund für ihn persönlich haben würde, wollte er verdrängen, was ihm jedoch nicht gelang.
Als er seinen Hof erreicht hatte, dachte Hans Waldeck nochmals an die Fragen des Beamten. Ob der etwa meinte, gerade ich sollte gestern Abend an genau dieser Stelle die Leiche finden? Eine andere Erklärung

fiel ihm nicht ein. Aber wer sollte das arrangieren können? Er hielt es für ein zu gewagtes Gedankenexperiment dieses jugendlichen Ermittlers. Und die Frage nach dem dritten Oktober machte ihn erst nachträglich stutzig, als er sich daran erinnerte, dass sein ehemaliger Vorgesetzter genau an diesem Tag verschwunden war, was natürlich für Aufsehen gesorgt hatte. Der Schuss des Kommissars ins Blaue hinein bedeutete also, es gab noch immer keine Spur.

Als Arne Bock kurz vor Mitternacht nach Hause kam, lag das neu bezogene Haus im Wolgaster Ortsteil Mahlzow im Dunkeln, seine Frau Kerstin schlief schon.

Er ging leise in sein Arbeitszimmer, fuhr den Laptop hoch und loggte sich in seinen Chat ein. Er hatte Glück, die Nutzerin mit dem Nick Zauberfrau war noch online, obwohl sie sich schon für eine frühere Zeit verabredet hatten. Die folgenden Minuten gaben Arne die Gewissheit, dass seine Fähigkeiten, auf die besonderen Bedürfnisse von Frauen die richtigen Worte zu finden, sich immer mehr verbesserten. Er würde diese Zauberfrau wohl nie treffen, kannte nichts von ihr als Worte. Die Umrisse und das Profil ihres Körpers entstanden nach seinen Wünschen ausschließlich in der eigenen Fantasie. Als er sich völlig in den Umgang seiner Hände mit der vollendeten Weiblichkeit und deren rauschhafte Reaktion versenkte, genoss er wie schon so oft diese faszinierende archaische Form der Erotik.

4

Donnerstag, 1. November, 7.55 Uhr

Kriminalhauptkommissar Arne Bock schlug fast übermütig die Autotür zu und betrat so gelöst wie lange nicht den modernen, quaderförmigen Bau der neu erbauten Polizeidienststelle an einer belebten Kreuzung in Wolgast. Er fühlte er sich von elementarem Tatendrang getrieben.

Endlich eine Herausforderung!

In seinem Büro deponierte er nur die kleine Schultertasche und schlenderte sofort ins Chefzimmer des Dienststellenleiters zum mor-

gendlichen Rapport. Wie erwartet erhielt er wenigen Minuten später auch offiziell die Verantwortung für den Vorgang, wie es amtsdeutsch hieß, „Wasserleiche Peenestrom". Es war nicht sein erster Fall als leitender Ermittler, aber der bisher schwerwiegendste. Unsicherheit ließ der schlanke dunkelhaarige Mann mit dem klitzekleinen Bauchansatz gegenüber Polizeidirektor Hartmut Westphal nicht erkennen.
Westphal hatte den Wechsel von der grünen zur blauen Uniform gleich zu einer Größenanpassung genutzt, was Arne Bock nur ein Schmunzeln entlockte. Nach seinem Verhalten als Chef der Dienststelle zu urteilen, strebte Westphal offenbar an, dass diese Position in Wolgast nicht die letzte seiner Laufbahn werden sollte. Arne Bock behielt seine Meinung dazu lieber für sich. Erst seit einem Jahr war der Dreiunddreißigjährige hier in der nordostdeutschen Provinz. Nach der Ausbildung hatte er sich zunächst dagegen gewehrt, in diese abgelegene Region versetzt zu werden, was vor allem an seiner Familiengeschichte lag. Als Kind war der kleine Arne aus seinem Wohnort Berlin regelmäßig zu Besuch auf Usedom. Arne gewann damals diese schöne Insel lieb. Und die schmucke Uniform seines Großvaters Reinhard Henkelmann, der ihm noch mehr zur vertrauten Bezugsperson wurde, nachdem sein Vater tödlich verunglückt war.
Später kam der jugendliche Arne allmählich in Konflikt mit dem früheren Idol. Was als normale Distanzierung eines Teenagers zur älteren Generation begann, verstärkte sich noch, als sein Großvater die neuen Bedingungen nach der politischen Wende völlig ablehnte. Arne suchte nach einer eigenen Meinung über die untergegangene DDR, erkannte neue Möglichkeiten und geriet so manches Mal in eine fruchtlose Diskussion mit dem Ex-Offizier.
Mit wachsender Reife setzte Arne auf die Vernunft beider Seiten. Erfolgreich, wie sich bald zeigte. Er stellte schließlich selbst den Versetzungsantrag nach Wolgast und begann sich seinem Großvater wieder zu nähern.
Vom Umzug an die Küste war seine Frau Kerstin zunächst begeistert. Schon bald hatte sie ihre Entscheidung aber bereut. Ihre bayrische Heimat rangierte hier an der Ostsee unter den beliebtesten deutschen Dialekten eher im hinteren Viertel, und ihre Schüler vor allem in den mittleren Klassen waren dieser Tatsache gegenüber mindestens ebenso rücksichtslos und ungebildet wie so mancher Erwachsene. Sogar als

„Schwäbin“ wurde sie bereits denunziert. Und die immer noch enge Verbindung von Arnes Großvater zu seinem früheren Staat ging ihr bald nur noch auf die Nerven.
Ergebnis war schließlich eine sich verstärkende Distanzierung, verbunden mit einer immer mehr körperlosen Partnerschaft mit Arne, wozu auch die noch sehr betreuungsbedürftigen Kinder ihren Teil beitrugen.
„Ich setze großes Vertrauen in Sie, Bock“, hatte ihm Westphal Mut gemacht. „In der Vermisstensache Bornhöft kommen wir im Moment nicht weiter, sie steckt immer noch in der Sackgasse, ohne verwertbare Hinweise. Also volle Kraft auf diesen Fall. Zunächst haben Sie die Kollegin Mesing und den Kollegen Reuschel als Unterstützung, sie sind bereits informiert worden. Heute Abend erwarte ich Ihren ersten Bericht.“
Das spurlose Verschwinden eines früheren hohen Offiziers aus Karlshagen hatte einige Tage lang Wellen geschlagen, danach verloren sich die Reaktionen in Mutmaßungen und Gerüchten ohne Substanz. Arne vermutete jedoch etwas Großes hinter dieser Vermisstensache, ja er wünschte es sich sogar, natürlich nur aus beruflichem Ehrgeiz.
Zunächst befasste er sich mit den vorliegenden Informationen des Vorabends und ließ auch sein Gespräch mit Hans Waldeck nochmals Revue passieren. Als die Spurensicherer gegen 9 Uhr vom Fundort eintrafen, staunte deren Leiter Erwin Meister nicht schlecht, mit welcher Ungeduld er von Arne Bock noch auf dem Flur empfangen und zu den Ergebnissen ausgefragt wurde.
„Willst du einen neuen Ermittlungszeit-Ergebnisrekord aufstellen, lieber Arne?“ Arne Bock mochte den in sich ruhenden Erwin Meister, der oft mit klugen Hinweisen die Ermittlungen beförderte.
„Ich will dir nur den Weg in mein abgelegenes Eckbüro abnehmen und dir jetzt gleich die Zeit für einen entspannenden Morgenkaffee ohne Zeitdruck geben.“
Beide lächelten wortlos, gaben damit ihrem gegenseitigen Respekt Ausdruck. Arne nahm die Unterlagen entgegen und vertiefte sich in die mageren Ergebnisse. Danach bat er die beiden ihm zugeteilten Kollegen zu sich.
Schon nach kurzer Dienstzeit in Wolgast fühlte er sich seinen älteren Kollegen überlegen. Doch bislang war er noch auf die lange Berufserfahrung und vor allem die gute Milieukenntnis seiner Mitstreiter angewiesen.

Er schaute sich in dem nüchtern und zweckmäßig eingerichteten Büro um. Durch die Lage an der Ecke des Gebäudes hatte er gute Aussicht in zwei Richtungen, die im Winkel angeordneten Fenster gaben dem Raum ein helles Erscheinungsbild.
Als Rita Mesing und Siegfried Reuschel zusammen sein Büro betraten, nahmen sie ohne Aufforderung am Beratungstisch Platz, auch Bock setzte sich hinzu.
„Also liebe Kollegen, wir werden gemeinsam diesen Fall zu lösen haben, im bewährten Teamgeist. Ich freue mich auf unsere Zusammenarbeit."
Diese förmliche Einleitung hielt Arne Bock für angemessen, um seine Rolle als Chef von vornherein klarzustellen.
„Ich denke, wir freuen uns auch darauf, nicht wahr, Siegfried?" Siegfried Reuschel nickte nur abwesend. Rita Mesings Bemerkung war betont sachlich gehalten, so dass Arne auch bei größter Mühe keine Ironie heraushören konnte. Trotzdem blieb er misstrauisch. Mit Recht, wie er sogleich vernahm.
„Du wirst uns sicher zuerst über die Befragung am Fundort der Leiche informieren, oder?"
Arne reagierte schnell, lächelte den Sarkasmus von Siegfried Reuschel weg, der offenbar Probleme damit hatte, ihn als Autorität zu respektieren.
„Fangen wir lieber von vorne an", fasste Arne zusammen.
Auch die sorgfältige Untersuchung am Peenestrom durch die Spurensicherung bei Tagesanbruch hatte keinerlei Ergebnisse gebracht, die Schlussfolgerungen in irgendeine Richtung zuließen. Von den vielen Reifenspuren waren keine isoliert oder als jüngeren Datums identifiziert worden. Und der Sand war zu locker, um Spuren zu bewahren. Eventuelle Handlungsabläufe konnten deshalb nicht rekonstruiert werden. Das Umfeld des Fundorts wurde nach Blutspuren untersucht, allerdings ohne Erfolg. Sie wären aber auch sehr leicht nachträglich zu beseitigen gewesen. Den Obduktionsbefund aus Greifswald erwartete Arne Bock nicht vor dem Abend.
Dann erst gab Arne den Inhalt des Gesprächs mit Hans Waldeck wieder.
„Ach, ein Edeladler ist also auch im Spiel", entfuhr es Siegfried Reuschel nach Nennung des Namens. Arne stutzte kurz, als er auf diese Weise erfuhr, dass der Jäger ein früherer Offizier war. Den neidvoll-anerkennenden Kosenamen für Piloten kannte er von seinem Großvater.

Er musste schnell wieder die Kontrolle zurückgewinnen.
Ein Beamter betrat nach kurzem Klopfen das Büro und übergab Arne eine Mappe.
„Hier. Von der Uni Greifswald."
„Jetzt schon?", staunte Bock und bedankte sich. Ein solches Tempo waren die Polizisten von der Greifswalder Rechtsmedizin nicht gewohnt. Sie konnten nicht wissen, dass gerade in diesen Tagen der Bereitschaftsdienst mit ständiger Anwesenheit im Labor getestet wurde. Mangels anderer Arbeit bekam die diensthabende Ärztin die Leiche noch vor Mitternacht auf den Tisch, und hatte die gesamte Nacht zur Verfügung.
Arne Bock nahm die Blätter an sich und überflog sie. Er ließ dabei seine beiden Kollegen einfach zusehen, spürte ihre Neugier ebenso wie ihren Unmut darüber. Dann blickte er beide an, als ob alles selbstverständlich wäre und fasste das Obduktionsergebnis des Rechtsmedizinischen Instituts der Universität Greifswald zusammen.
„Das Alter der Frau wird auf dreißig bis vierzig Jahre geschätzt. Todesursache ist mit sehr hoher Wahrscheinlichkeit Genickbruch durch die Einwirkung stumpfer Gewalt auf die Halswirbelsäule. Durch das Fehlen von Blutspuren konnte diese Tatsache bei bloßer Anschauung nicht erkannt werden."
Siegfried Reuschel hakte hier ein.
„Gibt es genauere Hinweise, auf welche Weise die tödliche Verletzung entstanden sein kann?"
Arne suchte in den Papieren nach einem Ansatz, die Frage zu beantworten.
„Nein, dazu gibt es keine Aussage." Er fuhr fort.
„In der Lunge war kein Wasser. Die Frau muss also schon tot gewesen sein, als sie in die Peene gelegt wurde. Das am Gesichtsknochen fehlende Gewebe wurde eindeutig post mortem entfernt. Ursache wahrscheinlich Tierfraß, da an den sehr unregelmäßigen Wundrändern keine Spuren menschlicher Werkzeuge oder Instrumente feststellbar waren."
„Tierfraß?" Rita erstaunte diese Aussage. „Würde ein Tier nicht zunächst … andere Stellen bevorzugen?" Sie zögerte, suchte nach einer geschickten Formulierung. „Ergiebigere?"
„Ich kann mich nicht so gut in einen Aasfresser hineinversetzen", gab Arne zurück, während er seine Mundwinkel leicht nach außen zog.

„Geben denn Bissspuren Anhaltspunkte auf ein bestimmtes Tier?" Auch Siegfried beteiligte sich an der Rätselei.
„Nein." Arne fand dafür im Bericht keinen Ansatz.
In diesem Moment fiel ihm der Seeadler ein, den er bei seinen Besuchen auf der Insel regelmäßig beobachten konnte. Er wollte jedoch die Spekulationen nicht weiter auffächern. „Die Spurensicherung hat übrigens keine Hinweise darauf ergeben, ob der Tatort in der Umgebung oder ganz woanders zu vermuten ist. Wir haben also viele Lücken zu schließen", stellte Arne fest.
„Den Zeitpunkt des Todes datiert die Pathologin auf den 30. Oktober zwischen 12 und 24 Uhr. Es ließ sich nicht mit ausreichender Genauigkeit feststellen, wie lange die Frau schon tot war, ehe sie ins Wasser gelegt wurde. Daher die lange Frist." Arne unterbrach kurz, registrierte die Anspannung seiner Mitstreiter und setzte fort.
„Im Blut fand sich ein Alkoholgehalt von 0,5 Promille, passend dazu im Magen Reste von Rotwein. Über die Sorte steht hier nichts."
Keiner nahm das Lächeln von Arne auf.
„Und", Arne hob die Augen und sah mit der Gewissheit in die Runde, jetzt mehr Aufmerksamkeit zu erregen, „die Frau hatte nicht lange vor ihrem Tod Geschlechtsverkehr. Spermaspuren einer Person wurden sichergestellt, eine DNA-Analyse des Sekrets, und natürlich der Frau selbst, sind bereits in Arbeit."
Dem Bericht lagen die Abbildungen von zwei Tattoos bei, die auf den Oberarmen der Toten noch recht gut zu erkennen waren. Arne schloss den Bericht mit dem Hinweis, dass im gesamten Bundesland bisher keine Vermisstenmeldung vorlag. Das hatte eine entsprechende Anfrage bereits unmittelbar nach dem Leichenfund ergeben.
Mit entschlossener Miene und lauter Stimme setzte Arne Bock zu einem kurzen Resümee an.
„Fassen wir zusammen. Weibliche unbekannte Leiche, dreißig bis vierzig Jahre alt, Todesursache Genickbruch durch stumpfe Gewalt, der Handlungsablauf kann nicht sicher rekonstruiert werden. Die Begleitumstände sprechen dafür, dass die Tat zumindest nicht am unmittelbaren Fundort verübt wurde. Verwertbare Spuren außer dem handelsüblichen Plastikseil, eine Wäscheleine, wurden nicht gefunden."
„Wenn es überhaupt eine Straftat war", meldete Siegfried Reuschel Bedenken an.

Fragend blickten die anderen beiden zu ihm.
„Und wenn jemand einfach die Leiche gefunden und dort festgebunden hat, damit sie nicht wegtreibt?"
Arne Bock war für einen Moment unsicher, wie er dieser offenbar völlig aus der Luft gegriffenen Vermutung des älteren Kollegen begegnen sollte. Ein kurzer Blick zu Rita Mesing zeigte ihm, dass auch sie die Bemerkung nicht ernst nahm.
„Du liest zu viel Fachliteratur, Siegfried", entschloss er sich für unverbindliche Ironie. Reuschel jedoch blieb bei seinem Zweifel. „Solange wir keinen eindeutigen Beweis für eine Tötung haben, müssen alle Möglichkeiten offen bleiben. Die Frau kann ja schließlich auch gestürzt sein."
Siegfried Reuschel pflegte den Ruf eines Querulanten, der selbst nahe liegende Tatsachen immer wieder in Frage stellte. Seine Kollegen bekamen den Eindruck, er mache das aus Prinzip, um Aufmerksamkeit zu erregen. Manche schoben es darauf, dass er mit allen Karriereambitionen mehr oder weniger freiwillig abschließen musste und sich in den zehn verbleibenden Jahren bis zu seiner Pensionierung etwas Narrenfreiheit leisten wollte. Als Ausgleich für verpasste Chancen, denn 1989 stand er auf dem Sprung zu höheren Aufgaben bei der Bezirksbehörde der Volkspolizei. Andererseits war er bemüht, den Bogen nicht zu überspannen und seinen Status aufs Spiel zu setzen. Und damit sein erst vor wenigen Jahren bezogenes Eigenheim an der Wolgaster Spitzenhörnbucht, mit einem unvergleichlichen Blick auf Peenestrom und Klappbrücke.
Arnes Strategie war es, die positive Seite dieser Pedanterie zu nutzen, den Genauigkeitswahn. Wenn möglich vermied er unnötige Konfrontation, hatte schon mehrfach durch Ignorieren so manche destruktive Äußerungen von Siegfried Reuschel ins Leere laufen lassen. Eine persönliche Beziehung konnte er bisher zu Siegfried nicht herstellen, zu oft musste er die kleinen Nadelstiche gegen seine Autorität abwehren.
„Gut, wir kommen hier nicht weiter und müssen warten, bis die Identität der Leiche festgestellt wurde. Und das kann ohne Vermisstenmeldung und Registrierung der DNA mühsam werden", beendete Arne Bock die Runde.
Rita Mesing verließ zusammen mit Siegfried Reuschel das Zimmer ihres Chefs. Sie hatte schon zu einer Bemerkung über das forsche Agieren des jungen Kommissars und die tollkühne Vermutung ihres Kollegen ange-

setzt, ließ es jedoch sein, als sie das teilnahmslose Gesicht an ihrer Seite wahrnahm.
Arne begab sich zu seinem Chef Hartmut Westphal und informierte ihn über den Stand der Dinge. Westphal nahm die Information wortlos mit einem eher als Skepsis zu deutendem Kopfnicken entgegen, was Arne mit einem Anflug von Trotz als neue Herausforderung annahm.
Die eben vernommenen Beiträge seiner Kollegen waren ja auch eher dürftig und ideenlos. Er musste einfach höhere Forderungen stellen, ohne dabei selbst als hilflos zu erscheinen.
Wieder in seinem Büro angekommen, blickte er auf seinen PC und spürte plötzlich ein Verlangen, sich in den Chat einzuloggen. Aber auf dem polizeilichen Computer war das ausgeschlossen.

5

Donnerstag, 1. November, 16.10 Uhr

Der Mann ging durch die Heringsgasse in Wolgast. Seine Kappe hatte er tief ins Gesicht gezogen, der weit nach vorne ragende Schirm gab ihm Schutz. Er wollte in der beginnenden Dämmerung nicht erkannt werden. Trotz der für diese Jahreszeit milden Witterung trug er dünne Handschuhe. Sein Leben war seit einigen Jahren einem einzigen Ziel untergeordnet. Dabei folgte er einem lebendigen Plan, der den sich ständig wechselnden Bedingungen angepasst wurde, ohne kalkulierbaren Weg. Nur Richtung und Eckpunkte waren vorgegeben.
Gerade in diesem Augenblick dachte er daran, wie er als Jugendlicher selbst Labyrinthe entwickelt hatte, die für seine Familie und seine Freunde nicht immer leicht zu knacken waren. Es kam eben darauf an, viele Spuren zu legen, den Benutzer des Labyrinths solange wie möglich in der Hoffnung zu wiegen, auf dem richtigen Weg zu sein. Aber die größte Leistung sah er darin, jemanden im Ungewissen darüber zu lassen, dass der viel versprechende Anfang des gesuchten Weges in einem Labyrinth enden würde. Die Ansprüche an seine Fähigkeiten wuchsen mit der zurückgelegten Wegstrecke. Er genoss solche Erfolgserlebnisse zwischendurch.

Den ersten Teil seiner Aufgabe hatte er bereits absolviert, blickte jedoch mit gemischten Gefühlen auf ihn zurück. Er verlief nicht ganz nach seinem eigenen Plan. Nun war er auf dem zweiten unterwegs, obwohl ihn der erste noch nicht völlig in Ruhe ließ. Das beeinflusste den zweiten Teil auf manchmal unangenehme Weise. Schließlich sah er es aber als besondere Herausforderung, der er sich gewachsen zeigen würde.

Von jetzt an würde er die Kreise enger ziehen, Fallen stellen, Schlingen legen. Schließlich würde er sein Wild zur Strecke bringen. Als das Wort Kreis seinen gedanklichen Fokus passierte, kam ihm eine Idee.

Der Mann bog in die Herzogstraße ein, schlenderte einige Meter in nördliche Richtung, blickte sich unauffällig um. Als er auf der Höhe des Büros von ARGUS-TV war, zog er schnell einen kleinen Papierumschlag aus der Innentasche seines Mantels und ließ ihn im Briefkasten des Senders verschwinden, schloss die Klappe danach leise, um jede Aufmerksamkeit zu vermeiden.

6

Donnerstag, 1. November, 19.05 Uhr

Joachim Walter hatte an diesem Tag keine Lust, wahlweise mit der schwer vorhersehbaren Kochlust seiner Ehefrau oder den Tücken einer zeitaufwändigen eigenen Speisezubereitung in der heimischen Küche zu kämpfen. Vorsichtshalber hatte er sich deshalb auf der Heimfahrt einen Dönerteller gegönnt. Gleich nach der Ankunft in seinem Haus war er auf seinem Lieblingsplatz, dem großen Ohrensessel, versunken und betrachtete sich selbst in den großen Glasscheiben des Wintergartens. Die dahinter liegenden Peenewiesen am Rande von Karlshagen waren in der Dunkelheit nicht mehr zu erkennen. Er fühlte sich am Ende dieses Arbeitstages zerschlagen, spürte eine ungewohnte Leere im Kopf. Das Alter verlangte wohl seinen Tribut, wie ihm auch das Spiegelbild bestätigte.

Im seinem Büro am Marktplatz der Stadt Usedom, die der Insel einst den Namen gab, stand heute das Telefon nicht still. Die Gedanken an den Grund dafür beherrschten ihn immer noch und hatten den Triumph seiner Laufbahn völlig in den Hintergrund gedrängt.

Joachim Walter wurde zwei Tage zuvor als der erste Bürgermeister der neu geschaffenen Gemeinde Insel Usedom in sein Amt eingeführt. Ausgerechnet er, ein Zugereister. Stolz erfüllte ihn. Als Ort der Festlichkeit hatte der frisch gewählte Amtsträger das große Hotel Baltischer Hof in Zinnowitz gewählt.
Die Gedanken an den Weg zu diesem Amt schufen das Gerüst für ein beinahe melancholisches Wohlgefühl, mit dem er den Festakt bestritt. Das Bewusstsein, im letzten und wohl bedeutendsten Abschnitt seines Berufslebens angekommen zu sein, erfüllte jede Faser seines Körpers.
Der Regionalsender ARGUS-TV aus Wolgast zeichnete die gesamte Veranstaltung auf. Zum Abschluss der Zeremonie füllten seine würdevollen Worte den Raum, wurden von den modern gefärbten Wänden in jeden Winkel geworfen, so dass sich keiner der Anwesenden ihnen entziehen konnte. „Ich versichere Ihnen, verehrte Anwesende, dass ich meine ganze Kraft…", die beiden letzten Worte artikulierte er auch mit einer solchen, „in den Dienst der neuen Gemeinde Insel Usedom stellen werde."
Mitten hinein in den einer Sinfonie ähnelnden Nachklang ertönte plötzlich eine Dissonanz mit schmerzhafter Frequenz.
„Herr Bürgermeister, wie stehen Sie zu den neuen Plänen, den Deich am Peenestrom abzureißen?" Im Saal breitete sich schlagartig Stille aus. Die knisternde Spannung des Augenblicks entlud sich wie durch einen Funkenschlag zu einem Nichts. Walters Gemütszustand sank wie ein Stein, die Gesichtszüge entgleisten und blieben in dieser Position für Sekundenbruchteile eingefroren. Seine Verhaltensreflexe als Beamter waren schnell wieder aktiv und zauberten ein Lächeln in seinen Blick, das aber um die Augen einen großen Bogen machte. Fieberhaft suchte er nach der passenden Reaktion.
Der Moderator der Feier kam ihm zuvor, erhob sich würdevoll und sandte einen energischen Blick zu dem Zwischenrufer.
„Herr… ich kenne Ihren Namen leider nicht, haben Sie bitte Verständnis dafür, dass heute keine Diskussion vorgesehen ist."
Hier griff Joachim Walter aber schon ein. „Herr Henkelmann, Ich kann Sie beruhigen, bitte kommen Sie im Anschluss zu mir."

Walter kannte den ehemaligen Offizier als Vorsitzenden des Heimatvereins Peenemünde.

Der Moderator löste die Situation auf, indem er die Anwesenden zum Büffet in den Nebenraum bat. Auf dem Wege dorthin trat ein elegant gekleideter etwa sechzigjähriger Mann zu Walter und sprach ihn direkt an. „Einen Moment bitte, Herr Walter." Er überreichte ihm seine Visitenkarte und blickte ihm in die Augen. Walter murmelte leise den Namen vor sich hin. „Erich Bernecker, Referent der Staatskanzlei...", um dann mit fester Stimme zu fragen: „Was kann ich für Sie tun?" Bei den letzten Worten blickte er sein Gegenüber neugierig an.

Bernecker ignorierte die Frage. „Sie müssen unter allen Umständen dieses Gerücht über einen Deichabriss aus der Welt schaffen, ich werde darüber gleich nach dieser Veranstaltung noch mit Ihnen reden." Damit wandte sich Bernecker wieder ab, gerade rechtzeitig, um den Zwischenrufer Reinhard Henkelmann, der an Walter herantrat, nicht mithören zu lassen.

Dieser sprach den neu gewählten Bürgermeister an: „Bitte entschuldigen Sie meine etwas forsche Art, aber was können Sie mir denn auf meine Frage antworten?"

Walter hatte sich wieder völlig unter Kontrolle, schaute den Fragesteller mit entschlossener Miene an.

„Sie können gänzlich unbesorgt sein, ich kenne keine solchen Pläne. Mich würde aber interessieren, woher diese Gerüchte kommen. Gerade in meiner Funktion habe ich ein großes Interesse daran, jegliche Unruhe zu vermeiden. Und ich hege übrigens große Wertschätzung für die Arbeit Ihres Vereins", fügte er hinzu, ohne zu merken, dass es eine Floskel für solche Gelegenheiten war.

Skeptisch blickte Henkelmann Joachim Walter ins Gesicht, konnte aber keinerlei Unsicherheit darin erkennen.

Er hatte die Information aus ganz sicherer Quelle und wusste nun, dass sein Gegenüber entweder nichts davon wusste oder log. Beides sprach nicht für ihn.

„Vielen Dank für diese Antwort, ich werde mich bemühen, Ihnen dazu die nötigen Informationen zu geben. Sie werden in jedem Fall noch von mir hören."

Mit diesen Worten drehte sich Henkelmann um und ließ den Bürgermeister stehen. Joachim Walter kannte frühere Pläne zum Deichrückbau.

Nachdem jedoch 1999 die rasch gebildete Bürgerinitiative unter Vorsitz eben dieses Reinhard Henkelmann einen Sturm der Entrüstung dagegen entfaltete, wurde das Projekt in der Landeshauptstadt Schwerin sofort gestoppt.

Walter sah in den Worten Henkelmanns eine Bestätigung für Gerüchte, von denen er gehört hatte. Er musste unbedingt die Aktionshoheit und die nötige Übersicht über diese Angelegenheit zurückgewinnen.

Missmutig sah er Erich Bernecker auf sich zukommen. Sporadische Kontakte mit dieser Art von Beamten gab es je nach Bedarf, sie hatten bisher seiner Karriere nicht geschadet. Dennoch beugte sich Walter nur widerwillig solcher „indirekten Demokratie", wie er es in höflicher Abwandlung für sich bezeichnete. Bernecker kam ohne Umschweife auf den Punkt.

„Sie kennen die Erfahrungen mit dem ersten Versuch, dieses Projekt umzusetzen." Walter schwieg dazu mit eisiger Miene. Bernecker setzte fort. „Wir haben uns jetzt für einen anderen Weg entschieden. Details sind noch nicht festgelegt. Die Absichten haben aber offensichtlich schon den Weg nach außen gefunden, deshalb muss ich zu Ihnen jetzt ganz offen sein." Er ließ unausgesprochen, wer mit „wir" gemeint war, Walter war sich jedoch darüber ziemlich sicher. „Mit dem Projekt sind wichtige Landesinteressen verbunden." Walter hörte immer noch schweigend zu, neugierig auf die Begründung. Der herablassende Tonfall in Berneckers Worten widerte ihn an. „Sie wissen, dass die Europäische Natur-Stiftung sich sehr für die Renaturierung von ehemaligen Moorgebieten einsetzt. Eine beträchtliche Summe an Fördermitteln kann im Zusammenhang damit ausgereicht werden."

Walter lächelte still in sich hinein, denn aus kurzzeitiger Tätigkeit in der Landesvertretung bei der EU in Brüssel kannte er Manuela Wellers, eine Mitarbeiterin dieser Stiftung. Und ihre Kontakte, an deren private Ausweitung er sich besonders gerne erinnerte, waren seitdem nie ganz abgerissen.

„Auf diese finanziellen Mittel wollen und können wir nicht verzichten, zum Wohle der Region", setzte Bernecker fort. „Ihnen sollte auch klar sein, in welchem Maße die gesamte Insel Usedom davon profitieren kann. Das ist übrigens nicht schlecht für Sie als Amtsträger. Voraussetzung ist allerdings, dass nichts davon vorher nach außen dringt. Sie müssen unbedingt alle Gerüchte abweisen und die Öffentlichkeit in Sicherheit wiegen."

Joachim Walter war entsetzt darüber, wie direkt sein Gegenüber ein Handeln forderte, das ganz offensichtlich weit abseits der Gesetze angesiedelt war.
„Herr Walter, ich sehe in Ihrer Mimik einen Ansatz, der mir nicht gefällt."
Erschrocken unterbrach Walter seine Gedankengänge. Hatte er Bernecker unterschätzt? „Wir haben für Sie in unseren Plänen eine aktive Rolle vorgesehen." Bernecker blickte Walter durchdringend an, verzog keine Miene. „Details werden Sie rechtzeitig erfahren, wir wissen aber genau, dass Sie die Aufgabe, die wir für Sie vorgesehen haben, erfüllen können."
Er glaubte, immer noch Ablehnung in Walters Blick zu erkennen und fügte hinzu: „Und auch erfüllen werden."
Die unverhüllte Drohung, in entsprechend machtbewusstem Tonfall vorgetragen, ließ jede Sicherheit aus Walters Gedanken weichen, was auch seine Körpersprache nicht verbergen konnte. Den letzten Rest an Selbstsicherheit trieb ihm Bernecker aus, indem er ein Schriftstück hervorholte und es Walter so nahe vor die Nase hielt, dass dieser das Entscheidende erkennen konnte.
Es war ein handgeschriebenes Blatt, mit seiner Unterschrift, datiert vom Juli 1987, überschrieben mit dem Wort „Verpflichtungserklärung".
Den Rest kannte er.
Sie hatten ihn also in der Hand. Mühsam behielt Walter die Kontrolle über seine Bewegungen und seine Worte.
„Ich sehe, Sie haben die Situation erfasst. Also kann ich etwas konkreter werden." Bernecker überreichte ihm so unauffällig wie möglich einen Chip, wie er auch für Digitalkameras verwendet wird.
„Auf diesem Datenträger befindet sich ein Dokument. Zum Öffnen benötigen Sie ein Passwort, das Sie von uns unmittelbar vorher bekommen. So erfahren Sie genau, wie Sie vorzugehen haben."
Wortlos nahm Walter den Chip entgegen. „Vergessen Sie nicht die Unterstützung der Landesregierung bei Ihrer Wahl. Wir bauen auf Sie, setzen Sie einfach Ihre bisherige, sagen wir, Aufgeschlossenheit gegenüber den Wünschen der Politik fort. Das wird an oberer Stelle geschätzt und wird weiterhin nicht zu Ihrem Nachteil sein."
Dieser Hinweis auf seine bisherigen engen Kontakte zur Landespolitik steigerte Walters Wut, die aber sofort in einem Moor von Hilflosigkeit versank. Walter vermied es, Bernecker beim Abschied die Hand zu geben und

erwiderte auch dessen Gruß nicht. Er verstaute die Speicherkarte in einem verschließbaren Fach seiner Brieftasche.
Joachim Walter hatte verstanden. Dann aktivierte er den Mechanismus, den er meist in solchen Situationen in Anspruch nahm. Ein Rädchen darin hatte sich als besonders erfolgreich erwiesen. Sobald Bernecker außer Hörweite war, wählte Joachim die Nummer von Viola Kübeck. Sie betrieb ein Kosmetik- und Massagestudio in seinem Wohnort Karlshagen, und Joachim war ein Kunde der besonderen Art, wie er es für sich selbst immer formulierte. Hoffentlich war sie noch nicht zu ihrer kurzen Urlaubsreise aufgebrochen, die sie ihm angekündigt hatte.
„Schön, deine angenehme Stimme zu hören", klang es ihm entgegen, als er seine übliche Frage nach einer Spezialbehandlung anbrachte. Denn Walter hatte keine Lust, nach der Veranstaltung noch einmal sein Büro in der Stadt Usedom am anderen Ende der Insel aufzusuchen.
„Für dich doch immer", hauchte sie jetzt einen Ton weicher, „Gegen 15 Uhr ist okay, ich muss aber ... danach ... noch mal ins Studio. Du weißt ja, ab morgen bin ich für eine Woche im Urlaub."
Unverzüglich begab sich Joachim Walter auf den Heimweg, wich geschickt allen Versuchen aus, ihn im Anschluss an diese Veranstaltung in ein Gespräch zu verwickeln. Mit größter Mühe entkam er den Versuchen von ARGUS-TV, ihn zu einem Interview überreden zu wollen.
Die Begegnung mit Erich Bernecker hatte ihn in gehörigem Umfang aus dem Gleichgewicht gebracht. Auf der Rückfahrt im Auto ertappte er sich mehrfach dabei, dass diffuse Gedanken, deren Herkunft er nicht einordnen konnte, ihn an der nötigen Konzentration hinderten. Er fühlte sich in seine Jugend zurückversetzt, als er sich in unangenehmen Situationen immer wünschte, dass diese wie mit einem Federstrich einfach aus seinem Gedächtnis, oder besser noch, aus seinem Leben zu streichen seien.

Fast alle Anrufer des Tages waren besorgt, erkundigten sich nach den Gerüchten zum Deichrückbau. Natürlich stürzten sich die Medien auf ihn. Diesmal stellte er sich den Fragen von ARGUS-TV.
Mühevoll hatte Walter an diesem Tag seine Fassung bewahren können. Die Erregung darüber, auf welche Art er von Bernecker abgekanzelt wurde, war längst nicht abgeklungen. In seinem Inneren stimmte er natürlich mit Reinhard Henkelmann überein. Er würde wohl mit ihm persönlich reden müssen, obwohl das ein gewagter Balancegang wäre.

Einen kleinen Moment lang zog er sogar in Erwägung, es auf einen Machtkampf mit Bernecker und dessen Auftraggebern ankommen zu lassen und sich offen gegen den Deichrückbau auszusprechen.
Schließlich verwarf er diesen Gedanken. Er konnte sich nicht sicher sein, wer genau diese Leute waren und was sie gegen ihn noch alles auffahren würden. Vor allem wenn er an die dunklen Stellen in seiner Vita zurückdachte. Die dunkelsten hatten glücklicherweise bereits einen ausreichenden Sicherheitsabstand zur Gegenwart, wie er selbst einschätzte. Auch wenn die Mauer dorthin auf seiner Rückfahrt scheinbar etwas von ihrer Widerstandskraft eingebüßt hatte.
Die Möblierung des Raums war spärlich: nur zwei Sessel, ein zweisitziges weich gepolstertes Sofa und zwei kleine Tischchen auf Rollen, genau richtig, um darauf Whiskyglas, Obstteller oder ein Buch abzulegen. Die Wände waren mit hellen beigefarbenen Strukturtapeten versehen, deren Relief sich im Schatten der Stehlampe leicht abzeichnete.
In dieser gemütlichen Atmosphäre versuchte Joachim, die Belastungen abzuschütteln, probierte es mit der gewohnten Zeitschriftenlektüre. Aber wie so oft fielen ihm dabei die Augen zu.
Als seine Frau Erika betont laut das Zimmer betrat, schreckte Joachim hoch. Sie war in ein legeres Kostüm aus zwei verschiedenen, zueinander passenden Blautönen gekleidet, wie Joachim nebenbei registrierte. Gewohnheitsmäßig erwartete er in der jetzigen Situation von seiner Frau keine wirkliche Unterstützung.
Das hatte Erika auch gar nicht vor.
„Oh, habe ich dich geweckt?“, fragte sie mit kaum verhohlener Ironie. „Jaja, ältere Herren brauchen ihre Ruhe. Entschuldige bitte, ich vergaß es.“ Joachim lächelte in sich hinein, ehe er erwiderte: „Vor allem, wenn sie mit so vitalen und merklich jüngeren Frauen zusammenleben.“ Erfreut registrierte er seine gewohnte Angriffslust und betrachtete die Kleidung seiner Frau mit gespieltem Interesse.
Erika Walter war gerade zwei Monate jünger als Joachim, etwa einen Kopf kleiner und trotz aller Bemühungen immer noch schwerer. Das Kostüm sollte nach außen hin diese Tatsachen zumindest abschwächen. Beide hatten sich an die gegenseitigen Nadelstiche gewöhnt, es gehörte mittlerweile zum Ritual ihres Zusammenlebens. Sie wahrten nach außen den Schein der Ironie, meinten es jedoch im Inneren wohl viel ernster, als sie es sich selbst eingestehen wollten.

Erika freute sich auf ihre Rolle als First Lady der Insel. Damit verband sie aber keine erneute innere Annäherung an ihren Ehemann. Im Gegenteil, sie könnte diese Situation ausnutzen, um ihre Freiheiten auszuweiten.

Jovial verabschiedete sie sich: „Bye, großer Chef", wie sie ihn seit der gewonnenen Wahl nannte, „ich bin dann mal weg, kann spät werden, wie du weißt."

Joachim gab sich keine Mühe, darüber nachzudenken, ob sie ihm vielleicht schon früher ihr Ziel für diesen Abend mitgeteilt hatte.

Einmal aufgewacht, legte er die Zeitschrift ganz aus der Hand und schaltete den Fernseher ein. Beim Zappen blieb er zufällig bei ARGUS-TV hängen, denn etwas erregte dort seine Aufmerksamkeit. Das Fernsehbild zeigte verschwommen und undeutlich eine Wasserleiche, die, so der Kommentator, am Peenestrom bei Peenemünde entdeckt worden war. Das Foto war erkennbar nachts aufgenommen worden. Sofort erwachte sein Verantwortungsgefühl als neuer Amtsträger.

Die darauf folgende Einstellung zeigte die Umrisse der weiblichen Leiche etwas genauer, das Gesicht wurde aber bewusst ausgespart. Schemenhaft konnte man in der dunklen Umgebung eine Schulter der Leiche erkennen. Ganz langsam und zunächst weit hinten in seinem Gehirn begann sich bei Joachim eine Annäherung zwischen dem Bild und eigenen Erinnerungen aufzubauen. Plötzlich trafen beide aufeinander, was auf ihn wie ein Stromstoß wirkte.

Seine Gedanken gerieten schlagartig ins Chaos. Obwohl sich alles in seinem Innersten dagegen sträubte, fühlte er sich erneut um zwei Tage zurück versetzt.

Die kurze aber heftige Begegnung mit Viola Kübeck hatte ihm gezeigt, wie viel Vitalität in ihm steckte. Er brauchte eben nur die entsprechende Herausforderung. Dann hatte ihn jedoch der Übermut gepackt. Er hielt sich nicht an die Absprache, äußerste Diskretion zu wahren, fuhr ihr ins Studio hinterher. Dort sah er Licht, ging einfach hinein wie ein Zufallskunde. Er wollte sie überraschen, war selbst noch euphorisiert von ihrer Begegnung. Sein plötzliches Auftauchen schien ihr aber nicht gefallen zu haben.

Voller innerer Unruhe dachte er an den Moment ihrer Trennung im Studio, und die möglichen Konsequenzen daraus. Es hinterließ bei ihm ein unsicheres Gefühl. Dabei war er sich der Loyalität von Viola doch

immer so sicher. Schon jetzt, nach nur zwei Tagen, sehnte er sich trotzdem, oder gerade deshalb, wieder nach den körperlichen Reizen dieser attraktiven Frau.
Joachim folgte einem Impuls, ging hinauf in sein Arbeitszimmer und schaute sich die Bilder an der Wand an. Sein Blick blieb an einem von ihnen hängen. Es war ein Geschenk von Viola, was Erika natürlich nicht wusste. Er hatte gefunden, was er befürchtete. In diesem Augenblick setzte gleichzeitig einer seiner Vorzüge aus, das rationale Handeln in schwierigen Situationen. Doch das war Joachim Walter nicht bewusst.
Hastig und voller Unruhe zog er sich an und verließ das Haus. Zunächst fuhr er zum Studio von Viola in der Strandstraße, hielt an, stieg aus und sah an der Tür das Schild „Wegen Urlaub vom 31. Oktober bis zum 6. November geschlossen".
Joachim fuhr weiter, stellte das Auto auf dem um diese Zeit vollkommen leeren Strandparkplatz in der Ostseestraße ab und ging das letzte Stück zu Fuß. Viola wohnte in einem kleinen Haus im neuen Ferienhausgebiet An der Düne. Diese abseitige Lage kam ihnen bei ihren Treffen sehr zugute.
In Violas Haus brannte kein Licht. Ihr grauer Opel Astra war nicht zu sehen. Joachim ging zur Eingangstür, der Bewegungsmelder reagierte nicht, es blieb dunkel. Eine solche Vorsichtsmaßnahme hatte sie bisher vor ungewollten Wahrnehmungen seiner Besuche geschützt.
Sorgfältig um sich blickend, ging er einmal um das Haus herum, trat dabei auf die vielen kleinen Pflasterbruchstücke, um keine Spuren zu hinterlassen. Er sah und hörte nichts, war überzeugt, dass sich niemand im Haus befand. Dennoch drückte er zur Sicherheit dreimal – wie als persönliches Erkennungssignal vereinbart – mit dem Knöchel des rechten Zeigefingers auf die Klingel.
Keine Reaktion.
Joachim holte sein Schlüsselbund aus der Hosentasche, zögerte. Den Schlüssel zu ihrem Haus hatte er sich besorgt, ohne dass Viola es bemerkte. Einen besonderen Grund gab es dafür nicht, er wollte eben nur auf alle Eventualitäten vorbereitet sein.
Joachim schloss auf und ging langsam in die dunkle Wohnung. Auf dem Fußboden leuchtete ihm ein unbeschrifteter weißer Briefumschlag entgegen, den er nach kurzem Zögern an sich nahm. Den Schalter für die Außenjalousie des Fensters fand er im einfallenden Licht der Straßen-

beleuchtung. Für den Gang durch das Haus konnte er keinerlei Zeugen gebrauchen. Auf der kleinen Kommode im Schlafzimmer lag ein Koffer, zur Hälfte gepackt für die Urlaubsreise, die sie aber ganz offensichtlich nicht angetreten hatte.
Walters Befürchtungen kanalisierten sich in eine bestimmte Richtung, ehe er sich an den Briefumschlag erinnerte und ihn bei vollem Licht aufriss. Er enthielt ein weißes Blatt mit einem aufgedruckten schwarzen Symbol, das er trotz einer kleinen Ergänzung sofort wiedererkannte. Es war das Tattoo von Violas Schulter. Wie auf dem Foto an der Wand seines Zimmers. Ergänzt mit zwei Symbolen an beiden Seiten. Erschrocken blickte er sich im Raum um, horchte. Er sah niemand und hörte nichts.
Joachim bemühte sich, seine Gedanken zu ordnen.
Viola war tot. Wurde im Wasser gefunden. Wieder dachte er an ihre eigenartige Reaktion bei seinem Erscheinen. Und jetzt dieses Papier. Es konnte nur für denjenigen gedacht sein, der zuerst das Haus betreten würde.
Fragen stürmten auf ihn ein.
War es von Viola?
Diesen ersten Gedanken verwarf Joachim sofort wieder als unmöglich. Die Umstände sprachen dafür, dass seine Geliebte zurück in ihr Haus kommen wollte, jedoch daran gehindert wurde. Den Grund dafür hatte er eben im Fernsehen gesehen.
Blieb also nur, dass jemand von seiner Beziehung zu Viola wusste und ihm das auf diese geheimnisvolle Weise deutlich machen wollte. Zumindest dem, der als erstes das Haus betreten würde. Warum auch immer.
Konnte jemand ahnen, dass ich das bin? Werde ich beobachtet?, schoss es ihm durch den Kopf.
Wie sollte er darauf reagieren? Sollte er zur Polizei gehen und sagen, wer die Tote ist? Falls die es noch nicht wusste? Und dann sogleich zugeben, wann und unter welchen Umständen er sie zuletzt gesehen hatte?
Wer würde ihm glauben, dass er damit nichts zu tun hatte? Ein furchtbarer Verdacht kam auf: Stimmte das überhaupt?
Was war nach seinem Weggang im Studio passiert?
Ein anderer Gedanke elektrisierte ihn. Wer stand hinter all dem? Warum musste Viola sterben? Hatte es vielleicht sogar mit dem Deich zu tun? War es ein Warnsignal von Bernecker?

Doch diese Vermutung hielt kaum einer Prüfung stand.
Joachim Walter setzte sich, nahm den Kopf in beide Hände und versuchte sich zu beruhigen. Allmählich konnte er die aberwitzigsten Thesen zurückdrängen.
Er bemerkte mit Schrecken überdeutlich, dass ihm die Kontrolle über die Situation völlig verloren gegangen war. Dennoch fühlte er sich dazu gedrängt, einen Entschluss zu fassen. Jetzt sofort, in diesem Augenblick. Mit mechanischen Bewegungen nahm er den Umschlag an sich und verließ das Haus so vorsichtig wie er es betreten hatte. An das Foto in seinem Zimmer dachte er nicht mehr.
Den Mann, der alles beobachtete, konnte er nicht bemerken.

7

Freitag, 2. November, 7.00 Uhr

Die polternden Geräusche passten nicht zu den Männerhänden auf ihrem Körper. Als sie dagegen protestieren wollte, war ihr Mund wie zugeschnürt. Ihre gerade begonnenen Lustschreie verwandelten sich plötzlich in metallischen Lärm. Dann erst erwachte Erika Walter und begriff, dass ihr Traum aufgehört hatte. Und dass es Freitag war.
Wie jeden Freitag wurde sie vom Müllauto aus dem Schlaf gerissen. Pünktlich gegen 6.45 Uhr ersetzte das Fahrzeug jeden Wecker in der schmalen Straße, in der solche Geräusche auch um die Ecke durch das hintere Fenster dringen.
Der Abend in ihrer Frauenrunde hatte für Erika erst nach Mitternacht sein Ende gefunden, die Stimmung war wie immer prächtig. Eine Mischung aus älteren und jüngeren, in Partnerschaft und alleine lebenden Frauen sorgte für die nötige Atmosphäre, jede konnte ihre Erfahrungen aus dem – oder ohne das – Zusammenleben mit Männern beitragen.
Nach einigen Minuten Zögern und der Hoffnung, dass die verbliebene Müdigkeit wenigstens den Schlaf erhält, ergab sich Erika in das Unausweichliche und wälzte sich unwillig aus dem Bett. Mit genau der Laune

versehen, die jemand hat, der zu früh und nicht freiwillig einen viel zu kurzen Schlaf beenden musste, begab sie sich aus ihrem Schlafzimmer nach unten in die Küche. Bei gutem Willen begründete sie die Tatsache getrennter Schlafzimmer gerne als Zeichen von Individualität, eine andere Sicht würde das als Spiegelbild ihrer Ehe bezeichnen. Joachim und sie hatten sich damit arrangiert, wer den Vorschlag gemacht hatte, musste jetzt keiner von beiden mehr. Es war nichts, worüber sie sich den Kopf zerbrachen.

In Erwartung eines frischen Morgenkaffees öffnete Erika die Tür zur Küche – und wurde enttäuscht. Die Kaffeemaschine war leer, ganz entgegen der Gewohnheit von Joachim, etwas mehr Kaffee aufzusetzen, als er trinken wollte. Diese kleine Gefälligkeit wuchs mit den Jahren in seinem Verständnis zu einer selbstlosen Tat gegenüber seiner Ehefrau heran, kurz bevor er gegen 6.30 Uhr das Haus in Richtung seines Büros verließ und sich dabei bemühte, keinen Lärm zu machen.

Erika wollte schon ihre Enttäuschung mit der zu ihrer Laune passenden akustischen Stärke entfalten, besann sich aber und stieg die Treppe wieder hinauf. Vielleicht hatte der ältere Herr ja einfach verschlafen. Die gute Stimmung vom Vorabend kehrte zurück. Sie wollte ihren Ehemann ausnahmsweise einmal sanft aus dem zu langen Schlaf holen und den kleinen Triumph auskosten. Leise öffnete sie Joachims Schlafzimmertür und – sah ein unberührtes Bett! Die Möglichkeit, dass Joachim nach dem Aufstehen selbst das Bett gerichtet hätte, schloss sie aus, das war ihm noch nie passiert.

Der erste Schreck wich einem Gefühl von Selbstberuhigung. Wurde er etwa gestern unerwartet in Anspruch genommen und musste auswärts übernachten? Je mehr sie darüber nachdachte, desto weniger glaubte sie an diese Möglichkeit, dann hätte er wenigstens eine Nachricht hinterlassen. Bei ihrem Aufbruch am gestrigen Abend gab es dazu keinerlei Anzeichen.

Wo war er?

Warum rief sie ihn nicht einfach auf seinem Handy an? Sie war so durcheinander, dass sie an diese Möglichkeit zunächst gar nicht gedacht hatte. Vielleicht lag es aber auch daran, dass ihre Kontakte sich immer mehr verselbstständigten, jeder praktisch sein eigenes Leben führte.

In der Vorfreude, die Unsicherheit würde sich jetzt auflösen, wählte sie seine Nummer. Eine elektronische Stimme verkündete, dass der Teil-

nehmer vorübergehend nicht erreichbar sei. Also hatte er das Handy ausgeschaltet oder nicht rechtzeitig aufgeladen?
Oder...? Die Ungewissheit wuchs.
Mittlerweile war es 7.30 Uhr geworden. Erika wollte wissen, was los war, wo Joachim sich jetzt aufhielt.
Sie überwand sich und rief in seinem Büro in der Stadt Usedom an, wo er um diese Zeit schon angekommen sein musste. Woher immer er auch dahin gefahren war.
„Der Bürgermeister? Aber der hat doch heute um neun Uhr eine Beratung in Peenemünde, da lohnt es sich nicht, vorher hierher zu kommen. Hat er das nicht erzählt?“ Die Sekretärin staunte über die Nachfrage.
Erika Walter tat so, als hätte sie es vergessen und beendete schnell mit einer Entschuldigung das Gespräch.
Ihre Unruhe wurde damit nur größer.
Sie setzte sich auf ihren Stuhl in der Küche und versuchte ihre Gedanken zu ordnen. Auf Frühstück hatte sie jetzt keinen Appetit, aber der Kaffee musste sein. Sie nahm zwei Messlöffel Kaffeebohnen, mahlte sie mit der kleinen Maschine zu Pulver, kippte alles in eine große Tasse und goss kochendes Wasser dazu. Türkisch gebrühter Kaffee gehörte zu ihren absoluten Lieblingsgetränken, sie gönnte ihn sich eigentlich nur in guter Stimmung – oder wenn sie diese besonders nötig hatte. Erika Walter konzentrierte sich mühevoll auf den Genuss und spürte ihre Lebensgeister wieder erwachen. Sie wirkten gleichzeitig wie Verkehrsregler auf einer belebten Gedankenkreuzung.
Es war nicht ungewöhnlich, dass Joachim später oder nachts gar nicht nach Hause kam, aber bei aller Distanz in ihrer Beziehung, er informierte sie immer vorher darüber, damit sie sich keine Sorgen machen sollte.
Ob die Gründe, die er dafür vorgab, immer stimmten, stand auf einem anderen Blatt, das Erika gar nicht lesen wollte.
Beim Kaffeetrinken überflog sie nebenbei gewohnheitsmäßig die Zeitung, die sie schnell noch im Morgenmantel aus dem Briefkasten neben der Haustür gezogen hatte.
Zwei Themen ragten aus dem Lokalteil heraus, die beide in ihrer Bedeutung weit über die Aufreger hinausgingen, von denen die Küsten-Rundschau gewöhnlich beherrscht war.

Der Fund einer Wasserleiche am Peenestrom und immer noch die Gerüchte über erneute Pläne, den Deich zurückzubauen.
Das wird den Herrn Bürgermeister bestimmt beides interessieren, dachte Erika bei sich.
Plötzlich sprang dieser Gedanke zu ihren aktuellen Sorgen über und bildete ein noch stärkeres Kraftfeld.
Hatte das vielleicht mit Joachims Abwesenheit zu tun?
Erika blickte auf die Küchenuhr, die auf 8.30 Uhr zuging.
Sie rief nach kurzem Zögern im Museum Peenemünde an.
„Ja, Ihr Mann steht auf der Teilnehmerliste, Frau Walter. Warten Sie, ich frage nach, ob er schon hier ist. Meist nutzt er ja die Zeit davor für kurze Gespräche." Die Chefsekretärin kam nach wenigen Sekunden zurück.
„Er ist noch nicht hier, soll er Sie anrufen, wenn er kommt?"
„Nein, danke, ist gut gemeint, so wichtig ist es dann doch nicht."
Kaum hatte sie aufgelegt, klingelte das Telefon. Eine Mobilfunknummer.
„Walter?", meldet sich Erika mit fragendem Tonfall.
„Guten Morgen, ich bin Politesse und gerade in der Ostseestraße unterwegs. Hier steht ein blauer BMW-Geländewagen. Sagen Sie, fährt Ihr Mann nicht so einen?" Sie nannte das Kennzeichen.
„Ja, der gehört uns, also meinem Mann. Was ist denn mit dem Auto?"
Erika durchzuckte ein unbestimmbares Gefühl, sie wusste in dem Moment nicht, ob sie sich freuen sollte. Die Entscheidung wurde ihr dann sofort abgenommen.
„Dachte ich mir doch, dass es Ihrer ist, deshalb rufe ich Sie gleich direkt an. Ihre Nummer habe ich von meinem Büro bekommen. Das Auto steht hier mit offener Heckklappe."
„Oh, vielen Dank für die Information", brachte Erika gerade noch heraus und meinte, eine Erklärung dafür vorbringen zu müssen. „Mein Mann ist wohl kurz zum Strand und hat vergessen, sie zu schließen. Ich fahre aber vorsichtshalber sofort hin. Wer weiß, wie lange er weg bleibt."
„Das wäre schön, ich muss nämlich weiter."
Die Politesse beendete das Gespräch mit nachdenklichem Gesicht. Sie hatte erwogen, gleich die Polizei zu informieren, entschied sich dann aber anders. Vielleicht würde sich alles ganz schnell aufklären, und dem neuen Bürgermeister blieben unnötige Schwierigkeiten erspart.
Für Erika war jetzt jedoch alles klar. Irgendetwas konnte hier nicht stimmen. Sie schlüpfte nur schnell in Pulli, Jeans und Jacke, fuhr mit ihrem

kleinen Peugeot, ausnahmsweise ohne sich zu schminken, sofort zu der angegebenen Stelle.
Sie hielt neben dem BMW an, stieg aus, betrachtete die immer noch geöffnete Heckklappe. Das Fahrzeug stand mit dem Heck dicht an den Büschen, so dass von der Straße aus beim Vorbeifahren kaum zu erkennen war, dass die Klappe offen stand. Erika warf einen Blick in den Kofferraum und erkannte einen kleinen roten Fleck auf der Bodenmatte.
Sie erschrak, blickte sich um, wilde Gedanken flogen ihr durch den Kopf.
Dann wählte sie mit ihrem Handy die 110.

8

Freitag, 2. November, 9.05 Uhr

„Was erlauben die sich?", rief Arne Bock erbost aus. „Will wohl Sheriff spielen, diese Frau Wollmann. Oder die Quoten steigern?"
Übereinstimmend empfanden die drei Polizisten den vorabendlichen Bericht der Chefreporterin Daniela Wollmann von ARGUS-TV über die Wasserleiche als Affront gegen die Polizei. „Wenn sie uns wenigstens vorher darüber informiert hätte, aber so beeinflusst das eindeutig unsere Ermittlungen. Was von solchen Fällen an die Öffentlichkeit kommt, bestimmt doch wohl immer noch die Polizei." Rita Mesing und Siegfried Reuschel sahen sich an, lächelten in seltener Einmütigkeit jeder für sich über den Gefühlsausbruch ihres Chefs.
„Für euch ist das wohl völlig normal?" Arnes Zorn ebbte nicht ab.
Die Enttäuschung vom Vortag über den Beginn der Ermittlungen war Arne Bock immer noch anzumerken. Mangels anderer Anhaltspunkte hatten sie begonnen, das Umfeld des Zeugen Hans Waldeck zu durchleuchten, was jedoch kein verwertbares Ergebnis brachte. Auch für einen Zusammenhang mit dem Verschwinden von Dieter Bornhöft am 3. Oktober, dessen Umstände völlig im Dunkeln lagen, gab es keinerlei Hinweis. Deshalb kam Arne die Eigenmächtigkeit des Senders gerade recht, um sich abzureagieren.

Seine beiden Kollegen kannten, anders als Arne Bock, so manches Beispiel aus der Zusammenarbeit mit ARGUS-TV, das ihnen bei Ermittlungen geholfen hatte. Besonders nachdem Daniela Wollmann drei Jahre zuvor dem bis dahin etwas verschlafenen Provinzkanal neues Leben eingehaucht hatte. Natürlich konnten sie den Alleingang des Lokalsenders nicht gutheißen, sie kannten aber den Ehrgeiz der TV-Leute und hatten mehr Verständnis für diese Aktion, als es die Vorschrift hergab.
„Weißt du, Arne, lass uns mit der Wollmann über die Sache reden. Vielleicht kann daraus eine produktive Zusammenarbeit werden. Die Aufnahmen stammen zweifellos vom Täter, und das allein ist doch schon eine bemerkenswerte Tatsache. Er will offenbar, dass alles an die Öffentlichkeit kommt. Warum auch immer. Und ARGUS-TV hat eine wachsende Reichweite, das kann uns bestimmt noch helfen. Scharfes Schießen heben wir uns für später auf. Und dass es jetzt auch hier sowas wie Pressefreiheit gibt, das habt ihr auf eurer Polizeischule doch wohl auch schon mitbekommen."
Rita Mesing warf ihren gesamten weiblichen Charme in die Waagschale, konnte sich den Seitenhieb auf den Jüngeren aber nicht verkneifen.
Ihre lange Dienstzeit hatte zu einer inneren Ruhe geführt, die sich positiv auf das Klima im Team auswirkte. Sie hatte nun mit über fünfzig alle Karriereambitionen aufgegeben, war froh, 1990 in die neugeordnete Polizei übernommen worden zu sein und gestaltete ihr Leben mit ihrer Familie so, dass alle damit zufrieden sein konnten. Sogar ihre Kollegen und Vorgesetzten. Dabei war sie nicht selbstgenügsam, sondern nahm so manche Weiterbildungsmöglichkeit wahr. Rita ging in der Ermittlungsarbeit auf und blickte mit immer kürzerer Distanz und wachsender Vorfreude allmählich auch nach vorn zum Ende ihres Berufslebens. Sie war professionell genug, zu Arne Bock aus dem Altersunterschied kein mütterliches Verhältnis abzuleiten. Gleichzeitig registrierte sie, dass ein zaghaftes Anwachsen gegenseitigen Vertrauens zwischen ihr und ihm oft durch seine Arroganz zunichte gemacht wurde. Sie zeigte nachsichtiges Verständnis für dessen Zwang, den Chef herauskehren zu müssen, auch wenn es nicht ihrer Anforderung an Charakter entsprach. Rita fühlte sich außerdem keineswegs zu alt für Weiblichkeit, wurde dazu beim morgendlichen Blick in den Spiegel sogar immer wieder ermuntert.

Arne Bock zögerte, schluckte kommentarlos die spitze Schlussbemerkung, versuchte sich zu beruhigen. Er war ganz und gar nicht mit einer solchen nachgiebigen Haltung einverstanden. Als er gerade zu einer Erwiderung ansetzte, entschärfte ein Klopfen die Spannung, der Diensthabende trat ein und blickte in die Runde. Sein Gesichtsausdruck kündigte eine wichtige Information an.
„Hier, gerade angekommen, vielleicht interessiert euch das". In der Gewissheit, dass es für die Kriminalisten wichtig sein würde, legte er ein Blatt Papier auf den Tisch und verließ den Raum.
Siegfried Reuschel griff spontan nach dem Blatt, las sich den Text durch und sah zu seinen Kollegen. Plötzlich packte ihn der Übermut und er sagte trocken: „Nehmt euer Zeug!"
Er verbesserte sich sofort, zog diese Bemerkung aus einer bekannten US-Krimiserie zurück, die ja auch nur dem Chef zustand und informierte die beiden anderen über die Vermisstenmeldung von Erika Walter, die besonders einen Blutfleck im Auto ihres Mannes hervorhob.
Sie blickten sich nachdenklich an. Ein Zusammenhang mit der unbekannten Wasserleiche war aus diesen knappen Informationen nicht herauszulesen.
Arne Bock ergriff die Initiative. „Schon wieder ein Vermisster. Und wieder aus der Regional-Prominenz." Sofort drängte sich ihm ein Zusammenhang auf.
„Das kann kein Zufall sein", legte er sich fest.
Rita reagierte sofort. „Vermutest du etwa einen Serientäter, Arne?"
„Im Moment können wir gar nichts ausschließen", antwortete Arne unverzüglich, der Ritas Ironie einfach ignorierte. Darauf wandte er sich an Siegfried. „Nimm dein Zeug", hier machte er eine vielsagende Pause, „ und geh zu ARGUS-TV, versuche mehr über die Fotos und deren Urheber herauszubekommen. Aber kein Wort von dem neuen Vermisstenfall. Vorerst. Und du, Rita, sag Erwin Meister Bescheid, wir fahren sofort los, ich brauche dich als Frau zu Frau."
Jetzt wird's richtig spannend.
Diese laut geplanten Worte konnte Arne Bock gerade noch in seine Gedanken versenken.
Erika Walter stand noch immer unschlüssig am BMW, als die beiden Polizeifahrzeuge eintrafen. In den fast fünfundvierzig Minuten zwischen ihrem Notruf und der Ankunft der Beamten war Erika einige

Male in Richtung Strand gegangen, der nur wenige hundert Meter entfernt hinter dem schmalen Waldstreifen lag. Vielleicht stimmte ja sogar, was sie der Politesse vorgeschwindelt hatte. Das Auto ließ sie jedoch nicht aus den Augen, auch die Klappe zu schließen, traute sie sich nicht, um keine Spuren zu verwischen. Von Joachim war jedoch weit und breit nichts zu sehen.

Arne und Rita traten zu Erika, stellten sich und ihre Begleiter von der Spurensicherung vor. Erika beteuerte, keinerlei Veränderungen am Auto vorgenommen und nichts berührt zu haben. Die Spurensicherer nahm das Fahrzeug in Augenschein, fotografierten den Blutfleck und veranlassten einen Transport in die Polizeiwerkstatt nach Wolgast. Die Ermittler wandten sich Erika Walter zu, der die Unruhe ins Gesicht geschrieben stand.

„Wir haben viele Fragen an Sie, Frau Walter. Wie wäre es, wenn wir zu Ihnen nach Hause fahren und uns dort in Ruhe unterhalten?“, schlug Arne Bock vor. Erika nickte schweigend, setzte sich in ihren kleinen Peugeot und fuhr voraus.

Sie saßen zu dritt um den Wohnzimmertisch, tranken von dem Kaffee, den Erika neu aufgebrüht hatte, während sie versuchte, ihre Gedanken zu sammeln.

Sie beantwortete die Fragen der Ermittler über die Umstände des Verschwindens, ließ natürlich alle Hintergrundgedanken aus, die sie für unwichtig hielt.

Das anschließende kurze Schweigen brach dann Rita Mesing, von Arne Bock durch leichtes Kopfnicken dazu aufgefordert.

Mit vorsichtigen Worten, ständig die Reaktion von Erika Walter beachtend, begann sie.

„Frau Walter, wir prüfen bei allen Vermisstenfällen routinemäßig das Umfeld der Betroffenen.“ Sie zögerte vor den folgenden Worten.

„Dazu gehört besonders in diesem Fall auch Ihr Verhältnis zu Ihrem Mann, also die Partnerschaft.“

Rita hielt kurz inne.

„Was können Sie uns über Ihre Ehe sagen? Gibt es Probleme über das Normale hinaus, oder Dinge, die für die Ermittlung wichtig sein können?“

Erikas Miene verdunkelte sich. Rita fügte dann einen beruhigenden Satz hinzu.

„Sie verstehen, wir wollen niemandem etwas unterstellen, müssen aber wissen, woran wir sind.“
Erika hatte diese Frage befürchtet, war aber beherrscht genug, darauf zu antworten.
„Wir führen eine ganz normale Ehe, wie sie für ein Paar nach über fünfundzwanzig Jahren Gemeinsamkeit so üblich ist. Die Probleme würde ich nicht als außergewöhnlich bezeichnen.“ Ihre Stimme wurde nun lauter. „Wenn Sie glauben, ich hätte mit dem Verschwinden etwas zu tun, dann irren Sie sich gewaltig.“
Sofort griff Arne Bock ein. „Aber Frau Walter, wie kommen Sie denn darauf? Solche Fragen gehören ganz einfach zur Routine“, versuchte er die Aufregung zu entschärfen. „Sie haben uns doch erzählt, mit wem Sie gestern Abend zusammen waren. Das ist für uns leicht überprüfbar, falls wir es überhaupt für nötig erachten. Bitte beruhigen Sie sich.“
So ganz gelang es Erika nicht, sie konnte ihre Gedanken einfach nicht bändigen.
„Dürfen wir uns bei Ihnen etwas umsehen?“ Rita Mesing wollte der Situation wieder mehr Konstruktivität geben.
„Natürlich, ich habe nichts zu verbergen.“
„Darum geht es nicht, aber wir müssen zum Beispiel die Herkunft des Blutes aus dem Auto feststellen. Können Sie uns dazu die Zahnbürste Ihres Mannes mitgeben? Wir lassen zum Abgleich eine DNA-Analyse machen, wenn Sie einverstanden sind. Auch das Arbeitszimmer Ihres Mannes würden wir gerne sehen.“
Erika Walter hatte nichts gegen die Analyse, gab Rita Mesing die gewünschte Zahnbürste und führte die Ermittler in Joachims Arbeitszimmer.
Sie sahen sich im Raum um, wussten nicht, wonach zu suchen war, wollten sich nur einen Eindruck verschaffen. Der Raum im Obergeschoss befand sich auf der Giebelseite des Hauses, hatte ein großes, nach Süden gerichtetes Fenster. Offenbar liebte der Hausherr den Sonnenschein. Die Wände beiderseits des Fensters wurden bis kurz unter die Decke fast vollständig von Bücherregalen eingenommen. Im rechten Winkel zum Fenster stand der Arbeitstisch mit Flachbildschirm und Tastatur, der kleine PC nahm wenig Platz unter dem Tisch rechts neben dem Bürodrehstuhl ein. In der Ecke zwischen der Tür und einem zweiten Fenster stand ein breiter Stuhl, ein Freischwinger mit hoher Lehne, dessen dun-

kelblaues Polster nach häufiger Benutzung aussah. Links daneben sorgte eine Stehlampe für die nötige Beleuchtung. An der gegenüber liegenden Wand standen ein Büroschrank mit zwei Türen sowie ein offenes Regal mit zahlreichen Ordnern. Bei gutem Licht war die hellgrüne Wandfarbe kaum wahrzunehmen. Unterschiedlich große Rahmen mit Fotos und Grafiken hingen an den unverstellten Wandflächen. Alles erschien wie eine Mischung aus weiblichen Ideen und männlicher Zweckmäßigkeit. Rita hatte das Gefühl, in diesem Raum etwas zu vermissen. Nach kurzem Nachdenken fiel es ihr ein. Hier standen keinerlei Zimmerpflanzen. Entweder scheute Walter die Pflege und wollte seine Frau nicht unnötig oft ins Zimmer lassen, oder ihm fehlte der Sinn für Natur. Sie konnte sich für keine der beiden Varianten entscheiden.
Arnes Blick fiel auf einen kleinen Stapel von Fotos auf dem Büroschrank. Ohne zunächst ein bestimmtes Ziel zu haben, fragte er Erika. „Dürfen wir die Fotos mitnehmen? Vielleicht ergibt sich daraus ein Anhaltspunkt, wir müssen jeder Spur nachgehen." Erika nickte nur teilnahmslos.
Arne machte mit seiner kleinen Kamera noch Aufnahmen vom Zimmer. Eine der Grafiken fiel ihm beim flüchtigen Betrachten auf, denn sie zeigte in kunstvoller, an asiatische Maltechniken erinnernder Darstellung ein ungewöhnliches Symbol. In der Mitte eines Kreises war senkrecht ein Dolch dargestellt, um den sich eine Schlange wand. Arne glaubte, etwas Ähnliches schon einmal gesehen zu haben, vor ganz kurzer Zeit.
Mit großen Augen verfolgte Erika die Prozedur und das Interesse der Polizisten.
„Wissen Sie, ob die Grafik hier schon lange hängt? Und was die Symbolik bedeuten soll?", wandte sich Arne an Erika und bemühte sich, sein Interesse daran herunter zu spielen.
„Nein, ich bin sowieso sehr selten in Joachims Zimmer, und wenn, dann ist sie mir nicht besonders aufgefallen."
Arne und Rita tauschten kurze Blicke, begleitet von leichtem Schulterzucken und unmerklichem Kopfschütteln. Arne wandte sich an die Hausherrin. „Vielen Dank Frau Walter, ich denke, das war es für heute. Bitte halten Sie sich zu weiteren Befragungen bereit. Wir werden alles tun, um Ihren Mann wiederzufinden."

Mit diesen Worten verabschiedeten sich Arne Bock und Rita Mesing von Erika Walter und fuhren davon.
Für Erika wurde der Fall jetzt noch rätselhafter, wozu auch das in ihren Augen geheimnisvolle Benehmen der Polizisten im Arbeitszimmer beitrug. Sie hatten ihr bestimmt nicht alles erzählt, was sie wussten oder vermuteten.
Hatte Joachim sich etwa Feinde gemacht? Dass er in seiner Position nicht nur von Freunden umgeben war, konnte sie sehr gut nachvollziehen. Auch Erika bekam einige Andeutungen mit, wenn Joachim über Dinge sprach, die ihn bewegten. Wenn es auch sehr selten vorkam.
Oder wuchs ihm doch sein Amt über den Kopf? Wieder musste sie an die aktuellen Meldungen der Zeitung denken.
Kurz entschlossen zog Erika sich an und ging hinaus. Sie brauchte Ablenkung. Nach einer halben Stunde hatte sie den Strandzugang erreicht, die dortige Uhr zeigte 11.05 Uhr. Erstaunt registrierte Erika am Turm die Wassertemperatur von immerhin noch 10 Grad. Sie wandte sich nach links, dorthin, wo nach drei Kilometern der Schilfgürtel dem Sandstrand ein natürliches Ende setzte. Der stark aufgefrischte Westwind konnte den um diese Tageszeit wenigen Strandspaziergängern kaum etwas anhaben, denn sie wurden durch den Wald geschützt. Das hier sowieso schon flache Wasser hatte der Wind noch weiter ins Meer getrieben, so dass der Strand dadurch um zwanzig bis dreißig Meter breiter wurde. Ein Windwatt war entstanden. Sehr zur Freude der vielen kleinen Vögel, die im freiliegenden Ufersand nach Nahrung suchten. Erika hatte sie erst hier kennengelernt und im Naturschutzzentrum direkt auf der Düne erfahren, dass es sich um Strandläufer handelt.
Erikas Blick ging unwillkürlich nach oben, etwas in ihren Augenwinkeln bewog sie dazu.
Dort sah sie den Seeadler. Er flog hier regelmäßig seine Kreise. Dem großen Vogel schien der starke Wind nichts anhaben zu können. Etwas weiter entfernt sah sie ein zweites Exemplar. Erika wusste, die Seeadler beginnen die neue Familienplanung schon im Herbst. Ihre Gedanken wurden vom Wort Familie festgehalten. Etwas wehmütig dachte sie darüber nach, dass trotz aller Probleme Joachim der einzige Mensch war, der ihr nahe stand. Er war weder durch ihre Frauenrunde noch durch die weit weg wohnenden Eltern zu ersetzen. Mit Erstaunen stellte sie bei sich eine aufkommende Sorge um ihren Ehemann fest. Die Distanz

war wohl viel geringer, als sie es sich selbst seit Jahren eingeredet hatte. Und erst durch eine Ausnahmesituation wurde sie förmlich darauf gestoßen. Gerade diese Überlegungen nährten eine Befürchtung, die in ihrem Inneren erwachte. Hatte Joachim etwa ein Geheimnis? Lag hier die Erklärung für sein Verschwinden? So diffus, wie diese Gedanken entstanden, so wenig greifbar waren sie in diesem Augenblick. Erika schaffte es, sie zu verdrängen.

Eine erste Auswertung der beiden Ermittler während der Autofahrt verlief ergebnislos. Für einen Zusammenhang zwischen der Wasserleiche und dem vermissten Bürgermeisters waren keinerlei Anhaltspunkte zu erkennen.

Auch zum Verschwinden des ehemaligen Offiziers einen Monat zuvor wäre ein Zusammenhang anhand von Fakten bisher nicht herzustellen und deshalb reine Spekulation. Andererseits durften sie nichts ausschließen, auch wenn die beiden Vermissten aus völlig verschiedenen Kreisen stammten.

Arne ging das Thema Ehe nicht aus dem Kopf. „Sag mal, du erfahrene Kollegin, hast du in deiner langen Ehe auch nur die üblichen Probleme wie die Frau Walter? Welche könnten das denn sein? Ich frage natürlich aus rein beruflicher Neugier“, fügte er nach einem Seitenblick auf Ritas gerunzelte Stirn hinzu. „Beruflich... solltest du dich beim Urteil über fremde Ehen lieber an einen Fachmann wenden, oder eine Fachfrau. Und was meine eigene betrifft, das geht eben nur mich etwas an.“

Arne besänftigte seine Nachbarin. „Ich will dir ja keine Indiskretionen entlocken, schon aus männlicher Höflichkeit.“ „Soso, du bist das also, der höfliche Mann. Der ist übrigens international zur Fahndung ausgeschrieben, bisher erfolglos. Wie lange bist du verheiratet? Fünf Jahre?“

„Acht.“

„Donnerwetter. Den Spruch mit den sieben Jahren lass ich jetzt mal weg, aber lass dir eines sagen.“ Hintergründig lächelnd blickte Rita ihren Chef an. „Niemand ist vor Überraschungen sicher.“

„Oh, danke, dass du mich von deiner riesigen Erfahrung zehren lässt.“

„Schon gut. Aber im Ernst. Erzähl mir bitte nicht, dass es in deiner Ehe keinerlei Probleme gibt. Wie groß die wirklich sind, welche Konsequenzen sie haben, merkst du erst dann, wenn sie überwunden sind, oder auch nicht.“

Unmerklich war Rita nun doch in den mütterlich-belehrenden Tonfall geglitten, der von ihrem Mann immer mit wortlosem Lächeln beantwortet und dadurch schließlich ausgemerzt worden war. Aber nicht alle Ehepartner wären zu einer solchen Konzentration auf das Wesentliche, auf den festen Stamm einer Beziehung fähig, die so manchen kleinen „Querast", wie sie es nannte, verdorren ließ.

„Dann kapituliere ich als Ehe-Grünschnabel und sehe der weiteren Entwicklung gelassen entgegen." „Meinst du jetzt deine Ehe oder die Ermittlung?" Arne schaute nach rechts, begann mit einem leisen Lächeln, das dann mit dem von Rita zusammen in ein lautstarkes Lachen mündete.

In die Überzeugung von seiner fachlichen Überlegenheit mischten sich hin und wieder solche Momente einer zunehmenden Vertrautheit mit Rita Mesing.

Sie könnte meine Mutter sein, dachte Arne, dem ihre Souveränität imponierte. Ein anderes Wort fiel ihm nicht ein.

Und attraktiv ist sie immer noch, stellte er überrascht fest.

Noch vor dem Mittag waren sie zurück in Wolgast.

Arne brachte die Zahnbürste für die DNA-Analyse selbst ins Labor. Ihm lagen schon fordernde Worte über die Dringlichkeit der Untersuchung auf den Lippen, als er merkte, wer Dienst hatte und er ein anderes Vorgehen wählte.

„Sag mal, Cornelia, kannst du dir die Freude eines bestimmten Kriminalhauptkommissars vorstellen, wenn er noch heute ein Ergebnis in der Hand hat? Oder noch besser, die Freude einer liebenden Ehefrau, wenn sie erfährt, dass das Blut im Auto ihres Mannes nicht von ihm selbst stammt?"

Dem Wort „liebend" gab Bock eine leicht spöttische Färbung, die die Laborantin wohlwollend zur Kenntnis nahm, sich aber in diesem Fall über die Ursache täuschte.

Cornelia Machnit, verheiratet und noch kinderlos, reagierte erfahrungsgemäß sehr empfänglich für Schmeicheleien und war für Arne schon oft die Rettung in höchster Zeitnot. Sie lächelte charmant zurück.

„Weißt Du eigentlich schon, wie und wann du alle meine guten Taten für dich wieder gutmachen kannst? Hast Glück, dass mein Auftragsbuch heute fast leer ist."

„Wollen wir deine Frage unter uns oder zusammen mit unseren Ehepartnern ausdiskutieren?"

Arne kniff in Erwartung einer Antwort die Augen zusammen und zog die Mundwinkel leicht nach außen.
Cornelias Antwort war überraschend ernsthaft. „Das kann aber dauern, denn mein Mann ist seit voriger Woche für einige Zeit auf Dienstreise. Ohne Wochenendurlaub." Bei diesen Worten blickte sie sich erst um und dann Arne direkt in die Augen.
Der konnte es gar nicht fassen. Sollte sich hier eine neue Dimension eröffnen? Für Arne war es bisher nie mehr als ein Flirt.
„Wir sollten diese Situation auf jeden Fall im Auge behalten. So wie jetzt gerade." Arne spürte, wie er dabei war, die Kontrolle über sich zu verlieren. Und nicht nur er.
Cornelia errötete unmerklich und schwenkte zurück.
„Verschwinde jetzt, sonst schaffe ich es nicht in der von dir gewünschten unmöglich kurzen Frist", versuchte sie mit einem verlegenen Lächeln den Abgang, ohne Arne vor den Kopf zu stoßen.
Nach dem Verlassen des Labors blieb Arne einige Sekunden stehen. Der Wortwechsel mit der Laborchefin hob seine Stimmung noch mehr.
Bei der begrenzten Auswahl in der Dienststelle war die attraktive und kluge junge Frau schon längere Zeit das willkommene Ziel seines männlichen Übermuts. Ihre heutige Reaktion bedeutete eine neue Qualität.
Mit etwas Wehmut dachte er an seine eigene Ehe, und an die sieben Jahre, auf die Rita Mesing angespielt und die er eigentlich glücklich überstanden hatte. Probleme gab es nicht erst seit ihrem Umzug an die Küste. Seine anfängliche grenzenlose Vertrautheit mit Kerstin war dabei, einem anderen Zustand zu weichen, einer Mischung aus Gewohnheit, zunehmender Selbstorientiertheit und Verwaltung der beiden Kinder. Der Lehrerberuf gab seiner Frau etwas mehr Möglichkeit zur flexiblen Tagesgestaltung als ihm. Daraus ergab sich aber oft eine Drei-zu-eins-Situation im Alltag – gegen ihn. Arne nahm sich vor, bewusst an der Erhaltung seiner Ehe zu arbeiten. In den wenigen Momenten, in denen er über die Konsequenzen einer Trennung nachdachte, wurde ihm sofort klar, dass er dann den Kontakt zu seinen Kindern verlieren würde. So oder so.
Und das schloss er für sich kategorisch aus.
Aber er konnte ja nichts dafür, dass er ein attraktiver Mann war. Die jüngsten Erfahrungen mit seiner Wirkung auf Frauen machten ihn insgesamt noch selbstsicherer.

Der Gedanke, dass seine eigene Frau sich ebenso verhalten könnte wie er selbst, kam ihm jedoch nicht.
Zurück im Büro sah sich Arne den Stapel mit Fotos aus dem Arbeitszimmer des Bürgermeisters an. Unter den vielen Bildern von offiziellen Terminen war auch eines mit genau der Symbolik von der Wandgrafik. Nur, dass es auf diesem Foto ein Tattoo auf einem menschlichen Oberarm darstellte. Jetzt wusste Arne, wo er das Symbol gesehen hatte: auf dem Körper der Toten. Ein Blick auf den Obduktionsbericht gab ihm Gewissheit. Noch ehe er über die Tragweite dieser Tatsache nachdenken konnte, öffnete sich nach einem kurzen Klopfen die Tür. Polizeidirektor Hartmut Westphal betrat das Zimmer und kam gleich zur Sache. „Schon wieder ein Vermisster. Und wieder eine Person des öffentlichen Lebens. Sehen Sie dort Zusammenhänge?"
Arne Bock hatte sich schnell gefasst. „Bis jetzt gibt es dafür keine Anhaltspunkte, auch wenn ich das, im Gegensatz zu meinen Mitstreitern, nicht grundsätzlich ausschließen kann."
„Wir brauchen Ergebnisse, Bock."
„Aha, kam also schon ein Hinweis von oben?"
„Wenn hier jahrelang so gut wie nichts passiert außer Diebstahl und Körperverletzung im Suff, dann können zwei, nein drei solcher Ereignisse in kurzem Abstand schon mal nachdenklich machen. Deshalb nehmen Sie das bitte nicht auf die leichte Schulter."
„Jawoll, Herr Direktor." Arne erschrak selbst über die respektlose Formulierung und versuchte sofort, den Fehler gerade zu biegen. Solche Vertraulichkeit hatte er sich bisher gegenüber seinem Chef nicht herausgenommen.
„Nein im Ernst, wir haben das natürlich im Blick. Und beim aktuellen Fall sind wir mitten in der Situationsanalyse."
Westphal blickte seinen Ermittler prüfend an, zögerte, schüttelte dann den Kopf.
„Also keinerlei Ergebnisse." Arne bestätigte die Einschätzung wortlos, die Bedeutung des Fotos mussten sie erst noch genau besprechen.
„Nein, ich erinnere Sie jetzt nicht an die anstehende Polizeireform. Da geht es um Standorte und um Personal."
„Danke für das Nichterinnern."
„Ich meine es nur gut, für … uns alle. Zurzeit wissen wir, woran wir mit unseren Leuten sind und müssen daraus das Beste machen. Damit wir

uns nicht irgendwann alle in Greifswald oder Anklam wiederfinden. Obwohl unser Gebäude ganz neu ist.“

Mit erhobenem Daumen verließ Hartmut Westphal das Zimmer. Arne Bock überlegte, wie ernst sein Chef diese Aussage gemeint haben könnte. Das hätte natürlich auch Konsequenzen für ihn selbst. Er musste unbedingt den Druck erhöhen.

Wir brauchen Ergebnisse. Erschrocken merkte Arne, dass er die Worte seines Chefs laut vor sich hin sprach.

Aber der hatte Recht.

9

Freitag, 2. November, 9.15 Uhr

„Nun, auch das akademische Viertel ist verstrichen, lassen Sie uns beginnen“, eröffnete Museumsdirektor Werner Petersen die Beratung. Er schaute sich mit registrierendem Blick im Kreis der Teilnehmer um. Die unbequemen hölzernen Stühle im kleinen Beratungsraum des Museums hatte Petersen selbst ausgewählt, sie sollten auf diese Weise endlose Diskussionen zumindest eindämmen. Der Blick aus den Fenstern zum Innenhof zeigte eine schwarz-weiß gefärbte Originalrakete A 4.

„Unser neuer Bürgermeister Joachim Walter hat seine Teilnahme zugesagt, er muss wohl durch etwas Wichtiges verhindert sein. Und unsere schwedische Kollegin Frau Bergner hat sich entschuldigt?“, fragte Petersen in die Runde und sah den Verwaltungsleiter Bernd Hoffmann an.

„Nein, ich habe keine Ahnung wo sie steckt“, kam sofort die Antwort.

Die Runde aus Museumsmitarbeitern, Kommunalvertretern und Mitgliedern des Museumsbeirates beriet erstmals über die Anforderungen, die im Mai des Folgejahres vor dem Museum stehen würden. Peenemünde hatte etwa ein halbes Jahr zuvor den Zuschlag für eine internationale Konferenz über Stätten der Raumfahrt und ihre Präsentation in der Öffentlichkeit erhalten.

Petersen blickte aufmerksam in die Runde. „Die Welt schaut auf uns, auf diesen Ort von Weltgeschichte. Ihnen brauche ich die Brisanz des

Themas nicht erklären, den Spagat zwischen den Begriffen Technik und Verbrechen."

In der Öffentlichkeit setzte sich zunehmend die Tendenz durch, Peenemünde ausschließlich als Synonym von Vernichtungswaffen zu betrachten. Hier war jedoch auch der Ort vieler technischer Entwicklungen, die später Eingang in den Alltag der Menschen gefunden hatten. Das Thema war längst nicht so eindeutig geklärt, wie es sich Petersens Auftraggeber in Schwerin wünschten. Er vermied es, sich näher darüber auszulassen. Denn dadurch geriet man leicht auf ein Minenfeld.

Als Zeuge von Joachim Walters Konfrontation in Zinnowitz mit dem Thema Deich ging er in seiner Rede gleich in die Offensive, ehe ihm jemand aus dem Teilnehmerkreis zuvor kommen konnte.

„Ich möchte es nicht versäumen, meine persönliche Meinung zum Thema Deichrückbau anzufügen. Wer Hand an den Deich legt, würde nicht nur ein wichtiges Denkmal beschädigen, er würde auch die Zukunft des Museumsstandortes Peenemünde bewusst aufs Spiel setzen. Das ist ein bedeutender Schwerpunkt in der Förderpolitik der Landesregierung. Eine Schwächung Peenemündes würde dem klar widersprechen. Vom gesunden Menschenverstand ganz abgesehen."

Auf die Befürchtungen des ebenfalls anwesenden Reinhard Henkelmann über die weit vorangeschrittenen Pläne dazu ging Petersen mit keinem Wort ein.

In diesem Moment öffnete sich leise die Tür. Das unvermeidliche Quietschen zog die Blicke aller auf die Person, die den Raum betrat.

Es war Pia Bergner, die mit schuldbewusster Miene einen freien Platz suchte und sich verlegen setzte. „Ich bitte um Entschuldigung, ich hatte einen kleinen Unfall mit dem Auto, deshalb diese Verzögerung."

„Ich hoffe, Ihnen ist nichts passiert?", erkundigte sich Werner Petersen und musterte die junge Frau.

„Nein, nein, nur ein Blechschaden, aber die Polizei musste alles aufnehmen, ich bin ja keine deutsche Staatsbürgerin."

„Stimmt, war mir gar nicht mehr bewusst, im heutigen Europa der Regionen", gab Petersen zurück.

Pia hatte sich immer noch nicht ganz von dem Zwischenfall erholt. Zunächst war sie jedoch gespannt darauf, sich die Redebeiträge der Tagungsteilnehmer anzuhören. Doch sie wurde enttäuscht davon, dass die Komplexität des Themas von politisch korrekten und austauschbaren Aussagen zur Bedeutung Peenemündes als Ort von Kriegsverbrechen überdeckt wurde. Sie sah es jedoch als Herausforderung für die eigene Beschäftigung mit diesem interessanten Thema.

Ihre Gedanken gingen auf Wanderschaft. Berührten die Kindheit in der Kleinstadt nahe der Ostseeküste, das Verhältnis zu ihrer Mutter, den allmählichen Übergang von der schutzbedürftigen Schülerin bis zum schützenden jungen Mädchen, die Einsicht, dass die Mutter mit dem Leben immer weniger zurechtkam, ihre Entscheidung, sie in einem wichtigen Augenblick allein zu lassen.
In einem für Pia wichtigen Augenblick.
Und schließlich zum Sterbebett ihrer krebskranken Mutter zu Beginn dieses Jahres, in der Heimat, viel zu früh für beide. Zumindest nutzten sie die Chance zur Versöhnung zweier Lebenden, die beide jahrelang vor sich hergeschoben hatten.
Pia erinnert sich an die beiden kleinen Schwarz-Weiß-Fotos von ihrer Mutter. Erst in ihren letzten Stunden hatte sie sich offenbart und ihr lange gehütetes Geheimnis preisgegeben.
Eines der Fotos zeigte ihre Mutter im Alter von siebzehn Jahren, das andere einen jungen Mann in der Uniform der Nationalen Volksarmee der DDR, dessen Gesicht aber nur undeutlich zu erkennen war. Auf der Rückseite des Fotos stand ein Name.
Von diesem Tag an hatte sich der Name in Pias Gedächtnis verankert. Sie wollte sich nicht mit der Tatsache abfinden, dass sie mit dem Tod der Mutter nun allein in der Welt wäre. Pia hatte sich ganz fest vorgenommen, ihren Vater zu finden. Überrascht bemerkte sie danach außerdem eine fast unmerkliche emotionale Wiederannäherung an ihre deutsche Heimat. Den Hauptgrund für ihre Flucht nach Schweden gab es nicht mehr – die gewollte Distanz zu ihrer Mutter. Eine Internetrecherche nach dem Namen auf der Rückseite des Fotos ergab eine Vielzahl von Treffern, allerdings war bei den wenigsten die Altersangabe dabei, als wichtigstes Kriterium für den Erfolg der Suche. Unter den Orten mit einer Person dieses Namens war auch das Ostseebad Karlshagen, südlicher Nachbarort von Peenemünde. Pia sah das als zusätzliche Motivation für ihren Aufenthalt. Als sie ankam, wurde sie schon nach kurzer Zeit mit dem gesuchten Namen konfrontiert. Er war in der Region allgegenwärtig, wie Pia dem Studium der lokalen Presse entnehmen konnte. Weil es aber ein weit ver-

breiteter Name war, behielt Pia ihre Skepsis. Zu hohe Erwartungen würden bei Nichteintreten zu großer Enttäuschung führen. Diese Erfahrung hatte ihr schon in mehreren Lebenssituationen geholfen.
Aber gegen die sich einschleichende Hoffnung war sie machtlos. Nicht zuletzt, weil das Alter, das aus einem unerfindlichen Grund in der deutschen Presse zu allen genannten Personen angegeben wird, ziemlich genau passte.

Die markante Stimme von Werner Petersen ließ Pia aufschrecken. Ihre geistige Abwesenheit war aber wohl verborgen geblieben. Nach den folgenden Worten des Direktors richteten alle Teilnehmer ihre Blicke voller Spannung nach vorn.
„Zum Abschluss noch ein offenes Wort zum Zeitpunkt der Konferenz. So mancher hätte sich vielleicht einen Termin in der Nähe eines Jubiläums gewünscht." Petersen unterbrach seine Rede und blickte prüfend in die Runde. Nachdem er wissendes Schweigen konstatierte, setzte er fort. „Wie ich sehe, ist Ihnen die Reaktion rund um den 3. Oktober 1992 noch geläufig und ich brauche nichts hinzuzufügen."
Nach wenigen weiteren Worten beendete der Direktor die Veranstaltung. Die damaligen Pläne einiger Politiker, den 50. Jahrestag des ersten Raketenstarts mit einer großen Jubelfeier zu begehen, waren national und international ganz überwiegend auf Empörung gestoßen und fallen gelassen worden.
Und jetzt, 20 Jahre später, wollten die Gerüchte nicht verstummen, dass es wenige Wochen zuvor, am 3. Oktober, eine heimliche Feier am Ort des Geschehens stattfand. Werner Petersen rief sich den persönlichen Bericht eines Teilnehmers ins Gedächtnis, den er aber aus nachvollziehbaren Gründen für sich behalten hatte.

Es war am späten Nachmittag. Die kleine Gruppe stand auf einem der vielen Nebenflächen des großen Flugplatzes von Peenemünde, vor ungewollter Entdeckung durch Erdwälle, alte Flugzeughangars und Wald geschützt. Wenige Meter neben ihnen verliefen die Reste metallener Schienen auf dem alten Beton. Von hier aus wurden vor Jahrzehnten Probeschüsse mit der so genannten Fieseler Fi 103 abgegeben, einem gelenkten Flugapparat, dem Vorläufer heutiger Marschflugkörper. Ab 1944 wurde sie auch als Vergeltungswaffe V 1 bezeichnet.

Etwa zwanzig Herren unterschiedlichen Alters, aus verschiedenen Ländern, Techniker, Politiker, Historiker waren zeitlich verteilt im Laufe mehrerer Stunden auf verdeckten Wegen an diesen Platz gelangt. Sie alle einte ein Ziel: Peenemünde darf nicht vergessen werden.
Allerdings hatte der Begriff Peenemünde für sie eine ganz besondere, weit über das Geographische hinausgehende Bedeutung.
Bernwart Hornburg ergriff das Wort. Der hagere, weißhaarige Mann strahlte nur eines aus: Würde. Bevor er begann, schweifte sein Blick demonstrativ in die Umgebung. So als wenn er sagen wollte: Das alles gehört eigentlich uns!
Er erinnerte in gesetzten, sorgfältig formulierten Worten an die große Mission Weltraum, die hier auf den Tag genau sieben Jahrzehnte zuvor mit dem Start der ersten Rakete in knapp 90 Kilometer Höhe ihren ersten gelungenen Test bestanden hatte.
Hornburg fuhr fort. „Mein alter Herr war dabei, als hier an dieser Stelle – streng genommen unweit von hier im Wald, wie Sie wissen, liebe Freunde – Weltgeschichte geschrieben wurde. Das Tor zum Weltraum war seitdem nicht mehr unüberwindlich. Einige aus unserer Runde, zumindest aber ihre direkten Vorfahren, waren unmittelbar daran beteiligt. Sie haben ihr Herzblut in eine Vision fließen lassen, die wenige Jahre später auch den Menschen seine bis dahin bestehenden Grenzen überwinden ließen. Keine Macht der Welt, kein Politiker, kein Schreiberling, keiner aus der heutigen Generation der Beliebigkeit kann ungeschehen machen, dass hier der erste Schritt auf einem Wege getan wurde, der längst nicht zu Ende ist."
Starker Beifall erhob sich, der nun nicht mehr verborgen bleiben musste.
Bernwart Hornburg blickte, als auf sein Handzeichen wieder Ruhe eingekehrt war, genau nach Osten, zu einer etwas abseits stehenden Gruppe von drei Personen. Einer von ihnen hob eine grüne Flagge.
„Start!" Lautstark tönte der Ruf. Sofort erklang aus einem Radiorekorder der bei Raketenstarts übliche Countdown.
„Zehn, neun, acht..."
Fast gleichzeitig mit dem letzten Wort „Zero" ertönten Kommandos und andere Geräusche aus einem Lautsprecher. Es war eine Tonaufnahme vom ersten Raketenstart am 3. Oktober 1942. Überwältigt ließ die Gruppe von Menschen die Zeugnisse dieses einzigartigen historischen Ereignisses auf sich wirken.

Rune Alfredsson aus dem schwedischen Linköping stand ergriffen inmitten der kleinen Schar. Er dachte zum Schluss auch an die junge Pia Bergner, die unweit von hier bald ihre besonderen Aufträge erfüllen würde.

10

Freitag, 2. November, 11.55 Uhr

Jürgen Beckert lächelte. Der Blick auf das Betriebsergebnis im November bestätigte einmal mehr seine Entscheidung. Stolz ergriff ihn. Er stand auf, ging zum Hochschrank, nahm das dicke Buch aus dem obersten Fach heraus und ergriff die dahinter stehende Flasche. Nur ganz selten gönnte er sich einen Schluck des wertvollen Whiskys, ein Geschenk seines früheren Geschäftspartners. Der hatte es an seiner Seite aber nicht ausgehalten, und er, Beckert, auch nicht. Andere auszuhalten, war irgendwann unter seiner Würde, wie man den Begriff auch immer verstehen mochte.

Jürgen Beckert sah sich schon immer als Visionär, seiner Umgebung weit voraus, und meist überlegen. Gerade deshalb zog es ihn an genau diesen Ort, an dem Jahrzehnte zuvor Leute seines Schlages ihre Spuren hinterlassen hatten. Als erfolgreicher Projektentwickler war es ihm gelungen, sich in Schleswig-Holstein einen Namen und einen soliden finanziellen Spielraum zu verschaffen. Sein Ruf litt jedoch mit der Zeit, denn Konflikte mit Partnern waren in diesem Geschäft unausweichlich. Er suchte sich eine neue Vision, nutzte die Wiedervereinigung Deutschlands. Der Kontostand eröffnete ihm alle Möglichkeiten für den Einstieg in das Hotelgeschäft im östlichen Teil der deutschen Ostseeküste. Beckert sorgte im späteren Ostseebad Karlshagen für den Bau eines Hotels, welches bald zu einem Aushängeschild für die ganze Insel Usedom werden sollte. Zunächst profitierte das Strandhotel „Nordstern“ lange von der Monopolstellung im Ort. Jürgen Beckert erweiterte das Hotel durch den Baltic Spa, einen großzügigen Wellness-Bereich, konnte dabei eine der Fördermitteltranchen nutzen, die für diese Branche des Tourismus vergeben wurden. Dabei ging sogar alles mit rechten Dingen zu.

Doch ihn lockte das Spektakuläre, das Einmalige. Der Blick auf die Karte des Inselnordens zeigte ihm eine Stelle, die genau in der Mitte zwischen Erholung und Geschichte, zwischen Ostseestrand und dem Ort Peenemünde lag. Dort, wo der Wald der östlichen Inselhälfte an die Wiesen am Peenestrom grenzte, sollte sein neues Objekt entstehen, unmittelbar an der Straße und der Bahnlinie nach Peenemünde.
Unter dem Namen Space Resort wollte Jürgen Beckert hier ganz neue Dimensionen schaffen, eine internationale Klientel an eben den Ort holen, der wie kein anderer auf Usedom, ja in ganz Deutschland, das Recht zu einem solchen Hotelnamen hatte. Obwohl die Bezeichnung Hotel für sein Projekt eher untertrieben sein würde. Ein neuer Haltepunkt war mit der Bahn so gut wie vereinbart, die Straßenanbindung mit wenig Aufwand in eigener Regie herzustellen. Dass sich nicht weit von dem Standort alte Bunkeranlagen befanden, hängte er lieber nicht an die große Glocke. Es reichte, wenn die Denkmalschutzbehörden und einige Einheimische davon wussten. Aber für einen künftigen Event-Urlaub waren es exzellente Voraussetzungen.
Mit seinem jungen und engagierten Haustechniker Daniel Fischer hatte Beckert einen guten Griff getan. Zufällig erwischte er Fischer, wie dieser ein Stück seltsam geformtes Metall im Heizungskeller zwischenlagern wollte, stellte ihn zur Rede und erfuhr dabei von dessen Hobby.
Fischer gab unumwunden zu, einer der zahlreichen Technikfreaks zu sein, die bis heute in dem weitläufigen Areal zwischen Peenemünde und Karlshagen nach alten, in irgendeiner Weise verwertbaren Raketenteilen suchten. Die meisten von ihnen wurden dann im Internet zu horrenden Preisen angeboten. Das war aber nicht das Ziel von Fischer. Er interessierte sich ausschließlich für Funktion und Wirkungsweise seiner Fundstücke.
Beckert erkannte sofort den Nutzen, den Fischer für sich und seine Visionen darstellte. Von diesem Zeitpunkt an erforschte Fischer nicht mehr nur auf eigene Rechnung, sondern auch für seinen Arbeitgeber die Umgebung des künftigen Space Resorts.
Mit großem Interesse und dem wohl angeborenen Geschäftssinn hatte Beckert von Beginn an die Entwicklung Peenemündes verfolgt, erahnte das Potenzial dieses Ortes bereits zu einem Zeitpunkt, als andere über die Ruinen schimpften. Und genau darauf baute er seine Pläne, dachte weiter als, jedenfalls nach seinem Urteil, die meisten Konkurrenten sei-

ner Branche in der Region, ganz zu schweigen von den dafür verantwortlichen Verwaltungsmenschen und Politikern.
Leider konnte er diese nicht ignorieren. Er kam an ihnen, die am langen Hebel der Genehmigungen saßen, nicht vorbei. Manchmal half nur der Einsatz seiner spezifischen und oft bewährten Mittel.
Nun aber plagten Jürgen Beckert ganz irdische Sorgen. Wenn die Pläne zum Deichrückbau Wirklichkeit werden sollten, war dieses Projekt offenbar gefährdet. Wer würde das Gebiet nach Südwesten vor dem Wasser schützen? Noch stand kein Haus, als Merkmal bebauter und damit staatlicherseits vor Hochwasser zu bewahrender Gebiete. Das einzelne Gehöft an dieser Stelle hatte er zwar bereits gekauft, es war jedoch unbewohnt.
Ärger auf Joachim Walter kam hoch. Er wollte ihn zur Rede stellen. Zwar musste er dabei etwas sensibel vorgehen, denn ohne Walters direkte, aber schwer nachweisbare Unterstützung hätte er nie die Baugenehmigung an dieser Stelle erhalten. Zum Glück war Walter damals noch in der Umweltbehörde des Kreises tätig. In unmittelbarer Nachbarschaft des Baugeländes befand sich ein besonders schützenswertes Biotop mit einem Seeadlerhorst.
Und sein Kontostand bekam dadurch nur eine für seine Verhältnisse kleine Delle. Andererseits hatte er Walter damit gewissermaßen ebenso in der Hand. Ein gerade gewählter Bürgermeister, dem Korruption nachzuweisen war, gab kein gutes Bild ab.
Was also tun? Beckert sah, dass seine Uhr gerade 12 Uhr anzeigte. Wollen wir doch mal sehen, wie genau die Beamten ihre Mittagspause nehmen, dachte er mit einem Anflug von Schadenfreude und bat seine Sekretärin, ihm eine Telefonverbindung zum Bürgermeister Walter herzustellen.
„Moment, ich übergebe", sagte sie kurz darauf und reichte ihm den Hörer mit einem besorgten Gesichtsausdruck.
Beckert erfuhr, dass Joachim Walter heute nicht zum Dienst erschienen und seit neun Uhr offiziell als vermisst galt, da sein Auto leer aufgefunden worden war. „Die Polizei aus Wolgast war schon hier und hat sein Dienstzimmer in Augenschein genommen."
Beckert brachte lange keinen Ton heraus. „Mehr kann ich Ihnen dazu nicht sagen", endete die Sekretärin und legte auf.

Jürgen Beckert versuchte, die Situation zu analysieren. Joachim würde ja wohl nicht so dumm sein und gefährliche Unterlagen in seinem Büro aufbewahren. Diese Gefahr schloss er aus. Wer könnte ein Interesse am Verschwinden Walters haben? Wem war er auf die Füße getreten? Solche wagemutigen Handlungen konnte sich Beckert allerdings bei Walter kaum vorstellen. Vielleicht der Deichrückbau? Beckert war selbst Zeuge der Amtseinführung Walters, hatte sich auch schon beim ersten Mal vehement gegen die Pläne gestemmt, die Bürgerinitiative unterstützt, wenn auch nur insgeheim, denn mit der Verwaltung durfte er sich nicht öffentlich anlegen.

Gut möglich, dass jemand ganz spontan sein Mütchen kühlen wollte.

Oder hat vielleicht Erika genug bekommen von Joachims speziellen Aktivitäten? Nein, ausgeschlossen, denn sie hat ihn ja als vermisst gemeldet. Beckert dachte kurz nach. Aber das eine muss doch das andere nicht ausschließen!

Vielleicht ist er einfach abgetaucht! Hat alles vorgetäuscht! Für Jürgen Beckert gab es kaum etwas Undenkbares, denn er betrachtete andere mit den Maßstäben seines eigenen Handelns.

Auch nach längerem Nachdenken kam Jürgen Beckert zu keinem Ergebnis. Seine Gedanken konzentrierten sich schließlich auf die Befürchtung, dass im Zuge eventueller Untersuchungen doch noch etwas von seinem Deal mit Walter an die Öffentlichkeit dringen würde. Und dass sein Projekt dadurch wieder ins Wanken geraten könnte.

Er dachte nach. Im Grunde war, nein, ist Walter ein cleverer Mann, mit dem immer gut auszukommen war. Der wusste sofort, worauf es ankam, hatte die nötigen Verbindungen und fand wie ein Trüffelschwein meist den richtigen Zugang. Beckert mochte Walter und hatte zu ihm ein Verhältnis aufgebaut, das man vorsichtig als vertrauensvoll bezeichnen könnte, wenn es das zwischen Wirtschaft und Verwaltung ohne die besonderen Zutaten überhaupt geben konnte.

Ein leises, lange nicht gehörtes akustisches Signal ertönte ein einziges Mal. Nach kurzer Überlegung, woher es stammen könnte, erinnerte er sich und nahm sein, wie er es nannte, „individuelles Handy" zur Hand, auf dem eine Nummer angezeigt wurde. Wie für solche Fälle vereinbart, rief er sofort zurück, ohne seinen Namen zu nennen.

Während des etwa zweiminütigen Gesprächs nahm er zwar eine konkrete Bitte entgegen, konnte diese aber nicht in den Rahmen aktueller Ereignisse einordnen. Mit entsprechend verhaltener Nachdrücklichkeit bat er daraufhin die Sekretärin, nach Daniel Fischer zu suchen. „Der hat heute frei, ist erst morgen früh wieder im Dienst", kam sofort die Antwort. „Dann soll er morgen früh gleich zu mir ins Büro kommen."

11

Freitag, 2. November, 12.30 Uhr

Diana Schakowski schaute regelmäßig auf die vielen Monitore, für deren Überwachung sie zuständig war. Aus der ganzen Welt trafen in der Warnemünder Außenstelle des Deutschen Wetteramtes ständig neue Informationen ein, und genau das faszinierte die Frau seit mehr als dreißig Jahren an ihrem Beruf – diese unbegrenzte Weite. Für sie gab es weder Länder- noch Kontinentalgrenzen. Schon zur Zeit der scharf bewachten DDR hatte sie das Gefühl, über diesen zu stehen, ja bereits die Globalisierung zu leben, von der damals erst in Anfängen die Rede war.
Und dann die Unberechenbarkeit. Mit nachsichtigem Lächeln verfolgte sie die oft in den Medien kommentierten langfristigen Prognosen von Möchtegern-Experten, die lediglich Aufsehen erregen wollten. Einmal in den Schlagzeilen erwähnt zu werden, schien deren Ziel zu sein.
Diana Schakowski war dagegen Seriosität gewohnt, die sie selbst auch konsequent durchsetzte. Immer noch dachte sie belustigt an den Anruf des Rügener Touristik-Managers, der ihr mitten in der Sommersaison erklärte, wie wichtig eine Wetterprognose sei, die niemanden von der Fahrt an die Ostseeküste abhalten würde. Ob sie denn nicht ihre Toleranzbreite entsprechend ausreizen könne.
Mit diesem Gedanken sah sie auf die Wetterprognose aus Richtung West. Das Sturmtief „Silvia" erregte ihre Aufmerksamkeit. Nachdem lange Zeit alle Tiefdruckgebiete weibliche Namen trugen, wurde dieses System geändert. In ungeraden Jahren bekamen die Tiefs männliche und die Hochs weibliche Namen, in geraden war es umgekehrt. Offenbar wurden mit einem Tiefdruckgebiet negative Emotionen verknüpft, die dann nicht noch zusätzlich mit dem weiblichen Geschlecht verbun-

den werden sollten. Diese Art von Gedankengängen war Fachleuten wie Diana Schakowski völlig fremd, sie mussten von selbst ernannten Feministinnen stammen.
Situationsmeldungen zu „Silvia“ aus Großbritannien und Irland lagen bereits vor. Ein Vergleich kam ihr in den Sinn. Wenn man von den Ostfriesen sagt, dass sie schon morgens sehen können, wer abends zu Besuch kommt, dann traf das für die Mecklenburger in anderer Hinsicht auch zu. Mit Blick auf die europäische Wetterkarte können sie viel besser berechnen, was an Elementargewalt auf die Ostseeküste zukommt, denn die Herkunftsregion von Stürmen war in den allermeisten Fällen der Atlantik im Westen. Automatisch griff bei ihr ein Mechanismus, für möglicherweise eintretende Gefahrensituationen ein Gefühl zu entwickeln.
Vorsichtshalber gab sie eine Warnung an ihre Vorgesetzten weiter: In der kommenden Nacht würde sich der schon tagelang anhaltende starke Westwind an der deutschen Ostseeküste noch verstärken. Das bedeutete Gefahr für Sturmhochwasser an den Küsten des Darß und der Insel Hiddensee, aber Niedrigwasser an den Ostküsten von Rügen und Usedom. Zu erwarten waren Böen mit mehr als hundert Stundenkilometern. Wie zur Bestätigung schlug das nicht gesicherte Fenster des Büros mit lautem Knall zu.
Hoffentlich würde dann der Wind nicht so bald drehen. An ein solches Szenario wollte sie lieber nicht denken. Mit diesen Überlegungen beendete Diana Schakowski für diesen Tag ihre spannende Arbeit, die nur für Außenstehende den Anschein von Routine hatte.

12

Freitag, 2. November, 15.30 Uhr

Pia Bergner blickte aus dem Fenster ihres kleinen Büros auf die Gruppe von etwa fünfundzwanzig Besuchern, die auf ihre Führung wartete. Solche Aufgaben übernahm sie gerne. Sie musste auf vielfältige Fragen die Antwort parat haben. Das war für sie mittlerweile mehr als Routine

geworden. Überdeutlich war aus den Fragen das große Interesse der Besucher für die technischen Leistungen der damaligen „Peenemünder“ herauszuhören. Leider konnte Pia auf viele Detailfragen mangels technischer Grundkenntnisse nicht antworten. Als besondere Freude empfand sie den Rundgang mit einer Gruppe schwedischer Besucher einige Tage zuvor, die ebenso erfreut waren, ohne Dolmetscher dieses im Norden sehr bekannte Museum erkunden zu können.
Die heutige Führung hatte noch einen besonderen Teilnehmer. Sie begrüßte den Verursacher ihres morgendlichen Unfalls kurz mit einem freundlichen Nicken.

Völlig unverhofft war er mit seinem dunklen Audi aus einem Waldweg auf die Straße zwischen Karlshagen und Peenemünde gekommen, an einer Stelle, an der Pia gar nicht mit einer solchen Möglichkeit rechnete. Durch ein blitzschnelles Ausweichmanöver mit ihrem kleinen Volvo konnte sie zwar einen Frontalzusammenstoß verhindern, dabei streifte sie jedoch den Holzzaun, der gegen die Schwarzparker an der Straße gebaut worden war. Zum Glück war ihre Geschwindigkeit in der Kurve nicht hoch, sie kam kurz darauf zum Stehen.
Wütend war sie ausgestiegen und hatte den Schaden betrachtet. Die langgezogene Delle an ihrem Auto konnte nicht übersehen werden. Nachdem auch der Fahrer des Audi seinen Wagen verlassen hatte, erkannte sie ihn mit seinen auffallend dunklen, gegelten Haaren und gewann langsam ihre Fassung zurück. „Sie sind das also. Mit dem Ferienhaus waren Sie aber freundlicher zu mir.“
Ihr Ärger verflog im gleichen Takt wie ihre innere Erregung zunahm. Jetzt hatte auch der Mann sie erkannt. „Ja, ich bin es. Stimmt, ich bin eigentlich von Natur aus freundlich, besonders zu … Damen, die es wert sind.“
„Na na, allein mit Komplimenten kommen Sie aus dieser Sache aber nicht heraus.“
„Da haben Sie wohl Recht. Ich werde die Polizei benachrichtigen und kann mich zunächst nur entschuldigen. Zum Glück ist Ihnen ja wohl nichts passiert.“
Es war Andreas Schmidt, der Makler, der ihr das kleine Ferienhaus für die Zeit ihres Aufenthaltes vermittelt hatte. Schon beim ersten telefonischen Kontakt war Pia von der Stimme des Mannes fasziniert. Die Schlüsselübergabe vor Ort bestätigte dessen Ausstrahlung. Sie versuchte, den im

Sinkflug befindlichen Ärger und ihre gleichzeitig steigende freudige Erregung über das erneute Zusammentreffen halbwegs glaubwürdig erscheinen zu lassen. Angesichts der unglücklich verlaufenen ersten persönlichen Begegnung wollte sie diese Chance unbedingt nutzen. Sie war damals schon im Begriff, sich mit dem Makler zu verabreden, als eine neu eintreffende Kundin dem Versuch ein Ende setzte.
Drei Wochen Aufenthalt in Deutschland hatten nicht nur räumlich etwas Abstand zwischen sie und Nils Pettersson gebracht. Obwohl sie mehrfach telefonierten, wurden die Zweifel bei Pia immer stärker, was die Perspektive einer dauerhaften Beziehung zu dem Raketenenthusiasten betraf.
Nach dem Schweden Nils war nun der Deutsche Andreas Schmidt der erste Mann, für den sie sich seit dem Tod ihrer Mutter ernsthaft interessierte.
Die Zeit bis zur Ankunft der Polizei für die Unfallaufnahme nutzten sie für ein Gespräch, das in einer angenehmen Atmosphäre mündete, beide gaben sich unbewusst einander einige Sympathiepunkte.
„Danke für das Gespräch, wir sollten uns nicht aus den Augen verlieren“, konnte er ihr gerade noch vorschlagen, ehe die Polizei eintraf.
„Gerne“, antwortete sie nach einer gebotenen sekundenlangen Pause, „kommen Sie doch heute um 14.30 ins Museum. Ich habe eine Führung zu leiten, Sie können sich anschließen. Oder kennen Sie das Museum schon?“
Sie nahm zur Kenntnis, dass er zwar zusagte, doch nicht auf ihre Frage antwortete.

Die Gruppe hatte sich zu ihrem Reisebus zurückgezogen. Pia und Andreas Schmidt standen etwas verloren auf dem Außengelände. Die Deutsch-Schwedin war mit ihrer Führung zufrieden, hatte sich auch gegenüber ihrem persönlichen Gast offenbar von der besten Seite gezeigt.
Pia wartete auf entsprechende Signale, denn sie kannte trotz aller Hemmnisse ihre Rolle als Frau, brachte es ohne Mühe fertig, sehr gut damit zu spielen. Statt ihm neugierig und erwartungsvoll in die Augen zu blicken, wie es ihr Inneres gerade empfahl, schaute sie so auffällig auf ihre Uhr, dass er es bemerken musste.
Schließlich kamen ihre Ohren doch noch zu ihrem Recht.
„Wollen wir die eben gesehene Vergangenheit vertiefen oder lieber über stürmisches Wetter plaudern?“, hörte sie seine Stimme. Der kaum

merklich unsichere Klang blieb ihrem feinen Gespür jedoch nicht verborgen. Nun musste sie reagieren.
„Was halten Sie davon, dem Sturm mit der Vergangenheit im Rücken ins Gesicht zu blicken?", gab sie zurück und rief bei ihm zunächst Schweigen hervor.
„Ich nehme jede Herausforderung an", versuchte er nach einer kurzen Denkpause gegenzuhalten. Zufrieden stellte Pia fest, dass ihr Gegenüber nicht wusste, was sie meinte.
„Gut, des Rätsels Lösung heißt Die Scholle, ist eine Gaststätte am Peenemünder Hafen. Wenn man dort sitzt und das Museum im Rücken hat, bläst der Wind im Augenblick von vorn." Lächelnd blickte sie ihn an. „Wollten Sie mich vielleicht gerade dorthin einladen?"
Schmidt konnte kaum verbergen, wie überrumpelt er sich fühlte. „Sie nehmen mir mit Ihrer Ungeduld das Wort aus dem Mund. Außerdem bin ich Ihnen ja noch etwas schuldig", begründete er die nun unvermeidliche, aber angenehme Einladung. „Halten Sie den Gegenwind bis dorthin aus oder wollen wir mit meinem Auto fahren?", versuchte er mit einem freundlich-hinterhältigen Lächeln zu punkten.
„Ich kann Ihnen in Ihrer Position ja wohl kaum zumuten, in meinem zerbeulten Wagen Platz zu nehmen, und es weiß ja niemand, dass Sie selbst den Schaden verursacht haben", parierte sie. „Ich fahre aber lieber mit meinem Auto rechtzeitig vom Museumsgelände, also treffen wir uns dort und stellen uns gemeinsam dem Wind", machte sie dem Geplänkel vorerst ein Ende.
Pia freute sich auf die Herausforderung der kommenden Begegnung. Der Mann strahlte eine unaufdringliche Zielstrebigkeit aus, konnte zwischen den Zeilen denken und formulieren, ohne dass diese Fähigkeit dabei kalt und distanziert als Ergebnis von Kommunikationstraining erschien, was in seiner Branche eher die Regel als die Ausnahme ist. Bisher hatten sich alle ihre, wie sie zugeben musste, leicht träumerisch beeinflussten Erwartungen an diesen Mann bestätigt. Pia spürte eindeutige Signale aus ihrem Körper. Sie wurde immer entschlossener darin, ihnen etwas Auslauf zu gönnen.
Bei ihrer Ankunft in der Scholle ließ Schmidt Pia den Vortritt. „Sollen wir das Probesitzen hier draußen überspringen und uns gleich innen ans Fenster setzen?"
„Also Stille statt Wind im Gesicht?", gab sich Pia aber nicht geschlagen.

„Wie wär's mit Gedankentiefe statt Äußerlichkeiten?", kam es von Schmidt zurück.
Der Mann hielt Pias prüfendem Blick stand, suchte die Offensive und wechselte dazu das Sujet. „Wenn wir so weitermachen, steuern wir auf ein Remis zu. Ich bin aber eher für die Suche nach kreativen Positionen für…" er suchte nach einer originellen Fortsetzung, „…Dame und König."
„Sind wir jetzt also beim Schach … Spiel?" Pia ließ zwischen den beiden letzten Wörtern eine kleine Pause. Schmidt lächelte nur.
Nach kurzer Überlegung setzte Pia fort: „Was wären aber … Dame und König … ohne Bauern und Offiziere? Außerdem gibt's beim Schach ja nur schwarz und weiß", versuchte Pia, dem Gespräch etwas von dieser unbestimmten Substanz zu erhalten. „Von den Bauern ist hier nur noch einer übrig, wie ich gehört habe, Offiziere, genauer gesagt ehemalige, dafür umso mehr."
Inzwischen hatten sie in dem mit einfachen Tischen und Stühlen eingerichteten Gastraum Platz genommen. Der Fensterplatz gab zwar den Blick auf den Hafen mit dem großen Museums-U-Boot und dem Fischkutter frei, aber beide Gesprächspartner waren ganz auf ihr spannendes Gespräch konzentriert.
Jetzt erst fiel Pia auf, wie unnatürlich das förmliche Sie gegenüber dem immer vertrauter werdenden Gesprächsverlauf wirkte. Außerdem war sie es aus Schweden gewöhnt, dass sich alle duzten und mit Vornamen anredeten. „Ich heiße übrigens Pia, und du?"
„Andreas", sagte Schmidt und reichte Pia instinktiv und dann doppelt angenehm berührt die Hand.
„Ja, ich habe davon gehört, ich meine von den Offizieren", nahm er den Gesprächsfaden wieder auf. „Und, es gibt ja sowohl schwarze wie auch weiße Offiziere, wenn du weißt, was ich meine. In unserer Familiengeschichte spielt ein Offizier eine entscheidende, gewissermaßen eine schwarze Rolle, aber zu der Zeit war er noch keiner."
Pia akzeptierte, dass es zunächst bei Andeutungen bleiben würde. Andreas wollte aber wohl nicht ganz von diesem Thema lassen. „Familie scheint ja heute ein überholter Begriff zu sein, woran ich aber zweifle. Es wird vielleicht nur anders definiert."
Pia blickte ihn erwartungsvoll an, als er fortsetzte. „Nicht formale Papiere sind entscheidend, sondern das Zusammengehörigkeitsgefühl

zwischen Verwandten im weitesten Sinne. Und das hält in der Regel alle Belastungen aus."
Bei ihrer nächsten Frage ritt Pia der Teufel. „Und wie groß ist deine Familie, wenn ich mal neugierig sein darf?" Andreas lächelte hintergründig, ehe er antwortete. „Kommt auf die Definition an. Eigentlich ziemlich groß, aber wenn du mit dieser Frage etwas herausbekommen möchtest... Ich habe keine Frau an meiner Seite, in der Familie meine ich."
Pia lächelte zurück, wollte die aufkommende Unsicherheit mit einer spontanen Antwort überspielen. „Ich auch nicht." Auf Andreas' fragenden Blick setzte sie verstehend hinzu: „Und auch keinen Mann."
Nun lachten beide über ihre unbeholfene Kommunikation. Andreas fasste sich als erster. „Jetzt drängt sich natürlich eine weitere Frage auf."
Pia hörte erstaunt zu. „Und die wäre?"
„Können wir beide auch auf eine Art von Gemeinsamkeit zurückgreifen?"
„Oh, das ist ein weites Feld, würde ein deutscher Dichter sagen, oder eine seiner Figuren."
„Bleiben wir doch in der Region. Gibt es hier einen regionalen, also quasi familiären Zusammenhalt?"
Pia hatte eine ganz andere Richtung erwartet und konnte mühsam ihre Enttäuschung verbergen.
„Ich meine auf dieser lokalen Ebene? Wenn man sich fast täglich über den Weg läuft, entsteht doch daraus ein gewisses Zusammengehörigkeitsgefühl, fast wie in einer Familie." Gespannt blickte er Pia an, aus seinen Augen sprach auffallendes Interesse an diesem Thema. „Wenn es um die Region geht, sollten doch alle zusammenstehen, sogar über Familiengrenzen hinweg, von den Parteien ganz zu schweigen."
Pia wusste nicht, was ihr Gesprächspartner meinte.
„Hast du vielleicht von den Gerüchten zum Thema Deich gehört?"
„Zum Beispiel", kam es unsicher zurück.
„Vielleicht sollten wir uns dazu lieber in die Landschaft begeben, auch wenn sie so stürmisch geworden ist? Und außerdem", sie begann in der Speisekarte zu blättern, „gibt es ja noch andere Themen zwischen ... Dame und König. Oder hatte ich das Bild vorhin falsch verstanden?", grinste Pia ihren Gesprächspartner an. „Der Dame gefällt es jedenfalls", setzte sie vieldeutig hinzu. Andreas reagierte sofort. „Wenn ich mich jetzt als König bezeichne, würde das die Dame bestimmt miss-

verstehen, deshalb ziehe ich Gentleman vor und weite die Einladung zu einem gemütlichen Essen aus. Mit dem Aperitif sollten wir auf unsere Bekanntschaft und hoffentlich noch viele solcher Gespräche anstoßen."
Pia registrierte zufrieden, dass sie das Gespräch wieder mehr personalisiert hatte und beließ es bei einem sanften Lächeln als Antwort. Ihr Innerstes war dabei, von Kontrolle auf Genießen umzuschalten. Die Stimme des Mannes passte zum Äußeren, und auch der Intellekt stellte für sie eine Herausforderung dar, der sie sich jedoch gewachsen fühlte. Andreas war von deutlich anderem Format als Nils Pettersson. Sie war offensichtlich dabei, Zugang zu einem interessanten Menschen zu finden. Sie fand es auch nicht schlimm, dass sie nicht alle seine Andeutungen gleich verstand.

13

Freitag, 2. November, 16.45 Uhr

Nein, das Gefühl, sich in eine Sackgasse zu begeben, wollte Arne Bock nicht an sich heranlassen. Noch nicht. Dennoch spürte er widerwillig, dass die fehlenden Fortschritte der Ermittlung wie eine dicke Teigmasse seine anfängliche Hochstimmung immer mehr niederdrückten. Er musste sich davon befreien, oder den Teig in einen genießbaren Kuchen verwandeln.
Das originelle Wortspiel erinnerte ihn wieder an seine Kreativität, die er oft an sich bemerkt hatte, die es einfach abzurufen galt.
Er brauchte Impulse.
Erneut rief er seine beiden Ermittlerkollegen zu sich.
„Wir brauchen den Anfang des Fadens", stellte er gleich zu Beginn klar, auch wenn er damit zugab, selbst keine Idee zu haben.
Dass die unbekannte Tote und das Verschwinden des Bürgermeisters in irgendeiner Beziehung zueinander standen, war durch das mysteriöse Symbol ziemlich klar geworden, wie Arne seinen Mitstreitern dieses Mal unaufgefordert gleich zu Beginn der Beratung erläutert hatte. Auch eine mögliche Verbindung zum Verschwinden von Dieter Bornhöft soll-

ten sie nicht aus den Augen verlieren, wie er mit einem Hinweis auf den Druck seitens Hartmut Westphals aber eher pflichtgemäß hinzufügte.
Nachdem auch der Besuch im Büro des Bürgermeisters in Usedom keinerlei Anhaltspunkte brachte, versuchten die drei Ermittler nun aus der Symbolik des Tattoos eine Bedeutung für den Fall herauszulesen.
Ein Dolch mit einer sich um ihn windenden Schlange.
Während Siegfried sein verschüttetes Schulwissen gar nicht erst bemühte und vergeblich in seinem Gedächtnis kramte, Arne stückweise einige Stichworte aus der germanischen Mythologie aus dem Taschenlexikon wiedergab, stieß Rita ein kurzes und dafür umso lauteres „Ha!" in die Männerrunde. Sie hatte einfach die Worte „Dolch mit Schlange" in das Suchfeld von Google eingegeben. Dort waren auch Tattoo-Symbole erklärt.
„Der Dolch ist in diesem Zusammenhang als Symbol der Rache beschrieben, das gerne in Verbindung mit einer Schlange verwendet wird." Rita erlitt einen Rückfall in ihren dozierenden Tonfall, an dem jedoch keiner der anderen beiden Anstoß nahm. Zu sehr waren sie vom Eifer gepackt. Arne sah die Gelegenheit, großzügig mit Lob zu hantieren. „Gut gemacht Frau Kollegin, immer am Ball des Fortschritts. Hattest du gestern Nachhilfe bei deinem Sohn?"
„Spar dir deine hilflosen Ablenkversuche, wirf lieber eine Hypothese in die Runde."
„Gerne. Rache klingt gut, passt sogar in jede Krimiserie. Auch wenn es eine Theorie auf schwachen Füßen ist, sollten wir weiter überlegen. Oder hat jemand eine andere Idee?" Ohne die sowieso nicht erwartete Antwort setzte er mit entschlossener Stimme fort. „Wir wissen sicher, dass es zwischen Joachim Walter und der toten Frau eine Verbindung gibt. Entweder kannten sich die beiden direkt oder über eine dritte Person."
„Soll ich helfen?", warf Siegfried ein, dem das Argument der Rache sichtlich gefiel. „Da schmückt sich also die Frau mit einem Symbol, das wir als Rachesymbol ansehen. Offenbar hat sie das bewusst getan. Und der Bürgermeister hat dasselbe, nicht gerade alltägliche Symbol als Foto in seinem Arbeitszimmer. Vielleicht hat er das sogar von ihr bekommen, ohne die Bedeutung zu kennen?"
Arne und Rita hörten einfach zu, erstaunt über die Argumente Siegfrieds, der einfach fortsetzte.

„Das spricht aber in jedem Fall gegen ihn als möglichen Täter, denn dann hätte er zumindest das Bild von der Wand genommen. Würde ich jedenfalls an seiner Stelle tun. Und wenn es überhaupt einen Täter gab." Die beiden anderen hatten diesen Argumenten nichts entgegenzusetzen, wie sie bekümmert feststellen mussten, und ignorierten Siegfrieds abschließenden absurden Schlenker.
„Gut, es scheint also doch vieles für irgendeine Form der Rache zu sprechen, andere Erklärungen haben wir bisher nicht", suchte Arne einen Ausweg. „Aber es gibt dabei zu viele Ungereimtheiten. Warum sollte sich das Opfer selbst mit dem Rachesymbol schmücken? Außerdem haben wir keinen belastbaren Hinweis auf den Rächer." Rita nutzte die verfahrene Situation, um Siegfried nach den Ergebnissen seines Kontakts mit Daniela Wollmann von ARGUS-TV zu befragen.
„Die Frau pochte zunächst auf Informantenschutz, als ich sie an ihre Verantwortung und die mögliche Beeinflussung unserer Ermittlung erinnerte. Dann hat sie behauptet, dass die Fotos auf einer anonym abgegebenen CD gewesen seien. Können wir wohl schlecht widerlegen. Aber sie hat eine weitere Zusammenarbeit nicht abgelehnt."
Hast also doch nicht nur mit Platzpatronen geschossen?"
„Ach, heutzutage machen die Medien doch sowieso was sie wollen."
Rita lächelte über die Verachtung, die aus Siegfrieds Worten herauszuhören war. „Willkommen in der Gegenwart, Siegfried."
Arne erhob sich um den Raum zu verlassen. „Denkt mal ein paar Minuten ohne mich weiter." Er ging ins Labor zu Cornelia Machnit, um nach dem Ergebnis der DNA-Analyse zu fragen. Die Laborchefin schien gerade dabei zu sein, ihren Arbeitstisch für den Feierabend aufzuräumen und sah lächelnd zum Kommissar auf. Arne hatte ganz versäumt, sich auf die erneute Begegnung mit der jungen Frau vorzubereiten, registrierte jedoch eine rundum euphorische Reaktion seines Körpers. Leider machte eine eintretende Kollegin dann allen Versuchen, die Situation weiterzuentwickeln, ein Ende. Auch Cornelia hatte wieder ganz auf offiziell geschaltet.
„Aus einem pünktlichen Feierabend für den Kommissar wird wohl nichts. Hier ist das Ergebnis."
Arne studierte das Blatt mit der Auswertung. „Das Blut in Walters Auto stammt von ihm selbst, das ist keine so große Überraschung".

„Und noch etwas habe ich für dich, das Ergebnis der DNA-Probe der Toten ist eben aus Greifswald gekommen. Da ergab sich ein interessanter Link zu unserem Herrn Walter."
Nun zogen sich Arnes Augenbrauen zusammen. „Lese ich das richtig? Das Sperma, welches in der Toten aus dem Peenestrom gefunden wurde, ist von Joachim Walter?"
„Mit an Sicherheit grenzender Wahrscheinlichkeit, so wie es bei allen DNA-Proben ist", bekräftigte Cornelia.
Arne bedankte sich förmlich, ließ seinen Blick so lange wie möglich in den ebenso auf ihn gerichteten Augen der Frau ruhen und stürmte aus der Tür, ohne die Papiere vollständig gelesen zu haben. Im Flur besann er sich auf seine Position und verfiel in einen gemessenen Schritt.
Sobald er das Beratungszimmer betreten hatte und in die kleine Runde blickte, reagierte Rita. „Na Chef, du hast was für uns, man sieht es dir an."
Arne überhörte die Bemerkung, sein Blick wurde ernst und er kam sofort zur Sache. „Das Blut in Walters Auto stammt von ihm selbst. Aber das ist nicht alles. Wir haben offenbar einen neuen Status für unseren Bürgermeister. Er ist jetzt kein einfacher Vermisster mehr, sondern muss als Tatverdächtiger bezeichnet werden. Es ist sein Sperma, welches in der Frauenleiche gefunden wurde. Damit ist klar, dass er mit der Frau nicht lange vor ihrem Tod zusammen war. Er zählt damit zumindest zu den letzten, die die Frau lebend gesehen haben." Arne betonte das Wort lebend, um dann hinzuzufügen, „wenn wir mal ganz seltene Sachverhalte ausschließen." Siegfried zog kurz seine Stirn in Falten, verkniff sich aber mit einem schnellen Seitenblick auf Rita eine Bemerkung dazu.
„Noch mal von vorne", begann Arne ein Resümee. „Der Tod ist am 30. Oktober, also vor drei Tagen, zwischen 12 und 24 Uhr eingetreten, kurz davor Geschlechtsverkehr mit dem Bürgermeister, wo das war, wissen wir nicht. Todesursache ist Genickbruch durch Einwirkung eines stumpfen Gegenstandes. Seit heute Morgen wird Walter vermisst, wann genau er verschwand und ob er noch lebt, ist unklar. Die gefundenen Blutspuren weisen auf eine Verletzung Walters hin, deren Ursache und Folgen wir nicht kennen. Ziemlich mager, oder?"
„Und wie passt nun das Rachesymbol in diese Beziehung? Eines bei der Leiche, eines in der Wohnung von Walter", vergrößerte Siegfried die bisherigen Unklarheiten.

„Beinahe hätte ich es vergessen, die DNA-Probe der Leiche liegt ebenfalls vor, Moment, hier steht etwas dazu." Arne vertiefte sich in die Erläuterungen, blickte auf und seine Miene verriet eher das Gegenteil von Optimismus.
„Es gibt eine Vergleichsprobe, allerdings anonymisiert. Das heißt, die Identität der Frau lässt sich daraus ableiten, aber die dazugehörige Personalakte trägt einen Sperrvermerk des LKA."
„Na wunderbar, die großen Brüder werden uns jetzt also freundlich helfen müssen", konnte sich Rita eine sarkastische Bemerkung nicht verkneifen.
Arne Bock versuchte Rita zu beruhigen. Er dachte bereits darüber nach, welche Ursachen es für das LKA geben könnte, eine Personalakte zu sperren. Auf jeden Fall würde es für sie nicht leichter werden. „Du hast wohl Recht. Was das für die Dimensionen dieses Falles bedeutet, können wir nur erahnen. Ich erledige das sofort und hole euch nachher wieder."
Er ging mit den Ergebnissen unverzüglich zu Polizeidirektor Hartmut Westphal, setzte ihn ins Bild und bekam die Vorschläge, die er seinem Chef gleich mit unterbreitete, sofort bestätigt. Den Kontakt zum LKA übernahm zuständigkeitshalber Westphal selbst. Der eben erst in sein Amt eingeführte Inselbürgermeister Joachim Walter sollte offiziell weiterhin als vermisst gelten, um ihn oder einen eventuellen Entführer nicht zu beunruhigen.
Die Ermittler beschlossen, die Öffentlichkeit vom Verschwinden Walters zu informieren und um Mithilfe zu bitten. Dazu wurde Siegfried erneut zu ARGUS-TV geschickt, während Arne telefonisch das Regionalstudio des Norddeutschen Rundfunks in Greifswald informierte und ein Foto des Vermissten versprach.
Als der zuständige Beamte des LKA die telefonische Anfrage aus Wolgast bekam, rief er die Akte in der Datenbank auf. Versteckt in einem kleinen Kasten links oben auf dem Bildschirm blinkte eine Mobilfunknummer, die bei allen Anforderungen an dieses Dokument anzurufen war. Er wählte sie unverzüglich, nach dem dritten Zeichen ertönte eine energische männliche Stimme.
„Ja?".
Der Beamte kannte die Gepflogenheiten und gab das Anliegen der Polizei Wolgast weiter. Ludger van Cramme hörte zu, ohne seinen Namen

preiszugeben und gab dem LKA-Beamten die Anweisung, der Wolgaster Polizei die Identität der betreffenden Frau mitzuteilen, natürlich ohne über ihre Beziehung zum LKA ins Detail zu gehen. „Zu den Umständen des Todes erwarte ich dann die entsprechenden Informationen aus Wolgast", fügte er hinzu.

Sofort darauf informierte er den Referenten der Staatskanzlei Erich Bernecker über das Schicksal von Viola Kübeck.

Westphal gab weniger als 15 Minuten nach Absenden der Anfrage die Antwort aus Schwerin sofort an Bock weiter und bat ihn, die nötigen Schritte einzuleiten.

Arne Bock ging zurück in sein Büro, nahm die Informationen zur Hand – und erstarrte.

Schlagartig wurde ihm klar, warum der Anblick des Leichenfotos ihn nie losgelassen hatte, jedoch in so geringer Intensität, dass es von den anderen Eindrücken völlig überlagert wurde. Er öffnete den Terminkalender in seinem Smartphone, blätterte einige Tage weiter bis zum 9. November. Und löschte schnell den Eintrag um 17 Uhr.

Dann schloss er die Augen und konzentrierte sich wieder ganz auf die Ermittlung.

Erst einige Minuten später rief er seine Mitarbeiter erneut zu sich.

Bock berichtete ihnen erfreut über die Bewegung in dem Fall und versuchte, seine Begeisterung darüber auf sie zu übertragen. Er beauftragte Rita damit, den nun bekannten Namen der Toten im Melderegister zu suchen, um alle dort vorhandenen Informationen nutzen zu können.

„Wir sehen uns morgen früh, werden uns dann das Domizil dieser Viola Kübeck genauer ansehen."

Als Arne allein in seinem Büro war, versank er im weichen Drehstuhl, was ihm schon so oft eine gewisse Entspannung gebracht hatte, und versuchte Ordnung in seine eigenen Gedanken zu bringen.

Dabei fiel ihm auf, dass sie im Überschwang der neuen Tatsachen noch gar nicht versucht hatten, die aktuellen Gerüchte zum Deichrückbau zumindest mit dem Verschwinden des Bürgermeisters in Verbindung zu bringen. Lag hier vielleicht der Anfang des Fadens, nach dem sie immer noch vergebens suchten? Kurz entschlossen nahm er das Telefon und setzte eine lange gehegte Absicht um. Sein Großvaters Reinhard Henkelmann nahm schon nach dem zweiten Klingeln das Gespräch entgegen.

„Hallo Reinhard."

Auf diese Anrede unter Männern hatten sie sich seit der Zeit geeinigt, als Arne seinen Dienst in Wolgast antrat. Alles andere wäre der Bedeutung der beiden Persönlichkeiten nicht angemessen gewesen, wie sie nach kurzer Überlegung festgestellt hatten.
„Ach, der ermittelnde Beamte meldet sich mal wieder. Kommst wohl im Moment nicht weiter?" Reinhard Henkelmann hatte ein Ohr für Zwischentöne, um solche Gedanken lesen zu können.
„Von mir wirst du weder Bestätigung noch Dementi hören, wie sich das für einen professionellen Cop gehört. Aber im Ernst, würde es dich in deinem gehobenen Alter überfordern, wenn der uniformierte Nachwuchs nachher bei dir vorbeischaut? Aber leider ohne Uniform."
„Ach, von der Sorte Kleidung habe ich noch einige Exemplare in meinem alten Schrank", antwortete Henkelmann.
„Gut, dann sage ich Kerstin Bescheid, dass es später wird, ordne meine Sachen hier und bin in etwa einer Stunde bei dir."
„Schön, dann kann ich dir noch meinen Gast vorstellen, der passt bestimmt zum Thema. Lass dich überraschen." Mit diesen Worten legte Reinhard Henkelmann auf.
Voller neugieriger Spannung sah Arne dem Besuch entgegen, fragte sich noch, welches Thema sein Großvater wohl meinte und saß bald in seinem Auto.
Im Anschluss an die Nachrichten hörte er im Autoradio eine Unwetterwarnung. Die Prognose für den zu erwartenden Sturm wurde nach oben korrigiert. Für die Nacht waren an der gesamten deutschen Ostseeküste Orkanböen von bis zu 120 km/h aus westlicher Richtung vorausgesagt. Während an den Westküsten die auflaufenden Wellen bereits eine Gefahr darstellten, war an den Ostküsten Rügens und Usedoms eher mit fallenden Wasserständen zu rechnen.
Und mit fallenden Bäumen. Die ersten Meldungen dazu gab es von einigen Bundesstraßen auf dem Festland.

14

Freitag, 2. November, 18.45 Uhr

Arne hielt mit seinem Passat vor dem Haus seines Großvaters in der Waldstraße. Hier standen die einzigen aus der Zeit vor 1945 erhaltenen Reihenhäuser. Sie waren seit 1990 alle in Privatbesitz übergegangen.
Auch Reinhard Henkelmann zog hier ein, aus der Vier-Raum-Plattenbauwohnung, die Arne noch aus seinen Besuchen als Kind kannte. Fünfhundert Meter Wald trennten die damalige Wohnung vom Strand. Später wurde das Zwischenstück an der Strandstraße fast vollständig bebaut. Die zahlreichen Gebäude mit Ferienwohnungen und Läden wirkten vor allem im Sommer wie die Prachtmeile eines mediterranen Badeortes. Nun war jedoch die große Winterruhe eingekehrt.
Arne schaltete die Zündung aus, zögerte noch mit dem Aussteigen. Für einen Moment fühlte er sich in seine Kindheit versetzt. Oft war er mit den Kindern der Nachbarn im Dünenwald unterwegs, der ihm immer unheimlich vorkam. Für ihre Versteckspiele eigneten sich die vielen Unebenheiten des Waldbodens vorzüglich. Neben natürlichen Dünenwällen waren es auch kleinere längliche Vertiefungen, in die ein Kind locker hineinpasste. Kein Wunder, es waren Schützenmulden, wie der Großvater dann informierte. Gegraben in den wurzeldurchzogenen Boden von den Soldaten, die an dieser Stelle der Küste Landungsübungen durchführten. Und dann die kreisrunden großen Vertiefungen. Bombentrichter aus der Kriegszeit, die längst nicht alle verfüllt worden waren. Mit Schaudern dachte er daran zurück, dass ein Nachbarsjunge bei ihrem Spiel in einen mit Wasser gefüllten Trichter fiel und ohne Hilfe nicht mehr herausgekommen wäre. Sein Schreien alarmierte die anderen, die ihm mit langen Ästen aus dem Loch halfen. Allein der Gedanke daran ließ Arne frösteln. Die Erwachsenen wussten wohl bis heute nichts darüber.
Arne löste sich von seinem Rückblick und stieg aus. Großmutter Ursula öffnete nach dem Klingeln die Tür, freute sich über den Besuch ihres Enkels. „Wirst schon zur Männerrunde erwartet, komm rein“, empfing sie ihn, um dann gleich wieder im Obergeschoss zu verschwinden. Ursula Henkelmann war eine der vielen Frauen ihrer Generation, die sich in erster Linie über ihre Ehemänner definiert sahen, ihnen den

Rücken frei hielten, die Karriere sicherten. Dennoch war sie, wie die meisten anderen ihrer Art, mit sich im Reinen.
Arnes Blick schweifte wie immer zunächst über die Einrichtung des großen Wohnzimmers. Eine Mischung aus herkömmlicher Schrankwand und kleinen Beistellmöbeln, eingerahmt durch mittelhohe Wände mit hell gemusterten Tapeten. Zwei gleichartige Deckenlampen mit nach oben geöffneten matten Glasschirmen sorgten je nach Bedarf für das entsprechende Licht. Anstelle des Aquariums der früheren Wohnung mit Guppys und Scalaren stand in der Ecke neben dem großen Fenster eine Vitrine mit dem Schiffsmodell des Küstenschutzschiffs „Strausberg", welches Reinhard Henkelmann als Kommandant befehligt hatte. Die gesamte Einrichtung wirkte wie der komprimierte Ausstellungsraum eines Museums für die Jahrzehnte zwischen 1980 und 2010.
Henkelmann erhob sich aus dem gemütlichen Sofa, um Arne mit festem Händedruck und klarem Blick zu begrüßen. Mit ihm stand der Überraschungsbesucher auf, den Arne nur zu gut kannte.
„Petersen", stelle dieser sich vor.
„Ich weiß", antwortete Arne, „wer kennt Sie hier nicht, nur persönlich sind wir uns wohl selten begegnet."
Der Peenemünder Museumsdirektor, der davor das Technikmuseum Hannover geleitet hatte, war schon immer in den Medien sehr präsent. Auch Arne hatte die Entwicklung des Museums Peenemünde mit besonderem Interesse verfolgt. Er mochte diesen Typ von Mensch, der ihm jetzt mit offenem, neugierigem Blick gegenüber stand. Würdevoll und vor allem ohne Allüren.
In den langen Jahren seines Wirkens erwarb Petersen sich den Respekt nicht nur der Fachwelt, sondern auch der Bevölkerung der Region. Mit feinem Gespür vermochte er es, Nuancen in den Interessen verschiedener Gruppen zu erkennen und auch auszubalancieren. Seine Anwesenheit konnte an diesem Abend nur von Nutzen sein, dachte Arne bei sich.
„Siehst du, habe ich zu viel versprochen?", holte Reinhard seinen Enkel wieder aus dessen Gedanken zurück. Er konnte wohl wirklich hinter die Stirn blicken, wie Arne anerkennend registrierte.
Alle setzten sich wieder, Arne bekam ohne zu fragen ein Glas Mineralwasser von seiner Großmutter vorgesetzt. „Du bist ja mit dem Auto hier".

Der Kommissar lächelte, fühlte seine Motivation für die Ermittlung zurückkommen und kam gleich zur Sache.
„Ich bin auf der Suche nach mehr Hintergrundinformationen, die sich für unsere Fälle als wichtig erweisen könnten. Und ich hoffe…", nach kurzem Zögern ergänzte er, „nein, ich bin sicher, dass ich dazu hier etwas erfahren kann."
Henkelmann zog erstaunt die Augenbrauen hoch. „Fälle? Gibt's denn was Neues zu Dieter Bornhöft? Oder meinst Du den vermissten Bürgermeister?"
„Nein, zu Bornhöft gibt es nichts Neues. Aber dafür kennen wir jetzt die Identität der Toten vom Peenestrom. Es ist Viola Kübeck, Inhaberin des Kosmetiksalons in der Strandstraße." Er entschloss sich, über die Verbindung zwischen Joachim Walter und der Frau vorsichtshalber zu schweigen.
Henkelmann und Petersen nahmen diese Tatsache interessiert, aber ohne weitere Gefühlsregung zur Kenntnis.
„Wir sind immer noch auf der Suche nach möglichen Motiven. Um es direkt zu sagen, wir sind uns nicht sicher, ob das aktuelle Gerücht zum Deichrückbau eine Bedeutung für die Fälle haben könnte. Und hier sitzen zwei ausgewiesene Spezialisten am Tisch", versuchte Arne dem Gespräch die lockere Note zu erhalten. Das gute Verhältnis zu seinem Großvater übertrug er einfach auf Petersen, in der Gewissheit, in diesem einen ebenso vertrauenswürdigen Gesprächspartner zu haben wie in Reinhard.
„Zunächst kann ich dir versichern, dass es nicht nur ein Gerücht ist." Reinhard Henkelmann ergriff die Initiative und suchte nach einem passenden Beginn für seine Worte. „Versuch dich mal zwanzig Jahre zurück zu versetzen, als hier alle Strukturen den Bach hinunter gingen…" An dieser Stelle schon unterbrach ihn Arne lächelnd, aber bestimmt. „Bitte, Reinhard beschränke dich auf den Deich, über das andere haben wir schon mehrfach gesprochen."
Der atmete hörbar tief durch und setzte etwas ruhiger fort. Über Petersens Gesicht flog ein unmerkliches Lächeln.
„Also gut. Schon beim ersten Versuch 1999 haben wir alle Argumente gegen das Wahnsinnsprojekt eines Deichrückbaus auf den Tisch gelegt. Ausgleichsfläche für Investitionen sollte es sein! Als wenn es dafür nicht hundert andere Möglichkeiten geben würde. Jedenfalls wurden die in

Schwerin so erschreckt, dass ihnen nichts übrig blieb, als alles zu stoppen. Dachten wir jedenfalls. Nun stellt sich heraus, dass es nur eine Finte war. Wir sollten ruhig gestellt werden. Und jetzt, in der Hoffnung, wir seien blöd oder vergesslich oder beides, wird dieser Plan wieder aus der Schublade geholt. Mit Vernunft hat das nichts zu tun, es muss hier andere Gründe geben. Ich weiß aus sicherer Quelle, dass der Deichrückbau auf kaltem Wege umgesetzt werden soll. Stell dir diesen Irrsinn vor. In der Silvesternacht 1904/05 wurde die Insel Usedom an mehreren Stellen vom Sturmhochwasser durchbrochen. Eine war zwischen Peenemünde und der Kienheide nördlich von Karlshagen! Und genau das kann dann hier wieder passieren, zumal der befürchtete Meeresspiegelanstieg die Gefahr noch zusätzlich erhöht.
Dazu kommt noch das Problem der Altlasten in diesem Gebiet. Nicht nur die Blindgänger der Phosphorbomben aus dem Krieg, nein, auch alles das, was nach 1945 hier im Gelände versenkt wurde. Keiner weiß, was hier alles im Boden liegt und wo."
Arne erinnerte sich wieder an seine Gedanken, die ihm im Auto vor dem Haus durch den Kopf gegangen waren.
„Und nun versetz dich in die Menschen, denen 1990 die wahre Demokratie versprochen worden war. Ihre Meinung wird schlicht und einfach ignoriert! Und von so manchem Politiker, der hier aufgetreten ist, hätten wir früher in der Truppe gesagt, der kann nicht weiter denken als ein Schwein..."
„Ich kenne den Spruch", versuchte Arne ihn zu bremsen. Und fuhr dann ganz ruhig fort. „Soweit habe ich verstanden, was du meinst, Reinhard. Was mich aber ganz besonders interessiert, ich weiß, die Frage ist heikel...", versuchte Arne dem Gespräch die für ihn wichtige Wende zu geben. „Ist es für dich vorstellbar, dass das Ganze in, sagen wir, unkontrollierte Handlungen Einzelner münden könnte?"
„Das ist es ja, worauf ich die ganze Zeit hinsteuere. Die möglichen Reaktionen sind einerseits Fatalismus und Frust, nach dem Motto, die da oben haben schon immer gemacht, was sie wollten. Andererseits habe ich schon gehört, wie einer sagte, wenn der Bagger den Deich abreißen will, dann hole ich meine Granate aus dem Keller. Und ich kann mich nicht dafür verbürgen, dass es ausschließlich scherzhaft gemeint war."
Nachdenklich folgten Arne und Werner Petersen den Worten von Reinhard Henkelmann. Arne zögerte vor der nächsten Frage und sprach

betont langsam. „Kannst du dir solche Kurzschlusshandlungen auch gegen Personen vorstellen, die im Verdacht stehen, den Deichabriss zu befördern?“
Henkelmann begriff jetzt, wohin die Frage zielte.
„Willst du damit behaupten…“
„Behaupten will ich gar nichts, aber … könntest du das völlig ausschließen?“ Arne ließ nicht locker.
„Merkst du eigentlich, dass du den berechtigten Widerstand gegen ein sinnloses Projekt kriminalisieren willst?“ Reinhard Henkelmanns Stimme wurde laut. Sogar Petersen legte beschwichtigend seine Hand auf den Arm seines Gastgebers. „Ich verstehe die Intentionen. Herr Bock möchte einfach nur alle in Frage kommenden Möglichkeiten sondieren, Reinhard.“
Arne lächelte nickend dazu. „Danke, Herr Petersen, genauso ist es.“
Reinhard Henkelmann hatte sich beruhigt, dachte nach und antwortete leise und von seinen Worten selbst betroffen.
„Wenn ich ehrlich sein will, nein, ich kann es nicht ausschließen.“
Alle drei schwiegen betreten und führten diesen Gedanken jeder für sich weiter.
Für Arne zeichnete sich immer deutlicher ab, dass er die Probleme rund um den Deichrückbau unbedingt mit in das Umfeld für die Motivsuche einbeziehen musste. Auch wenn ihm manches eben Gesagte übertrieben vorkam.
Unvermittelt fiel ihm ein anderer Ansatz ein. „Sagen Sie, Herr Petersen, welche Möglichkeiten hat denn der Denkmalschutz bei diesem Thema?“
Petersen blickte nach Worten suchend zunächst an die Zimmerdecke, dann zu seinem Gastgeber. Arne spürte, dass ihm die Antwort nicht leicht fiel.
„Ein Deichrückbau würde große Gebiete des Umfeldes mit zahlreichen Bodendenkmälern aus der Zeit der Heeresversuchsanstalt zeitweilig und später ständig unter Wasser setzen. Das würde den international einzigartigen Denkmalstatus entscheidend schwächen.“
Nun blickte er Arne in die Augen. „Und genau hier liegt ein Problem. Was, glauben Sie, hat der Denkmalschutz für eine Gewichtsklasse gegenüber wirtschaftlichen Argumenten? Und außerdem…“, Petersen zögerte und blickte Arne vielsagend an, „würde sich dann so manche unbequeme Diskussion über das Museumskonzept von selbst erledigen.“

Arne war dem Gespräch mit wachsendem Unbehagen gefolgt und fühlte sich plötzlich wie vor einem Labyrinth. Mit steigender Unruhe dachte er daran, welche Dimensionen diese beiden Fälle durch einen politischen Hintergrund bekommen konnten. Damit hatte er bisher keinerlei Erfahrung. Das war immer Sache seiner Vorgesetzten, deren manchmal schwammige Ausführungen ihm jetzt in ganz anderem Licht erschienen.
Ein weiterer Gedanke drängte sich in diesem Umfeld unvermittelt auf und Arne wandte sich an seinen Großvater. „Sag mal, Reinhard, nachdem was ich gerade gehört habe, wäre doch ein Zusammenhang zwischen den aktuellen Ereignissen und dem Verschwinden von Dieter Bornhöft am 3. Oktober möglich. Wie stand der denn zum Thema Museum?"
Gespannt prüfte Arne die Reaktion seines Großvaters, der sich mit einer Antwort auf diese völlig überraschende Frage viel Zeit ließ.
„Nimm es mir bitte nicht übel, Arne, über Bornhöft weiß ich kaum etwas Näheres, er war ja Flieger. Und an Spekulationen möchte ich mich wirklich nicht beteiligen. Aber interessant ist die Frage schon."
Verwundert nahm Arne die dürren Worte auf, fühlte sich in dem Moment damit überfordert, sie einordnen zu können.
Enttäuscht und durcheinander blickte er auf die Uhr. Er verspürte das dringende Bedürfnis, den Gesprächsinhalt zunächst durch seine eigene Analyse laufen zu lassen.
Etwas zu förmlich bedankte er sich für die Informationen, erhob sich, drückte auch Ursula zum Abschied die Hand, die sich unbemerkt zu den Männern ins Wohnzimmer gesellt hatte und mit einem Buch im Sessel saß.

Nachdenklich fuhr Arne zurück nach Wolgast. Erleichtert stellte er fest, dass der Sturm zumindest nicht an Stärke zugenommen hatte, soweit er das aus dem Auto heraus beurteilen konnte.
Den Deichrückbau müssten sie ganz sicher in ihre Überlegungen einbeziehen. Sein auf Analyse getrimmter Verstand sagte ihm außerdem mit dem Abstand von wenigen Minuten, dass die Reaktion von Reinhard auf die Frage nach Bornhöft eine mehr oder weniger gut kaschierte Ablenkung von einem unangenehmen Thema darstellte.

Ein solches Verhalten seines Großvaters, das fiel Arne in diesem Moment wieder ein, war ihm bereits in der Kindheit einmal begegnet und ließ ihn bis heute nicht los.
Er hatte sich auf Indianerart seinem Großvater lautlos genähert und ihn dabei überrascht, wie der sich ein Foto ansah. Arne nahm es ihm blitzschnell aus der Hand und betrachtete es selbst. Er konnte sich erinnern, auf dem Schwarz-Weiß-Foto zwei Männer gesehen zu haben, von denen nur einer eine Uniform trug. Es war aber keine der NVA, denn die kannte der kleine Arne samt Dienstgradabzeichen der Marine ganz genau. Erschrocken griff der Großvater nach dem Foto, und dessen Gesichtsausdruck vertrieb bei seinem Enkel sofort jeden Rest von Spaß und verdarb den Triumph der Eroberung. Dann lächelte der Großvater. „Das ist ein militärisches Geheimnis, und wenn du erwachsen bist, erzähle ich es dir, Indianerehrenwort."
Immer wenn Arne in der Folgezeit auf dieses Thema zu sprechen kam, spielte sein Großvater das Geschehen herunter. „Ach, das war doch nichts, ich weiß gar nicht mehr, welches Foto das gewesen sein sollte."
Gedankenversunken betrat Arne sein eigenes Haus. Als er seine Jacke gerade auf den Bügel gehängt hatte, kam seine Frau Kerstin auf ihn zu.
„Wie war es? Wie geht es den beiden?", fragte sie mit ungewohnter Freundlichkeit und umarmte ihn sogar.
„Gut, alles in Ordnung", brachte Arne überrascht heraus und war zu müde, auch mit seiner Frau noch über die eben strapazierten Dinge zu sprechen.
„Schön, dann brauchen wir wohl morgen net zum Kaffee hinfahren?"
„Nein, brauchen wir nicht. Ich muss aber früh zum Dienst."
„Was? Dann musst du ja so zeitig aufstehen." Bei diesen Worten knöpfte Kerstin Bock ihrem Mann langsam das Hemd auf, überraschte ihn mit einem an ihr lange nicht gesehenen lustvollen Blick und schmiegte ihr Becken an seines. „Die Kinder schlafen schon."
Arne reagierte sofort, so wie er sollte – und lange schon wollte.

15

Samstag, 3. November, 7.50 Uhr

Das Rauschen des immer noch starken Windes drang von Zeit zu Zeit in das Polizeifahrzeug, auf manchen Abschnitten musste Siegfried Reuschel sogar gegenlenken. Dünnere Baumstämme neigten sich bedrohlich im Sturm. Glücklicher Weise versperrte kein Baum den Weg der drei Polizisten von Wolgast nach Karlshagen. Die Schläfrigkeit des Samstages hatten die Ermittler im Polizeirevier zurückgelassen, und der Sturm ihrer Ermittlung begann gerade erst seine Kraft zu entfalten.
Arne Bock sah sich nach den brisanten Informationen des Vortags herausgefordert, seinen Elan auf die Kollegen zu übertragen. Das Team der Spurensicherung um ihren Meister Erwin benutzte wie gewohnt ein eigenes Fahrzeug. Arne machte Rita und Siegfried auf der etwa zwanzigminütigen Fahrt mit den Ergebnissen seines Gesprächs am Vorabend bekannt. Obwohl er mit Nachdruck auf die Bedeutung des Themas verwies, brachte die kurze Diskussion aber keine Einigung darüber, ob und in welcher Form der Deichrückbau für das Verschwinden des Bürgermeisters von Belang sein konnte und ergab schon gar keinen direkten Zusammenhang mit dem Tod von Viola Kübeck. Die Sicherheit Arnes dazu aus dem Vorabendgespräch traf bei den anderen beiden auf sehr verhaltenes Echo.
Um acht Uhr trafen sie wie verabredet die Eigentümerin des Gebäudes, in dem sich das Kosmetikstudio von Viola Kübeck befand. Irene Wrobel sagte den Ermittlern noch einmal persönlich jede Hilfe zu und übergab den Schlüssel. Die etwas betagte, schlanke und sorgfältig geschminkte Dame versuchte vergeblich, ihre überbordende Neugier zu verbergen. Natürlich wollte sie aus erster Hand erfahren, was sich in ihrem Haus abgespielt hatte, aber auch nicht durch direktes Fragen aufdringlich erscheinen.
Zweithaarstudio!
Nach nur kurzer Überlegung fiel Rita beim Blick auf die sehr gepflegte Frisur von Frau Wrobel das neue Wort für Perücke und der dazugehörige Service ein. Mehr als ein unmerkliches Lächeln drang von diesen Gedanken nicht nach außen.

Das Recht des ersten Betretens hatten wie immer die Männer von der Spurensicherung. Arne hoffte inständig auf einen ersehnten Fortschritt in den Ermittlungen, unterdrückte mühsam seine aufkommende Erregung und warf nur einen flüchtigen Blick durch die geöffnete Tür in die Räumlichkeiten.
Während die Spezialisten ans Werk gingen, die Räume auf Unregelmäßigkeiten prüften, die in Frage kommenden Flächen nach Fingerabdrücken absuchten und dabei bemüht waren, möglichst nichts zu verändern, unterhielten sich die Ermittler mit der Eigentümerin.
„Was können Sie uns zu Frau Kübeck sagen, ist Ihnen an ihr irgendetwas Ungewöhnliches aufgefallen, Frau Wrobel?" Bock versuchte, die Mitteilungsfreude von Irene Wrobel in seinem Sinne zu kanalisieren.
Die Hausbesitzerin dachte nach, solche allgemeinen Fragen überforderten sie.
„Sie kam im vergangenen Jahr, ich glaube aus Süddeutschland. Ich hatte übrigens noch andere Interessenten für die Räume, es ist doch eine super Lage. Frau Kübeck war aber als einzige sofort mit dem Mietpreis einverstanden. Ohne Feilschen, das hat mich doch schon erstaunt, ist leider nicht die Regel heutzutage."
Als sie Bocks ungeduldigen Blick sah, fuhr sie fort.
„Ungewöhnliches ... Vielleicht, dass oft abends noch Licht brannte. Sieht man ja nur im Winter. Aber Selbstständige müssen eben mehr arbeiten als andere, ist bestimmt nichts Besonderes. Mehr fällt mir leider nicht ein", zuckte sie bedauernd mit den Schultern. „Doch, warten Sie, das Auto von Frau Kübeck steht noch auf dem Parkplatz hinter dem Haus. So ein kleines graues, ich glaube Ford oder Opel."
„Das ist wichtig, danke für den Hinweis." Arne Bock hatte eine neue Aufgabe für Erwin Meister. Nun konnte sie sich nicht mehr zügeln. „Ist Frau Kübeck denn ermordet worden?"
„Frau Wrobel, um das herauszufinden, sind wir ja hier", versuchte Rita die Vermieterin mit sanften Worten zu beruhigen. Die wechselte sofort das Thema.
„Und wann kann ich die Räume wieder neu vermieten? Jetzt im Winter wird sich kaum jemand finden, aber vielleicht kommt ja eine ganz andere Branche und ich muss umbauen lassen."
„Ich denke in der kommenden Woche können wir die Räume frei geben. Dann haben Sie auch wieder ungehinderten Zutritt. Und wenn

wir noch Fragen haben, kann ich bestimmt auf ihr weiteres Entgegenkommen rechnen. Hier ist meine Karte." Arne blickte die Frau mit der ganzen ihm zur Verfügung stehenden nachsichtigen Freundlichkeit an. Irene Wrobel sprach jedoch einfach weiter.

„Frau Kübeck war eine sehr angenehme Mieterin, zahlte immer pünktlich, kam ihren Verpflichtungen nach. Und..."

Ehe sie ein weiteres Wort sagen konnte, hörten sie Erwin Meister von innen rufen.

„Arne, hier ist was für euch."

Arne bat die Hausbesitzerin um Verständnis und ging zunächst allein in das Studio. Seine Routine erlaubte ihm die Fortbewegung auf eine Art, die eventuelle Spuren für denjenigen bewahrte, der darauf spezialisiert war.

Die Atmosphäre der Räume elektrisierte ihn, unsicher blickte er sich um. Das erstmalige Betreten der Räume hatte er sich anders vorgestellt, zumindest entspannter und mit mehr Vorfreude. „Hier, fällt dir etwas auf?", fragte Erwin Meister und zeigte auf eine Kante, die zu einem ungewöhnlichen Tisch gehörte.

Arne staunte zunächst über den Anblick des Raumes mit zwei großen Fenstern, der wohl als eine Art Wartebereich oder Empfang diente. Die Jalousien waren zugezogen. Grünliche Tapeten mit leichtem Relief schmückten die Wände, die großformatigen Fußbodenfliesen in hellem Ocker mit variablen Farbnuancen wiesen ein leichtes Oberflächenprofil auf.

Der Tisch stand auf zwei massiven quaderförmigen dunklen Blöcken in Felsenoptik. Von Tischplatte konnte nicht die Rede sein. Denn die Kanten der etwa zwei Zentimeter dicken Auflage waren nach oben gebogen, wirkten wie das Dach einer asiatischen Pagode. Am Tisch standen zwei bequeme orangene Polstersessel. Die Farben im Raum sollten wohl beruhigend wirken, oder erregend? Kam vielleicht immer auf die Situation an, dachte Arne, ehe er auf die Frage von Erwin Meister antwortete.

„Ja, der Tisch ist ganz bestimmt nicht made in Germany, ich tippe auf Vietnam oder Umgebung. Und runterfallen kann von dem auch nichts."

„Zweimal volle Punktzahl", gab Meister zurück. „Beim dritten Mal gibt's ein freies Wochenende für dich."

„Sag das den Ganoven, du Meister aller Spurensucher."

„Wenn du jetzt Spurenfinder gesagt hättest, wäre es das dritte Mal", antwortete Meister mit einer Spur von Beleidigtsein.
„Das ist doch in unser aller Denken fest verankert", beruhigte ihn Arne mit bewusst väterlichem Ton. Meister wusste im ersten Moment wirklich nicht, ob das ernst gemeint war, bis er Arnes Grinsen sah.
„Auf den ersten Blick sehe ich nichts Ungewöhnliches. Aber vielleicht haben die erfahrenen Ermittler eine andere Sicht."
Bock rief Rita und Siegfried hinzu, ehe Meister ihn daran hindern konnte. Jeder unnötige Trubel an einem Tatort war ihm zuwider. Und nach Tatort sah das hier zumindest für seine erfahrenen Augen aus.
Die Hausbesitzerin wollte folgen, wurde jedoch sanft, aber bestimmt davon abgehalten.
Rita und Siegfried sahen sich den Tisch genau an.
„Hm, der Tisch wurde verschoben, wenn auch nur ganz leicht", versuchte Siegfried eine Prognose, während Rita ihre Ahnungslosigkeit gar nicht erst zu verbergen suchte.
„Möglich, aber das ist gar nicht so einfach bei diesem Gewicht. Wenn, dann können wir nicht mehr nachvollziehen, wann das war. Und die Kante selbst?" Meister ließ nicht locker, erntete aber nur ahnungslose Blicke.
„Na gut, ich helfe euch wieder mal auf die Sprünge. Hier wurde zwar abgewischt, aber nicht gut genug für Meisteraugen." Er ließ die Worte einige Sekunden wirken, sah aber keine Reaktion und fuhr fort.
„Bisher habe ich ein kurzes blondes Haar gefunden, dazu einige Spuren, die wahrscheinlich von menschlicher Haut stammen. Aber endgültig kann uns das unsere tüchtige Laborleiterin erklären. Hat sie nicht heute auch Dienst?"
Bock verstand die Anspielung auf seine Sympathie für die Laborleiterin Cornelia Machnit, was wohl im Haus bemerkt worden war. Oder es war einfach Meisters Spürnase, die er ständig in Übung halten musste.
„Das hängt davon ab, was wir, nein, ihr von der Spusi heute noch alles findet."
Rita bekam als erste wieder die Kurve zum Thema Tisch.
„Es ist also möglich, dass Frau Kübeck mittels dieser Tischkante ihr Ende gefunden hat. Oh Gott, jetzt rede ich schon so zynisch wie unser verehrter Siegfried", setzte sie sofort mit einem entwaffnenden Lächeln in Richtung ihres Kollegen hinzu.

Der ließ sich das nicht gefallen.
„Ich sehe das ganz pragmatisch. Soweit ich mich an das Leichenfoto erinnere, gehörte die Tote kaum zu den Adipositas-gefährdeten Frauen, und eine Kollision mit diesem Tisch hat zumindest keine sichtbaren Spuren an diesem hinterlassen. Was man von der Frau nicht gerade sagen kann."
Erwin Meister beteiligte sich amüsiert an den Erklärungsversuchen. „Und da der Tisch auch von einem Kraftprotz wie…" Ihm fiel kein Beispiel ein, weder Arne noch Siegfried waren glaubwürdig für diese Parodie „… man sie im Film sieht, kaum in Richtung Kopf bewegt werden kann, war es wohl eher umgekehrt."
„Dann bleiben noch zwei Grundvarianten. Absicht oder Unfall. Hab doch von Anfang an gesagt, dass es auch ein Unfall gewesen sein kann." Siegfried Reuschel sah seine schon davongeschwommenen Felle wieder zurückkehren. „Oder sieht hier jemand irgendwelche Kampfspuren?"
„So weit sind wir noch nicht, würden wir aber gerne heute noch kommen", versuchte Meister mit einer Andeutung den Gang der Dinge zu beschleunigen.
Rita konnte sich eine letzte Entgegnung nicht verkneifen. „Dann sucht doch auch mal nach Spuren für einen unbeabsichtigten Transport der Leiche. Und die versehentliche Befestigung am Busch."
Bock machte dem Geplänkel ein Ende, ohne sich daran zu beteiligen. „Gut, wir lassen euch dann mal in eurem Element allein, wir stören ja sowieso nur eure Kreise."
Die drei Ermittler verabschiedeten sich zum Backshop im nahe gelegenen Supermarkt. Gesättigt und mit Kaffee versorgt kehrten sie zurück und nahmen das abschließende Resümee von Erwin Meister entgegen, der auf einige Ungereimtheiten verwies.
„So ein Studio braucht doch einen Terminkalender. Wir haben aber keinen gefunden."
Bei diesen Worten, die Arne nur mit Mühe unkommentiert ließ, fiel ihm ein riesiger Stein vom Herzen. Alles andere würde kein unlösbares Problem mehr darstellen. Denn in diesem Terminkalender stand ganz sicher sein eigener Name. Für den 9. November um 17 Uhr. Nach Erhalt einer Postwurfwerbung für das Studio hatte er sich aus reiner Neugier einen Termin für eine Rückenmassage gebucht.
Aber erst, nachdem er das Bild der Inhaberin betrachtet hatte.

„Auch ein PC hat hier wohl nicht gestanden", setzte Meister fort. „Aber dafür jede Menge Papierkram, Lieferantenrechnungen, Prospekte. Eine Kasse, zumindest eine Geldkassette, fehlt ebenfalls. Hier wird doch in der Regel bar bezahlt, oder?"
Statt einer Antwort grübelte Arne darüber nach.
„Ach ja, Schlüssel waren auch nicht da."
„Ich dachte du bringst uns weiter, statt weiter durcheinander."
„Nicht ich, die Ganoven tun das", gab Meister grinsend zurück.
„Wir haben jetzt alle in Frage kommenden Flächen nach Fingerabdrücken untersucht und eine Menge gefunden, ganz klar. Die Analyse kann hoffentlich bis Montag warten."
„Denke schon, dass das reicht." Meister quittierte diese Mitteilung Arnes mit zufriedenem Gesicht.
„Ehe wir zur Wohnung von Frau Kübeck aufbrechen, müsstest du dir noch das Auto ansehen, Erwin. Der graue Opel auf dem Parkplatz am Hintereingang, sagte die Vermieterin."
Sie sahen sich das verschlossene Auto an, aber außer Rundumfotos und der Sicherung eventueller Fingerabdrücke konnten sie hier nichts machen. Meister rief den Bereitschaftsdienst an und bat um sofortige Abholung des Fahrzeugs in die Dienststelle. Am Telefon musste er dazu etwas lauter werden. „Wir können das Fahrzeug nicht bis Montag hier stehen lassen, da müssen die Jungs jetzt gleich ran." Arne blies zum Aufbruch. Er holte einen Zettel aus der Tasche. „Adlerring 15, das ist in der Ferienanlage An der Düne."
Der kleine Tross mit den drei kaffeegesättigten Ermittlern und der schon halb mit Ergebnissen versorgten Spurensicherung machte sich auf den Weg zur Wohnung von Viola Kübeck.
„Welche Beziehung hatte die Frau Kübeck denn nun zum LKA?" Rita Mesing brachte weitere Unordnung in die Gedanken der Kollegen.
„Darüber schweigen die sich aus, wir haben nur den Namen bekommen", gab Arne sichtlich verärgert die äußerst knappen Informationen aus Schwerin weiter. „Würde mich auch brennend interessieren. Vielleicht gibt ja die Wohnung etwas dazu her. Und die Spuren im Studio. Lasst uns gleich am Montag früh weiter darüber nachdenken. Unsere großen Brüder können sich bei einem solchen Fall nicht heraushalten, sie brauchen wohl etwas Druck von unten, ist ja schließlich kein Kavaliersdelikt. Auch wenn Siegfried immer noch seine Zweifel hat."

Das Klingeln seines Handys unterbrach Arnes Gedankengänge und bewahrte Siegfried, der ganztägig als Chauffeur an der Reihe war, vor einer Reaktion, die er offenbar nicht parat hatte.
„Frau Walter, was haben Sie auf dem Herzen?"
Neugierig blickten Rita und Siegfried auf ihren Chef, dessen Miene sich verdunkelte.
„Wir kommen heute sowieso noch zu Ihnen, so etwa in einer Stunde."
Arne schwieg weiter in den Hörer, blickte auf Siegfried und antwortete.
„Gut, dann sind wir in wenigen Minuten da."
Bock ließ Siegfried das Auto anhalten, auch der nachfolgende Erwin Meister tat das auf Bocks Signal.
„Es gibt Neues von Frau Walter, sie ist sehr aufgeregt. Ich fahre mit Rita zu ihr, Siegfried, du begleitest unseren Meister."

16

Samstag, 3. November, 8.30 Uhr

Er zieht seine Kreise über den Flugplatz, froh, dass der starke Wind sich fast ganz gelegt hat. Der Schreck, der ihm über genau dieser Stelle vor einem Monat in die Flügel gefahren war, hat sich aus seinem Gedächtnis so gut wie ganz getilgt. Nur eine Idee vorsichtiger als sonst überfliegt er den Bereich.
Er kennt die vereinzelten Schüsse der Jäger, sie können ihn nicht mehr erschrecken. Vielmehr verbinden sich damit für ihn Hoffnungen, ein Stück totes Wild noch vor den Jägern und ihren Hunden zu finden. Vorsichtshalber lässt er dafür immer eine Weile verstreichen. Aber nur so viel, dass ihm Fuchs oder Wildschwein nicht zuvorkommen.
Von seinem Standort aus ist ein großer Teil des Küstenstreifens im Sichtfeld. Nur die Zugvögel wirken irritierend, die im Schwarm in Richtung ihrer Winterquartiere im Süden gerade zu dieser Jahreszeit sein Revier durchqueren. Erst in einigen Wochen werden sich andere Wintergäste wieder auf den Eisflächen am Rand der Insel in großer Zahl zur Rast niederlassen. Und seine eigenen Artgenossen aus dem Baltikum ihrer

gemeinsamen Beute folgen. Doch dann ist genug für alle da, und ein Blick auf die Fähigkeiten der Konkurrenz hat noch niemandem geschadet.
Jetzt aber ist der Schwarm sein Problem. Wie soll da ein einzelnes Tier zur Beute werden? Seine Flugkünste sind zwar nicht übel, doch solche Akrobaten wie der Habicht sind ihm überlegen, wenn es um Behändigkeit geht.
Deshalb späht er nach einzelnen Vögeln oder zumindest nach rastenden Gruppen, die sich gern am Ufersaum niederlassen. Dort, wo er vor wenigen Tagen eine ganz neue Erfahrung machen konnte. Leider gab das tote Stück Wild nicht sehr viel her, und die Störung durch die frechen Kolkraben wurmt ihn noch immer. Die ersetzen fehlende Stärke durch ihre Anzahl und hinterlistige Attacken von allen Seiten.
Die Witterung seines außergewöhnlichen Fundes hat sich ihm jedoch eingeprägt, auch wenn sie nur noch ganz schwach vorhanden war. Und schon einen Tag später war alles verschwunden. Das können nur die vielen Menschen gewesen sein, die sich dort bewegt und ihn von weiteren Kostproben abgehalten hatten.
An einen Schuss am Tag zuvor konnte er sich nicht erinnern, nur an leises Motorengeräusch zu einer ungewöhnlich späten Tageszeit, als die dunkle Umgebung selbst ihm die Sicht unmöglich machte.
Er spürt am Ende seines Rundflugs noch etwas anderes in seinem Erfahrungsgedächtnis. Ganz unmerklich wird der Wind wieder stärker. Allerdings kommt er nun aus der entgegengesetzten Richtung. Er weiß nicht warum, aber das beginnt ihn zu beunruhigen. Die Unrast rührt offenbar vom weit zurückreichenden Gedächtnis seiner Sippe. Als Erbe des Reviers fühlt er eine besondere Verantwortung dafür, dass es ihm, seiner Gefährtin und ihren noch zu erwartenden Nachkommen auch in Zukunft die ausreichende Versorgung mit Beute sichert. Beim Flug zu seinem Horst macht er einen großen Bogen nach Osten, bemerkt erstaunt, wie weit das Wasser sich von der Küstenlinie entfernt hatte. Plötzlich erkennt er unweit der großen Schilffläche knapp unterhalb der Wasseroberfläche einen Umriss, der ihm bekannt vorkommt. Er kreist in größerer Höhe darüber, deshalb bleibt ihm die Ähnlichkeit des Geruches mit dem eigenartigen Stück Wild an der Peene verborgen. Vorsichtshalber lässt er sich nicht daneben nieder, denn die Stelle ist gut einsehbar, und die Erfahrung mit der geringen Ergiebigkeit des ähnlich aussehenden früheren Fundes wirkt stark.

In diesem Moment wirken Neugier, Vorsicht und Nahrungssuche fast gleichberechtigt auf ihn.

17

Samstag, 3. November, 9.05 Uhr

Während Arne ans Steuer des Autos wechselte, stieg Siegfried zu Erwin Meister um, der seine Fahrt zu Viola Kübecks Haus fortsetzte. Arne und Rita fuhren direkt zu Erika Walter.

„Sie hat etwas gefunden und ist darüber sehr erschrocken", antwortete Arne auf Ritas fragenden Blick. „Mehr weiß ich noch nicht."

Erika wartete schon aufgeregt an der Tür. Sie gingen hinein und setzten sich um die Couch. Niemand kam auf die Idee, Kaffee zu trinken. Rita registrierte nebenbei, dass die Ordnung im Wohnzimmer bei ihrem ersten Besuch deutlich besser war. Auf dem kleinen Beistelltisch stand ein Weinglas mit Rotweinspuren, die Kissen auf den Sesseln lagen kreuz und quer durcheinander.

„Hier, das war heute zusammen mit der Zeitung in meinem Briefkasten". Erika zeigte auf ein laminiertes Blatt weißes Papier auf dem Tisch. „Ich habe es gleich in eine Hülle gesteckt, wegen der Fingerabdrücke", sagte sie mit einem gewissen Stolz in der Stimme.

„Das war sehr gut überlegt, Frau Walter", lobte Arne, im Wissen, dass sie aber keine finden würden außer denen von Erika selbst.

Auf dem Papier war ein großer Kreis, in der Mitte senkrecht ein Dolch, um den sich eine Schlange wand. Rechts und links der Dolchschlange befanden sich zwei weitere, ausgefüllte Kreise.

Alle drei blickten sich an. Es war das Symbol vom Foto an der Wand, nur ergänzt durch die kleinen Kreise, mit denen im ersten Moment niemand etwas anfangen konnte.

Rita und Arne tauschten vielsagende Blicke. Der Kommissar signalisierte seiner Kollegin mit unmerklichem Kopfschütteln, es sei noch etwas zu früh, um Erika Walter mit der entscheidenden Neuigkeit zu konfrontieren.

„Ist Ihnen heute Nacht irgendetwas aufgefallen?", hoffte Rita auf ein kleines Wunder.
„Nein, obwohl der Wind ja zum Glück etwas nachgelassen hat, habe ich nichts Ungewöhnliches gehört oder gesehen. Und der Vollmond wurde leider durch die Wolken verdeckt." Erika dachte an ihre regelmäßigen Schlafstörungen bei Vollmond, die in der jetzigen Situation aber wohl eine ganz andere Ursache hatten.
Arne setzte nach. „Haben Sie sonst noch eine Beobachtung gemacht oder ist Ihnen inzwischen ein Grund eingefallen, warum Ihr Mann verschwunden sein könnte?"
Diese Frage ließ Erika in den letzten beiden Tagen kaum noch los, aber je länger sie darüber nachdachte, desto größer wurde ihre Unsicherheit. Dazu gesellte sich noch das Grübeln über ihre Beziehung und deren Zukunft, gespickt mit Selbstvorwürfen, die sie nur unwillig an sich heranließ und am liebsten gleich an Joachim weiter gegeben hätte. Wenn das überhaupt noch möglich war.
„Frau Walter?", holte Rita sie aus ihren Gedanken.
„Sie können mir glauben, dass ich mir ständig darüber den Kopf zerbreche, aber ich komme einfach nicht zu einem Ergebnis", antwortete sie voller Resignation.
„Aber was hat das jetzt zu bedeuten?" Sie zeigte irritiert auf das Stück Papier mit der Zeichnung. „Heißt das, Joachim lebt noch?" Sie stockte, ihre Augen füllten sich mit Tränen. Die schlimmste aller Möglichkeiten war für sie auf einmal gar nicht mehr so weit entfernt. „Oder kommt es vielleicht sogar von ihm selbst?"
Erika sah plötzlich die Situation außer Kontrolle geraten und wollte sich nicht länger gehen lassen. Für einen kurzen Moment schloss sie die Augen, dann gelang es ihr, sich zu konzentrieren und sie blickte die beiden Polizisten an. „Sie werden verstehen, dass ich völlig durcheinander bin. Aber wie geht es nun weiter?"
„Es nützt niemandem, hier zu spekulieren, und ich gebe zu, dass wir bisher auch noch keinen Schritt weitergekommen sind, was das Schicksal Ihres Mannes betrifft. Ich hoffe Sie nehmen uns diese Offenheit nicht übel."
Arne blickte bei seinen Worten Hilfe suchend zu Rita. Die legte ganz spontan ihren Arm um Erika Walters Schulter, erschrak selbst davor, ließ los und bemühte sich wieder um die nötige Distanz. Erika reagierte

auf diese Geste mit einem angedeuteten Lächeln. „Sie helfen uns am meisten, wenn Sie ganz offen zu uns sind und uns immer über alles auf dem Laufenden halten, auch über Ihre Gedanken."

Schnell verbesserte sie sich, als sie Erikas erstauntes Gesicht sah. „Ich meine, genauso offen wie bisher."

Erika Walter war wieder in sich versunken und gab ohne Nachzudenken mit einem Nicken ihre Zusicherung.

Arne und Rita schauten sich an, verständigten sich wortlos. Beide dachten an das, worüber sie Erika jetzt informieren mussten.

„Auch wir sind offen zu Ihnen, Frau Walter. Deshalb müssen wir Ihnen noch etwas mitteilen."

Arne Bock konnte diese Information vor Erika nicht ewig geheim halten, wollte natürlich auch die Reaktion testen.

„Wir wissen inzwischen, wer die Tote aus dem Peenestrom ist."

Erika schaute auf, in ihrem Blick lag nun echte Neugier. Ehe sie reagieren konnte, setzte Arne fort.

„Sagt Ihnen der Name Viola Kübeck etwas? Sie hat das Kosmetikstudio in der Strandstraße."

„Ja, natürlich", Erika erschrak erneut. „Das ist ja furchtbar."

Erika Walter konnte diese Information nicht in ihr Gedankengewirr einordnen.

„Wissen Sie, ob Ihr Mann dort in Behandlung war?"

Vorsichtig steuerte Rita auf die entscheidende Frage zu.

„Joachim? Dass er in ein Kosmetikstudio geht, wäre mir neu. Obwohl..."

Sie zögerte, ehe sie fortsetzte. „Ich glaube, er hat sich dort einmal massieren lassen."

Arne nickte Rita zu. Das war jetzt Frauensache, sollte es heißen. „Frau Walter, die Untersuchung der Leiche und der Abgleich mit der DNA Ihres Mannes haben eindeutig ergeben, dass er kurz vor dem Tod von Frau Kübeck Geschlechtsverkehr mit ihr hatte."

Rita wollte nicht erst um den heißen Brei herumreden und versuchte ihre Stimme so sachlich wie möglich zu halten.

Erika Walter hob ruckartig den Kopf, lehnte sich zurück, schloss die Augen und holte lange und hörbar tief Luft. Zusammen mit dem langsamen Ausatmen öffnete sie die Augen und richtete ihren Blick demonstrativ aus dem Fenster, sucht dort im Nirgendwo den Halt, den sie jetzt so dringend brauchte.

Die beiden Polizisten ließen Erika Walter nicht aus den Augen, darauf gefasst, bei unkontrollierter Reaktion sofort eingreifen zu können.
Ganz allmählich gewann Erika ihre Fassung wieder, drehte den Kopf langsam zu Rita, dann zu Arne, schwieg einige Sekunden. Sie öffnete den Mund, um etwas zu sagen, schloss ihn wieder, schaffte es dann doch.
„Heißt das jetzt…“ Sie ließ den Satz unvollendet, dessen Ende allen klar war.
„Nein, das heißt nur, dass Ihr Mann …“ Arne bemühte sich um eine möglichst präzise wie vorsichtige Formulierung, „zu den letzten Personen gehört, die Viola Kübeck lebend gesehen haben. Genaueres können wir zum jetzigen Zeitpunkt noch nicht sagen.“
Rita setzte vorsichtig fort. „Es gibt also Tatsachen, die Ihren Mann mit Viola Kübeck in Verbindung bringen, nicht mehr… aber auch nicht weniger. Dazu gehört auch dieses Symbol, das Sie bekommen haben. Ein Teil davon befindet sich als Tattoo auf der Schulter von Viola Kübeck – und war auf einem der Fotos, die wir im Arbeitszimmer Ihres Mannes gefunden haben.“
Arne schaute zunächst erstaunt zu Rita Mesing, fand aber dann auch, dass sie daraus kein Geheimnis machen brauchten.
Erikas Blicke wanderten unruhig hin und her, von den beiden Ermittlern zum Fenster, auf den Tisch, an die Decke. Sie versuchte ihre Gedanken zu ordnen, sich nicht vollends vor den beiden gehen zu lassen.
„Ja, ich habe schon früh gemerkt, dass da andere Frauen im Spiel waren“, seufzte sie. „Ich hatte aber keine Angst, dass Joachim einmal weggehen würde, nein.“
Wie zur Selbstbestätigung betonte sie das letzte Wort besonders deutlich.
Erika suchte jetzt ihr Heil in der Offensive, auch um ihre Würde zu retten.
„Aber …“ Sie stockte. „Nein, eine, wie sagt man, eine offene Beziehung haben wir nicht geführt, führen wir nicht. Ich wusste nicht, dass mein Mann eine … eine Beziehung zu dieser Frau hatte.“
Arne und Rita ließen ihre Blicke auf Erika ruhen, versuchten beide unabhängig voneinander aus ihrer Erfahrung heraus die Aufrichtigkeit von Erika Walters Aussage zu prüfen.
Dieses Mal ergriff Erika die Initiative. „Ich würde jetzt gerne allein sein, ich habe Ihnen alles gesagt, was ich dazu weiß.“

„Ja, natürlich, das verstehen wir und danken Ihnen für die Offenheit."
Arne wechselte wieder einen Blick mit Rita.
„Es tut mir leid, aber wir müssen Sie noch darüber informieren, dass das Blut im Gepäckraum des BMW von Ihrem Mann stammt. So überraschend ist das aber wohl nicht mehr."
„Und das heißt?" In Erikas Gesicht breitete sich erneut der Schreck aus.
„Das heißt nur, dass Ihr Mann eine blutende Wunde hatte. Nach der Größe des Blutflecks zu urteilen, kann sie nicht sehr groß gewesen sein", versuchte Rita Erika zu beruhigen.
„Wollen Sie jetzt wirklich allein sein? Oder sollen wir jemanden benachrichtigen?"
Erika schaute mit leerem Blick aus dem Fenster, als hätte sie diese Frage nicht zur Kenntnis genommen. Es gab niemanden, den sie jetzt sehen wollte.
Sie hatte niemanden. Niemanden außer Joachim.
„Nein", entgegnete sie nach einigen Sekunden, „ich komme schon klar. Machen Sie sich keine Sorgen." Mühevoll hielt sie sich unter Kontrolle.
„Vielen Dank für heute, Frau Walter. Sie werden verstehen, dass wir Sie bestimmt noch öfter dazu befragen müssen."
Arne erhob sich, Rita folgte ihm mit einem sorgenvollen Blick auf Erika Walter.
Die Ermittler verließen mit dem Beweisstück das Haus und begaben sich zur Wohnung von Viola Kübeck. Mit einem schnellen Blick auf die Uhr hakte Arne einen baldigen Dienstschluss für heute ab.
Sofort nach dem Weggang der Ermittler hatte Erika das Gefühl, in ein tiefes Loch zu fallen. Mit einem lauten Schrei der Verzweiflung, den sie vorsichtshalber gegen die Wand richtete, wollte sie sich dagegen wehren. Ohne Erfolg. Sie legte sich auf das Sofa, schloss die Augen, versuchte regelmäßig zu atmen.
Sie konnte förmlich die Gabelung ihrer Gedankengänge vor sich sehen. Auch wenn aus der Richtung, die ihr ein hemmungsloses Weinen aufdrängen wollte, ein starker Sog wirkte, konnte sie widerstehen, warf sich zur anderen Seite.
Sie stand auf, stellte sich vor den großen Wandspiegel im Eingangsbereich des Hauses. Minutenlang las sie mit wechselnder Intensität ihre Lebensgeschichte aus dem von den jüngsten Ereignissen gezeichneten Gesicht.

Erika wünschte sich ihr Leben, ihr ganz eigenes Leben zurück. Spürte eine innere Einsamkeit, ein seelisches Alleinsein. Um dort herauszukommen, den Anfang dieses Weges zu erkennen, musste sie jedoch zunächst selbst mit ihren Gedanken ins Reine kommen. In diesem Moment, in diesem Haus.
Nach dem Weggang der Ermittler ergriff sie die Angst, einsam im Leben zu verbleiben. Zunächst war sie jedoch zufrieden, mit sich jetzt und hier allein zu sein.
Doch das war nur die halbe Wahrheit.

Als Arne mit Rita an der Wohnung von Viola Kübeck eintraf, hatte die Spurensicherung ihre Arbeit fast beendet. Arne nahm seine beiden Mitstreiter zusammen.
„Der Absender dieses Symbols, eine andere Bezeichnung für ihn haben wir noch nicht, hat offensichtlich ein Ziel, das wir nicht kennen und das er noch nicht erreicht hat. Anders ist die Zustellung an Frau Walter nach dem Verschwinden ihres Mannes kaum erklärbar", begann Arne die gemeinsamen Überlegungen. „Welche Bedeutung haben übrigens die Kreise beiderseits des alten Symbols? Hat jemand dazu eine Idee?"
Rita und Siegfried schüttelten nur den Kopf.
„Das Rachesymbol gibt es nur ohne diese Ergänzung", stellte Rita klar. „Vielleicht eine Spezifik dieses Falles. Eine weitere Verunsicherung durch den Absender."
„Also lassen wir das zunächst beiseite", schlug Arne vor.
„Sicher ist nur, dass er auf einen Zusammenhang, eine Beziehung zwischen Viola Kübeck und Joachim Walter aufmerksam machen will. Das haben wir ja durch die Sperma-Analyse selbst herausbekommen. Aber warum schickt er das Symbol zu Frau Walter? Hat er ihren Mann in seiner Gewalt? Und will jetzt noch seine Frau, will sie zunächst verunsichern? Das ergibt doch keinen Sinn", ergänzte Rita.
„Doch, er will die Frau verunsichern", warf Siegfried in den Raum.
„Wenn das stimmt, und geschafft hat er das ganz sicher, dann hat er Walter noch nicht in seiner Gewalt, will das aber", führte Arne den Gedanken weiter.
„Vorerst haben wir also keine Erklärung für dieses Signal. Wechseln wir einfach den Blickwinkel", versuchte Arne mit spürbarer Enttäuschung die Sackgasse zu umgehen. „Können wir sicher sein, dass er nicht noch

weitere solche Zeichen aussendet? Oder schon ausgesandt hat? Und wissen wir, ob alle, die es bekommen haben oder bekommen werden, einen Grund sehen, uns darüber zu informieren?"
„Dann sollten wir den Spieß umdrehen und ihm zuvorkommen, die Sache öffentlich machen." Rita stieg sogleich auf Arnes Thesen ein. „Aber wie begründen wir dieses Symbol, welche Bedeutung geben wir ihm, um die Neugier der Leute zu wecken?"
Die drei blickten sich an, niemand hatte darauf eine Antwort.
„Wir sollten es zunächst aufmerksam registrieren und keine voreiligen Maßnahmen treffen, die die Öffentlichkeit verunsichern könnten. Das Ganze ist ziemlich undurchsichtig. Wie schnell machen wir uns lächerlich, falls es wirklich nur die Spielerei eines Durchgeknallten ist. Bisher sind nur die Walters und Viola Kübeck Teile dieses Puzzles."
Da kein Protest kam, waren Arnes Worte auch das Ende der Diskussion. Erwin Meister stieß zu der Runde und gab eine Zusammenfassung der Spurensicherung.
„Wir haben die Räume auf Fingerabdrücke untersucht, Ergebnisse kommen am Montag, falls es Vergleichsdaten gibt. Wenn nicht, haben wir die anonyme Sammlung des LKA wieder beträchtlich vergrößern können", grinste der Spurenmeister.
„Im Badmülleimer fanden wir ein gebrauchtes Kondom, ich denke, das werden wir schnell zuordnen können. Es hatte übrigens ein kleines Loch. Von Zähnen stammt das bestimmt nicht", betonte Meister mit einem prüfenden Seitenblick auf Rita, die das aber souverän ignorierte und stattdessen eine Erklärung für das Sperma im Körper der Toten gefunden hatte.
„Den PC aus dem Arbeitszimmer werden wir ebenfalls unter die Lupe nehmen. Die Dame war offenbar kurz vor einer Reise, im Schlafzimmer stand ein halb gepackter Koffer, auch der Kühlschrank war fast leer. Bei den vielen Büchern haben wir uns vorerst auf Stichproben beschränkt, ehe wir konkrete Anhaltspunkte für eine Detailsuche haben."
„Was die Reise betrifft, dazu passt das Schild an der Studiotür, auf der eine Woche Urlaub angekündigt war", bestätigte Bock.
Meister setzte mit einer liebevollen Einmischung in die Ermittlerarbeit fort. „Die Spuren, die wir hier und im Studio gefunden haben, lassen insgesamt den Schluss zu, dass die Frau vor ihrer Abreise nochmal hierher zurückkommen wollte, es aber nicht tat. Wir haben hier so gut wie

keine Anzeichen dafür gefunden, dass eine dritte Person etwas verändert oder irgendwelche Spuren beseitigt hat. Mit einer Ausnahme vielleicht, denn die herunter gefahrenen Jalousien des Wohnzimmers passen nicht in dieses Bild. Offenbar hat die Frau ihr Haus wohl noch bei Tageslicht verlassen."

„Also können wir nicht ausschließen, dass doch noch jemand in Violas Abwesenheit im Haus war."

„Richtig, das können wir nicht. Vielleicht helfen uns die gefundenen Spuren weiter."

„Du wirst das alles nach deiner bewährten Art am Montag zusammenfassen, lieber Erwin, für heute vielen Dank, ganz besonders für deine Thesen." Mit todernstem Gesicht nahm Arne seine Führungsfunktion wahr, Rita und Siegfried unterdrückten mühsam ein Grinsen.

„Warum müsst ihr Kerle immer Revierkämpfe austragen", schimpfte Rita, als Meister das Haus verlassen hatte. „Überlasst das doch den noch weniger vernünftigen Tieren. Was wären wir denn ohne seinen Eifer?"

„Hast ja Recht", gab Arne milde lächelnd zurück, er hatte jetzt keine Lust mehr auf Streitereien.

Und sah die Aussicht auf einen entspannten Kaffeenachmittag mit seiner Familie wieder näher rücken. Ohne seinen Großvater.

18

Samstag, 3. November, 9.15 Uhr

Der feuchte moosige Untergrund patschte leise bei jedem Schritt. Schilfartige, halbmeterhohe Grasbüschel ragten hie und da aus der zu dieser herbstlichen Jahreszeit immer noch grünen Fläche des Waldbodens. Wasserbeständige Erlen und andere Laubbäume dominierten das Gelände. Einige Meter weiter erhob sich ein Fichtenbestand wie eine dunkle Wand.

Soeben hatten die beiden eine alte Halle passiert, die ursprünglich betonierte Freifläche davor trug bereits eine dicke Schicht mit Erde. Sogar kleine Sträucher vermochten es, ihre Wurzeln durch die Ritzen der

Betonfläche zu schieben und sorgten damit für deren weitere schleichende Zerstörung. Leichter Nebel behinderte die Sicht in die Umgebung.
Die kreisrunde Vertiefung vor ihnen war jedoch nicht zu übersehen. Etwa zwei Meter tief und fünf Meter im Durchmesser, der Boden mit kleinen Sträuchern bewachsen.
„Ein alter Bombenkrater, davon gibt's hier noch viel mehr", beendete Pia das Schweigen. Andreas Schmidt schien überwältigt von der Atmosphäre zu sein, denn von ihm kam keine Antwort. Das Gespräch in der „Scholle" am Vortag hatte Pia dazu bewogen, ihren Vorschlag einer Geländebegehung ohne zu Zögern in die Tat umzusetzen.
Pias Gedanken wanderten zunächst einige Wochen zurück.

Ihr schwedischer Auftraggeber Rune Alfredsson verwaltete vor seinem Ruhestand das Archiv des Flugzeugherstellers SAAB an dessen Firmensitz in Linköping und war maßgeblich am Aufbau des Luftwaffenmuseums in der Stadt beteiligt. Alfredsson konnte außerdem den Bogen zum Thema Peenemünde schlagen. Er hatte in den 1950er Jahren die schwedischen Luftaufnahmen aus dem Jahre 1943 von den geheimnisumwitterten deutschen Forschungsstätten in Peenemünde im Archiv wiederentdeckt. Rune Alfredsson war es auch, der Pia einen offiziellen Auftrag des Schwedischen Instituts in Stockholm beschaffen konnte. Sie sollte die Zusammenarbeit mit der ehemals schwedisch beherrschten Region im Nordosten Deutschlands voranbringen – zum Nutzen Schwedens.
Alfredsson hatte ihr Kopien der schwedischen Luftaufnahmen zur Verfügung gestellt, als nützliche Orientierungsmöglichkeit. Kurz vor ihrer Abreise nach Peenemünde, als ihr Kontakt schon ein gehöriges Maß an gegenseitigem Vertrauen hervorgebracht hatte, konfrontierte er Pia mit einem Wunsch, der weit außerhalb des offiziellen Auftrags lag, und auch die Grenzen der Legalität zumindest erreichte, wie Pia schnell erkennen konnte.
Pia, obwohl vollständig von ihrer neuen Leidenschaft beherrscht, sah damit Dimensionen auf sich zukommen, die schwer zu überblicken waren. Andererseits erkannte sie eine lange ersehnte neue Herausforderung. Sie einigten sich auf einen Kompromiss, der zunächst bloße Recherche bedeutete. Mit konspirativer Geste hatte Rune ihr dann einen kleinen Zettel zugesteckt – für den Notfall. Es war eine deutsche Mobilfunknum-

mer. Ihren fragenden Blick beantwortete Rune Alfredsson nur mit einem vielsagenden Lächeln und der Nennung des Codewortes.

Pia wollte an diesem Vormittag das Angenehme mit dem Nützlichen verbinden, sie hatte sich die Karte von Rune Alfredsson fest eingeprägt und versuchte sich daran zu orientieren.

Sie war mit der Erfüllung ihrer Aufträge bisher nicht zufrieden. Die offizielle Tätigkeit im Museum nahm mehr Zeit in Anspruch als vermutet. Das Wühlen in der ungeordneten Aktenmasse der Einrichtung war zwar sehr interessant. Aber für eine richtige Spur zu Kontaktmöglichkeiten in der Region gab es so gut wie keine Ansätze. Die wenigen vagen Hinweise auf Personen, die ihr dabei behilflich sein könnten, entnahm sie vor allem den Gesprächen mit den Arbeitskollegen.

Und noch etwas anderes beschäftigte sie. Die Gelegenheit, erstmals über längere Zeit ihre deutschen Landsleute und das Land selbst mit analysierendem Blick beobachten zu können, raubte ihr so manche Illusion. Statt Kreisverkehr wie in Schweden in Deutschland fast überall Ampeln. „Stopp!" scheint ein Lieblingswort der Deutschen zu sein.

Und dann die Offenheit. „Datenschutz" ist wohl eines der wichtigsten deutschen Wörter. In Schweden kann jedermann jederzeit von jedem im Internet das Einkommen und die gezahlten Steuern erfahren, während in Deutschland sogar aus dem Gehalt des Kollegen ein Geheimnis gemacht wird.

„Kollegin und Kollege", fiel Pia an dieser Stelle eine weitere deutsche Besonderheit ein. Als wenn die Dopplung der Anrede ein Maß für Gleichberechtigung wäre.

Ob Andreas ein Gesprächspartner dafür wäre? Zwischen einem Deutschen und einer „Deutschin", lächelte sie in sich hinein, und beließ es dabei sich als „Schwedin" zu betrachten.

Pia sann darüber nach, warum sie diese Tour mit Andreas Schmidt unternahm. Neben ihrer ungebrochenen Faszination für das geschichtsträchtige Gelände waren es wohl hauptsächlich die Nachwehen der angenehmen und deutlich hormonbeeinflussten Unterhaltung am Vortag. Versprochen hatte sie es eigentlich nur, um der etwas zu sachlich werdenden Diskussion ein Ende bereiten zu können. Im Verlauf des Gesprächs konnte sie schließlich nur mit Mühe ihren Wunsch unterdrücken, den Nachmittag in einen Abend zu zweit überzuleiten. Auch

Andreas hatte entsprechende Signale ausgesandt. Ihre Erfahrungen mit solchen spontanen Begegnungen ließen dann aber wieder einmal Skepsis und Vorsicht die Oberhand gewinnen.
Andreas Schmidt hatte den Vorschlag zu diesem Ausflug mit Freude angenommen. Pia brauchte auch wieder etwas Übung darin, Männer für sich einzunehmen. Gespannt erwartete sie den weiteren Verlauf ihrer erneuten Begegnung.
Andreas hielt sich meist dicht hinter ihr. Das rief in ihr das Gefühl hervor, ständig von hinten begutachtet zu werden. Unbewusst reagierte sie darauf mit entsprechenden Körperbewegungen.
„Und nun versuche dir vorzustellen, das, was du hier vor dir siehst, ist bei leichtem Hochwasser schon komplett überflutet."
Mitten in ihre Gedanken hinein bemerkte sie den Doppelsinn dieser Worte. „Das tue ich gerade", kam es von hinten. Pia hörte förmlich das Grinsen von Andreas, wollte sich jedoch nicht umdrehen.
„Von hier bis zur Ostsee ist es nicht weit", zwang sie sich zu erneuter Sachlichkeit. „Die vorsichtigen Prognosen für den Meeresspiegelanstieg bis 2100 sprechen von einem Plus von bis zu einem Meter. Dazu kommt dann ein großes Hochwasser, und schon haben wir zwei Inseln. Die Einheimischen finden das gar nicht lustig, Erlebnisse von vor hundert Jahren sind bei den betroffenen Familien noch lebendig. Jeder fragt sich nach den Beweggründen für den Deichrückbau, keiner findet eine befriedigende Antwort. Wie ich hörte, gibt es in der regionalen Verwaltung Leute, die sich vor diesen Karren spannen lassen." Andreas hörte aufmerksam zu und gab sich keine Mühe, den Blick von Pias Körper zu wenden. Auch er war vom uralten Spiel gefangen.
Sie setzte ihren Fachvortrag fort, wartete jedoch vergebens auf eine Meinungsäußerung. Das beeinträchtigte auch ihre Lust am Flirt. Sie versuchte es mit einem neuen Ansatz.
„Magst du Wald? Ich war als Kind ganz fasziniert davon."
„Ich auch. Mein Großvater war Jäger, der hat mich öfter mal zu Jagden als Treiber mitgenommen."
„Dafür bewegst du dich aber ziemlich unbeholfen", neckte Pia ihn lächelnd, nicht sicher, ob er das übel nehmen würde.
„Die waldlose Zeit dauert bei mir wohl schon zu lange. Manche Fertigkeiten werden dann eben verschüttet." Pia verlor ihren Zweifel, ob der

Doppelsinn ernst gemeint war, beim nächsten Satz. „Nicht jeder Wald ist leicht zu durchdringen, wenn überhaupt."
„Das genau macht eben den Wald aus, er entsteht auf natürlichem Wege, unterliegt in seinem Leben vielen Einflüssen und will nicht von jedem bezwungen werden."
„Bezwungen werden ist nicht das richtige Wort, vielleicht passt ein anderes besser?"
„Zum Beispiel?" Pias Spannung stieg. Andreas stand jetzt direkt vor ihr, blickte ihr unsicher lächelnd ins Gesicht. „Durchschaut passt auch nicht", sagte er mit ausdruckslosem Gesicht.
Pia bemerkte, wie bei Andreas die anfängliche Lockerheit endgültig einer zunehmenden Anspannung wich und konnte über die Ursache nur rätseln.
Sie gingen weiter in den Wald, als sich zwischen den Bäumen des Hochwaldes eine Gebäudegruppe abzeichnete. Pia registrierte den unsicheren Blick von Andreas und begann zu erklären.
„Das muss der Ziegenhof sein. Habe ich gerade in den Museumsakten gelesen. Vor 1945 wurde er als Bauernhof zur zusätzlichen Versorgung der Truppe angelegt. Nun soll er wieder einer regelmäßigen Nutzung zugeführt werden, aber bestimmt wird sich hier kein Bauer ansiedeln."
Pia blieb stehen und schaute nachdenklich in Richtung der Häuser, unschlüssig, ob sie zusammen mit Andreas dorthin weitergehen sollte. Schon lange wollte sie diese Gebäude einer näheren Untersuchung unterziehen.
Da hörte sie hinter sich einen Aufschrei.
Andreas zog sein linkes Bein aus einem kleinen betonierten Loch im Waldboden und versuchte aufzutreten. Sofort schoss der Schmerz in sein Gesicht. Auf Pias teils fragenden, teils mitfühlenden Blick hin riss er sich zusammen und gab mannhaft nur ein „ist wohl nicht so schlimm" von sich.
„Das weiß man nie", antwortete sie und wusste nicht, wie ernst er, und damit auch sie, den Vorfall nehmen sollte.
„Kannst du auftreten?"
Pia fühlte sich etwas in die mütterliche Helferrolle gedrängt, die ihr Begleiter aber gewiss nicht in Anspruch nehmen wollte. Statt einer Antwort versuchte Andreas, das linke Bein voll zu belasten, was zu einem schmerzverzerrten Gesichtsausdruck führte.

„Das war's dann wohl für heute, ich glaube, ich muss zum Auto zurück." Er blickte sich um, wollte die Orientierung zurückgewinnen, die ihm in den vergangenen Minuten scheinbar verloren gegangen war, wie auch Pia für sich registrierte.
Rechtzeitig noch fiel ihm seine Rolle als Kavalier ein.
„Aber ich kann dich doch hier nicht allein zurücklassen."
Etwas unsicher wartete er auf Pias Reaktion.
„Da wird wohl eher umgekehrt ein Schuh draus", entgegnete sie. „Ich werde dich zum Auto zurück begleiten, dann schaffst du es besser."
Andreas schien auf eine solche Antwort gewartet zu haben.
„Und schneller", fügte Pia zweideutig lächelnd hinzu. „Oder weißt du etwa, wo die Autos stehen?"
Statt einer Antwort grinste der Makler.
„Komm!"
Sie legte unaufgefordert Andreas' Arm über ihre Schulter, so dass er sich auf sie stützen konnte und sein linkes Bein beim Gehen nicht voll belasten musste.
„Das ist mir ja peinlich, nun muss ich mich auf das schwache Geschlecht stützen", wollte er wohl das etwas festgefahrene Gespräch wieder auflockern. Langsam gewann Andreas seine Souveränität zurück, wie Pia mit Genugtuung feststellte. Die erstmalige Berührung ihrer Körper tat ein Übriges, sie spürte wieder das lange vermisste Kribbeln im Bauch.
An den beiden Autos angekommen, verabschiedete sich der Makler. „Ich werde gleich nach Wolgast ins Krankenhaus fahren und den Fuß röntgen lassen, vielen Dank für die mehrfache Stütze." Er lächelte seine Begleiterin an.
Pia war plötzlich froh, dass er offenbar ihre Begleitung nicht wollte und brauchte. „Du kannst ja sagen, dass dein Fuß ein spätes Opfer der Geschichte ist."
Andreas überlegte kurz, eher er antwortete.
„Es war wohl eher die Wirkung der Gegenwart."
„Also beides."
Pia sah dem Audi nach. Das wechselhafte Verhalten von Andreas an diesem Vormittag konnte sie nicht einordnen. War es seine Unsicherheit gegenüber einer Frau, deren Intelligenz er zunächst unterschätzt hatte? Oder einfach die ungewohnte Umgebung? Das Desinteresse am

Thema Vergangenheit und Deich? Oder lag alles nur in ihrer eigenen Einschätzung?
Jetzt tat ihr der überhastete Abschied leid, ihren Appetit auf mehr konnte sie nicht länger ignorieren. Gab es nicht auch ein kontrolliertes Durchdringen ... lassen?
Mit einem Blick auf die Uhr überlegte sie, was sie als nächstes tun sollte. Sie entschloss sich, dort weiterzumachen, wo sie aufgehört hatten und begab sich in Richtung Ziegenhof zurück.

19

Samstag, 3. November

Unter seinem wirklichen Namen kannte den Mann hier niemand, aus mindestens zwei Gründen. Ein Jäger lief Gefahr, seine Beute vorzeitig aufzuscheuchen, wenn er als solcher erkannt wird. Die Jagd ist wesentlich leichter, wenn die Beute nicht weiß, dass es einen Jäger gibt. In Sicherheit wiegen, aber alles unter Kontrolle haben, das war die Devise des Mannes. Seit Jahren schon war Karsten Frickmann ein Jäger. Ein solches Vorhaben erwies sich als sehr aufwendig und langwierig, vor allem weil der Jäger auch nach dem Erfolg nicht erkannt werden wollte. Der erste Teil der Jagd lag nun erfolgreich hinter ihm. Auch wenn der Zustand der Beute so nicht beabsichtigt war. Aber die Konsequenz stimmte. Danach war er zwar nicht gefasst worden, doch sein Ziel, unerkannt zu bleiben, hatte er nicht vollständig erreichen können. Er wurde selbst gejagt, das war der zweite Grund für seine Anonymität.
Karsten Frickmann dachte an seinen Onkel Wolfgang. Das machte er immer dann, wenn eine aktive Phase bevorstand. Als Motivation.
Der Bruder seines Vaters war eines von fünf Geschwistern. Deren Eltern, der Vater kam mit einer Verletzung aus dem Krieg, legten großen Wert auf Erziehung und Bildung. Die Kinder sollten es einmal besser haben. Wolfgang gehörte zu den besten Schülern, das Lernen fiel ihm leicht. Mit besonderem Enthusiasmus stürzte er sich auf solche Themen, vor deren Komplexität die meisten Altersgenossen kapitulier-

ten. Wolfgang Frickmann fand Gefallen an einem Forschungsbereich, der sich in jenen Jahren ganz neu zu entwickeln begann – die Genforschung. Nach dem Studium der Biologie spezialisierte er sich auf dem Gebiet der Molekularbiologie, wollte zu den Geheimnissen der kleinsten Lebensbausteine vordringen. Die kühnsten Träume sprachen schon damals von der Möglichkeit, den Menschen ihre Krankheiten nehmen und das Leben verlängern zu können.

Sein eigenes Leben holte ihn ein. Unmittelbar nach dem Beginn einer erfolgversprechenden Forscherlaufbahn erblindete Wolfgang Frickmann innerhalb von wenigen Monaten vollständig. Die Ärzte konnten den Prozess nicht aufhalten. Sie erkannten als Ursache die Spätwirkung einer Augenverletzung, die er in der Kindheit erlitten hatte und zunächst folgenlos geblieben war.

Die neue Situation zerstörte Wolfgang Frickmanns Leben. Ohnmächtig stand er der Tatsache gegenüber, niemals wieder die bunte Welt um sich herum sehen, niemals wieder die Nuancen eines Gesichtsausdrucks und schon gar nicht die Feinheiten der Lebensstruktur unter dem Mikroskop wahrnehmen zu können.

Seine Familie unterstützte ihn im Alltag, wo es nur ging. Er bekam die neuesten technischen Hilfsmittel, um Medien konsumieren zu können, er erlernte die Braille-Schrift.

Dennoch, immer öfter verlor er die Beherrschung, wenn er allein eine Mahlzeit einnehmen wollte und wieder eine Tasse oder ein Glas umwarf, dann im Bemühen, den Schaden selbst zu beseitigen, sich auch noch an den Scherben verletzte. Er war in eine Situation geraten, die er von Kind an immer vermeiden wollte: Auf andere angewiesen zu sein und seine Träume nicht umsetzen zu können.

Wolfgang Frickmann kapitulierte vor den Banalitäten des Lebens.

Er überquerte bei Rot eine belebte Kreuzung, wurde von einem LKW erfasst und erlag noch an der Unfallstelle seinen schweren Verletzungen. Damit erwies er seiner Familie einen letzten Gefallen, indem er agierte statt reagieren zu müssen. Sein Freitod wurde offiziell nicht als solcher erkannt.

Das Leben seiner Familie änderte sich nach seinem Tod. Karsten erfuhr erst nach und nach alle Details vom Leben und Sterben seines Onkels. Dann stand für ihn sein Entschluss fest. Denn die Verletzung aus der Kindheit war kein Unfall, Wolfgang war nicht einmal selbst daran

schuld. Wolfgang Frickmann waren eigene Kinder versagt geblieben. Er, Karsten, nahm wie selbstverständlich deren Rolle an, wollte die Ehre der Familie wieder herstellen.
Fortan widmete er sein Leben der Rache am Tod seines Onkels Wolfgang. Der Familie konnte er davon natürlich nichts sagen, sie würde es keinesfalls billigen. Die in der Gegenwart oft als überlebt bezeichneten Moral- und Wertvorstellungen vergangener Jahrzehnte waren in der Familie ein ungeschriebenes Gesetz, wie er selbst erfahren hatte. Karsten Frickmann traf seine Entscheidung ganz für sich allein. In seinem Bemühen, sie mit der eigenen Erziehung in Einklang zu bringen, war er auf zahlreiche Umwege angewiesen.

20

Samstag, 3. November, 10.30 Uhr

Das enttäuschende Verhalten von Andreas Schmidt versuchte Pia mit schwachem Erfolg zu verdrängen.
Eine ungewöhnliche Stimmung erfasste die junge Frau, als sie sich von der Waldseite dem Gebäudekomplex des Ziegenhofs näherte, der aber auch über eine befestigte Zufahrt von der Straße aus erreichbar war. Nach langen Jahren des Verfalls tat sich wieder etwas. Pia hatte im Museum von Plänen gehört, den Ziegenhof zu einer naturnahen kleinen Pension auszubauen. Skeptisch musterte sie den feuchten Wald, der das Gelände umgab. Im Sommer wird es ein Paradies für Mücken sein, erinnerte sie sich ihrer Erfahrungen mit den feuchten schwedischen Wäldern.
Sie sah drei einzelne Gebäude vor sich. Das Dach des Haupthauses war neu gedeckt, Fenster und Türen zumindest intakt. Es war niemand zu sehen, kein Material, keine Maschinen oder Geräte deuteten auf Bauarbeiten hin. Aber auch von Vernachlässigung konnte keine Rede mehr sein. Zumindest Anfänge einer Erneuerung waren zu erkennen.
Pia wurde mutiger und rüttelte an einigen Türen der Nebengebäude. Alle waren verschlossen, aber nur zwei mit sichtbar neuen Schlössern

versehen. Unverhofft aufkommende Nebelschwaden waberten durch das Gelände und kämpften mit dem stärker werdenden Wind, der jetzt direkt vom Meer aus östlicher Richtung zu kommen schien.
Sie sah ein Fenster mit verschmutzter Glasscheibe, stellte sich auf ihre Zehenspitzen und schaute hinein, versuchte, das Dunkel zu durchdringen. Als sie gerade begann, die Umrisse des Raumes zu erkennen, schrak sie zusammen.
Sie hörte ein flatterndes Geräusch, gefolgt von einem lauten Krächzen. Hastig blickte Pia sich um und sah gerade noch einen großen Vogel davonfliegen. Sollte das ein Uhu gewesen sein? Den kannte sie nur aus dem Zoo, sogar in Schweden war sein Anblick Glückssache. Pia glaubte sich zu erinnern, in einem Artikel über die Wiederansiedlung des Uhus auf Usedom gelesen zu haben. Und das Krächzen kam eindeutig vom Waldpolizisten, dem Eichelhäher.
Langsam beruhigte sich Pias Puls wieder. Sie orientierte sich und nahm das Haupthaus näher in Augenschein. Die verschlossene Eingangstür schien neu zu sein. Löcher in der Wand deuteten auf frühere Gitter vor einigen Fenstern, die mehrfarbigen Putzreste der Außenwand stammten wohl aus verschiedenen Epochen. Ein Rundgang um das Haus ließ Pia den Hintereingang erkennen, der zwar keine neue Tür, aber ein neues Vorhängeschloss aufwies. Den Blick in die hoch gelegenen Fenster ersparte sich Pia. Ohne Hilfsmittel hätte sie auch nicht hineinsehen können.
Sie machte einige Fotos mit ihrer kleinen Kamera und nahm sich vor, in den Akten des Museums genaueres zur Geschichte des Ziegenhofs nachzulesen.
Pia hatte vorerst genug gesehen und verließ den Hof über den befestigten Weg, um dessen Mündung auf die Hauptstraße zwischen Peenemünde und Karlshagen zu erkunden. Sie spürte ein menschliches Bedürfnis und schlug sich abseits des Weges vorsichtig in die Büsche.
Ihr entspannter Blick schweifte zufällig zurück zum Haus.
Was sie dort sah, ließ sie erstarren, ihr Puls begann sofort wieder schneller zu schlagen, hastig ordnete sie ihre Kleidung.
In einem Zimmer am linken Rand des Hauptgebäudes leuchtete ganz kurz Licht auf, um dann sofort wieder zu erlöschen. Pia blieb in Deckung und überlegte. Ihre Neugier für das Ungewisse kämpfte mit der Furcht davor. Pia wurde sofort wieder von der geheimnisumwitterten Aura

des gesamten Gebietes ergriffen. Ihre Sinne waren auf Empfang gestellt, auf Überraschungen vorbereitet. Es musste eine Erklärung für das Aufleuchten geben, eine, die bestimmt das Licht der Öffentlichkeit scheute. Pia stand zu sehr unter Spannung, um über ihr Wortspiel lächeln zu können. Ihr Mut stieg. Jetzt oder nie könnte sie herausfinden, ob sich hier ein Geheimnis verbarg. Auch das gut erhaltene Schloss an der Bunkertür kam ihr in den Sinn. Gab es vielleicht einen Zusammenhang?

Langsam schlich sie sich durch den Wald von hinten an den Hof heran, sorgfältig darauf bedacht, nicht in das Blickfeld des betreffenden Fensters zu geraten. Ungesehen erreichte sie die Mauer des Haupthauses. Nach zwei großen Sätzen war sie an der Hausecke. Nun hatte sie die Vorderfront und eine Giebelseite unter Kontrolle. Sie selbst war vor Blicken aus dem Fenster geschützt, konnte aber mühelos unter den beiden Giebelfenstern gebückt an der Wand zur anderen Hausecke gelangen, mit Sicht auf den Hintereingang.

Zunächst passierte nichts. Pia horchte in sich hinein, ob ihr Mut schon aufgebraucht war. Von ihrer Position aus konnte sie nun nicht mehr erkennen, ob das Licht erneut aufleuchtete, dazu war es zu hell.

Minutenlang verharrte Pia stehend in ihrer Position. Sie musste jetzt eine Entscheidung treffen, vor der sie sich momentan noch scheute. Kurzzeitig glaubte sie von der nahen Straße her den Motor eines Kraftfahrzeugs gehört zu haben. Entschlossen schlich sie an der vorderen Hausseite bis zu einem der Fenster, in denen sie das Licht gesehen hatte. Ein kleiner Haufen Ziegelsteine kam ihrer Absicht entgegen. Ganz vorsichtig stellte sie sich darauf und lugte von der untersten Ecke her ins Zimmer, damit so wenig wie möglich von innen heraus erkennbar war. Doch sie wurde sofort enttäuscht, denn weiße, altmodische Gardinen, die sie noch aus ihrer Kindheit kannte, versperrten die Sicht.

Pia war sich ziemlich sicher, dass die Gardinen bei ihrem ersten Rundgang um das Haus noch nicht zu sehen gewesen waren. Ihr Puls machte rationale Überlegungen fast unmöglich. Sie musste aus dem Bauch heraus entscheiden, was sie weiter unternehmen sollte.

Sich doch zurückziehen? Sich Andreas anvertrauen? Die zweite Idee verwarf sie sofort wieder, ohne richtig zu wissen, warum. Außerdem war er dazu jetzt körperlich gar nicht in der Lage. Also konsequent sein und auch die Fenster rechts von der Eingangstür in Augenschein nehmen. Sie bewegte sich langsam und leise an der Hauswand entlang. Fast

hatte Pia die metallene Doppeltür mit den zwei kleinen ovalen gläsernen Sichtfenstern in der oberen Hälfte erreicht, als sie sah, wie sich ein Flügel der Tür bewegte.
Pia verharrte wie angewurzelt auf der Stelle, unfähig zu entscheiden. Der Reflex, stehen zu bleiben, siegte über den Fluchtreflex, bei dem wohl zu viel Unsicherheit drohte.
Die Tür öffnete sich weiter, so dass Pia plötzlich einem Mann gegenüberstand.
Während sie nicht wusste, wer da die Tür öffnen würde, hatte der Mann gar nicht damit gerechnet, dass unmittelbar davor jemand steht.
Pia erfasste das Gesicht des Mannes, den sie sofort erkannte. Er trug den gleichen Namen wie der, den sie auf der Rückseite des Fotos ihrer Mutter gelesen und in den hiesigen Medien oft erwähnt gefunden hatte.

21

Samstag, 3. November, 10.35 Uhr

„Hiergeblieben, das ist nichts für dich", wies Hans Waldeck seinen Huskyrüden zurecht, der zusammen mit seiner Frau das Haus verlassen wollte. „Hoffentlich erkenne ich dich dann noch." Er verabschiedete seine Frau zu ihrem monatlichen Friseurtermin, konnte sich nicht mehr erinnern, wann er ihr diese wenig originelle Bemerkung das letzte Mal hinterhergeworfen hatte. Ob sie auch wahrgenommen wurde, konnte er nicht beschwören. Er schaute ihr aus dem Fenster hinterher, bis sie aus seinem Blickfeld verschwand. Erst jetzt hatte er Gelegenheit, sich ungestört seinen Gedanken zu widmen, die am Morgen erneut in Aufruhr geraten waren. Die Entdeckung der Leiche rührte mit wachsenden Folgen an seinem inneren Gleichgewicht, was er so nicht erwartet hatte. Viele ungewohnte Überlegungen zielten auf eine Gefühlswelt, die er seit Jahren ausgeglichen wähnte, und riefen eine schwer definierbare Unruhe hervor. Immer wieder konzentrierten sich seine Gedanken um diesen einen: War das alles Zufall? Dass gerade er die Leiche fand, finden musste? Sollte? Dafür sprach bis zu diesem Morgen kaum etwas,

außer den Fragen des Kommissars, die erst jetzt eine neue Bedeutung erlangten. Der war wohl doch nicht so unerfahren, wie Hans vermutet hatte.
Dieses Ereignis ließ ihn nicht los. Er dachte auch daran, wer ihm unmittelbar vor der Jagd begegnet war. Das hatte er der Polizei bisher nicht erzählt, weil er dieser Tatsache keinerlei Bedeutung beigemessen hatte. Nur die Frage des Ermittlers, die ja ganz in diese Richtung ging, rief bei Hans eine leichte Verunsicherung hervor.
Und jetzt dieser Brief.
Hans Waldeck setzte sich in der Diele auf einen der vier Stühle rings um den rustikalen Holztisch und nahm sich das Blatt Papier nochmals vor, das er zusammen mit der Zeitung am Morgen in einem unbeschrifteten Umschlag aus dem Briefkasten geholt und vorsichtshalber vor seiner Frau verborgen hatte. Im Umschlag war ein Foto von der Wasserleiche, bei Dunkelheit aufgenommen. Hans erschrak sofort bei diesem Anblick, denn es führte ihm seinen Fund erneut vor Augen. Das Foto war in einem anderen Blatt eingeschlagen, auf welchem ein großer Kreis zu sehen war, in der Mitte senkrecht ein Dolch, um den sich eine Schlange wand. Rechts und links der Dolchschlange befanden sich zwei ausgefüllte Kreise.
Die Botschaft versuchte Hans nun zu entschlüsseln, seit er einen Blick darauf werfen konnte. Außer noch größerer Verunsicherung kam dabei aber nichts heraus. Wohl um ihm die Erklärung zu erleichtern, war das Foto beigelegt. Die Aufmerksamkeit des Betrachters sollte offenbar dem Tattoo auf der Schulter der Toten gelten. Dieses war identisch mit dem auf dem Bild wiedergegebenen, welches jedoch durch die mysteriösen Kreise ergänzt war. Und was hatte er, Hans Waldeck, damit zu tun? Er war der Finder der Leiche. Ein anderer plausibler Zusammenhang fiel ihm nicht ein.
Aber warum diese Ergänzung mit den zusätzlichen Kreisen?
Hans hielt das Symbol abwechselnd nahe vor die Augen und so weit wie möglich weg. Beim dritten Versuch, als sein Liebling, der Husky, neben ihm den Kopf hob, begann sich eine Ahnung zu entwickeln. Hans blickte zum Hund, dann zurück auf das Bild.
War das möglich? Sollten die beiden Kreise etwa die stechend blauen Augen des Huskys symbolisieren? Aber warum? Der war doch gar nicht dabei, als die Leiche gefunden wurde. Hans wollte diese Erklärung ver-

werfen, aber sie sträubte sich hartnäckig dagegen, fand immer wieder Eingang in seine Überlegungen.
Augen!
Oder gab es doch einen anderen Ansatz? Hans überlegte angestrengt, woran ihn die Kreise noch erinnerten. Sein nächster Gedanke erschreckte ihn. Es war weit hergeholt, aber sollten sie wirklich Schießscheiben darstellen?
Erinnerungen fanden den Weg aus dem Untergrund in den Einzugsbereich bewusster Gedanken. Längst verdrängt Geglaubtes wurde greifbar. Hans versetzte sich um Jahrzehnte zurück.
Schon als Schulkind hatte ihn jedes Schießgerät magisch angezogen. Nicht nur die Astgabel, zur Pistole umfunktioniert und als Waffe der Polizei gegen die Räuber im Spiel mit möglichst lautem Peng Peng, sondern auch später als Jugendlicher auf dem Jahrmarkt die Schießbuden mit Luftgewehr.
Paradiesisch die Besuche beim Schulfreund, dessen Vater über einen „Knicker" verfügte. Der Kugelfang hing an der hölzernen Schuppentür, der Innenhof entsprach den nötigen Sicherheitsvorschriften, zumal der Vater auf seiner Anwesenheit bestand. Und genügend Schießscheiben gab es immer. Der kleine schwarze Punkt, der die Zehn markierte, das Zentrum der vielen kleinen Kreise, musste dann nur noch mit Kimme und Korn und vor allem ohne zu wackeln anvisiert werden.
Ein Faszinosum für den heranwachsenden Hans.
Während der Ausbildung an der Offiziershochschule kamen die größeren Kaliber. Der Erwerb der Schützenschnur mit der Kalaschnikow fiel Hans nicht besonders schwer. Die kleine Pistole wehrte sich allerdings länger gegen seine Schießkünste. Mit einer Mischung aus Respekt und nachsichtigem Lächeln registrierte er deshalb bei jedem Kriminalfilm die punktgenau mit der Pistole treffenden Polizisten.
Später begann bei Hans die Liebe zum Flugzeug alles andere zu überlagern. Fliegen, Technik, Koordination, Blicke von oben auf alles Irdische. Das Gefühl, die für Normalbürger geltenden Gesetze der Erde überwinden zu können.
Der Weg zum Piloten eines Passagierflugzeugs, seinem eigentlichen Traum, führte zur damaligen Zeit ausschließlich über die Ausbildung zum Militärpiloten. Der Kreis zum Schießen hatte sich damit wieder geschlossen, weshalb ihm die Entscheidung für das Militär als Umweg

zur Interflug, wie er damals noch hoffte, nicht allzu schwer gefallen war. Auch wenn sich der Umweg als Sackgasse erwies, zumindest kam Hans auf diese Weise in den Norden der Insel Usedom, ins Jagdfliegergeschwader Karlshagen.
An dieser Stelle führten seine Gedanken zwangsläufig zu einem Vorfall, der ihn fast seine Karriere gekostet hätte.

Der Flug über die Küstengewässer der Ostsee ließ dem Piloten Hans Waldeck keine Muße, die einmalige Landschaft zu genießen. Er hatte einen Kampfauftrag zu erfüllen. So war es laut Vorschrift bei jedem Start einer MiG 21.
Die Kette, eine Formation von drei Kampfflugzeugen, war dem Oberleutnant Waldeck als Kommandeur unterstellt. Sie flog einen Angriff auf die Schiffswracks vor der Küste der Insel Usedom, die dort seit vielen Jahren eben zu diesem Zweck im flachen Wasser auf Grund gelegt worden waren. Unzählige Male hatte Hans diese Übung bereits fliegen müssen, natürlich immer variiert mit den unterschiedlichen konkreten Aufgaben. Plätze für Schießübungen mit scharfer Munition waren dünn gesät. Hier an der Ostseeküste befand sich einer der wenigen Gelegenheiten dafür.
Es war an einem Sonntag im August, die Sicht klar, kaum Wind, also ideales Flug- und Schießwetter. Die drei Maschinen hatten kurz hintereinander vom Rollfeld in Richtung Wasser abgehoben, das knapp fünf Kilometer entfernte Kernkraftwerk links liegen gelassen, sich in der Luft zur keilförmigen Kette formiert, flogen eine großen Bogen nach Norden, streiften die Südküste der Insel Rügen, kehrten über Zinnowitz wieder zurück nach Usedom, nahmen den Peenestrom unter die Flügel und näherten sich von Land her den vorgegebenen Wasserzielen. Die Greifswalder Oie bildete eine gute Orientierung in der Verlängerung der Flugrichtung. Weder die Einwohner noch die Badegäste am Strand von Karlshagen blickten noch auf, wenn sie den Fluglärm der Kampfjets hörten.
Jeder Flug war eine Kombination von eigener Anschauung und den Anzeigen der Instrumente. Immer musste der Mensch, der Pilot, das letzte Wort, die endgültige Entscheidung haben.
Die Kette näherte sich dem vorgegeben Ziel, die anderen beiden Piloten, alle über Funk miteinander verbunden, warteten auf den Befehl ihres Kommandeurs. Hans sah das Wrack, nahm es ins Visier, das ihn immer wieder an die Schießscheibe aus der Kindheit erinnerte, alles stimmte.

„Auf das befohlene Ziel: Feuer!", rief er in sein Helmmikrofon. Gleichzeitig nahm er das Ziel in direkten Augenschein...
Kaum hatte der Befehl die anderen beiden Piloten erreicht, schrie Hans Waldeck hinterher: „Feuer halt! Feuer halt!"
Das alles spielte sich innerhalb von Sekunden ab. Hans hatte einen Menschen an dem Wrack gesehen. Für einen der beiden Piloten kam der Schrei zu spät, er hatte bereits eine Salve abgefeuert. Die Flugzeuge drehten ab. Ihr Vorgesetzter hatte den Funkverkehr wie gewöhnlich mitgehört. Hans gab in aller Kürze die Erklärung für seine Entscheidung. Vom Staffelkommandeur folgte der Befehl zur sofortigen Rückkehr auf den Stützpunkt.
Was war passiert?
Die Schiffswracks unweit des Ufers und bei Niedrigwasser auch mit hüfthohen Anglerstiefeln erreichbar, waren ein beliebtes Ziel für mutige Hobbyfischer. In diesem Fall war der tollkühne Angler von dem Angriff überrascht worden.
Nachdem ihm klar war, was gleich kommen würde, konnte er nach schnellen Bewegungen Schutz unter einem Stück der Schiffswand suchen. Auf diese Bewegung des Mannes hatte Hans sofort reagiert. Es war ein großes Glück für den Angler, dass der Feuerstoß ihn nicht traf. Allerdings musste Hans sich im Anschluss dafür rechtfertigen, den befohlenen Angriff mit seiner Kette nicht ausgeführt zu haben. Er schrammte knapp an einer Bestrafung wegen Nichterfüllung eines Kampfauftrages vorbei. Schließlich setzte sich die Logik der Menschlichkeit aber gegen die des Krieges durch. Bestraft wurde der Angler. Nicht nur durch den Schreck, den er davontrug, sondern wegen unerlaubten Betretens militärischer Anlagen. Zumal er als Einheimischer genau wusste, was er tat.
Das Geräusch der vom Metall abprallenden Geschosse der Bordkanone war für immer im Gedächtnis von Udo Fischer fixiert. Das konnte jedoch seinen Sohn Daniel nicht davon abhalten, zu einem leidenschaftlichen Liebhaber von Flugtechnik zu werden. Dieser außergewöhnliche Vorfall führte die Familien von Hans Waldeck und Udo Fischer zusammen. Die Position eines Lebensretters für Udo wies Hans jedoch vehement von sich.

Am Ende seines gedanklichen Ausflugs in die Vergangenheit war Hans Waldeck spürbar enttäuscht darüber, dass er bei seinen Versuchen, das Symbol und vor allem dessen Verbindung zu ihm zu erklären, keinen Schritt weitergekommen war. Auch die Beobachtung, die er der Poli-

zei bisher bewusst verschwiegen hatte, passte in keines der möglichen Bilder. Es war Daniel Fischer, der vor Beginn seiner Jagd in der Nähe seines Hauses umher lief. Unmittelbar in der Einfahrt zum Schießstand des Schützenvereins. Nun grübelte Hans darüber nach, ob das wirklich nur Zufall war.
Hans Waldeck stand vor einer Entscheidung. Er wählte einen Kompromiss. Gleich am Montag würde er das Papier und das Foto dem jungen Ermittler Arne Bock zeigen. Einerseits, weil es ihm schon aus persönlichem Ehrgeiz als ehemaliger Uniformträger wichtig schien, in den Fortgang der Ermittlungen einbezogen zu bleiben. Andererseits wollte Hans vermeiden, durch das Verschweigen des Fundes eventuell die Aufklärung des Falles zu erschweren. Vielleicht könnte ihm daraus sogar ein kleiner Strick gedreht werden. Das würde seine Altersruhe erheblich stören.

22

Samstag, 3. November, 11.05 Uhr

Bevor der Mann das Gebäude des Ziegenhofs für einen kleinen Ausflug verlassen wollte, hatte er routinemäßig die Umgebung geprüft. Hierher verirrte sich zumindest zu dieser Jahreszeit kaum jemand. Er wusste vom neuen Besitzer Jürgen Beckert, dass die begonnenen Umbauten zu einer kleinen Pension vorerst ruhen würden. Von dieser Seite drohte keinerlei Gefahr. Dennoch benutzte er zur Sicherheit abends nur die kleine Taschenlampe in den von der Straße abgewandten Räumen. Die Entscheidung, hierher zu kommen, fiel sehr schnell. Er brauchte für kurze Zeit einen Unterschlupf, ohne die Nähe zu seinem Wohnort aufgeben zu dürfen. Dabei konnte er den Kontakt zu Beckert nutzen, wodurch er sogar über einen Schlüssel zum Haupthaus verfügte. In einem kleinen Nebenzimmer gab es eine Schlafgelegenheit. Vor Beginn seiner Flucht löste er das Nahrungsproblem. Im Discounter, zu der Tageszeit fast menschenleer, wählte er nicht nach Geschmack, sondern nach Verhältnis von Platzbedarf und Kaloriengehalt.

Ihm wurde aber von Stunde zu Stunde klarer, dass er sehr schnell eine Alternative brauchte. Die in seinem Umfeld entstandene mehr als unklare Situation hatte ihm nur diesen spontanen Ausweg gelassen. Beim vorsichtigen Blick aus dem Fenster sah er zufällig die junge Frau, die sich sehr für das Anwesen interessierte. Er hatte sie noch nie hier gesehen, sie schien nicht aus dem Ort zu sein. Aufmerksam verfolgte er ihre Bewegungen auf dem Gelände.
Der erste Gedanke war, dass sie ihn suchen würde. Polizei? Nein, dann würde sie nicht allein kommen, schon gar nicht als Frau. Sie bewegte sich arglos, als wenn sie nichts Bestimmtes suchen würde. Eine Touristin? Eine Raubgräberin? Die wären bestimmt auch in Begleitung. Schließlich beruhigte sich der Mann wieder und tippte auf eine Zufallsbesucherin aus Neugier.
Erleichtert konnte er beobachten, wie die Frau das Gelände verließ. Glück gehabt, dachte er, bevor er in Gedanken versunken mit der Schulter versehentlich an den Lichtschalter geriet. Erschrocken korrigierte er sofort den Fehler, zog dann vorsichtshalber die alten Gardinen vor die beiden Fenster, nachdem er in seinem Sichtfeld niemanden sehen konnte.
Die Frau war verschwunden. Kurz darauf glaubte er, einen Automotor zu hören, was ihm noch mehr Sicherheit gab. Sie war wohl davongefahren.
Dennoch wartete er einige Minuten, ehe er das Haus verlassen wollte. Er brauchte frische Luft. Langsam, aber ohne Furcht vor Entdeckung, öffnete Joachim Walter die Tür. Und sah unverhofft die junge Frau vor sich stehen, die er eben noch beobachtet hatte.

23

Samstag, 3. November, 12.00 Uhr

Daniela Wollmann, die Redaktionsleiterin von ARGUS-TV, lehnte sich nach dem Telefonat mit einem ihrer Kontaktpersonen zufrieden im bequemen Studiosessel zurück.

Mit großem Ehrgeiz hatte sie drei Jahre zuvor die Stelle an diesem kleinen Sender angenommen. Es war zunächst eine Verlegenheitslösung, auch die Bezahlung reichte gerade für das Existenzminimum. Doch sehr schnell erwachte ihr Ehrgeiz, aus diesem Provinzkanal mehr zu machen. Das Inhaberkonsortium aus einigen regionalen Unternehmern erwies sich dazu glücklicherweise nicht als Hindernis. So gelang es ihr, durch spektakuläre Aktionen auch überregional Aufmerksamkeit zu erregen. Mit freudigem Schauer dachte Daniela Wollmann an die Aufnahmen vom nachgespielten Raketenstart am 3. Oktober zurück, von denen nur ganz wenige Menschen wussten. Nur das Verschwinden des früheren Offiziers unmittelbar danach ging ihr nicht aus dem Kopf. Sie war darüber genauso ratlos wie alle anderen.
Vor allem der regionale Stempel sorgte für eine enge Verbundenheit von ARGUS-TV mit der einheimischen Bevölkerung. Im Unterschied zu öffentlich-rechtlichen Medien oder den auf große Werbekunden angewiesenen Zeitungen machte der Sender seinem Namen alle Ehre und deckte so manche Verflechtung zwischen Partnern auf, die den Namen ARGUS wie der Teufel das Weihwasser fürchteten.
Allerdings tappten sowohl die Kontaktleute als auch Daniela Wollmann selbst noch im Dunkeln, was die Zusammenhänge zwischen dem Verschwinden des Bürgermeisters und dem Leichenfund betraf. Sogar Siegfried Reuschel von der Wolgaster Polizei ließ sich nur in eine winzige Ecke seiner wohl immer noch kleinen Karten gucken. Auch er konnte ihr jedoch bei seinem Blitzbesuch keine wichtigen Informationen entlocken.
Gerade dieses Wechselspiel von Geben und Nehmen betrachtete Daniela Wollmann als Herausforderung. Sie würde sich durch ihre Arbeit eine gute Empfehlung für große Sender schaffen, davon war sie überzeugt.
Die sparsame Ausstattung von ARGUS-TV an Technik als auch an Personal setzte einer echten konspirativen Recherche enge Grenzen. Manches konnte jedoch als unschuldige Reportage getarnt werden. Wie jetzt gerade der aktuelle Hinweis auf die geplante neue Nutzung des Ziegenhofes zwischen Karlshagen und Peenemünde. Gleich am Montag würde Daniela sich mit ihrem Team dorthin begeben.

24

Samstag, 3. November, 12.05 Uhr

Ehe Pia reagieren konnte, überschlugen sich die Ereignisse. Schreck und Panik machten sich sofort im Gesicht des Mannes breit, der immer noch vor ihr stand.

Sehe ich wirklich so furchterregend…?

Noch ehe Pia den Gedanken zu Ende bringen konnte, hörte sie hinter sich ein Motorengeräusch und drehte sich um. Ein Jeep bremste seine Geschwindigkeit plötzlich ab, aus der Fahrertür sprang ein großer schlanker Mann und stürzte in ihre Richtung. Plötzlich hielt er inne, als er den zeitweiligen Hausbewohner wohl erkannte.

Was habe ich nur getan, dachte Pia. Der Mann blickte zur Tür, in der eben noch der Bürgermeister Joachim Walter stand. Pia drehte sich um und erschrak erneut. Die Tür war geschlossen und der Bürgermeister im Haus verschwunden.

„Weg da."

Das war gar nicht nötig, denn Pia machte auch von sich aus Platz.

Der Ankömmling riss die Tür auf und stürmte ins Haus. Pia vernahm polternde Geräusche, die aber plötzlich vom Hof zu kommen schienen. Sie blickte in die Richtung und sah Joachim Walter in Richtung Wald laufen. Er musste aus dem Fenster gesprungen sein.

Ganz schön fit für sein Alter, dachte Pia, als sie auch schon den Verfolger sah. Beide verschwanden aus ihrem Blickfeld.

Pia hielt sich am Türrahmen fest und versuchte die Situation zu überblicken. Es gelang ihr nicht.

Dann hörte sie laute Stimmen. Nein, es war wohl nur eine. Langsam und zögernd begab sie sich in die Richtung. Als sie die Gebäudeecke erreicht hatte, fühlte sie sich wie in einem Kriminalfilm. Joachim Walter lag bäuchlings am Boden. Der Angreifer hatte ihm die Arme auf den Rücken gedreht und drückte ihn nieder. Lautstark redete er auf ihn ein, Pia konnte die Worte jedoch nicht verstehen.

Was tun? Die Polizei rufen? Pia wusste absolut nicht, wie sie jetzt reagieren sollte. Die Entscheidung wurde ihr sogleich abgenommen, als sie sich durch ein Geräusch verriet und der Angreifer sie erblickte.

„Kannst herkommen."

Pia zögerte, dachte immer noch an Flucht.
„Komm, ich tu dir nichts, ich hab schon was ich wollte." Pia bemerkte die eigenartige Diskrepanz zwischen der bedrohlichen Haltung des Mannes gegenüber Walter und dem deutlich sanfteren Klang der Stimme ihr gegenüber.
„Kannst mir sogar bei einer guten Tat helfen." Tatsächlich, der Mann lächelte sogar.
Pia stand neben dem ungleichen Paar und bekam sofort Fragen zu hören. „Wer bist du eigentlich? Kennst du den hier? Oder ist das etwa dein Quartier?" Pia hörte ein Geräusch von Walter, der wohl etwas sagen wollte, den Kopf aber nur mühsam zur Seite drehen konnte.
„Du bist jetzt nicht dran", wurde er vom Angreifer unwirsch zurechtgewiesen.
Als Pia klar wurde, dass ihr keine unmittelbare Gefahr drohte, gewann sie ihre Sicherheit zurück. Außerdem – wenn der Mann sich ihr widmen würde, müsste er Walter loslassen, was er wohl vermeiden wollte.
Pia nannte ihren Namen, erklärte ihre Anwesenheit und begründete ihr Interesse an dem Objekt mit ihrer Tätigkeit im Museum.
„Warum greifen Sie den Bürgermeister an?", setzte Pia mutiger hinzu.
„Du kennst ihn also doch, gibs zu."
„Ja, aus der Zeitung, ist wohl nicht ungewöhnlich."
Walter vermochte es in diesem Augenblick, sich verständlich zu artikulieren. „Lassen Sie mich los, Herr Fischer, ich laufe auch nicht mehr weg."
Nun staunte Pia darüber, dass auch Walter den Angreifer kannte.
„Vielleicht klären die Herren mich mal beide auf. Ist das eine Privatfehde? Lassen Sie den Bürgermeister doch zu Wort kommen."
Erstaunt über die Courage der jungen Frau ließ Daniel Fischer seinen Widersacher los und bedeutete ihm, sich auf den Boden zu setzen. „Ich bin ja eben vorgestellt worden", wandte er sich kurz an Pia, und dann wieder an Walter. „Jetzt reden wir Klartext. Was hast du in diesem Gebäude zu suchen? Willst dich vor der Verantwortung drücken? Du bist doch als vermisst gemeldet. Wie lange versteckst du dich hier schon?"
Ganz nach seiner Gewohnheit duzte er Walter so wie jeden im Ort, ob er ihn kannte oder nicht. Nur bei seinem Chef, dem Hotelier Jürgen Beckert, machte er vorsichtshalber eine Ausnahme. Pia sah und

hörte neugierig zu, wie sich die Situation weiter entwickeln würde. Ihre Anwesenheit wurde von Fischer jetzt offenbar völlig ignoriert.
Joachim Walter suchte vergeblich nach Worten, musste sich in seiner Situation erst zurechtfinden. Die spontane verzweifelte Flucht wenige Minuten zuvor war die logische Konsequenz aus seinem Verhalten der letzten beiden Tage. Nun sah er sich im Wortsinne in einer Sackgasse. Wie Schläge empfand er die Fragen von Daniel Fischer. Er hatte immer noch an der demütigenden Behandlung zu knabbern, warf einen Seitenblick auf Pia, deren erstaunte Augen von einem zum anderen wanderten.
„Komm, sag was, bist doch sonst nicht um Worte verlegen", drohte Fischer, als Walter immer noch schwieg. Nur langsam kam Walter auf dem Weg zu seiner gewohnten Sicherheit voran, suchte Zeit zu gewinnen.
„Woher wissen Sie überhaupt, dass ich hier bin?"
„Das möchtest du gerne wissen, das glaube ich. Aber ich verrate es dir. Ich habe dich eben gerade zufällig entdeckt. Glaubst du mir das?" Mit einem leicht höhnischen Tonfall ließ Fischer offen, ob das wirklich stimmte. Walter bemerkte bei diesen Worten eine Unsicherheit im Gesicht von Daniel Fischer, die dieser durch besonders forsches Verhalten verbergen wollte.
„Ihr Chef hat Sie geschickt, geben Sie es zu!"
Treffer!
Joachim Walter hatte den richtigen Einfall, wie aus Daniels verlegenem Schweigen ersichtlich wurde.
Nun musste er die Situation nutzen, um wieder in die Offensive zu kommen. Aber woher kannte Jürgen Beckert seinen Aufenthaltsort? Warum schickt er seinen Mitarbeiter her?
Joachim Walter sah sich selbst in einem tiefen Dunkel stochern.
„Sag mir einfach, was du hier machst, warum du dich hier versteckst", sagte Daniel Fischer. „Ist ja schließlich Eigentum von meinem Chef."
Ihm wurde schnell klar, dass er nun die Karten auf den Tisch zu legen hatte, auch wenn er das damit verbundene Risiko noch gar nicht einschätzen konnte.
„Also..." Walter schaute abwechselnd beiden in die Augen, ließ den Blick dann auf Fischer ruhen. „Ich sehe ein, es sind von meiner Seite einige Erklärungen nötig. Und wenn wir hier schon zu dritt sind, dann

hören eben alle zu. Vielleicht gehen wir dazu ins Haus", schlug Walter vor. Daniel Fischers Blick blieb misstrauisch, er hatte aber keinen besseren Vorschlag. Walter ging vor Fischer und Pia ins Haus. Der Raum, in dem sich der Bürgermeister durch den Lichtschalter ungewollt verraten hatte, war fast leer. An den Wänden hatten große hellgrüne Putzreste bisher den Kampf mit der Schwerkraft und der Macht des eigenen Alters gewonnen, der größte Teil war offenbar schon in den Abfallcontainer gewandert. Das verräterische Licht stammte von einer nackten Glühbirne. In der Mitte des Raumes stand ein kleiner Holztisch mit vier einfachen Metallklappstühlen. Sie schienen aus einer vergangenen Epoche zu stammen, waren aber funktionstüchtig. Die altmodischen Gardinen aus weißem Stoff verdunkelten den Raum noch mehr.
Walter wies auf die Stühle und nahm als letzter Platz.
Gespannt und voller Erwartung blickten Pia und Daniel Fischer auf ihren Bürgermeister. Pia war die Situation sichtlich unangenehm. Sie sah sich in einer zwiespältigen Lage. Kam sich wie eine Einbrecherin vor, wie eine Spannerin, die Zeuge eines Geschehens wurde, welches gar nicht für ihre Augen und Ohren bestimmt war. Gleichzeitig konnte sie die Gelegenheit nutzen, den Mann näher zu beobachten, dessen Namen sie von ihrer Mutter erhalten hatte.
Sie blieb zunächst in der Rolle der unbeteiligten Zuhörerin in einer deutlich entspannten Atmosphäre. Die beiden Kampfhähne hatten sich offenbar beruhigt.
Walter erwiderte die Blicke, suchte nach den Formulierungen für den Beginn seiner Erklärung.
„Bevor ich etwas zu deinen Fragen sage, Daniel", Walter übernahm unbewusst die Anrede von Fischer, er kannte ihn nur namentlich aus seinen Kontakten mit Hotelier Jürgen Beckert, „möchte ich voranstellen, dass ich alles, was jetzt kommt, vollkommen ehrlich meine." Fischer setzte zu einer Bemerkung an, aber Walter kam ihm zuvor. „Ja, ich weiß, das klingt wie eine Phrase, aber ich gebe zu, es gibt Anlass, das betonen zu müssen."
„Da hast du wohl Recht, denn die Leute betrachten dich als Lügner, weil du die Pläne zum Deichrückbau nicht zugeben willst." Fischer erhob erneut die Stimme und konnte nur mit Mühe einen weiteren Gefühlsausbruch unterdrücken. Walter spürte seine Routine in der Behandlung unangenehmer Fragen allmählich zurückkehren, fühlte aber gleichzei-

tig eine andere, für ihn eher seltene Dimension, die herkömmliche Rituale ausschloss. Es war Ernst, kein Spiel mehr. Die gespannte Situation verlangte nach einer Auflösung, die er aber trotz allem selbst beeinflussen wollte.

„Ich bitte jetzt einfach um Vertrauensvorschuss. Es fällt mir nicht leicht, was ich jetzt zu sagen habe." Er blickte beide abwechselnd an und hatte damit zwangsläufig auch Pia mit einbezogen. Ihm blieb keine andere Wahl. Zeit, sich über eventuelle Konsequenzen Gedanken zu machen, hatte er ebenso wenig.

„Ja, ich habe Pläne zum Deichrückbau öffentlich geleugnet, wider besseren Wissens."

Beide Zuhörer sahen ihn mit großen Augen an, warteten auf weitere Erklärungen.

„Dass ich mich jetzt hier befinde, hat sehr viel damit zu tun."

Walter prüfte die Reaktion, wartete darauf, eine andere mögliche Erklärung für seinen Aufenthalt abseits der Öffentlichkeit vorgehalten zu bekommen, zumindest von Daniel Fischer.

Sie kam nicht.

Walter suchte bei der Wortwahl nach einer Balance zwischen Reue und Offenheit, wollte dabei aber seine Würde nicht verlieren. Zum Glück kannten ihn beide nicht näher. So konnte er aus dem darstellerischen Vollen schöpfen, ohne seine Glaubwürdigkeit aufs Spiel zu setzen.

Daniel rutschte ungeduldig auf dem harten Stuhl hin und her. Er war ein Mann der Tat, erwartete das auch von anderen. Genau das war es auch, was er an seinem Chef achtete. Vor Weicheiern würde Daniel Fischer nie Respekt haben können. Was er von Walter zu halten hatte, wusste er in diesem Moment noch nicht.

Der Bürgermeister spürte die Unruhe Fischers und begann zu sprechen.

„Ich bin von oben unter Druck gesetzt, ja erpresst worden. Ich wurde gezwungen, die Pläne für den Deichrückbau zu leugnen."

Er machte eine Pause, um die Worte wirken zu lassen und die Reaktion zu prüfen.

Sie kam prompt.

„Du bist also erpressbar. Womit denn? Welche Leiche hast du im Keller? Und wer ist dieser … oben?" Fischer ließ nicht locker.

Walter entschloss sich zur konzentrierten Wahrheit.

„Das sind persönliche Dinge aus der Vergangenheit, die nichts mit der Sache zu tun haben. Mehr kann und möchte ich dazu nicht sagen und bitte um Verständnis."
Genau dieses Verständnis erhoffte Walters Blick, mit dem er die beiden musterte. „Mit ‚oben' ist jemand aus der Landesregierung gemeint, das sollte genügen."
„Hm, na gut, ist auch egal." Die Skepsis war keineswegs aus Fischers Blick gewichen. „Wie geht es jetzt weiter? Willst du dich noch länger verstecken? Das kannst du vergessen."
Walter blickte Fischer lange an, versuchte ihn damit zu beruhigen. „Ich will es kurz machen. Ich habe in den zwei Tagen hier beschlossen, mich nicht länger wegen des Deichrückbaus erpressen zu lassen, auch wenn ich den Preis dafür nicht kenne. Ich kenne aber den Preis, den die Bevölkerung hier zahlt, also wir alle, wenn es wirklich dazu kommt."
„Große Worte, Bürgermeister. Ich glaube, wir beide", er blickte zu Pia, deren Zustimmung er voraussetzte, „sind sehr gespannt, was jetzt folgt."
Auch Pia hatte das Gefühl, in eine Situation geworfen zu werden, deren Ausgang sie nicht erahnen konnte.
Walter suchte wiederum nach Worten.
Pia war wie gefangen von der knisternden Atmosphäre. Hatte sie bisher die Deichrückbaupläne als eher theoretisches Problem kennengelernt, wurden diese plötzlich sehr praktisch. Neugier traf auf Verwunderung. Sie merkte, wie sie sich mit den Gedankengängen des auf zweierlei Art in die Ecke Getriebenen identifizierte, wie sie versuchte, sich in seine Lage zu versetzen und daraus eine Lösung zu finden. Walters bisheriges Auftreten begann bei ihr Wirkung zu zeigen. In einer Mischung aus Mitgefühl und Hoffnung, Walter könne die Situation zu einer Lösung bringen, zog er sie in seinen Bann. Ihre persönliche Vermutung zu seiner Person trat dadurch zeitweilig in den Hintergrund. Der Bürgermeister setzte fort: „Ich werde gleich mehr dazu sagen. Aber ich weiß jetzt eines. Ich brauche Verbündete. Und…" er stockte, spürte die Balance zwischen Glaubwürdigkeit und Farce, „ je mehr ich darüber nachdenke, desto weniger Leute fallen mir dazu ein."
„Ach, du denkst, wenn du jetzt plötzlich das Gegenteil sagst, sollen wir dir einfach glauben? Willst uns einspannen? Wofür? Was heckst du wieder aus? Deine schnelle Wende nehme ich dir nicht ab."

„Ja, es ist schwierig, meinen Worten zu glauben, das gebe ich zu. Aber ich will es wenigstens versucht haben."

„Weißt du, Bürgermeister, hör auf zu labern. Sag' was Sache ist und was getan werden muss. Was soll ich denn meinem Chef... Verdammt. Aber du hast es ja sowieso schon vermutet."

Walter begriff, dass jetzt Entschlossenheit gefragt war. Aus seiner Brieftasche holte er den Datenträger hervor, den ihm Erich Bernecker von der Staatskanzlei in Zinnowitz gegeben hatte.

„Hier ist alles drauf." In aller Kürze gab er wieder, was Bernecker ihm dazu erklärt hatte. Pia und Daniel hörten mit wachsendem Erstaunen zu.

„Ich muss davon ausgehen, dass alles sehr schnell gehen kann. Durch meine Flucht habe ich die Leute zunächst daran gehindert, mir Anweisungen geben zu können. Das heißt, ich habe etwas Zeit gewonnen. Aber wer sagt uns, dass die keinen Plan B haben?"

Pia meldete sich zu Wort. „Langsam, langsam. Ich muss das noch verarbeiten. Hier haben sich zufällig drei Leute getroffen, die jetzt auf einmal ein Geheimnis teilen? Wie soll es jetzt weiter gehen?"

„Mir ist klar, dass diese Situation nicht leicht zu verstehen ist. Ich kenne weder die Pläne noch sehe ich einen möglichen Ausweg. Das einzige, was mir immer klarer wird, ist, dass ich dabei eine aktive Rolle spielen werde. Und ja, dass es für euch nicht leicht ist, euch darin selbst zu positionieren." Walter überlegte einige Sekunden. „Polizei halte ich übrigens für keine gute Wahl, denn dann läuft die Zeit gegen uns. Oder meint ihr, wir können denen das alles erklären? Als Grund meines Verschwindens?"

Daniel und Pia blickten sich an, schienen derselben Meinung zu sein. Beruhigt stellte Walter fest, dass die beiden wohl keinen anderen Grund für möglich hielten.

Pia gab sich große Mühe, die neuen Informationen und die daraus folgenden Konsequenzen zu verarbeiten und einzuordnen. Andererseits sah sie eine Herausforderung auf sich zukommen, die ihrem neuen Selbstbewusstsein nur förderlich sein konnte. Sie begann sich mit dem Gedanken anzufreunden, dass die offensichtlich nötige Rettung des Deiches zu ihrer ganz persönlichen Angelegenheit werden könnte, die ihren anderen Aufgaben zumindest ebenbürtig war und ihre volle Konzentration erforderte. Die Person des Bürgermeisters übte dabei eine

zusätzliche magnetische Wirkung aus. Aber sie wollte dabei ganz sicher gehen.
„Bleiben wir dabei." Sie ließ nicht locker. „Was genau soll meine Rolle, soll..." sie blickte auf Fischer, „...unsere Rolle jetzt sein? Innerhalb weniger Minuten sind wir drei also zu Komplizen geworden. Oder sehe ich das falsch? Wir kannten uns bisher gar nicht, oder nur flüchtig."
Fischer und Walter konnten dazu nur nicken, Pia setzte fort. „Mir geht das alles etwas zu schnell, ich bin ja nur Gast hier. Aber ich spüre auch, dass wir jetzt zu gegenseitigem Vertrauen verdammt sind, oder?"
„Genau."
Daniel fühlte sich in seinem Element, sah die allgemeinen Diskussionen schwinden und die Entschlossenheit wachsen. Er nahm den Chip in die Hand, sah ihn zumindest als gegenständlichen Beleg für Walters Worte, auch wenn er es noch nicht selbst kontrollieren konnte.
„Und wenn das alles doch nur übertriebene Befürchtungen sind?" Pia wollte durch diese Frage bewusst provozieren.
Mit einem energischen „Nein!" meldete sich Walter zu Wort. „Ich habe selbst erlebt, mit welcher Arroganz dieser Mensch aus Schwerin mir die Entscheidung ins Gesicht geworfen hat, den Deich ohne Rücksicht auf alles andere zu beseitigen. Und er klang nicht so, dass es auf den Sankt Nimmerleinstag verschoben werden sollte. Die aufgekommenen Gerüchte über diese Absicht zwingen diese Leute zum Handeln, und zwar zum schnellen Handeln, ehe sich der Widerstand wieder formiert. Das ist meine feste Überzeugung. Alles ist auf diesem Chip."
Daniel Fischer ließ das von Walter Gesagte durch einen Wahrheitscheck laufen. So energisch, so entschlossen und manchmal überbordend er auch war, er hielt sich an Fakten, konnte Emotionen bei seinem Urteil über Menschen ausblenden. Für ihn wurden die Worte Walters jetzt immer mehr nachvollziehbar. Sein persönlicher Eindruck vom Bürgermeister legte sich über die Meinung, die er über ihn von anderen gehört hatte. Prüfend schaute er ihm ins Gesicht.
„Du verlangst ziemlich viel von mir, warum soll ich dir jetzt auf einmal glauben?"
Walter musste konsequent bleiben. „Ich kann dich nicht dazu zwingen. Was passiert, wenn du mir nicht glaubst? Was willst du dann tun?"
Darauf hatte auch Daniel keine Antwort. „Na gut." Er entschloss sich, seinen inneren Handlungskompass ohne weitere Zweifel ganz umzu-

stellen, Walters Richtung zu folgen. Auch aus Mangel an erkennbaren Alternativen.
Ein weiterer Gedanke kam ihm.
Warum hat ihn sein Chef hierhergeschickt? Steckt der etwa mit drin? Und wenn ja, auf welcher Seite?
Daniel Fischer blendete die offenen Fragen aus und besann sich auf seine eigene Entschlusskraft.
„Also Bürgermeister, sag', was ich... was wir tun können." Walter schwieg immer noch, Fischer ließ sich davon nicht bremsen.
„So wie es aussieht, muss schnell etwas getan werden. Und ich sag' euch ganz klar: ich hab' kein Vertrauen zu denen da oben. Das sind meine eigenen Erfahrungen. Ich vertrau' nur auf meine Kraft, und auf Leute, die ich kenne. Und auch wenn ich mich täuschen sollte, das was ich eben von dir gehört hab', Bürgermeister, mein Gefühl sagt mir, dass ich dir trauen kann. Und du...", er blickte zu Pia, „du hast auch keine andere Wahl. Oder du gehst petzen, aber so siehst du nicht aus." Daniel zeigte den Anflug eines Grinsens. „Erstens weißt du gar nicht wo und zweitens würde dir das nicht gut bekommen." Nun grinste er so deutlich, dass sie diesen groben Männerscherz nicht missverstehen konnte.
Pia war in den Kreis der Vertrauten aufgenommen, ob sie wollte oder nicht. Aber sie wollte es. Obwohl sie nicht wissen konnte, was sich daraus entwickeln würde. Sie bemühte sich um dieselbe Denkfrequenz wie die beiden Männer. Der eine altersmäßig wie ein Bruder, der andere eher wie ein Vater...
Nur selten hatte Pia in so kurzer Zeit so viele und schwerwiegende Eindrücke verarbeiten und entsprechend ihrem Naturell Entscheidungen treffen müssen. Aber gerade diese Art von Herausforderungen gefiel ihr besonders gut.
War das vielleicht das Deutsche in ihrem Blut?
Wieder so ein Vorurteil, verwarf sie den Gedanken sofort.
„Bei aller Einigkeit müssen wir die Frage klären: Was genau ist jetzt zu tun?" Walter brachte die Diskussion damit wieder auf den Punkt, sein Tonfall kündigte zugleich eine nachfolgende Antwort an. Er fühlte seine Entschlusskraft zurückkehren, ließ sich ganz bewusst auf seine beiden Vertrauten ein, die es auf diese zufällige und ungewöhnliche Art geworden waren. Alle drei schauten sich abwechselnd an und fühlten ihre

Gedanken wie auf null gesetzt, auf einen gemeinsamen Ausgangspunkt. Die Situation war klar geworden.
„Sortieren wir doch zunächst die Lage." Walter wurde immer sicherer. „Wir haben uns entschlossen, Pläne zu verhindern, die wir noch nicht genau kennen. Mehr Informationen finden wir hier auf dem Chip, die Datei ist aber nur mit Passwort zu öffnen und wird sich nach dem ersten Öffnen selbst löschen. Das Passwort sollte ich später erfahren, jetzt also gar nicht mehr. Wir müssen einen anderen Weg finden, um an die Informationen zu kommen."
Pia nickte dazu, während Daniel mit skeptischer Miene zeigte, dass er das nicht akzeptieren wollte.
„Anderes Thema, Bürgermeister. Hast du dein Handy dabei? Und etwa noch an? Du weißt hoffentlich, dass ein Handy geortet werden kann."
„Ja, deshalb habe ich es auch ausgeschaltet und sogar den Akku entfernt."
„Super, hätte ich dir gar nicht zugetraut." Daniel grinste Joachim an.
„Hier kannst du nicht länger bleiben, das ist klar." Daniel war wieder ganz der Pragmatiker.
„Ich kenne eine Stelle, die bedeutend sicherer ist. Ich weiß zwar nicht, was mein Chef dazu sagt, aber der muss nicht alles wissen. Vielleicht holen wir den sogar mit ins Boot." Obwohl der bestimmt schon drin ist. Auch Joachim Walter dachte in diesem Moment daran, welche Motivation Jürgen Beckert hatte, ihn hier zu suchen. Die Ungewissheit blieb.
Daniel überlegte kurz, setzte dann fort.
„Es gibt da einen Raum, der für einen kurzen Aufenthalt alles Nötige bereithält, und den Rest ergänzen wir. Oder hast du einen anderen Vorschlag?"
Joachim wurde erneut bewusst, wie schlecht seine Flucht organisiert war. Zwangsläufig, wie er sofort für sich ergänzte. „Nein, habe ich nicht. Ich hatte nämlich keinen Plan, wie es weitergehen sollte. Passiert mir sonst ziemlich selten."
Bevor Walter zu einem Dank ansetzen konnte, unterbrach ihn Daniel, der wohl ahnte, was jetzt folgen würde. „Lass' gut sein, Bürgermeister, Lobreden heben wir uns für später auf, wenn alles vorbei ist, und hoffentlich in unserem Sinne. Also alle einverstanden?" Daniel hatte im Moment das Kommando übernommen, die anderen beiden nickten nur.
„Dann los!"

Daniel bedeutete den beiden, im Haus zu warten, ging hinaus zu seinem Auto und fuhr es so dicht wie möglich an die Haustür. Ehe er das Signal zum Einsteigen gab, suchte er mit einem sorgfältigen Rundumblick die Umgebung ab. Joachim und Pia stiegen ein.

„Tauch ab, Bürgermeister!"

Joachim legte sich quer auf die Rückbank. „Und du sieh dich um, ob uns jemand folgt", erhielt auch Pia eine Anweisung. Daniel war jetzt in seinem Element. Er fuhr auf die Hauptstraße, bog nach wenigen hundert Metern fast ohne zu bremsen in einen Waldweg ein, wendete dort und fuhr auf der Hauptstraße in die entgegengesetzte Richtung. Weder ein Fahrzeug noch ein Mensch waren zu sehen.

Im Augenwinkel sah Daniel, wie er über ihnen kreiste. Eigenartiger Weise sah er den Seeadler am Steuer eher als auf dem Beifahrersitz. Das charakteristische Flugbild war einfach unverwechselbar. So majestätisch, so ruhig und souverän. Daniel wünschte sich selbst oft die Fähigkeiten des Seeadlers, den Überblick, die Dominanz, vor allem die Unabhängigkeit. Jedenfalls verglichen mit den Menschen.

Der Jeep verringerte die Geschwindigkeit, fuhr einige Meter in eine kaum sichtbare Zufahrt in den Wald hinein, die durch mehrere Äste versperrt war. Daniel stieg aus, prüfte nochmals die Umgebung, räumte die Äste beiseite, passierte die Einfahrt, legte sie wieder an Ort und Stelle und fuhr dann etwa dreihundert Meter weiter. Er blickte nach links, fand schließlich das Gesuchte.

„So, der Zug endet hier." Daniel bat Pia auszusteigen und manövrierte anschließend das schaukelnde Fahrzeug zwischen zwei Bäume. Die herabhängenden Äste gaben zuerst nach, streiften hörbar die Außenwand und das Dach des Jeeps, um sich dann gleich wieder wie ein Vorhang hinter das Auto zu legen. Daniel stieg aus, blickte sich erneut prüfend um und flüsterte grinsend zu Pia. „Dieser Parkplatz ist für mich reserviert, da stand noch nie ein anderes Auto". Pia fand immer mehr Gefallen an der Situation und auch an der ursprünglichen und unbekümmerten Art des jungen Mannes. Der öffnete die hintere Autotür einen Spalt.

„Und jetzt der Ehrenpassagier." Immer noch versuchte er so leise wie möglich zu sprechen.

Joachim kroch aus der kaum zu öffnenden hinteren Tür, Daniel bedeutete ihm, im Schutz des Waldes zu bleiben. Er ging voran, bis er nach weiteren fünfzig Metern mit einem Handzeichen das Signal zum Halt

gab. Sie standen nicht weit vom Waldrand entfernt. Zwischen den Bäumen schimmerte das herbstliche Grün der Peenewiesen hindurch. Der Deich konnte den Blick auf das Festland nicht ganz verbergen, denn der Kirchturm von Kröslin zeigte wie ein Finger nach oben und gab auch Pia die Orientierung über ihren ungefähren Standort. Irgendwie hatte sie das Gefühl, vor kurzer Zeit schon einmal hier gewesen zu sein.
In Richtung Wald dominierte eine Anhäufung von Buschwerk. Mit sicherer Hand teilte Daniel einen großen Strauch, der voller welkender grüner Blätter war. Er ging hindurch, nachdem er den beiden anderen vorher bedeutet hatte, ihm zu folgen. Abrupt hielt Daniel an, Pia und Joachim wären fast auf ihn aufgelaufen.
Sie standen vor einer kleinen Betonwand mit einer Stahltür. Die wahren Ausmaße des Betonklotzes blieben unklar. Dichte Büsche verbargen die Dimensionen.
„Das Ding kennt ihr bestimmt nicht, oder?“ Triumphierend schaute Daniel in die Gesichter seiner beiden Begleiter und setzte ohne eine Antwort abzuwarten fort. „Wäre auch schlimm, ist nämlich ein Geheimnis, das heißt, war es bis eben.“
Daniel schloss die Eingangstür auf und betätigte den ziemlich neu aussehenden Drücker. Lautlos bewegte sich die Stahltür. Daniel blickte sich triumphierend um. „Gut geölt und Vorkriegsware. Die Tür meine ich, nicht das Öl.“
Joachim und Pia versuchten vergeblich, in dem sich öffnenden Dunkel irgendein Detail zu erkennen. Kühle schlug ihnen entgegen.
Daniel holte eine Taschenlampe aus der Jackentasche und leuchtete von außen in den Bunker hinein. Im hellen Lichtschein, den Daniel ganz bewusst in den Bunker richtete, damit kein ungewollter Beobachter aufmerksam werden konnte, sahen die beiden staunenden Gäste eine Treppe, die hinab führte.
Pia fühlte sich um drei Tage zurückversetzt, betrachtete die Situation als direkte Fortsetzung ihres Besuchs am Prüfstand VII. Was wird dieses Gebiet wohl noch an Geheimnissen offenbaren? Sie versuchte, die Erlebnisse der letzten Stunden in das größer werdende Puzzle mit dem Namen PEENEMÜNDE einzubauen, sah aber, dass es eine langwierige Aufgabe sein würde. Dennoch freute sie sich darauf, denn genau aus diesem Grunde war sie ja hierhergekommen.

Joachim hatte von Jürgen Beckert nur Andeutungen über gewisse Pläne gehört, nun wurde ihm klar, dass der clevere Geschäftsmann seinen Handlungsspielraum voll ausnutzte. Sogar über gewisse Grenzen hinaus.
„Bitte langsam folgen.“ Daniel stellte sich auf die kleine Fläche vor der Treppe, wartete bis Pia und Joachim den Eingang passiert hatten und schloss die Tür hinter sich.
Plötzlich standen alle im Dunkeln. Pia erschrak, griff instinktiv zu ihrem Nachbarn Joachim.
„Kleiner Scherz“, sagte Daniel mit einem Grinsen, knipste die Taschenlampe wieder an und betätigte einen Lichtschalter direkt oberhalb der Treppe.
„War nur ein Ausflug in das Dunkel der Vergangenheit. Soll später mal Teil unseres neuen Hotels werden. Vielleicht machen wir das dann mit den Hotelgästen ebenso. Zumindest mit den männlichen“, ergänzte er mit Blick auf Pia, die ihn aber nur verärgert ansah.
„So, jetzt bitte Vorsicht, die Treppen sind vielleicht etwas feucht und rutschig.“
Sie gingen die sechs Stufen hinunter und standen in einem größeren, fast quadratischen Raum von etwa zwei Metern Seitenlänge. Die nackten Betonwände waren trocken und unversehrt. Bei näherem Hinsehen erkannte Joachim jedoch, dass sie an einigen Stellen ausgebessert worden waren.
„Wir haben einige Arbeitsstunden und auch etwas Material investiert.“ Daniel verbarg seinen Stolz nicht.
Von hier aus führten drei Türen weiter. Daniel wählte die mittlere. Sie wirkte wie ein Schott, ließ sich mittels eines Rades nach außen öffnen und bewegte sich ebenso lautlos wie die Eingangstür.
„Welche Funktion dieser Bunker früher hatte, wissen wir nicht genau. Kann sein, dass er zur Bewachung des Konzentrationslagers diente, das hier gleich in der Nachbarschaft stand. Auf jeden Fall ist alles authentisch und überschaubar. Wir sagen den Besuchern eben das, was sie aus der düsteren Vergangenheit vermuten und hören wollen.“
Joachim und Pia sahen sich wortlos an.
Auch in den neuen Raum leuchtete Daniel zuerst mit der Taschenlampe. Pia zuckte plötzlich zusammen. Ein kleiner Schatten bewegte sich sehr schnell über die Wand, dann noch einer und noch einer.

„Ach ja, hatte ich vergessen. Das sind unsere ständigen Untermieter, die Fledermäuse."
„Ihr habt ja an alles gedacht, was Urlauber sich so wünschen. Ich versuche mir das gerade vorzustellen", flüsterte Walter.
„Hier hört uns keiner, kannst ruhig lauter sprechen", beruhigte ihn Daniel.
Daniel betätigte einen Schalter. Zwei matt-weiße Kugellampen in den Ecken strahlten gedämpftes Licht aus. Pia und Joachim trauten ihren Augen nicht. In dem Raum mit glatten, wohl ebenso bearbeiteten Betonwänden von etwa drei und vier Metern Länge standen zwei metallene Feldbetten mit Matratze, zwischen ihnen ein kleiner Nachttisch aus Massivholz. Ein winziger Metalltisch bot nur Platz für zwei Stühle. Obwohl sich Joachim in engen Räumen wegen seiner Körpergröße immer instinktiv duckte, war das hier nicht nötig. Er hatte bis zur Raumdecke noch mindestens dreißig Zentimeter Sicherheitsabstand.
„Tja, schon mal was von Erlebniszimmern gehört? In Gefängniszellen als Hotelzimmer können Gäste ja schon vielerorts nächtigen, aber ein Hotel im Weltkriegsbunker, das gibt es nur hier. Oder wird es hoffentlich bald geben. Der Kleiderschrank im passenden Design ist noch in Arbeit." Daniel ergötzte sich an den erstaunten Blicken von Pia und Joachim.
Pias Gedanken eroberten angesichts dieses komfortablen Bunkers Bereiche, von denen weder Daniel noch Joachim etwas ahnen konnten.
„Na, Bürgermeister? Ist das ein sicheres Quartier?"
Joachim taxierte den Raum, bemerkte jetzt sogar eine Steckdose. Allerdings aus praktischen Gründen samt Zuleitung auf die Wand gelegt. Er kannte aus eigener Erfahrung die Widerstandsfähigkeit des Betons aus den dreißiger Jahren des vorigen Jahrhunderts.
„Zumindest bis wir einen sicheren Aufenthalt in der modernen Zivilisation gefunden haben", stimmte er zu. „Aber bis Montag halte ich es hier schon aus."
Gegenüber seinen beiden Verbündeten gab er sich nicht die Blöße, auf das Fehlen von Bettzeug und Heizung hinzuweisen.
„Bist ja ziemlich mutig, aber ich habe noch etwas im Auto für dich. Wenn ihr mich für einen Augenblick entschuldigen wollt."
Ehe Pia oder Joachim reagieren konnten, hatte Daniel den Raum verlassen. Pia blickte lächelnd zu Walter, versuchte eine aufkommende Unsi-

cherheit zu verbergen. „Das ging alles ziemlich schnell heute mit unserer Bekanntschaft, wenn ich da zwei Stunden zurückdenke…" Walter schaute Pia sinnend an. War das wirklich Zufall? Zweifel blieben, die er aber nicht zeigen wollte. „Geht mir ähnlich, aber wir müssen eben das Beste aus der Situation machen." Mehr als Floskeln fielen beiden nicht ein, so dass kein Gespräch zustande kommen konnte, als Daniel schon wieder auftauchte.

„So, Bürgermeister, damit du nicht ganz wie in der Wildnis hausen musst." Mit diesen Worten drückte er ihm einen Schlafsack in die Hand. „Den habe ich immer im Auto, aber noch nie benutzt."

„Danke, den werde ich gut gebrauchen können." Walter legte ihn auf das eine der beiden Betten.

„Schätze mal, du hast lange nichts gegessen? Hier spendiere ich dir meine Notration. Kuchen und zwei Flaschen Wasser. Morgen gibt's mehr."

„Daran hätte ich bestimmt erst gedacht, wenn ich hier allein bin", sagte Walter erleichtert.

„Und hier hast du noch die Küsten-Rundschau von heute. Bestimmt interessant zu lesen für dich."

Daniel legte die Zeitung auf den Tisch.

„So." Daniel ließ sich als Gastgeber die Initiative nicht aus der Hand nehmen. „Ich schlage vor, wir lassen unseren Bürgermeister jetzt allein und machen uns alle gemeinsam Gedanken, wo er ab Montag Quartier beziehen kann. Oder gibt es andere Vorschläge?"

Joachim Walter und Pia schüttelten beide mechanisch den Kopf.

„Dann gebe ich dir den Schlüssel für die Außentür, Joachim, und dich bringe ich zu deinem Auto, oder wohin auch immer." Daniel machte es immer mehr Spaß, mit Pia zu plänkeln. Pia lächelte nur vieldeutig.

„Also, Bürgermeister, mach keine Dummheiten. Du weißt, wenn du nochmal abhaust, ist der Ofen aus." Diese Bemerkung wurde von allen verstanden. „Morgen früh stehe ich hier wieder auf der Matte."

Pia und Daniel verließen den Bunker und ließen Walter allein zurück. Als Daniel sie bei ihrem Auto auf dem kleinen Parkplatz am Flughafenring absetzte, begann die Dämmerung bereits, sich mit der Trübe des Tages zu verbinden.

„Hat mich sehr gefreut, dich kennenzulernen." Daniel fiel ohne es zu wollen in die Wortwahl einer Hotelrezeptionistin. Allein mit der deutschen Schwedin, befiel ihn eine leichte Unsicherheit. Aber diese Frau war wohl auch eine ganz besondere Persönlichkeit, wie er in der kurzen Zeit feststellen konnte.

„Die Freude ist ganz meinerseits", antwortete Pia mit ähnlicher Formulierung. Sie amüsierte sich innerlich über Daniels zahme Worte, verglichen jedenfalls mit seinem sehr dynamischen Auftreten gegenüber dem Bürgermeister.

„Wir werden uns jetzt wohl öfter treffen", ergänzte sie und wollte Daniel damit eine Brücke bauen.

„Sieht ganz so aus, gibt aber Schlimmeres." Nun kam seine Sicherheit zurück, wie sie beide unabhängig voneinander erfreut feststellten. „Zum Beispiel den Anlass der ganzen Sache. Wir wissen gar nicht, was uns alles noch erwartet. Sollten wir beide einmal in Ruhe bei einem Kaffee besprechen, denke ich."

„Gerne, aber bitte nicht mehr heute." „Nee, wir haben noch Hausaufgaben zu machen. Und das am Sonnabend. Kann ich dich auch morgen Vormittag anrufen? Nachdem ich beim Bürgermeister war?"

„Klar, ich bin doch jetzt Teil des Teams, oder?", lächelte sie.

„Das will ich hoffen."

Sie tauschten ihre Handynummern aus, gaben sich lächelnd die Hand und fuhren mit ihren Autos nach Hause.

Pia ließ während der kurzen Rückfahrt den Tag Revue passieren. Für eine Wertung schien es ihr zu früh. Die gemischten Eindrücke vom gemeinsamen Waldspaziergang mit Andreas Schmidt wurden völlig von der unverhofften Begegnung mit Joachim Walter überlagert. Sie war in diesem Moment froh, dass Andreas das alles nicht miterlebt hat. Vielleicht wäre sie ja mit ihm auch gar nicht zum Ziegenhof gegangen. Die Vermutung, dass Walter vielleicht sogar die Person auf dem Foto ihrer Mutter und damit ihr Vater sei... Den Gedanken ließ sie mühevoll ins Leere laufen, um sich nicht den gefährlich hohen Erwartungen zu unterwerfen. Ein Gespräch mit dem Bürgermeister über dieses heikle Thema brauchte ganz andere äußere Bedingungen, als sie jetzt gerade über sie alle hereinbrachen.

Ihr wurde bewusst, dass die Vergangenheit Peenemündes nicht nur sehr lebendig war, sondern sogar neues Leben hervorbringt. Oder auch beendet, wenn sie an den Leichenfund an der Peene dachte. Die Vermu-

tung, dass das alles miteinander in Verbindung stehen könnte, erkannte sie nur als vagen Schatten am hinteren Rand ihres Hirns.
Als Daniel Fischer bei der Rückkehr ins Hotel seinen Chef Jürgen Beckert vom Ergebnis des Besuchs am Ziegenhof informieren wollte, hatte der das Haus schon verlassen. Er nahm seine Gedanken darüber wieder auf, woher Beckert wusste, dass er am Ziegenhof etwas finden konnte. Die Anweisung lautete, nachzusehen, ob er dort Verdächtiges bemerken würde. Gab es dazu einen Anlass? Oder einen Hinweis? Welche Rolle spielte Beckert wirklich?
Daniel Fischer nahm sich vor, künftig besonders aufmerksam zu sein und sich bei seiner Auskunft an Beckert so allgemein wie möglich zu halten. An der Entschlossenheit, die Rettung des Deiches nach ganz oben zu stellen, änderten seine Zweifel nichts.

25

Samstag. 3. November, 16.35 Uhr

Tageszeiten haben für die Meteorologin Diana Schakowski keinerlei Bedeutung, sie war es gewohnt, rund um die Uhr einsatzbereit sein zu müssen. Nun wurde sie kurzfristig zum Wochenenddienst eingeteilt. Freiwillig vertrat sie eine jüngere Kollegin, deren Kind erkrankt war. Aufmerksam hatte sie vor allem das Sturmgeschehen der letzten Tage verfolgt. Der sich ständig verstärkende Westwind war mit seiner Kraft jetzt wohl am Ende, das Tief „Silvia“ nach Osten abgezogen. Das befürchtete große Finale fiel schwächer aus als erwartet. Außer ein paar umgestürzten Bäumen waren keine größeren Schäden zu beklagen. Die Wasserstände an den Ostküsten des Landes lagen immer noch fast einen halben Meter unter dem Mittel.
Wie bei anderen vergleichbaren Tätigkeiten üblich, bemerkte Diana von Zeit zu Zeit einen Zwiespalt zwischen beruflichem und privatem Denken. Als Mensch, Frau und Mutter wollte sie sich, ihre Mitmenschen und ihre Familie möglichst behütet sehen, sie keinen Gefahren ausge-

setzt wissen. Aber dennoch fehlte ihr bei dem oft eintönigen beruflichen Alltag manchmal das Besondere, das Spektakuläre.
Die Verwobenheit der Wettergeschehnisse, die Wirkung kleinster Erscheinungen auf die gesamte Entwicklung, war eine der Ursachen dafür, dass es nicht selten zu Fehlprognosen kam. Noch weithin bekannt war die ausgebliebene Warnung vor einem der stärksten Orkane Mitteleuropas mehr als zehn Jahre zuvor. Erst als das Sturmtief „Lothar" in Frankreich schon große Schäden angerichtet hatte, gab die Zentrale ihres Amtes eine entsprechende Warnung heraus. Die betroffenen Regionen Süddeutschlands hatten keine Zeit mehr für vorbereitende Maßnahmen. Deshalb waren seitdem alle Mitarbeiter noch stärker sensibilisiert.
Andererseits konnte auch eine übertriebene Vorsicht unerwünschte Folgen haben. Abgesehen von den Kosten der unnötigen Vorsorgemaßnahmen stand die Glaubwürdigkeit der Wetterfrösche auf dem Spiel.
Diana Schakowski liebte ihren Beruf trotz aller Einschränkungen.
Sie beobachtete besonders die Luftdruckentwicklung im Raum der östlichen Ostsee. Dort, wohin das Wasser vom Westwind getrieben worden war und in jedem Fall bald wieder zurückschwappen würde. Wenn dann ein Ostwind hinzukäme, würde sich dieser Effekt deutlich verstärken. Gerade eine solche Wetterkonstellation war die auslösende Ursache für die meisten verheerenden Hochwasserereignisse der Ostsee in den vergangenen Jahrhunderten.
Diana registrierte in den Stunden seit ihrem Dienstbeginn einen südlich des Finnischen Meerbusens stark fallenden Luftdruck. Es war das Sturmtief „Silvia", das dort immer noch wütete. Doch nun drohte durch die sich entgegen des Uhrzeigersinns um das Zentrum des Tiefs bewegenden Luftmassen tatsächlich ein starker Wind aus Ost.
Dianas Adrenalinspiegel ging in die Höhe. War das der Vorbote einer Katastrophe? Sie beschloss, die aktuellen Wetterinformationen aus dem Raum der östlichen Ostsee besonders genau zu verfolgen, gab diesen Hinweis auch ihrem Schichtnachfolger weiter. Die aktuellen Meldungen aus dem Bereich Südfinnland und Russland waren keinesfalls beruhigend. Sie verschob diese Wetterentwicklung in den Ordner „Gesellschaftlich relevante Entwicklungen" und beendete mit einem Gefühl der Unruhe ihren Dienst.

26

Samstag. 3. November, 17.30 Uhr

Erst jetzt begriff Joachim Walter, wie es einem Zootier im Käfig ergehen musste. Eingesperrt auf wenigen Quadratmetern, angewiesen auf Betreuung von außen, das genaue Gegenteil von Offenheit und Weite, wie sie für ihn im bisherigen Leben der Maßstab aller Dinge war. Im Bunker kam das künstliche Licht hinzu, das nur mühsam die Tatsache überdeckte, dass er vollkommen hilflos in völliger pechschwarzer Hülle gefangen war. Die einzig sinnvolle Tätigkeiten, das Studium der Küsten-Rundschau, nahm nur eine knappe halbe Stunde in Anspruch, aber auch nur, weil er wirklich alle Artikel las, auch die, die ihn nicht interessierten. Unmöglich, die Selbstreflexion zu vermeiden. Die Isolation forderte Joachim Walter nach den aufregenden Ereignissen des Tages geradezu heraus, seinen Überlegungen über die entstandene Situation freien Lauf zu lassen. Doch zunächst schweiften seine Gedanken wie im Traum zurück zum Richtungswechsel in seinem Leben.

Als Mitarbeiter des Rates des Bezirkes traf er 1987 auf eine Delegation aus der gerade verordneten Partnerstadt aus dem Westen Deutschlands. Erika, die junge Betreuerin der Besucher, imponierte ihm so sehr, dass er nicht nur während des Aufenthaltes ihre Nähe suchte, sondern mit ihr auch danach heimlich in Verbindung blieb. Joachim nahm den Partnerschaftsgedanken sehr ernst, ja sogar zu ernst, wie sich bald zeigen sollte. Voller Selbstbewusstsein trug er das Anliegen seinem Vorgesetzten vor.
„Ich will diese Frau heiraten und mit ihr zusammen hier wohnen."
Sein Gesprächspartner hob erstaunt die Augenbrauen, um dann sofort zu antworten.
„Und? Wer wird dann deine Funktion übernehmen?"
„Wie kommst du denn darauf, Genosse Birnbaum? Hast du nicht verstanden? Wir wollen doch hier wohnen, hier in der Bezirksstadt!"
Nach erstauntem Blick rang sich der Genosse Birnbaum zu der Bemerkung durch: „Ich hätte nicht gedacht, dass du so naiv bist."
Voller Verunsicherung harrte Joachim Walter der Dinge, die da auf ihn zukommen würden. Und sie kamen mit voller Wucht. Nach angemessener Wartezeit und entsprechender Prüfung durch die „zuständigen Organe"

wurde die Heirat genehmigt. Bestandteil dieser Prüfung war auch ein sehr persönliches und streng vertrauliches Gespräch mit einem Mitarbeiter des, wie er sagte, Innenministeriums. Umso größer war die Überraschung, als er das ganze Entscheidungspaket zur Kenntnis nehmen musste. Einschließlich des Blattes mit dem nach Diktat handgeschriebenen Text, das er dann gedankenlos unterschrieb.

„Im Staatsapparat kannst du natürlich nicht bleiben, das wirst du verstehen!"

Gar nichts verstand Joachim. Seine Bindung an diesen Staat, seine Leistung, eine Frau aus dem Westen Deutschlands dazu zu bringen, freiwillig im Osten zu leben, wurde erschüttert.

Bis zu diesem Zeitpunkt glaubte er an die Gerechtigkeit des Sozialismus, hatte sich sogar freiwillig zu dreijährigem Wehrdienst verpflichtet. Aber nun war es damit vorbei. Es war der Anfang des schwierigen Weges, auf eigenen Füßen zu stehen.

Schon zwei Jahre darauf war der Staat an seinem Ende, und Walter engagierte sich in der Oppositionsbewegung. Bis er dann merkte, wie sehr seine Mitstreiter auf Posten und Mandate zielten und die Partei, in der er sich organisiert hatte, zum Anhängsel der „großen Schwester" aus dem Westen wurde.

Die erneute Enttäuschung war aber schon deutlich geringer, und Joachim Walter verband sie dann endgültig mit einer neuen Lebensmaxime: Ich mache nur noch etwas, was mir selbst nützt!

Die Eltern hatten ihm vorgelebt, wie sehr eine ganz natürliche Hilfsbereitschaft, ja Selbstlosigkeit, zu hohem Ansehen beitragen konnte. In Joachims Seele blieb deshalb immer noch ein kleines Lämpchen des schlechten Gewissens erhalten. Darüber, dass er nicht jede seiner Handlungen mit den allgemeinen, jahrhundertealten Regeln des menschlichen Zusammenlebens in Einklang brachte.

Denn allmählich wurde der durch ein prägendes Erlebnis entstandene gute Vorsatz aus der Jugend, keinerlei Gesetze und Bestimmungen bewusst zu verletzen, ausgehöhlt.

Durch Kontakte zu den ehemaligen Mitstreitern aus der Opposition gelang der Einstieg in den gerade entstehenden neuen Verwaltungsapparat des Landes. Das unterschriebene Blatt Papier, das seiner neuen Karriere im Wege stehen konnte, hatte sein damaliger Betreuer persönlich vernichtet, wie er von ihm erfuhr. Bis wenige Tage zuvor hatte Joachim daran glauben können. Sogar mit Recht konnte sich der ehemalige Genosse Walter als politisches Opfer des alten Systems bezeichnen.

Schließlich brachte er auch Erika in der Verwaltung unter. Kinder blieben der Ehe versagt. Gleich nach der Hochzeit hatten sie andere Sorgen, dann kamen die Bemühungen um eine neue Existenz und als dann beide endlich daran dachten, stellte sich die Zeugungsunfähigkeit Joachims heraus. Joachim und Erika gewöhnten sich aneinander.

Joachim webte fleißig an seinem Beziehungsnetz. Sogar ein halbjähriger Aufenthalt in der Landesvertretung bei der EU in Brüssel gehörte zu seiner Verwaltungslaufbahn. In der belgischen Hauptstadt wurde ihm klar, wie viel Geld dort zu verteilen war und wie man diese Quellen am besten erschließen konnte. Beruhigt blickte er in die Zukunft, bald war er näher an der Pensionierung als an seinem beruflichen Anfang. Irgendwann war er sicher, dass die dunklen Flecken im Lebenslauf für seine künftige Laufbahn keine Rolle mehr spielen würden.

Dadurch wurde er immer sorgloser, was die Entstehung neuer Flecken betraf. Seine gute Vernetzung hatte ihn jedoch immer vor allen Unannehmlichkeiten geschützt.

2005 hatte Joachim Walter das Umweltamt jenes Kreises übernommen, zu dem auch die Insel Usedom gehörte. Dann wurde ihm durch bestimmte Kontakte zu verstehen gegeben, dass er auf einem möglichen Weg noch weiter nach oben als Reserve betrachtet wurde. Die Schattenseite solcher Beziehungen wurde ihm gerade durch Erich Bernecker klar gemacht. Er freundete sich schließlich mit dem Gedanken an, in der direkten Nähe zur Ostsee einen optimalen Altersruhesitz gefunden zu haben. Der Bau seines Eigenheims im alten Dorf von Karlshagen wurde zur Spielwiese für Architektenträume, freudig unterstützt von Erika.

Als dann seine guten Bekannten aus der Landespolitik einen geeigneten Kandidaten für den neuen Posten des Usedomer Bürgermeisters suchten, sagte er zu. Und die Usedomer waren in ihrer Mehrheit die ständigen Scharmützel zwischen den großen Seebädern leid. Sie wählten den Kandidaten von außen, der sich im Wahlkampf als Mann mit Ehrgeiz, Durchhaltevermögen und vielen förderlichen Kontakten in die Landeshauptstadt Schwerin präsentierte. Natürlich vergaß Joachim Walter nicht, seine Tätigkeit in Brüssel herauszustellen, mit der Nähe zu besonderen Geldmitteln.

Mit dem Umzug nach Karlshagen gab Erika ihre Berufstätigkeit auf, widmete sich ausschließlich ihren Hobbys und ehrenamtlichen Aufgaben – und ihrem Körper. Nach Passieren der Fünfzig-Jahre-Marke wartete so manche ungewollte Rundung darauf, wieder entfernt zu werden. Mit ihrer Figur und der neuen Kurzhaarfrisur, etwas aufgelockert durch Farben, die im menschlichen Erbgut eher selten vorkamen, konnte sie sich aber dennoch nicht nur unter Altersgenossinnen durchaus sehen lassen.
Alle diese Dinge füllten Erika schließlich in einem Maße aus, dass ihr Bedürfnis, anders ausgefüllt zu werden, merklich nachließ. Sehr zum Ärger von Joachim, der sich längst nicht als sexueller Pensionär fühlte. Immer hatte er dafür gesorgt, genügend Bewegung zu haben, sich fit zu halten. Das wirkliche Alter sah seinem hoch gewachsenen und schlanken Körper kaum jemand an.
Auch bei Frauen funktionierte Joachims Netzwerkerei, denn Macht und Einfluss wirkten immer erotisch anziehend auf die Weiblichkeit. Seine neueste Partnerin Viola Kübeck war ein Jahr zuvor an der Ostseeküste gelandet. Das Kosmetik- und Massagestudio gab der attraktiven Enddreißigerin die nötige Selbständigkeit – und viele Kontaktmöglichkeiten. Irgendwann machte sich Joachim keine Gedanken mehr darüber, ob Erika Wind von seinen sexuellen Eskapaden bekam. War sie nicht selbst daran schuld?

An dieser Stelle sah Joachim kaum Lösungen, und er landete wieder in der Gegenwart.
Die unerwarteten Geschehnisse dieses Tages hatten eine Lage mit unüberschaubaren Konsequenzen hervorgerufen.
Vermutlich würde sein Leben ab sofort anders verlaufen als er es noch kurz zuvor geplant hatte. Die Ungewissheit musste er jedoch in neue Zielorientiertheit umwandeln. Nur, welches Ziel es sein würde, das müssten die kommenden Tage entscheiden.
Er war sich selbst nach gründlicher Überlegung nicht sicher, ob er mit Hilfe der beiden zwangsläufig Verbündeten einen Ausweg finden könnte, der allen Erfordernissen gerecht würde. Beide hatte er gar nicht oder nur flüchtig gekannt, sein Vertrauen in sie war von den Umständen bestimmt, wie es umgekehrt ebenso zutraf. Es kam jetzt darauf an, das Beste daraus zu machen.

Walters Gedanken liefen beständig im Kreis. Die beengte Umgebung war nicht dazu angetan, seine Kreativität im Finden von Auswegen zu befördern. Die zweifelhafte Rolle von Jürgen Beckert passte so gar nicht in die bisher feststehenden Rahmenbedingungen. Ohne Aussicht auf eine mögliche Erklärung verschob er diese Überlegung in die Zukunft. Und in diesem schon genügend ungeordneten Gedankenwirrwarr zum Deich blitzten nun noch zusätzlich Bilder auf, die mit Viola Kübeck zu tun hatten.
Glücklicher Weise war also keiner der beiden auf die Idee gekommen, einen Zusammenhang zwischen seinem Verschwinden und dem Leichenfund herzustellen. Auch in der Küsten-Rundschau fand er keinen Hinweis darauf. Dennoch war ihm klar, dass es eine Verbindung geben musste, auf den die Zeichnung mit dem Tattoo eindeutig hinwies. Wieder forderte die Frage eine Antwort, die er sich aufs Neue stellte. Wer war der Urheber? Woher wusste der Absender, dass er Violas Haus aufsuchen würde? Es war offenbar eine Nachricht an ihn, aber zu welchem Zweck? Um sein Verhältnis zu Viola zu offenbaren? Das würde ohnehin schon bekannt sein, denn die Polizei hatte sich ohne Zweifel in seiner Wohnung und in Violas Studio umgesehen. Darauf zu hoffen, die Beamten könnten nicht eins und eins zusammenzählen, wäre nur eine fatale Unterschätzung der Polizei. Und – hatte etwa Violas eigenartige Reaktion bei ihrer letzten Begegnung damit zu tun?
Joachim stand vor einem Rätsel. Er rief sich die Situation in sein Gedächtnis zurück.
Als er am Abend nach ihrer heftigen Begegnung in ihrem Studio auftauchte, reagierte sie überrascht. Aber nicht gerade freudig, wie er registrieren musste. Er sah noch ihren zunächst erschreckten Blick, der erst Sekundenbruchteile später in ein Lächeln überging, in ein eher unverbindliches, gezwungenes.
„Schön dich nochmal zu sehen“, sagte sie ihm in einem Tonfall, der offenbar andere Gedanken verbergen sollte. Sie schmiegte sich an ihn, als abklingendes Element ihrer vorherigen Begegnung.
„Ich werde dich in den nächsten Tagen vermissen.“
Joachim wurde in diesen Sekunden ganz und gar hormonell gesteuert, glitt mit seinen Händen an Violas Körper auf und ab, spürte seine Gier wiederkommen, begann ihren Hals zu küssen, die Hände lagen auf ihrem prallen Gesäß und begannen es zu massieren. Sie versicherte sich

mit einem schnellen Blick, dass die geschlossenen Jalousien neugierige Blicke fern hielten, entzog sich ihm dann charmant, ohne sein Misstrauen zu wecken.
„Wir freuen uns lieber auf hundert Prozent, statt uns hier mit zwanzig begnügen zu müssen, einverstanden?“ Joachim schluckte die leichte Aufwallung von Verärgerung hinunter, blickte aber sogleich in ein Gesicht, welches sämtliche anderen Gedanken einfach weglächelte.
Ja, sie war eine gute Wahl für ihn.
Dennoch bemerkte Joachim ihren Blick auf die Studiouhr.
„Ich muss vor dem Urlaub noch viel erledigen und weiß nicht, wie lange ich hier noch brauche. Und du willst doch danach ein erholtes und stressfreies … Weib in deinen Händen halten, oder? Ich wünsche es mir jedenfalls.“
Joachim schaffte es dann, seine Gedanken wieder in den Alltagsrahmen zu zwängen und lächelte zustimmend zurück.
Abschließend küsste er Violas Schulter mit dem Tattoo. Fing aus lauter Übermut schon leise an zu singen: „Ach ich haab, sie ja nuur…“, als Viola ihm mit zärtlicher Handbewegung den Mund zuhielt.
„Nix da, damit werde ich nicht zufrieden sein. Und jetzt ab mit dir.“
Joachim gab sich geschlagen und verließ das Studio, nachdem er sich rückwärtsgehend mit einem Lächeln von Viola entfernte, das ebenso erwidert wurde, als eine Mischung aus Rückblick und Vorschau auf erregende Stunden zu zweit. Er verließ das Studio, setzte sich in der weit fortgeschrittenen Dämmerung in sein Auto, kaufte sich im Discounter eine Flasche Wein für den Abend und fuhr nach Hause, nicht ohne seinen Hormonspiegel durch einen kleinen Umweg auf Normalniveau sinken zu lassen.
Was kurz nach seiner Abfahrt am Hintereingang des Studios passierte, konnte er nicht bemerken.
Joachim ließ den weiteren Verlauf seiner Flucht Revue passieren. Dabei fiel ihm sein Auto ein, das er in einem Anfall von Phantasie mit einem Blutstropfen aus seinem linken kleinen Finger präpariert und so abgestellt hatte, dass es abenteuerliche Deutungen über seinen Verbleib zuließ. Der Fußweg zum Ziegenhof zog sich dann länger hin als er dachte, aber diese Belastung musste er in Kauf nehmen.
Erika!

In diesem Moment durchfuhr ihn der Gedanke an seine Frau. Was wird sie wohl beim Anblick des Autos vermutet haben? Sie hatte es ganz bestimmt gesehen. Ihm wurde plötzlich bewusst, was er ihr alles zumutete. Bei dieser Erkenntnis blieb es nicht, sie löste scheinbar eine Bremse. Seine düstere Umgebung förderte diese Gedanken.

War nicht Erika in den Jahren ihres Zusammenlebens immer eine besondere Vertrauensperson? Ohne wirkliche Alternative? Mit großer Selbstverständlichkeit? Und er hatte bei seinem spontanen Ausstieg nicht ein einziges Mal an sie gedacht. Wie wird sie wohl seine Handlungen aufgenommen haben? Welche Gründe kennen oder vermuten? Ungewohnte Schuldgefühle übermannten Joachim, gegen die er sich machtlos fühlte.

Ihm wurde es im Bunker zu eng. Trotz der heutigen Erfahrung drängte es ihn nach draußen, nur ein wenig frische Luft schnappen. Sich befreien von allen zudringlichen Gedanken. In die Ferne blicken können. Dennoch buchstäblich die Geborgenheit im Rücken spüren.

Ähnlich wie schon einmal an diesem Tage wischte er sämtliche Bedenken weg, nahm den Schlüssel zur Hand und ging, nur mit der Taschenlampe leuchtend, die Treppe hinauf. Ohne jegliches Licht schloss er die Tür auf. Vorsichtig öffnete er sie, blickte hinaus, prüfte dabei ununterbrochen die Umgebung. Inzwischen herrschte klares Wetter. In der Dunkelheit leuchteten einige Sterne, die sich im Licht des Mondes noch behaupten konnten.

Dann stand er im Freien. Als er die Stahltür hinter sich geschlossen hatte, umflogen ihn mehrere kleine Schatten – die Fledermäuse. Joachim stand zwischen Busch und Bunker, atmete mit langen Zügen die klare Abendluft.

Er schaltete völlig ab, konzentrierte sich ganz auf die Stille und Einsamkeit ringsum. Sein Körper verlangte nach Bewegung. Er begann mit leichten gymnastischen Übungen. Nur mit Mühe erreichten seine Fingerspitzen nach mehreren Versuchen den feuchten Waldboden. Der helle Mondschein verleitete Walter dazu, sich die Umgebung etwas näher anzusehen, um daraus auf seinen Standort schließen zu können. Tagsüber hatte es dazu aus Tarnungsgründen keine Gelegenheit gegeben. Vorsichtig teilte er die Sträucher, bemüht, keinerlei Geräusche zu verursachen. Nun stand er vor dem Busch, der den Bunker vor neugierigen Augen schützte. Den Waldrand konnte er zwischen den Bäumen nur erahnen. Mondlicht spiegelte sich in einer leicht gekräuselten Wasserfläche. Das konnte nur der Cämmerer See sein. Der östlich davon gelegene Wald schützte den See vor dem aufkommenden Wind. Joachim fielen im Gegenlicht direkt am Waldrand zwei markante Bäume mit glatten Stämmen auf. Kiefern, die ursprünglich nebeneinander gestanden hatten, dann aber V-förmig auseinandergewachsen waren. Wie ein Siegeszeichen markierten sie die Stelle des Waldrandes, in deren Nähe sich der Bunker befand. Joachim wollte sich für alle Fälle dieses Orientierungszeichen merken.

Er genoss die Ruhe, die klare und kühle Luft. Der Wald strahlte eine unheimliche Stille aus, wirkte als Mischung aus Schutz und Bedrohung. Joachim spürte, wie seine Seele sich ganz langsam beruhigte. Unmerklich setzte sich sein Körper in Bewegung. In kleinen Schritten näherte er sich ohne ein Geräusch dem Waldrand.

Das Knacken kam urplötzlich.

Erschreckt blieb Joachim stehen. Er blickte in die Richtung, aus der es kam, versuchte von dort andere Laute wahrzunehmen oder die Quelle zu erkennen.

Vergeblich.

Sein Puls beruhigte sich. Bestimmt ein Tier.

Die Stimmung war jedoch dahin. Rückwärts gehend, sich dabei umschauend, bewegte sich Joachim zu seinem Unterschlupf. Vor dem Busch blieb er stehen. Der Drang nach der Sicherheit des Bunkers kämpfte mit dem immer noch vorhandenen Wunsch nach frischer, freier Luft, die er mit langen Zügen einsog.

In den genussvollen Atemzug mischte sich jäh ein metallener Laut, der nicht in diese Umgebung gehörte. Joachim konnte gerade noch daran denken, das Geräusch zu kennen, da zischte es hinter ihm im Busch. Mit einem unterdrückten blechernen Knall wurde die Bunkertür von einem Gegenstand getroffen. Bewegungslos und völlig von der Situation überrumpelt verharrte Joachim an seinem Platz.

Ein erneutes Zischen endete mit einem deutlich leiseren Klacken. Nun löste sich Joachim endlich aus seiner Starre. Er glaubte, in kurzer Entfernung zwischen den Bäumen eine Bewegung erkannt zu haben, floh jedoch ohne weiteres Nachdenken durch den Busch zur Tür, öffnete sie, verschwand darin und schloss hastig hinter sich ab.

27

Sonntag, 4. November, 9.30 Uhr

Pia saß in der kleinen Küche ihrer Wohnung am Frühstückstisch. Auf dem weißen Porzellanteller lagen zwei Brötchen vom Bäcker am Strandvorplatz, so wie sie das Gebäck als Kind kannte. Der halbstündige Spaziergang am Morgen brachte frischen Wind in ihre Gedanken. Eine kleine Schüssel mit in Milch und Joghurt gerührten Haferflocken war der schwedische Teil des Morgenmahls, dazu Rührei und Orangensaft. Und natürlich starker Kaffee.

Pia suchte mit dem Frühstück Entspannung nach einer unruhigen Nacht. Der Abend zuvor war noch völlig vom ereignisreichen Tag mit den vielen neuen Bekanntschaften geprägt. Das entsprach ganz und gar nicht ihren langjährigen Gewohnheiten. Erneut bemerkte sie, wie bei ihr einige Bremsen im Verhalten gegenüber anderen Menschen im Begriff waren, sich zu lösen. So wie gegenüber Andreas Schmidt.

Trotz ihrer Entscheidung, sich mit Daniel Fischer und Joachim Walter zu verbünden, war sie wieder unsicher geworden. Die äußeren Umstände tags zuvor hatten keine unabhängige Entscheidung zugelassen, sie war dort hineingeschlittert, ohne echte Alternative. Viele Fragen blieben offen oder öffneten sich erneut. Was würde auf sie alle drei zukommen? Wie würde sie notfalls erklären können, sich als Gast derart engagiert zu haben? Ihr Interesse für das Thema Peenemünde war dabei, in ganz andere Bahnen gelenkt zu werden. Ob dieser Weg ebenfalls seinen Ausgangspunkt in der umstrittenen Vergangenheit hatte, war alles andere als klar.

Vor allem die Begegnung mit Joachim Walter bewegte Pia im besonderen Maße. Dass sie so unvorbereitet geschah, war nicht beabsichtigt. Aber sie hatte ja gar keinen Plan. Die Zeit nach dem Aufkommen der vagen Vermutung war zu kurz, zumal außer Namensgleichheit und das einigermaßen passende Alter des Joachim Walter aus Karlshagen nichts anderes dafür sprach.

Mit zwiespältigen Gefühlen dachte Pia an die unmittelbare Zukunft. Einerseits liebte sie spontane Entwicklungen mit kurzfristigen Entscheidungen. Andererseits vermisste sie die Sicherheit der heimischen Umgebung.

Hier stutzte sie. War Schweden etwa schon zu ihrer Heimat geworden? Die starke Anziehungskraft von Andreas Schmidt, hing sie vielleicht mit einer untergründigen Wirkung ihrer deutschen Herkunft zusammen? Pia hoffte, zur gegebenen Zeit schnell die richtige Lösung für sich überlagernde Probleme zu finden. Weglaufen war nie eine Option für sie. Mittlerweile war sie mit dem Frühstück fertig. Die Unruhe vom Vortag hatte deutlich den Genuss der Mahlzeit beeinträchtigt, die sie gerade sonntags immer zelebrierte.

Ablenkung, das war es, was sie jetzt brauchte. Sie stand auf, holte ihre Brieftasche aus dem Korridor, nahm die beiden Fotos zur Hand und betrachtete sie minutenlang. Erinnerungen an das letzte Gespräch mit ihrer Mutter verbanden sich mit ihren Eindrücken aus der gestrigen Begegnung mit Joachim Walter.

Pia saß ihrer Mutter gegenüber. Beiden war klar, dass es die letzte Begegnung sein würde. Dennoch klammerten sie dieses Thema aus. Ihre Mutter Bärbel wies auf die Schublade des kleinen Schränkchens. „Nimm dir bitte die beiden Fotos." Sie bemühte sich, deutlich und klar zu reden, was ihr auch gelang. Nur der Lautstärke setzte die Krankheit Grenzen.

Pia tat wie geheißen und betrachtete die beiden Aufnahmen.

„Du hast irgendwann aufgehört, nach deinem Vater zu fragen."

„Ja."

„Ich weiß, ich habe dir nie richtig darauf geantwortet."

Pia schwieg dazu, wollte nicht jetzt in diesem Augenblick einen Streit anfangen.

„Du denkst, ich habe dir etwas vorenthalten."

„Schon gut, du brauchst dich nicht zu rechtfertigen."

„Ich konnte mich nie richtig entscheiden. Ob ich ihn suche oder nicht. Ich wusste nicht, ob das gut für mich sein würde. Hatte mich mit uns beiden im Leben eingerichtet. Vielleicht war es besser so. Für mich." Nach einigen Sekunden Pause ergänzte sie. „Ob auch für dich, das weiß ich bis heute nicht." Das Sprechen fiel ihr nicht leicht.

„Lass, Mutter, quäl dich nicht jetzt noch damit." Pias Versuch zu lächeln misslang gründlich.

„Ich habe nur dieses Foto von ihm. Und den Namen auf der Rückseite. Den habe ich damals gleich aufgeschrieben." Dann erzählte Bärbel Bergner ihrer Tochter zum ersten Mal von den beiden Begegnungen mit ihrem

Vater. Pia spürte, wie ihre Mutter in diesem Moment die damaligen Konflikte erneut, aber auf andere Weise durchlebte. Zwar mit innerer Erregung, aber dennoch mit der Distanz von fast vierzig Jahren.
„Ich weiß nicht, ob dir dein Vater jemals gefehlt hat. Wenn ja, wolltest du es irgendwann wohl nicht mehr zugeben. Aber ich bin mir sicher, das wird nicht so bleiben. Jeder Mensch will wissen, wo er herkommt."
„Mutter, ich weiß, dass du nur das Beste für mich wolltest. Das ist entscheidend. Dafür bin ich dir dankbar. Jetzt. Du bist ein guter Mensch."
Pia hielt die Hand ihrer Mutter. Tränen der Rührung sickerten aus den Augen beider Frauen. „Ich weiß noch nicht, wie ich damit umgehe." Pia war auf diese Situation nicht vorbereitet. „Aber bestimmt hast du Recht."
Zwei Tage später erlag Bärbel Bergner der schweren Krankheit. In heimischer Umgebung, mit der Tochter an ihrer Seite.

Pia hatte sich entschieden. So wie von ihrer Mutter vorausgesagt. An diesem Morgen nach dem ersten Gespräch mit Joachim Walter bremste sie jedoch ganz bewusst den Drang, irgendwelche Schlüsse zu ziehen. Sie wollte nicht Gefahr laufen, voreilig zu urteilen.
Ihr fiel ein, dass Daniel heute Vormittag den Bürgermeister im Bunker besuchen wollte. Und sie vergaß auch ihre Hausaufgaben nicht, auf anderen Wegen an die Datei zu gelangen und für Joachim Walter eine neue Bleibe zu suchen.
Bei diesem Stichwort fiel ihr ein, noch gar nichts von Andreas Schmidt und dem Schicksal seines Fußes gehört zu haben. Durch die nachfolgenden Erlebnisse war die Erinnerung an ihren Waldausflug zu zweit bereits in den Hintergrund gedrängt worden. Mit der Aussicht, ihre Stimmung noch weiter aufbessern zu können, griff sie kurz entschlossen zum Handy und wählte die Nummer des Maklers. Nach mindestens sechsmaligem Klingeln meldete sich eine verschlafene Stimme.
„Ja?"
„Aber Herr Immobilienmakler, wenn ich jetzt ein Kunde wäre, würde ich den ersten Schreck bekommen."
„Ach du bist das. Entschuldige, ich habe deine Nummer noch nicht im Speicher. Und auch als Gottloser lege ich viel Wert auf sonntägliche Ruhe."
Pia bemerkte an der hintergründigen Formulierung, dass ihre gestrige Waldbegleitung über den Anruf offenbar erfreut war und seine Reak-

tionsfähigkeit sich den ihr wohlbekannten Qualitäten annäherte. Ihre Augen begannen zu leuchten, sofort meldete sich auch der Übermut wieder zu Wort.
„Ist das die Ruhe für den angeschlagenen Fuß oder eher eine allgemeine männliche Müdigkeit in der kühlen Jahreszeit?"
„Oh, Madame hat wohl schon gefrühstückt? Die Gedankengänge wirken ziemlich geordnet."
Die beginnende lockere Unterhaltung weckte bei Pia wieder den Wunsch auf eine weitere Testrunde für Gesprächsführung mit Andreas Schmidt.
„Der Doktor hat eine fast normale Standfestigkeit für meinen Fuß festgestellt. War also alles halb so schlimm. Nur die Unfallstelle muss ich mir merken, damit mir das nicht nochmal passiert."
„Aber wir müssen da nicht unbedingt wieder zu zweit hin, oder? Da kenne ich geeignetere Stellen, um Standfestigkeiten zu prüfen."
Pia biss sich auf die Zunge. Da war sie wohl etwas zu direkt vorgeprescht. Das entsprach gar nicht ihrer souveränen Art. Die Quelle für diese spontane Formulierung vermutete sie zu Recht irgendwo in ihrer Körpermitte.
In diesem Moment hörte sie das Anklopfsignal in ihrem Telefon. Der wartende Anrufer kam ihr gerade zupass.
„Entschuldige bitte, Andreas, ich rufe dich gleich zurück, bei mir im Telefon klopft es."
Ehe er antworten konnte hatte Pia das Gespräch beendet und nahm den neuen Anruf an. Es war ebenfalls eine Handynummer.
„Ja?"
Auch Pia fiel keine passendere Eröffnung ein, aber es war gleichzeitig ein Reflex, denn sie hatte während ihres Aufenthalts in Deutschland nur wenig Anrufe bekommen.
„Pia, bist du das?" Die Frage klang sehr aufgeregt.
„Ja. Und mit wem spreche ich bitte?" Die Stimme kam ihr zwar bekannt vor, sicher war sie sich aber nicht.
„Hier ist Daniel, entschuldige die Störung, du hast hoffentlich nicht mehr geschlafen?"
„Nein, nein, ich bin gerade mit dem Frühstück fertig."
„Super, kannst du mitkommen zu unserem gemeinsamen Freund von gestern? Da gibt es Handlungsbedarf."

Pia registrierte nicht einmal, dass Daniel sich so indirekt ausdrückte, denn sie wusste sofort, worum es ging, zumindest um wen.
„Klar, kann ich, bin in fünf oder sagen wir in zehn Minuten fertig.“
„Dann komm‘ am besten vor zur Hauptstraße, ich hole dich ab, bis gleich.“
Als Daniel aufgelegt hatte, fühlte sich Pia schlagartig in die gestrigen Ereignisse zurückversetzt. Jeder Zweifel daran, ob sie sich überhaupt engagieren sollte, war wie weggeblasen. Sie schaffte es gewohnheitsmäßig, die wichtigsten Dinge vom Tisch zu räumen, suchte sich ihre Sachen zusammen und begann sich anzuziehen. Ihre wetterfeste Jacke war nicht mit dem hier so alltäglichen Symbol einer Tierfährte versehen, sie wies das in Schweden weit verbreitete kleine Abbild eines ganzen Tieres auf.
Als sie bereits zum Weggehen gekleidet war, fiel ihr ein Versäumnis ein. Ach, muss ich eben mal ungeschminkt aus dem Haus, dachte sie.
Den versprochenen Rückruf vergaß Pia vor Aufregung.
Beim Verlassen des Hauses wurde sie von einer heftigen Windbö erfasst. Schon von weitem sah sie den Jeep von Daniel Fischer stehen, der Motor lief. Daniel winkte schon ungeduldig aus der geöffneten Seitenscheibe. Pia stieg ein, und sie fuhren los. Sofort begann Daniel zu berichten. Walter hatte ihn anrufen wollen, aber sich im letzten Moment überlegt, sein Handy nicht zu benutzen und auf das versprochene Eintreffen Daniels zu warten.
„Nachdem mir Joachim das Geschehene erzählt hatte, haben wir beschlossen, dich dazu zu holen. Wir wollen jetzt das weitere Vorgehen gemeinsam entscheiden. Alles andere erfährst du an Ort und Stelle.“
Vor dem Bunker stiegen sie aus, blickten sich prüfend um. Als wenn die ungewisse Situation noch verstärkt werden müsste, erschien der Wald Pia heute drohend und unheimlich. Wie eine graue Illustration der Stimmung. Daniel verhielt sich dagegen unbekümmert und entschlossen wie am Vortag.
Hinter der Bunkertür wartete Joachim bereits, die Aufregung war ihm immer noch anzusehen.
„Hier, damit wurde gestern auf mich geschossen.“ Joachim zeigte auf die beiden zerknautschten Reste von Luftgewehrkugeln, die Daniel und er am Morgen gefunden hatten. Eine von ihnen hatte noch in der Beton-

wand gleich neben der Bunkertür gesteckt. Pia hörte sich den Detailbericht an.
„Tja, schwer zu erklären", begann Daniel. „Wer schießt heute noch mit Luftgewehren? Damit kann man doch höchsten aus nächster Nähe jemanden verletzen. Und du wurdest ja nicht einmal getroffen." „Ich habe eine Gestalt zwischen den Bäumen gesehen, vielleicht zwanzig Schritte entfernt. So genau kann ich das nicht sagen, es war ja dunkel."
„Also hat die Person mit Absicht nicht getroffen? Wollte dir nur einen Schreck einjagen?" fragte Daniel mit nachdenklichem Gesicht.
„Das wäre eine Erklärung. Aber damit haben wir noch keinen Grund für die Absicht, die dahinter steht", erwiderte Joachim. „Jemand beobachtet dich, verfolgt deine Schritte, das ist klar. Aber wer will dich auf diese Art verunsichern und vor allem warum?" Daniel kam mit seinen Fragen auf den Kern.
Joachim wurde sehr nachdenklich. Sollte er das Tattoo erwähnen? Damit würde er auch Viola Kübeck ins Spiel bringen. Und seine Mitstreiter irritieren, sie an seiner Ehrlichkeit zweifeln lassen.
„Ich habe keine Ahnung", brachte er schließlich seufzend und mit Nachdruck heraus. „Vielleicht steckt dieser Bernecker von der Landesregierung dahinter. Eine andere Erklärung fällt mir im Moment nicht ein."
Pia versuchte Ordnung in das Geschehen zu bringen. Erfreut bemerkte sie an sich eine Entschlossenheit, die für das, was ihnen noch bevorstand, nur hilfreich sein konnte. Joachim hatte zumindest nicht übertrieben, als er die Angelegenheit als dringlich bezeichnete. Diese Schüsse passten dennoch nicht in das Bild, das er ihnen von der Situation gezeichnet hatte. Verbarg er etwas vor ihnen? Sie behielt die Frage zunächst für sich.
„Du musst hier weg, und zwar sofort. Wir können nicht bis morgen warten", sagte Daniel. „Habt ihr eine Idee?"
Pia und Joachim blickten erst sich an, dann zu Daniel.
„Unser Hotel fällt aus, es ist viel zu öffentlich", erriet Daniel die Gedanken der beiden anderen. Joachims Überlegungen waren immer noch von der Verbindung zum Tattoo beherrscht, die er zunächst verbergen wollte.
Pia blickte Daniel an, der ebenfalls überlegte, dachte wieder an Andreas Schmidt und an ihren versprochenen Rückruf. Sie verwarf aber sofort diese Möglichkeit. Dafür schoss ihr ein anderer Gedanke durch den

Kopf, den sie ohne lange zu überlegen hinausließ. Dass er noch eine andere Quelle haben konnte als Joachims Sicherheit, war ihr in diesem Moment nicht bewusst.
„Wie wäre es, wenn Joachim zunächst mit zu mir in meine Wohnung kommt?“ Erstaunt hob Joachim die Augenbrauen, Daniel schaute Pia prüfend an.
„Oder hat jemand eine andere Idee?“
„Was spricht dagegen?“ Daniel schien diese Lösung zu gefallen. Auch Joachim hatte keine Einwände. „Pia steht bisher in keinerlei Beziehung zu dir“, bekräftigte Daniel. „Stimmt, sie ist für jeden Beobachter ein unbeschriebenes Blatt“, fügte Joachim etwas zögerlich hinzu. „Zumindest kann es eine Zwischenlösung sein.“
„Dann lasst es uns organisieren, aber besser als beim letzten Mal.“
Daniel machte sich sofort auf den Weg, um persönlich die nähere Umgebung nach unerwünschten Beobachtern abzusuchen. Die anderen beiden warteten zwischen Busch und Bunkertür.
„Hast du dir das auch gut überlegt?“ Joachim schaute ernst auf Pia. „Ich will dich da nicht noch weiter hineinziehen.“
„Dazu ist es schon zu spät“, erwiderte sie lächelnd. „Aber dann haben wir die Möglichkeit, in Ruhe eine endgültige Lösung zu finden.“
Daniel kehrte zurück.
„Los, Bürgermeister, zeig dass du schleichen kannst.“
Daniel öffnete die Heckklappe des Jeeps, in die sich Walter hineinwälzte. Plötzlich kam ihm ein Gedanke. „Joachim, gib mir doch bitte den Datenträger. Ich habe da so eine Befürchtung.“
Walter erfüllte die Bitte zögernd mit einem zweifelnden Blick. Daniel fuhr los. Unterwegs gab er Pia Instruktionen für das weitere Vorgehen. Er fuhr direkt zu ihrem Haus, ließ sie aussteigen und fuhr weiter. Pia ging hinein, kam nach einer Viertelstunde wieder heraus, setzte sich in ihr Auto und fuhr zum vereinbarten Treffpunkt am Parkplatz in der Ostseestraße. Dort parkten sie die Fahrzeuge so, dass die geöffneten Heckklappen im Winkel von 90 Grad fast aneinander stießen. Während Daniel und Pia aufmerksam die Umgebung beobachteten und dann so taten, als würden sie Gegenstände umladen, stieg Walter aus dem Heck des Jeeps und zwängte sich so schnell und unauffällig wie möglich in die bedeutend engere Heckklappe des kleinen Volvo.

Pia und Daniel stellten sich neben ihr Auto und unterhielten sich so, dass Joachim es gerade noch verstehen konnte.
„Die Speicherkarte stelle ich sicher, ich habe genügend Verstecke im Hotel. Was wir dann damit machen, entscheiden wir später gemeinsam. Einverstanden Bürgermeister?"
„Hab' doch sowieso keine Wahl", antwortete Walter mit der gequälten Stimme eines eng zusammengequetschten Menschen.
Pia schwankte zwischen Mitleid und Schadenfreude. Trotz der Anspannung fühlte sie sich in diesem Moment in einen Kriminalfilm versetzt. Ob der Umstieg einer wichtigen Person dort auch auf diese Weise inszeniert worden wäre? Das Lächeln darüber konnte sie auf ihr Inneres beschränken.
Beide Autos fuhren davon, Fischer direkt zum Hotel, Pia nach Hause. Sie fuhr rückwärts in den Carport.
Joachim begab sich, von Pia so gut wie möglich gegen Sicht geschützt, ins Haus
Karsten Frickmann stand mit seinem Fernglas am Dachfenster eines nahe gelegenen Hauses und lächelte zufrieden.
Bisher war er seinem Konzept gefolgt. Es war flexibel genug, um auf alle Veränderungen und überraschenden Entwicklungen reagieren zu können. Er hatte den Tod der Frau nicht nur geschickt dazu ausnutzen können, um seine Beute zu verunsichern. Sogar andere Jäger wurden jetzt auf diese aufmerksam, allerdings aus eigenen Gründen. Der Rächer hatte die Treibjagd so inszeniert, dass weder die Beute noch die Treiber etwas von ihrer wahren Rolle ahnen konnten. Denn es gab mehrere Anwärter für die Position als Beute. Und mehrere Jäger. Das Ziel eines der Jäger war sogar für Karsten Frickmann schwer einzuordnen und kaum zu kontrollieren. Höchste Aufmerksamkeit war nach wie vor gefragt, denn noch hatte er die Jagd auf sich selbst nicht überstanden. Die vorbereitenden Maßnahmen, die er getroffen hatte, betrafen ausschließlich das Erlegen seiner Beute.

28

Sonntag, 4. November, 10.30 Uhr

Erich Bernecker fühlte sich wohl. Ausgeruht vom langen Nachtschlaf und nach einem ausgiebigen Frühstück mit seiner Frau war die Motivation für das Lösen großer Aufgaben wieder dabei, seine gesamte Persönlichkeit in Anspruch zu nehmen. Der freie Sonntag hatte den Vorteil, dass er sich die Zeit selbst einteilen konnte, ungeachtet eventueller Bürozeiten. Dennoch hatte er sein Verantwortungsgefühl nicht abgeschaltet, einen Freizeitmodus kannte er dafür nicht. Berneckers Gedanken wurden völlig von der aktuellen Aufgabe auf Usedom in Anspruch genommen.

Gerade hatte er im Arbeitszimmer seines Hauses im Schweriner Norden den Laptop hochgefahren. Mitten in die Lektüre einer bekannten Hamburger Sonntagszeitung hinein platzte ein akustisches Signal. Bernecker öffnete die entsprechende Seite – und lächelte zufrieden.

Er wählte die Nummer seines Vorgesetzten bei der „Kommission", Ludger van Cramme.

„Wir haben sie wieder, die Nummer zehn. Er war für eine Nacht verschwunden, jetzt ist er an einem uns vertrauten Standort aufgetaucht. Und damit wieder unter Kontrolle."

Zufrieden dachte er daran, dass sein Anruf offenbar Wirkung gezeigt hatte.

Nach einer kleinen Pause kam die Antwort. „Gut, ich sehe mir das gleich an. Wie besprochen fahren wir zweigleisig. Wir versuchen Plan A zu retten, beginnen aber gleichzeitig mit Plan B. Ich übernehme alles Weitere."

Bernecker bestätigte die Information und fügte hinzu: „Du solltest dir die aktuellen Wetterprognose senden lassen und dich dann gedanklich mal genau siebzehn Jahre zurück versetzen."

„Ich glaube, ich verstehe was du meinst, danke für den Tipp."

Van Cramme beendete das Gespräch mit Bernecker und rief Marianne Müller-Griesbach an. Schon eine gute halbe Stunde später saßen sie gemeinsam an dem kleinen Ecktisch im Stadtkrug, der Traditionsgaststätte in der Schweriner Innenstadt direkt neben dem Kino. Der Tisch stand separat und ermöglichte ein ungestörtes Gespräch.

Diese drei bildeten den innersten Zirkel einer Institution, die es offiziell gar nicht gab. Selbst bezeichnete sie sich als Unabhängige Kommission, kurz UK oder einfach „Kommission". Sie traf immer dann zusammen, wenn es für die offizielle Politik schwierig wurde und hatte mit der Zeit ein feines Netz von Vertrauensleuten geschaffen, Sympathisanten, Interessenten und Praktiker aus allen Ebenen der Verwaltung und der Gesellschaft.

Marianne Müller-Griesbach, eine erfahrene Beamtin, war aus ihrer früheren Dienstzeit in Hamburg bestens vertraut mit der Behandlung heikler Angelegenheiten und erst vor wenigen Tagen rekrutiert worden.

„Wir müssen uns sehr kurzfristig Gedanken über die Pläne auf Usedom machen", eröffnete van Cramme das Gespräch.

Marianne Müller-Griesbach verzog keine Miene. Zwei Tage zuvor war sie darüber ins Bild gesetzt worden.

Ein großes Areal zwischen Peenemünde und Karlshagen war für Renaturierung vorgesehen. Dazu müsste der vorhandene Deich am Peenestrom zurückgebaut werden. Für die dann wieder gewonnene naturnahe Fläche hat das Land EU-Fördermittel in Aussicht gestellt bekommen, die bereits für die Entwicklung der Infrastruktur auf Usedom verplant waren. Eine solche zweckfremde Nutzung war jedoch nicht erlaubt. „Also kann die Renaturierung auch nicht öffentlich in Zusammenhang mit der Investition gebracht und als Hebel bei der Argumentation verwendet werden. Sollten diese Mittel aber nicht fließen, kommt die von der Regierungspartei im Wahlkampf versprochene neue Entlastungsbrücke auf die Insel nicht, und dann haben mehrere hochrangige Politiker ein Erklärungsproblem", beschrieb Ludger van Cramme die Situation.

„Unsere Pläne für die konkrete Umsetzung gehen dahin, dass wir kurzfristig und schnell reagieren müssen, wenn bestimmte Bedingungen eintreten. Zum Beispiel Hochwasser."

Marianne Müller-Griesbach dachte sofort an die beiden wichtigsten Regularien der „Kommission": „Tatsachen schaffen", und „ Wir sind zum Erfolg verdammt, agieren ohne Sicherheitsnetz. Wir wären die ersten Bauernopfer bei Misserfolg." Sie wartete gespannt auf die Fortsetzung.

„Der neue Inselbürgermeister Walter, den wir für die entscheidende Aktion in unseren Plänen vorgesehen hatten, ist wohl außer Kontrolle geraten. Wir können zwar seinen Standort feststellen, haben aber nur wenig Möglichkeit, in dieser Hinsicht von hier aus aktiv zu werden, ohne unseren Erfolg aufs Spiel zu setzen. Auch eine andere Vertrauensperson ist ausgefallen. Wir müssen nach einem Ausweg suchen, um auf das Eintreten einer günstigen Situation vorbereitet zu sein."

„Das sollte dann wohl der erste Fall für mich sein, also Plan B, oder warum bin ich sonst hier?"

Van Cramme musterte die attraktive und selbstbewusste Frau. Zufrieden registrierte er bei ihr genau die professionelle Berufsauffassung, die er selbst besaß und von seinen Mitstreitern forderte.

„So ist es. Also alles wie besprochen. Hier ist die Adresse des Hotels, in dem wir die Speicherkarte des Bürgermeisters geortet haben, und die Telefonnummer deines Kontaktes, also unseres Plans B. Erstes Ziel ist es, Nummer zehn wieder in die Hände zu bekommen. Das ist aber sehr unsicher, deshalb hast du hier genau das, was für unsere Pläne entscheidend ist." Van Cramme übergab Marianne einen kleinen Datenträger. „Der ist für unseren neuen Kontaktmann. Du musst wissen, dass wir ihn lange nicht in Anspruch genommen haben, stell dich bitte im Gespräch darauf ein. Dann handelst du selbstständig, der herrschenden Situation angepasst." Van Cramme sah Marianne prüfend an. Er konnte keinerlei Unsicherheit in ihrem Gesicht erkennen.

„Und hier, das ist seine Motivation. Lies dir diesen Zettel durch und gib ihn mir wieder." Marianne gab van Cramme nach wenigen Sekunden mit unbeweglicher Miene das Papier zurück, lächelte dann unmerklich, durchzog den Gastraum mit einem nachdenklichen Blick und wandte sich mit ihrer klaren Stimme an ihren Vorgesetzten, genauer gesagt, einen ihrer Vorgesetzten.

„Übrigens habe ich die Wettersituation seit Tagen verfolgt und stelle fest, dass sie sich für unsere Pläne sehr gut entwickelt."

Nun war van Cramme wirklich überrascht und versuchte gar nicht erst, dieses Gefühl zu verbergen.

„Ja, die zu erwartenden Ereignisse können sich als sehr günstig erweisen, setzen uns andererseits aber auch unter Zeitdruck, denn so schnell wird sich Ähnliches nicht wiederholen. Eine einmalige Chance für uns."

Sie verzichteten trotz enttäuschter Reaktion des Kellners auf ein Mittagessen und verabschiedeten sich. Marianne fuhr zu ihrer geräumigen Eigentumswohnung am Großen Moor, packte rasch ihr Reisegepäck

zusammen und fuhr in Richtung Usedom. Sie wollte noch bei Tageslicht ankommen und sich einen Eindruck verschaffen.
Mit ihrem Passat verließ sie die Landeshauptstadt in östlicher Richtung über den Paulsdamm, erreichte ohne Behinderung die A 14 in Richtung Wismar, bog dort auf die A 20 nach Osten. Hier gab sie ihrem Auto mit dem Tempomat auf der wenig befahrenen Strecke genügend Auslauf und las kaum eine Stunde später unmittelbar vor der Ausfahrt Gützkow schon das Schild „Museum Peenemünde".
Die Sonne wollte in diesem Jahr einfach nicht aufgeben. Zweitausend Stunden war der Jahresrekord, womit die Insel Usedom zu den sonnenreichsten Orten Deutschlands gehörte. Wie viele es bis zum heutigen Tag waren, hatte Marianne aber nicht im Kopf.
Sie schlängelte sich durch die enge Durchfahrt an der alten Stadtmauer von Wolgast, ehe sie die imposante Klappbrücke über den Peenestrom vor sich sah. Bereits kurz zuvor wurde sie auf eine Informationstafel mit den Zeiten für die Brückenöffnung aufmerksam. Öffnung – bedeutete das, zu den anderen Zeiten ist sie geschlossen und für die Überfahrt gesperrt? Natürlich wusste Marianne, es verhielt sich genau andersherum. Sie dachte daran, dass so mancher Usedom-Gast aus den Ankündigungen falsche Schlüsse zog.
Das Begrüßungsschild auf der Querstrebe der Brücke kannte Marianne noch nicht. „Wir lieben unsere Gäste" stand dort mit freundlicher Schrift und einer lächelnden Gastgeberin. Ja, solche gibt es hier auch, dachte sie an ihre lange zurückliegende erste Fahrt auf Deutschlands östlichstes Eiland.
Der Übergang ist für viele Besucher enttäuschend. Statt einer langen Brückenüberfahrt sind es nur knapp zweihundert Meter auf die Insel. Die noch zwischen Festland und Usedom liegende Schlossinsel nahm niemand so recht wahr. Beim Passieren der Tankstelle am Wolgaster Ortsausgang, schon auf der Insel, erhaschte Marianne einen Blick auf die Kraftstoffpreise. Sie registrierte für sich das extreme Schwanken des Preises, allein innerhalb Norddeutschlands. Weltmarktpreise – laut Öl-Lobby, dachte sie mit einer Mischung aus Belustigung und Verärgerung, wodurch sie beinahe die Abfahrt nach links in Richtung Peenemünde verpasst hätte. In der langen Ortsdurchfahrt von Trassenheide sah Marianne an einem Grundstückszaun ein Schild mit der Aufschrift

„Hände weg vom Deich". Alle Achtung, die sind aber fix, dachte sie mit gemischten Gefühlen.
Sie musste auch das nach zwei Kilometern folgende Ostseebad Karlshagen ganz durchqueren. Außerhalb des Ortes fuhr sie rechterhand auf den Parkplatz des Hotels Nordstern. Hier fehlte der schützende Wald, und beim Aussteigen riss ihr der starke Ostwind fast die Autotür aus der Hand. Der Parkplatz war zu gut einem Drittel belegt, für diese Jahreszeit eine beachtliche Auslastung, wie Marianne für sich bemerkte.
An der Rezeption meldete sie sich an.
„Guten Tag, ich hatte kurzfristig das Angebot Herbstzauber gebucht, drei Nächte mit Frühstück und Wellnessprogramm. Auf den Namen Laskewitz, Doris."
Die freundliche junge Frau fand den Namen, gab Marianne die Schlüsselkarte für das Zimmer 302 und wünschte ihr einen angenehmen Aufenthalt. Das überschaubare Reisegepäck hatte Marianne gleich mitgebracht, und sie bezog zunächst ihre Unterkunft. Das Fenster erlaubte einen Blick Richtung Osten. Hinter dem einige hundert Meter entfernten Waldstreifen befand sich laut Ortsübersicht der Strand. Der musste noch etwas warten.
Marianne musterte ihre räumliche Umgebung mit einem schnellen Rundblick. Die hellen, soliden Möbel strahlten den durchschnittlichen Charme eines Ostseehotels aus, dessen Anziehungskraft nicht durch die freundliche Atmosphäre, sondern durch die Lage bestimmt wurde. Sie setzte sich in den Sessel mit halbrunder Rückenlehne, legte die Füße auf das Bett, fuhr ihr kleines Notebook hoch und vertiefte sich im Internet in einige Zeitungsartikel aus dem Jahr 1995. In der Nacht vom dritten zum vierten November, also genau siebzehn Jahre zuvor, hatte ein Sturmhochwasser die südliche Ostseeküste heimgesucht. Marianne absolvierte damals einen mehrwöchigen Einsatz in der Stadtverwaltung von Greifswald. Das Gelesene vermengte sich mit ihren Erinnerungen, bis ihre Augenlider vor der Anstrengung des Tages kapitulierten.

Das Wasser der Ostsee stieg damals fast 1,70 Meter über den Durchschnittspegel. Kurz vor Mitternacht setzte der Rückstau des kleinen Flusses Ryck in Greifswald die Brücke der Bundesstraße in Richtung Stralsund für eine Stunde unter Wasser. Das alte Fischerdorf Wieck an der Ryck-Mündung wurde von der Außenwelt abgeschnitten.

Mehrere Meter Küstenabtrag an Steilufern der Ostsee, auch auf Usedom, waren Zeichen elementarer Kräfte. Das Strandcafé Utkiek auf dem Kliff von Ückeritz stand kurz vor dem Absturz. Nördlich von Karlshagen leckte das Wasser der Ostsee schon an der Straße nach Peenemünde.
Doch an einer Stelle hat sich die Natur bis in die Gegenwart nicht von diesem Ereignis erholt. Die Deiche, die das Anklamer Stadtbruch vom Stettiner Haff trennten, waren für die Kraft des Wassers zu schwach. Fast zweitausend Hektar Fläche südöstlich der Stadt Anklam liefen einfach voll. Begünstigt durch die planmäßige Entwässerung des Gebietes seit dem 18. Jahrhundert und die spätere Eindeichung hatte sich der Moorboden unter die Meeresspiegelhöhe gesenkt.
Der nach dem Deichbruch folgende jahrelange Streit um erneuten Deichbau zum Schutz der am Rande des Bruches liegenden Orte, um Sinn oder Unsinn einer wieder vernässten Natur, um Mitbestimmung und Landverkäufe blieb einfach im Wasser stecken.
Und das steht immer noch dort – als schlichte Tatsache. Gerüchte, dass jemand der Deichschwäche manuell nachgeholfen hätte, waren nie ganz verstummt.
Bis heute scheiden sich die Geister an dieser Fläche. Abgestorbene Baumstämme ragen gespenstisch auch viele Jahre später noch in dichtem Abstand aus dem Wasser. Schilfinseln werden zu Schilfflächen, Riedgras erobert sich immer mehr Raum und dazwischen hat eine Unzahl von kleinen und großen Wasservögeln diese Landschaft als ihr Paradies entdeckt. Reiher stehen im seichten Wasser der vielen Tümpel, Enten schnattern unsichtbar im Familienstreit, Schwäne finden sich in großen Gruppen von über hundert Tieren zusammen und genießen die für sie maßgeschneiderte Landschaft.
Die wenigen Menschen in den betroffenen Orten konnten nur ohnmächtig zusehen. Anfangs ballten viele von ihnen die Fäuste offen, dann in den Taschen. Bis sie der Mut fast ganz verließ. Und der Glaube an die großen Worte der Politik.
An Mitbestimmung und Demokratie.
Nur die Natur bleibt.
„Einfach Tatsachen schaffen!“

Marianne wachte von diesen Worten auf. Wusste dann nicht mehr, ob es irgendwo zu hören, zu lesen war oder ob ihre eigene Stimme dieses Fazit laut artikuliert hatte.
Sie wechselte die Internetseite, suchte nach dem Ausgangspunkt für das Signal der gesuchten Speicherkarte. Sie zoomte auf die größte Auflösung und konnte den genauen Standort im Haus lokalisieren. Die 3D-Ansicht zeigte ihr einen Raum im Kellergeschoss. Sie speicherte den genauen Standort in ihrem Gedächtnis, denn sie konnte ja nicht einfach mit dem aufgeklappten Notebook durch das Haus laufen.
Mit Gedanken daran, was sie dem Gesuchten sagen, wie sie sich bei einem Aufeinandertreffen verhalten würde, hielt sie sich nicht auf. Sie vertraute auf ihre spontane Entschlusskraft.
Marianne schaltete um auf Doris Laskewitz und begab sich mit langsamen Schritten durch die Hotelflure in Richtung Keller. Prinzipiell ignorierte sie Aufzüge, schon wegen der persönlichen Fitness. Gegenüber der Rezeption sah sie den Treppenabgang zum Untergeschoss, versehen mit den Hinweisschildern für Toiletten und den Behandlungsbereich für Kosmetik und Wellness. Sie nickte der jungen Frau an der Rezeption freundlich zu und begab sich suchend die halbrund geschwungene Treppe hinab.
Dort wurde sie von einem langen Korridor mit einer Wand aus terracottafarbenen Tönen empfangen. Stoffartige Relieftapeten schluckten jedes Geräusch. Die Mitte des Ganges war mit einem Teppichläufer ausgelegt, dessen Farbe mit der Wand korrespondierte. Das indirekte Licht ließ den Eindruck eines tristen Kellers gar nicht erst aufkommen.
An der rechten Seite befanden sich die Eingänge zu den Toiletten, links führte eine gläserne Doppeltür zum Wellnessbereich. Der Gang endete an einer Tür mit dem Schild BMZ, es war der Betriebsraum. Zwischen der Damentoilette und dem Ende des Korridors sah Marianne eine Tür mit der Aufschrift „Personal“. Genau an dieser Stelle war der Standort des Datenträgers angezeigt. Marianne wurde stutzig. Gab es dort etwa einen versteckten Raum?
Sie ging zunächst in die Damentoilette, vergewisserte sich, dass sich niemand dort aufhielt. Dann wandte sie sich dem Personalraum zu, öffnete ohne zu Zögern die Tür. Ihren Puls spürte sie leicht erhöht. Von dem kleinen Vorraum gingen drei Türen ab. Jeweils eine mit den Signets für Damen und Herren, die dritte war unbeschriftet. Marianne zögerte nur

kurz, lauschte. Kein Bediensteter schien anwesend zu sein. Langsam betätigte sie den Türdrücker. Der Raum war unverschlossen. Sie wurde mutiger, öffnete langsam die Tür. Was würde sie dort erwarten? Ihre Sinne waren bis zum Äußersten gespannt. Das Licht fiel in das kleine Zimmer. Auf hohen, bis zur Decke reichenden Regalen befanden sich Handtücher, Toilettenpapier und andere Verbrauchsartikel.
Marianne konnte den kleinen Raum vollständig überblicken, eine Person versteckte sich dort nicht, und eine weitere Tür wies er nicht auf.
Die Erleichterung des ersten Augenblicks machte sofort einem Schreck Platz. Hatten sie den Bürgermeister unterschätzt? Die Situation konnte nur bedeuten, dass die Speicherkarte und ihr bisheriger Träger sich an unterschiedlichen Standorten aufhielten. Und das wiederum…
Marianne führte den Gedanken blitzartig zu Ende und wurde von großer Unruhe erfasst. Sie musste so schnell wie möglich hier weg. Hastig schloss sie die Tür zum Lager, verließ den Personalbereich und ging jetzt mit schnellen Schritten in Richtung Treppe. Sie hörte zwar Stimmen aus dem Wellnessbereich, traf aber zum Glück niemanden. Sie stoppte, folgte einer plötzlichen Eingebung, blieb an der Tür stehen und studierte ausführlich die Öffnungszeiten. Dann setzte sie ihren Weg nach oben zügig fort. Auf der Kellertreppe begegnete sie einem schlanken hochgewachsenen Mann im blauen Overall. Er grüßte sie freundlich lächelnd. An der Rezeption suchte sie sich Informationsmaterial zu den verschiedenen Wellnessangeboten des Hauses und plauderte dabei unverbindlich mit der Angestellten.
Die weiteren Treppen lief sie hastig empor, öffnete ihr Zimmer und atmete tief durch. Sie vergewisserte sich im Notebook, dass die Signale immer noch von derselben Stelle kamen.
Marianne analysierte die Lage. Die gesuchte Person versteckte sich ohne den Datenträger an einem unbekannten Ort. Hinweise darauf gab es nicht, wohl aber die Gewissheit, dass die Signalwirkung erkannt worden war. Sofort rückte der Zeitfaktor in Mariannes Überlegungen an die erste Stelle. Nummer zehn war immer noch verschwunden.
Also doch Plan B. Ohne weitere Verzögerung.
Sie wählte die angegebene Handynummer. Nach dem sechsten Ton sprang der Anrufbeantworter an und sie legte auf. Noch ehe Marianne ein zweites Mal wählen konnte, kam ein Rückruf. Sie drückte die grüne Taste.

„Sie wollten mich sprechen?“ Die Stimme des Mannes war leise und klang unterdrückt.
Marianne nannte den vereinbarten Namen. Am anderen Ende war einige Sekunden lang nichts zu hören. Dann erklang die Stimme wieder.
„Ach je.“ Wieder Pause, Marianne hörte das Schließen einer Tür. „Ich hatte kaum noch mit einem Anruf gerechnet.“
Marianne ließ sich nicht auf sentimentalen Smalltalk ein, kam sofort zur Sache.
„Ich habe eine Mitteilung für Sie, wir müssen uns heute noch treffen. Wo und wann? Wie wäre es gegen 16 Uhr?“
Der Mann überlegte kurz. „Gut, 16 Uhr an der Gaststätte Schwedenperle in Wolgast, das liegt schon auf der Insel. Ich komme zu Fuß.“
Zum Glück schien es zumindest hier keine Probleme zu geben, dachte Marianne bei dieser Antwort.
Sie wählte die Nummer von Ludger van Cramme, der sofort abnahm. Marianne erläuterte in kurzen Worten die Situation. Van Cramme schwieg vor seiner Antwort einige Sekunden.
„Gut. Plan A ist damit endgültig tot. Nummer zehn will sich also drücken. Das müssen wir verhindern. Viel Erfolg.“
Während Marianne sich auf ihre Mission vorbereitete, überlegte Ludger van Cramme, ob er einen weiteren Anruf tätigen sollte. Er entschied sich, das Ergebnis von Mariannes Mission abzuwarten.

29

Sonntag, 4. November, 14.00 Uhr

Joachim und Pia saßen sich im Obergeschoss auf den bescheidenen Sesseln bei einer Tasse Kaffee gegenüber. Es war der erste Ruhepunkt in einer Situation, in der sie beide ihren Platz und ihre Rolle erst noch finden mussten, sich dazu mit belanglosen Wortwechseln notdürftig über Wasser hielten. Pia nutzte ausgiebig die Möglichkeiten, das Äußere ihres Gastes mit dem eigenen, im Gedächtnis gespeicherten Abbild des Fotos zu vergleichen. Sie kam aber zu keinem Ergebnis, konnte eine

Verwandtschaft weder bestätigen noch ausschließen. Also weiter warten, obwohl die entscheidende Frage auf ihrer Zunge immer weiter nach vorne drängte.
Gerade waren sie mit einer kleinen Mahlzeit fertig, die Pia aus ihren sparsamen Vorräten zubereitet hatte, was beiden außerdem einige Minuten Ablenkung bescherte.
So viel Unklares lag in der Luft, von beiden lautlos dort hineingeworfen. Wie stets schwerer werdende Wolken erhöhte sich die Last ihrer gemeinsamen Verantwortung und öffnete schließlich die Schleusen für den unvermeidlichen Regen der Worte.
Joachim ergriff die Initiative. Er schaute der jungen Frau durch einen Nebel der Verunsicherung in die Augen, kündigte ihr dadurch bedeutungsschwere Worte an.
„Pia, ich bin dir dankbar, dass du mir diesen Unterschlupf bietest." Er machte eine kleine Pause. „Wohin sich das entwickelt, wissen wir wohl beide nicht."
Pia war gerade dabei, den Gedanken an das Foto von ihrer Mutter in Worte zu fassen, als ihr bewusst wurde, dass Joachim damit ausschließlich seine unklare Zuflucht gemeint hatte.
„Ja, aber zumindest haben wir eine Atempause", konnte sie geschickt reagieren. Auf ihre Frage hin erläuterte Joachim ihr die Zusammenhänge rund um den Deichrückbau, die ihr bis dahin nur in meist spektakulären Bruchstücken bekannt waren.
Joachim wiederum suchte einen möglichst neutralen Zugang zu Themen, die tief in seine Gedanken hineinragten. Er kam sich in den vergangenen Stunden wie ein Schwimmer vor, der durch einen hilfsbereiten Fremden im letzten Moment vor dem Ertrinken gerettet wurde. Dankbarkeit legte sich auf alle seine Überlegungen, verschloss auch die Rezeptoren, die für Misstrauen und Vorsicht zuständig sind.
Pias folgende Worte zeigten ihre ähnlichen Überlegungen, sie stießen deshalb bei Joachim auf keinerlei nennenswerten Widerstand.
„Ich weiß immer noch nicht genau, wen ich hier gefunden habe."
„Die Antwort darauf befindet sich wohl gerade in fließendem Zustand."
Joachim blickte Pia an, ihre ebenmäßigen, vom mittellangen blonden Haar umrahmten Gesichtszüge, die beginnenden Falten an den Mundwinkeln und oberhalb der Nase, ihre schlanke Gestalt, ihre energisch blickenden, Offenheit sendenden und fordernden blauen Augen.

Sie registrierte seinen abschätzenden Blick.
Ja, du darfst Vertrauen zu mir haben, dachte sie.
Die Anspannung der vergangenen Tage suchte sich einen Ausweg, Joachim ergab sich endgültig der bequemen Umgebung. Er spürte dieses Urvertrauen aus Kindertagen zu Personen, die ihm besonders nahe standen. „Ist das für dich nicht zu viel auf einmal, was du mit mir erlebst? Dabei weißt du noch gar nicht alles", setzte er fort. Pia hob die Augenbrauen und schwieg erwartungsvoll.
„Ich will dir gleich auf die Frage antworten, die du mir noch nicht gestellt hast, nämlich warum ich bedroht werde."
Pia blickte überrascht auf.
„Es gibt da noch mehr Themen als den Deich." Joachim hielt inne, suchte nach Worten.
„Du hast bestimmt von der Frauenleiche gehört, die in der Peene gefunden wurde."
„Ja, habe ich." Völlig überrascht, brachte sie nicht mehr heraus.
Joachim zögerte kurz. „Ich war einer der letzten, der sie lebend gesehen hat. Jemand weiß das offenbar, will mich damit erschrecken und verunsichern."
Er verlor nun endgültig alle Bedenken und Hemmungen und erzählte einfach drauf los, über sein Verhältnis zu Viola Kübeck, über seine letzte Begegnung mit ihr und seinen Abstecher in ihre Wohnung. Schließlich zeigte er Pia das Papier mit dem erweiterten Tattoo und erklärte ihr den Zusammenhang.
„Natürlich ist es nicht völlig ausgeschlossen, dass diese Drohung auch mit dem Deich zu tun hat, aber ich halte es für unwahrscheinlich." Joachim seufzte nach seiner Beichte voller Erleichterung, und spürte gleichzeitig die Spannung, mit der er auf Pias Reaktion wartete.
Pia war überwältigt von seinem Vertrauen ihr gegenüber, rang nach Worten. Sie versuchte, die neuen Informationen und die sich gerade neu formierenden Eindrücke in ihr Bild von diesem Mann einzuordnen. Dass er ein Mörder oder Totschläger sein sollte, daran verschwendete sie keinen Gedanken, dazu war das Vertrauen, dass sich bei ihr seit gestern gegenüber diesem Mann herausgebildet hatte, zu groß. Darüber, ob die Vermutung, dass er ihr Vater sein könne, dazu beitrug, wollte sie nicht spekulieren. Dennoch machten sie Joachims Geständnisse sehr nachdenklich.

Unvermittelt kam die Feststellung. „Und Daniel weiß nichts davon."
„Nein."
Pia dachte kurz nach. „Ist vielleicht besser so. Vorerst." Warum sie zu dem Urteil kam, konnte sie nicht begründen.
Einer plötzlichen Eingebung folgend wechselte sie das Thema.
„Was wird denn eigentlich deine Frau zu alldem sagen?"
Joachim war überrascht, wusste nicht, wie er jetzt reagieren sollte. Die Antwort fiel entsprechend aus.
„Wenn ich ehrlich bin… Ich weiß es nicht." Er konnte in diesem Augenblick nicht anders, als in kurzen Worten das Zusammenleben mit Erika zu beschreiben, mit allen Höhen und Tiefen der nach außen heilen Ehe.
Joachim zögerte, ehe er die folgenden offenen Worte formulierte.
„Ich habe gerade in den letzten Tagen gespürt, dass ich mich von meiner Frau innerlich gar nicht so weit entfernt habe, wie ich es dachte." Er zögerte einen Moment.
„Aber ob ich mir da etwas vormache, weiß ich nicht genau. Und ich kann nur vermuten, wie Erika selbst darüber denkt."
Pia nahm Joachims Worte mit Erstaunen und Verwunderung zur Kenntnis.
Dieser wollte eine drohende Erklärungsnot vermeiden. „Aber jetzt bin ich gespannt, etwas von dir zu hören."
„Ja, dazu hast du wohl ein Recht." Immer noch unter dem Einfluss des eben Gehörten versuchte Pia ihr bisheriges Leben gedanklich auf das Wesentliche zu kürzen, um dann Joachim darüber berichten zu können. Sie beschrieb ihre Kindheit und Jugend an der deutschen Ostseeküste, den Aufbruch nach Schweden als Flucht nach vorn in die eigene Verantwortung. Sie umriss grob ihre letzten zwanzig Jahre und ihre Aufgaben während des Praktikums im Museum Peenemünde.
Joachim spürte ihre Zurückhaltung bei einem der Themen und hakte nach. „Erzähl mir von deiner Mutter, bitte."
Pias Gesichtsausdruck wurde sofort ernst, sie knetete ihre Hände, lehnte sich zurück in die Sessellehne, zögerte mit der Antwort, blickte aus dem Fenster. War es vielleicht der Tonfall, der sie aufhorchen ließ?
Joachim spürte, dass er ein empfindliches Thema getroffen hatte und ergänzte. „Natürlich nur, wenn du es willst."
Pia blickte ihn an, schien den Einwand nicht gehört zu haben.

„Ich habe meine Mutter Anfang dieses Jahres ins Sterben begleitet... Leukämie, sie war erst sechsundfünfzig Jahre alt."
„Oh, das tut mir leid", versuchte Joachim die Situation zu entschärfen. Pia sprach einfach weiter. „Damals haben wir uns ausgesprochen. Das war wichtig für mich, ich bin jetzt mit ihr und mit mir im Reinen." Joachim sah in ihr entschlossenes Gesicht. „Wir konnten in ihrem letzten Moment die Wunden heilen, die wir uns gegenseitig zugefügt hatten." Joachim merkte, dass weiteres Nachfragen unangebracht war. Doch Pias Gedanken wurden bereits von einer Eigendynamik erfasst, deren Ende sie selbst nicht kannte. Es war ihr in diesem Moment egal.
„Es fing alles mit mir an, das heißt mit meinem Vater, oder besser mit der Schwangerschaft meiner Mutter." Pia lächelte über ihre konfuse Formulierung und blickte Joachim jetzt offen an. Sie nahm ihn einfach mit zurück in ihre Vergangenheit. Ohne noch länger zu überlegen, ohne zu wissen, wie er darauf reagieren würde. Sie fühlte sich am entscheidenden Punkt.

Die Storchenbar in der Rostocker Langen Straße unweit des Stadthafens hatte immer regen Zulauf. Das Restaurant im ersten Obergeschoss des Backsteingebäudes aus den fünfziger Jahren war beliebt als Anlaufpunkt für junge Leute bis dreißig, denn die Nachtbar war nicht an die polizeiliche Schließstunde gebunden. Bärbel Bergner wohnte in einem kleinen Dorf nahe der Stadt. Bei ihrem Besuch in Rostock wollte sie an der weiten Welt schnuppern. Unter den Gästen der Bar befanden sich nicht nur Urlauber, sondern auch Seeleute - und NVA-Angehörige, damals am kurzen Haarschnitt sofort erkennbar. Zur Sicherheit hatte sie sich an einem Samstag im Juli 1974 zwei Freundinnen angeschlossen. Der ungewohnte Alkoholgenuss gab der Achtzehnjährigen ein neues Gefühl von Leichtigkeit. Schon bald wurde sie von einem großen, schlanken Mann mit kurzen, dunklen Haaren zum Tanz aufgefordert, eine Sitte, die damals noch gebräuchlich war. Nach der dritten Runde ließ sie sich ganz in die Situation fallen, ging mit ihm hinaus. Noch nie hatte sie mit einem Jungen geschmust, erwartete davon endlich ihre ersten Erfahrungen. Sie hatte Glück, ihr Partner erwies sich als charmant und rücksichtsvoll. Seine Küsse lösten in ihr genau das aus, was sie erhofft hatte. Und seine Hand unter ihrem Pullover nahm sie nicht als Gefahr, sondern als Auftakt zu einem neuen Leben wahr. Als es

immer kribbeliger wurde, eröffnete er ihr, dass er in einer knappen Stunde zurück in der Kaserne gegenüber der Schwimmhalle sein musste. Bärbel schaffte es nicht, enttäuscht zu sein, denn ihre Erwartungen waren bereits zu diesem Zeitpunkt mehr als erfüllt worden.
Deshalb hatte der junge Mann auch keinerlei Mühe, sich mit ihr für den nächsten Tag, den Sonntag, zu verabreden.
Sie trafen sich am S-Bahnhof Holbeinplatz und fuhren hinaus an den Strand von Warnemünde.
Ausgelassen und übermütig tobten sie im Wasser, schwammen kleine Strecken, berührten wie zufällig ihre Körper. Gemeinsam auf der Decke liegend, genossen sie die bloße Anwesenheit des anderen. Es war für beide wie der Aufbruch in eine völlig neue Sphäre.
Das Abendlicht begleitete sie auf einem langen Strandspaziergang in Richtung Westen, weg vom Trubel des Badelebens. Die Decke leistete ihnen auch unterhalb des kleinen Kliffs gute Dienste. Sie spürten beide eine Nähe zueinander, die sie oft wortlos nur in Berührungen des Körpers ausdrückten. Abendliche Kühle überraschte sie dann in einer Nische der Steilküste, weit und breit waren keine anderen Menschen zu sehen. Bärbel fröstelte. Ihr Begleiter spürte das und nahm sie ohne Vorwarnung ganz fest in den Arm. Die intensive Berührung löste eine Welle der Zärtlichkeit aus. Sie küssten sich auf den Mund, auf den Hals, er drückte ihren fraulichen Körper an sich, legte sich ganz auf sie. Ihre Gedanken warfen alle Grenzen von sich fort, ihre Körper suchten sich, sie entledigten sich ihrer restlichen Kleider und erlebten eine Vereinigung, wie sie sich beide schon immer ersehnt hatten.
Die Ernüchterung folgte in kleinen Schritten. Beim Erwachen nach etwa einer Stunde inniger Umarmung. Der junge Mann kramte seine Armbanduhr aus der Hosentasche. „Ich glaube, wir müssen los."
Bärbel dachte daran, dass sie auf den Rat ihrer Mutter gehört und die Antibabypille nicht genommen hatte, die damals gerade auf dem mühevollen Weg in die Welt der Frauen war. Sie rechnete, und kam zu dem Ergebnis, dass ihre fruchtbaren Tage in diesem Monat schon vorbei sein müssten. Ganz sicher war sie sich jedoch nicht. Ihr Begleiter wühlte weiter in seiner Tasche, dabei fiel der Wehrdienstausweis auf die Decke und klappte auf. Bärbel schaute sich das Passbild an, registrierte auch den Namen, den sie bisher nicht kannte.
„Hast du ein schönes Foto von dir?"

Er blickte sie etwas überrascht an, überlegte und griff in die Innentasche seiner dünnen Sommerjacke. Aus einem Umschlag nahm er ein Bild, das ihn in Uniform zeigte. „Genügt dir das? Ein anderes habe ich nicht hier. Aber so laufe ich noch ein weiteres Jahr herum."

Bärbel nahm das Foto in die Hand, fühlte sogar Stolz auf den Mann, der in der Uniform noch stattlicher wirkte.

„Danke, na klar." Sie suchte ihre Geldbörse ab und fand ein Passbild von sich, welches sie ihm mit einem gehauchten Kuss überreichte.

Bärbel Bergner fühlte sich im siebten Himmel. Oder zumindest kurz davor. Ganz hinein schaffte sie es dann doch nicht, denn es war ihre letzte Begegnung.

In der darauf folgenden Woche wurde der junge Unteroffizier kurzfristig an die Baustelle des Palastes der Republik in Berlin kommandiert und kehrte nie mehr an seinen alten Standort Rostock zurück. Am folgenden Wochenende wartete Bärbel vergebens. Sie hatte es außerdem versäumt, ihm ihre Adresse zu geben. Die Enttäuschung, die sie ergriff, war vollständig und niederschmetternd.

Er dachte noch mindestens vier Wochen lang fast täglich an diese beiden schönen Treffen, bedauerte es sehr, keinerlei Anknüpfungspunkt für einen Kontakt zu haben. Nach zwei Monaten verblasste allmählich die Erinnerung. Eine attraktive junge Berlinerin tat ein Übriges dazu.

Vierzehn Tage nach dem Strandbesuch fiel Bärbels Regelblutung aus, ein Test bestätigte ihre Schwangerschaft.

„Das Leben meiner Mutter kam durch mich völlig durcheinander." Pias Worte holten Joachim wieder in die Gegenwart zurück.

„Sie konnte gerade noch ihre Ausbildung beenden, stritt sich mit ihren strengen Eltern, durfte dennoch in deren Haus wohnen bleiben. Es gab ja damals auch keine Alternative."

Joachim dachte erleichtert daran, dass ihm solche Art von Problemen erspart geblieben war. Schon aus biologischen Gründen.

„Dann erwachte ihr Stolz. Sie beharrte darauf, den Vater nicht zu kennen, musste ja davon ausgehen, der junge Mann habe sich absichtlich nicht mehr blicken lassen. Sie entwickelte den Ehrgeiz, mich ohne fremde Hilfe zu erziehen." Pia suchte offenbar nach Worten, entschied sich für ein kurzes Fazit. „Sie hat ihr Leben für meins gegeben. Das Ergebnis sitzt jetzt hier."

Joachim hörte zunächst höflich zu, wurde dann jedoch immer hellhöriger. Ähnlichkeiten mit eigenen Erlebnissen drängten sich ihm auf, sogar ein winziger Verdacht keimte. Seine Bemühungen, sich an einzelne Dinge zu erinnern, blieben in diesem Moment erfolglos. Diese Zeit lag einfach zu weit zurück und gehörte auch nicht zu den Lebensabschnitten, an die er sich gerne erinnerte. Deshalb verschwieg er seine vage Vermutung lieber, ging aber dennoch auf Pias Erzählung ein.
„Ich war übrigens etwa zur selben Zeit in Rostock bei der NVA, kann mich also gut in die Situation hineinversetzen." Pia war wie elektrisiert. „Aber Nachtbars waren für mich nichts, ich habe mich lieber fit gehalten. Klingt eigenartig, war aber so. Und dieses Ergebnis sitzt jetzt vor dir."
Pia wusste nicht, wie sie diese Aussage werten sollte, die völlig aus dem bisher sich so passend zeigenden Raster fiel. Sie übersah darüber ganz, dass Joachim auf ein Kompliment wartete.
„Vielleicht wäre alles anders gekommen, wenn wir Kinder gehabt hätten. Das mit der Fitness meine ich." Joachims abwesender Blick ging bei diesen Worten aus dem Fenster hinaus in den blauen Himmel. „Und auch mit unserer Ehe."
Pia nahm Joachims unbeholfene Sätze zur Kenntnis, verglich sie mit ihren früheren Erkenntnissen. Sie kam zu keinem eindeutigen Schluss, wollte sich weitere Nachfragen jedoch für einen späteren Zeitpunkt aufheben.
Joachim setzte zu einer Fortsetzung an. „Als wir uns dann für ein Kind entschlossen hatten, stellte sich heraus, dass ich…"
In diesem Moment unterbrach das Klingeln von Pias Handy Joachims Erzählung. Sie schaute auf das Display, es war Daniel. Mit einem entschuldigenden Blick zu Joachim nahm sie das Gespräch an.
„Ich habe Neuigkeiten. Ist Joachim auch in der Nähe?"
„Wo soll er sonst sein", erwiderte Pia ungewollt schroff, noch etwas irritiert von Joachims Reaktion auf ihren Bericht. „Moment, ich stelle laut."
„Ich weiß, wer hinter dir her ist, Bürgermeister", klang Daniels blecherne Telefonstimme durch den Raum. „Eine Frau mittleren Alters." Daniel zögerte kurz, überlegte, ob sein Altersbegriff mit denen seiner beiden Zuhörer eventuell kollidieren würde.
„Sie hat heute bei uns im Hotel eingecheckt und heißt Doris Laskewitz, kommt aus Schwerin. Sagt euch der Name etwas?"

Pia blickte ihren neuen Mitbewohner an, der schüttelte langsam den Kopf. „Nein, Joachim kennt sie nicht, und ich erst recht nicht." Sie überlegte noch, als Joachim eine Frage äußerte. „Hast du ein Foto von ihr?"
„Ja, mehrere, aus der Überwachungskamera. Sie war nämlich in dem Raum, in dem ich den Datenträger positioniert habe. Ich schicke gleich eins."
Dem Bürgermeister schoss ein Gedanke durch den Kopf.
„Sie hat also nach dem Chip gesucht. Und hat herausbekommen, dass er nicht mehr in meinem Besitz ist. Weißt du, was das bedeutet? Die haben uns entlarvt. Die wissen jetzt, dass wir unsere Spuren verwischen wollen, also meine Spuren."
Daniel schwieg einige Sekunden.
„Mag sein, aber die wissen nicht, wer wir sind, wer dir hilft. Noch nicht."
„Egal, in jedem Fall muss ich hier weg, so schnell wie möglich." Joachim klang entschlossen. „In diesem Moment ist mir auch eingefallen, wohin. Aber das sage ich dir nicht am Telefon. Du erfährst es von Pia." Er nahm ihr das Handy aus der Hand. „Wir legen besser auf, du hörst von uns." Er beendete das Gespräch. Kurz danach wurde die Ankunft einer Nachricht signalisiert.
Pia sah Joachim erstaunt an. „Ja", wandte er sich mit erleichterter Miene an sie, „ich begebe mich in die Höhle des Löwen, oder besser der Löwin." Pia begriff nichts.
„Ich werde mich in dem Haus von Viola Kübeck verstecken, da vermutet mich niemand."
Pia überlegte.
„Keine schlechte Idee. Aber…" Sie griff in ihre Handtasche und holte ein kleines elektronisches Gerät im Scheckkartenformat mit einem Touchscreen hervor. „Hier, die neueste Entwicklung aus Schweden. Ein ganz normales Handy. Weder Gerät noch Nummer ist in Deutschland registriert, du bist dann also ziemlich ortungssicher. Sagte mir jedenfalls der Verkäufer." Natürlich verschwieg Pia, dass es in Wirklichkeit Rune Alfredsson war, von dem sie das Gerät bekommen hatte.
Joachim war in Aufbruchstimmung, wollte am liebsten sofort seine Idee umsetzen. Pias Worte dämpften seinen Eifer etwas.
„Ja, selbstverständlich brauchen wir Kommunikation, können auch nicht dauernd in der Gegend herumfahren."

„Wie es scheint, sind es mehrere Personen, die dich unter Beobachtung halten wollen, oder es sogar auch jetzt tun", pflichtete Pia ihm bei und blickte suchend aus dem Fenster. Dann erinnerte sie sich des Signals vom Handy, betrachtete das Bild der Frau und zeigte es Joachim. Beiden war die Frau nicht bekannt.
Sie setzten sich nach einem unruhigen Gang durchs Zimmer wieder in die Sessel. Pia schaute Joachim nachdenklich an.
„Die ist also auf der Suche nach deiner Speicherkarte. Und wer hat auf dich geschossen? Sie bestimmt nicht, hat ja heute erst eingecheckt."
„Ich schließe mittlerweile gar nichts mehr aus, aber das ist dann wohl doch zu weit von jeder Wahrscheinlichkeit entfernt."
Pia kam auf ein anderes Thema zurück. „Mir geht deine Frau nicht aus dem Kopf. Sie muss doch von dir das Schlimmste vermuten. Nicht nur die Eskapaden mit der…", sie konnte gerade noch das Wort Leiche verschlucken, „fremden Frau, sondern auch deine Verwicklung in ihren Tod." Pia konnte sich als Frau sehr gut in diese Situation hineindenken, in ihr keimte eine Idee. „Was hältst du davon, wenn du dich bei deiner Frau meldest, ihr wenigstens ein Lebenszeichen gibst?"
Joachim riss erschrocken die Augen auf, sah dann in Pias unbewegliches Gesicht und sagte nichts.
„Außerdem kann sie behilflich sein, dir und uns. Nur … sie muss wissen, woran sie mit dir ist."
Joachim folgte konzentriert ihren Überlegungen. Er fand nichts, was dagegen sprach und nickte gedankenversunken. „Sie braucht ein Lebenszeichen, einen Vertrauensbeweis von dir." Pia zeigte auf das neue kleine Handy. „Ruf sie an. Jetzt."
Nach kurzer Überlegung stimmte Joachim zu.
Er nahm das Telefon, sammelte seine Gedanken, unterdrückte die leise Unsicherheit und wählte Erikas Handynummer.
„Ja?"
Als er die Stimme seiner Frau hörte, schloss er die Augen.
„Erika, hier ist Joachim. Leg bitte nicht auf."
„Warum sollte ich?" Ohne Zögern kam die Antwort.
„Ich weiß, du hast viele Fragen. Nur ganz kurz. Mir geht es gut, ich bin in Sicherheit, ich habe Gründe für mein Verstecken." Dann stockte er.
„Joachim?" erklang Erikas fast tonlose Stimme, aus der Joachim jedoch auch eine Prise Erleichterung herauszuhören glaubte.

„Ich … ich melde mich bald bei dir. Du musst mir helfen, du kannst uns helfen.“
Erika schwieg weiter.
„Schön dich zu hören.“ Weitere sinnvolle Worte bekam Joachim in diesem Augenblick nicht zustande. Mit einem hilflosen „Bis bald“, beendete er das Gespräch. Erika Walter fühlte Erleichterung, sah eine Entscheidung auf sich zukommen. Und eine Kraft, die sie in eine bestimmte Richtung schob.
Endlich.
Als Joachim Walter sich zum Aufbruch in sein neues Quartier rüstete, fiel Pia der nicht fertig gesprochene Satz von Joachim vor dem Anruf von Daniel wieder ein. Sie suchte nach einem möglichen Ende.
Und erschrak.

30

Sonntag, 4. November, 15.55 Uhr

Marianne Müller-Griesbach parkte ihren Passat im Licht der untergehenden Sonne, die von der Stadt her die Wasserfläche des Peenestroms traf und ein Spiel aus Strahlen und Farben hervorrief. Der Parkplatz vor dem Gebäude der „Schwedenperle“ war leer, das Restaurant lange nicht mehr in Betrieb. Sie hatte den Weg im Blick, der vom Ortsteil Mahlzow zwischen Wasser und Verkehrsanlagen in Richtung Wolgast führte. Die Route war wenig benutzt, da der Radwanderweg auf der anderen Seite der Klappbrücke ausgeschildert war. Nur Eingeweihte befuhren diese kürzere Strecke. Fast hätte sie den leicht übergewichtigen Jogger nicht beachtet, der sich aus dem kleinen Wäldchen näherte. Sein Laufstil verriet den Ungeübten, kein Wunder, er hatte die fünfzig schon deutlich überschritten und siegte wohl nicht mehr oft über seinen inneren Schweinehund. Ein Stirnband sollte Dynamik vortäuschen. Unsicher näherte sich der Mann dem parkenden Auto, jetzt hatte Marianne ihn erkannt und rief durch die geöffnete Seitenscheibe.
„Wie wäre es mit einer kleinen Verschnaufpause?“

Der Mann folgte Mariannes Handbewegung, ging um das Auto herum und setzte sich auf den Beifahrersitz. Sofort verbreitete sich ein unangenehmer Schweißgeruch im Innenraum, Marianne verzog jedoch keine Miene. Sie hatte keine Lust auf lange Gespräche und kam schnell zur Sache.
„Wir kennen uns noch nicht persönlich. Ich heiße Doris Laskewitz und habe eine Information von Siegbert Wolf für Sie." Marianne lächelte ihn an. Bei der Nennung dieses Decknamens reagierte der Mann, seine Augenbrauen hoben sich.
Sie fuhr fort.
„Wie geht es denn Ihrem Sohn?"
Diese Frage kam für den Mann völlig unerwartet. Zwei Monate zuvor war sein Sohn Michael mit einem Handwerksunternehmen in die Insolvenz geraten. Ein großes Unternehmen wurde zahlungsunfähig und gefährdete auf diese Weise die Existenz von fünf Angestellten und der Familie mit zwei Kindern. Dabei sollte das große neue Hotel einer renommierten Kette in Ahlbeck, einem der drei „Kaiserbäder" auf Usedom, für den Handwerker als Referenz dienen, als Türöffner für weitere Projekte auf diesem lukrativen Markt. Dem Mann wurde klar, dass seine Auftraggeber präzise informiert sein mussten und antwortete entsprechend.
„Das wissen Sie bestimmt genauso gut wie ich."
Marianne lächelte fein. „Gut möglich. Wollen wir offen sein? Welche Lösung sehen Sie dafür?" Der Mann war auf dieses Thema nicht vorbereitet, ließ seinem Unwillen freien Lauf. „Lösung! Lösung! Das ist doch alles arrangiert gewesen, die Immobilienhaie rechnen sich arm, und der kleine Mann muss dran glauben! Nicht mal sein neues Haus kann er halten, steht bald auf der Straße. Mit knapp dreißig Jahren. Voller Kraft und Ideen! Und für den Anwalt habe ich schon meine eigenen Ersparnisse angegriffen."
Marianne filterte für sich aus den erregten Worten das große Mitgefühl des Mannes für seinen Sohn. Sie schwieg, und allmählich beruhigte sich ihr Gegenüber wieder. Marianne lächelte immer noch.
„Sie sind, wenn ich richtig informiert bin, seit fast zwanzig Jahren für uns tätig."
Der Mann überlegte und nickte zögernd dazu. „Kann sein, jedenfalls schon ziemlich lange."

„Wäre es nicht an der Zeit, diesen Einsatz entsprechend zu honorieren? Bisher waren wir doch mit Ihnen zufrieden, ohne nennenswerte Gegenleistung, nehme ich an."
Der Mann hatte sich darüber bisher keinerlei Gedanken gemacht. Im Abstand von manchmal mehreren Monaten kamen die Aufträge, die ihm kaum große Mühe bereitet hatten, aber doch wohl von einigem Wert gewesen sein mussten. Auch wenn er diesen nicht kannte. Nicht kennen wollte. Die Anerkennung durch seine Auftraggeber hatte ihm genügt, obwohl er manchmal den Eindruck gewann, es würde ihm seine Berufsausübung zumindest nicht erschweren.
Marianne nahm einen Zettel aus ihrer Tasche, schrieb eine sechsstellige Zahl darauf, setzte das Eurozeichen dahinter und gab dem Mann das Papier in die Hand.
„Würde Ihrem Sohn diese Summe die Existenz retten?"
Der Mann schaute auf das Papier, blickte dann ungläubig zu der Frau zurück. „Hundertfünfzigtausend Euro?" Zunächst fühlte er nur Erleichterung.
„Ja, natürlich." Dann begann er zu überlegen. „So ohne Weiteres? Als Lohn für Gewesenes?"
Er dachte noch weiter, spürte plötzlich Misstrauen aufkommen. „Und dafür arrangieren Sie am Sonntagnachmittag ein eiliges konspiratives Treffen? Um mir diese Nachricht zu übermitteln?"
Marianne Müller-Griesbach musste nun reagieren. Bereits ihr erster Eindruck von dem Mann ließ sie die Entscheidung treffen, das Lockmittel zuerst zu nennen. Nun durfte sie den Erfolg nicht aufs Spiel setzen.
„Sagen wir es so. Die Hälfte für die bisherigen Leistungen, die andere Hälfte als Vorschuss für einen neuen Auftrag, der wirklich brandeilig ist. Deshalb der Termin heute." Sie prüfte die Wirkung ihrer Worte.
„Ich bin sehr gespannt." Der Wahrheitsgehalt dieser Worte war dem Mann förmlich anzusehen.
„Sie stehen vor einem wichtigen Einsatz für übergeordnete Interessen, ich bin Ihre Ansprechpartnerin vor Ort."
Der Mann blickte nachdenklich aus dem Autofenster, ehe er langsam und bedächtig antwortete.
„Also ein Auftrag im selben Wert wie alle bisherigen zusammen, verstehe ich das richtig?"

„Ja, das verstehen Sie richtig, und ich bin sicher, Sie werden diesen ebenso zuverlässig lösen wie die anderen bisher."
Sie zeigte auf das Papier mit der Summe.
„Weil Sie wissen, was Sie alles retten können."
Marianne bemühte sich, ihre Worte sorgfältig zu wählen. Sie erläuterte dem Mann seine konkrete Aufgabe und die Beweggründe dafür, deren politische Bedeutung sie nachdrücklich hervorhob, außerdem die Dringlichkeit wegen der aktuell sehr günstigen Bedingungen. Skeptisch wartete sie auf die Reaktion.
Aus Mariannes Worten hoben sich für ihn die wichtigen Begriffe heraus. Deichrückbau, Natur-Stiftung, Image, international... und schließlich ganz deutlich: „Tatsachen schaffen."
Ganz allmählich wurde ihm klar, was von ihm verlangt wurde. Er sollte aktiv bei der Zerstörung des Deiches mitwirken, und das auch noch im, wie er für sich wiederholte, übergeordneten Interesse. Der Mann blickte abwechselnd aus dem Auto und Marianne ins Gesicht, immer noch zweifelnd.
„Habe ich richtig gehört? Ich soll den Deich kaputtmachen?"
Marianne schaute ihn schweigend in die Augen, nickte unmerklich.
„Niemals! Das kann ich nicht und das will ich nicht." Seine Stimme wurde lauter und energischer. „Ich werde das nicht tun. Dafür müsst ihr euch einen anderen suchen."
Die Tragweite dieses Auftrags erdrückte die vorherige erfreuliche Nachricht.
Marianne hinderte ihn mit einem kräftigen Griff daran, einfach auszusteigen. „Moment, so einfach ist das hier nicht zu Ende." Ihre Stimme duldete keinen Widerspruch.
Er blieb widerwillig sitzen, eingeschüchtert von der Entschlusskraft der Frau.
„Dann sollen Sie den Rest auch noch erfahren. Wir stellen Sie vor folgende Wahl. Sie erfüllen diesen Auftrag, der so organisiert wird, dass Sie unerkannt bleiben. Die Firma Ihres Sohnes wird gerettet. Wir nehmen Einfluss darauf, dass Sie in spätestens zwei Jahren vorzeitig pensioniert werden, den Verdienstausfall gleichen wir durch eine monatliche Zahlung aus, die auch während des regulären Ruhestandes erhalten bleibt."
„Oder?"

„Oder, es wird eine andere Person diesen Auftrag ausführen, Ihr Sohn bleibt auf der Strecke, reißt auch Sie und Ihre Existenz mit in den Abgrund, zumindest in den moralischen. Und…" Marianne machte eine Pause vor dem letzten Argument. „Ihre bisher erfüllten Aufträge und deren Folgen verlassen das warme Nest der Anonymität."
Die letzten Worte sprach Marianne mit mehr Schärfe als beabsichtigt.
Der Mann war auf dem Sitz zusammengesackt, schwieg, sein Mienenspiel verriet angestrengtes Nachdenken. Marianne wertete das als ersten Erfolg.
„Ich soll mein Gewissen für ein Linsengericht verkaufen?" Sogar ihm als Atheisten fiel nur dieser biblische Vergleich ein.
„Sie können Ihre Familie retten, Ihr angenehmes Arbeitsumfeld, ja sogar Ihren Arbeitsplatz erhalten und Ihren Lebensabend sichern. Die Ausführung dieses Auftrags verhindern Sie nicht. Sie entscheiden selbst darüber, was Ihnen Ihre Moral wert ist."
Der Mann bemühte sich, die Tragweite der Entscheidung zu ermessen, vor die er jetzt gestellt wurde. Ohne Erbarmen. Ohne dritte Möglichkeit. Sein inneres Pendel schlug von einem Extrem in das andere.
„Geben Sie mir Bedenkzeit."
„Zehn Minuten."
Der Mann stieg aus, ging langsam in Richtung Ufer. Das Wasser hatte den landseitigen Rand des Schilfgürtels erreicht, der vom starken Wind niedergedrückt wurde.
„Machen Sie keine Dummheiten", rief Marianne.
„Dazu bin ich zu alt."
Er setzte sich mit dem Gesicht zum Wasser auf die Rasenfläche am Schilfgürtel, stützte den Kopf in beide Hände.
Nach einer Viertelstunde stieg Marianne aus, ging zu ihm hinüber.
„Die Zeit ist um."
Der Mann stand auf, blickte Marianne mit ausdruckslosem Gesicht an. Für Feindseligkeit hatte er keine Kraft.
„Was genau soll ich tun?"

31

Sonntag, 4. November, 16.15 Uhr

Mit sonderbarem Gefühl bewegte sich Joachim Walter in der Wohnung seiner ehemaligen Geliebten, zum zweiten Mal ohne sie. Er war unsicher und scheu, genau wie beim ersten Mal. Nur jetzt mit der Gewissheit, dass die Bewohnerin nicht mehr lebte. Und mit der Last, die Totenruhe zu stören.

Das Rollo im Wohnzimmer war immer noch geschlossen, die Polizei hatte also nichts verändert.

Es gab außer der originellen Idee, sich hierher zu begeben, wo ihn keiner vermutete, noch einen zweiten Grund für seine Entscheidung. Er suchte eine Antwort darauf, wer ihn mit dem Tod von Viola in Verbindung bringen wollte, und vor allem warum. Wo, wenn nicht hier könnte zumindest ein Hinweis darauf zu finden sein? Er vermutete einen solchen im Arbeitszimmer.

Zunächst jedoch ging er in die Küche, vor deren Fenster dichter Bewuchs neugierige Blicke von außen abschirmte. Er bereitete einen Kaffee und freute sich auf den heißen Muntermacher. Beim Blick durch die Küche sah er die Dose mit der Aufschrift Zucker auf dem Abstellbrett oberhalb des Tisches. Sie war bis auf ein paar Krümel leer. Joachim suchte im Hochschrank nach einer neuen Tüte, fand eine halbvolle im obersten Regal. Er öffnete sie und füllte die Dose nach. Nur im Augenwinkel fiel ihm der kleine längliche Gegenstand auf, der zusammen mit dem Zucker aus der Tüte rollte.

Joachim klaubte den USB-Stick aus den weißen Kristallen und pustete ihn sauber. Triumphierend lächelte er in sich hinein. Das ging ja schneller als erwartet, dachte er zufrieden.

Dann suchte er nach einer Möglichkeit, an den Inhalt des Sticks zu kommen, und zwar ohne fremde Hilfe und Verzögerung. Er fand sie im Wohnzimmer in Gestalt des Flachbildfernsehers, löste dessen Kabelanschlüsse und trug ihn in die gerade noch helle und vor Einblicken sichere Küche. Auf der Rückseite fand Joachim den passenden USB-Anschluss. Nach längerem Bemühen konnte er die Dateien des Sticks auf dem Bildschirm sichtbar machen. Mit äußerster Anspannung begann Joachim, den Inhalt zu sichten.

Einer der Ordner trug die Bezeichnung ALT; ein anderer hieß AKTUELL. Er begann mit dem Ordner ALT und sah mehrere Dokumente, deren Namen ihm nichts sagten. Eines jedoch trug die Bezeichnung FALL AUGE.

Auge! Augen!

Sofort wurde er an die beiden Kreise neben dem Tattoo erinnert.

Mit einem Doppelklick öffnete sich die Datei. Sie war nicht passwortgeschützt. Das empfand Joachim als sehr ungewöhnlich, es passte aber zu dem Versteck. Sollte sie vielleicht im Notfall gefunden werden? Oder war sie für eine bestimmte Person gedacht?

Auf jeden Fall bewahrte es Joachim vor Unannehmlichkeiten. Die erste Seite des Dokuments trug rechts oben das sächsische Staatswappen, darunter den Namen der Behörde: LKA Sachsen, als Datum war der 7. Juli 2009 angegeben.

Joachim Walter vergaß alles andere rings um sich, die Wohnung, seine Flucht. Er spürte, wie er in eine völlig andere Welt eintrat, die ihn gefangen nahm. Er begann den Bericht zu lesen, Wort für Wort. Es war die Beschreibung einer Täterjagd.

Zunächst war das Geschehen vom 4. Juli 2009 beschrieben.

„Die Aktion wirkte wie eine Hinrichtung. Der Täter stellte sich an der Bushaltestelle am Bahnhof Zittau plötzlich vor das männliche Opfer, ich sah eine schnelle Handbewegung vor dessen Gesicht. Der Mann brach dann zusammen. Der Täter nutzte das Durcheinander und verschwand in der Menschenmenge in Richtung Bahnhofseingang. Ich war zufällig Zeuge der Tat und verfolgte den Täter unbemerkt. Zu dem Zeitpunkt wusste ich nicht, was genau passiert war. Der Täter lief scheinbar zielgerichtet auf den ersten Bahnsteig und erreichte den Nahverkehrszug Zittau-Görlitz im letzten Moment, ich schaffte es ebenfalls in einen Waggon dahinter, begab mich sofort in den Wagen des Täters und hatte ständig Sichtkontakt. Er hatte mich offenbar nicht als Verfolgerin angesehen. Den Täter selbst zu stellen, schätzte ich als zu riskant ein, da ich unbewaffnet war. In dieser Zeit alarmierte ich über Handy die Polizei. Aufgrund der Kürze der Fahrzeit war der Zugriff in Hirschfelde nicht mehr zu schaffen, er sollte beim Halt in Hagenwerder nach Wiedererreichen des deutschen Hoheitsgebietes erfolgen. Nach Passieren der Neißebrücke hinter Hirschfelde zog der Täter auf polnischem Gebiet die Notbremse und sprang aus dem Zug.

Diese Tatsache spricht dafür, dass der Täter ganz bewusst diesen grenzüberschreitenden Zug für seine Flucht ausgewählt hatte. Die Alarmierung der polnischen Polizei kam zu spät, der Täter konnte entkommen...“

Dann folgte eine Beschreibung von Tat, Opfer und Täter. Das Opfer Herbert Budde war sechsundfünfzig Jahre alt, 1,78 Meter groß, 93 Kilogramm schwer, geschieden, allein lebend, tätig als selbstständiger Finanzberater, wohnhaft in Zittau. Ihm wurde ein langer, spitzer Gegenstand, eine früher gebräuchliche Schusterahle, direkt unter das linke Auge gestochen. Die Ahle wurde in einem Papierkorb sichergestellt, in den der Täter sie bei seiner Flucht geworfen hatte. Als Folge des Stiches erblindete Herbert Budde kurze Zeit später auf dem linken Auge.
Die Beschreibung des Täters setzte sich aus Beobachtungen der Verfasserin, Ergebnissen von Zeugenbefragungen und der Aussage von Herbert Budde zusammen. Er war schlank, etwa 1,80 Meter groß, hatte kurzes rötlich-blondes Haar, das Alter wurde auf Anfang bis Mitte dreißig geschätzt.
Es folgten weitere Angaben zum Opfer, im Zusammenhang mit der Motivsuche, die ohne Ergebnis geblieben war. Eine Konfrontation von Buddes Nachbarn mit einem Phantombild des Täters brachte wenig Erfolg. Nur ein einziger Zeuge glaubte den Täter als die Person erkannt zu haben, die Herbert Budde an einem späten Sommerabend auf der Straße vor seinem Haus in ein erregtes Gespräch verwickelt hatte. Budde selbst bestritt jedoch energisch, den Täter zu kennen oder vorher getroffen zu haben. Durch die Analyse seiner Telefonkontakte konnten nicht alle der Anrufer zweifelsfrei identifiziert werden. Gut möglich, dass der Täter darunter war.
Der Geburtsort des Opfers ließ Joachim noch aufmerksamer werden. Er lag in seiner Heimatregion, auch dessen Geburtsname Münch kam ihm aus dem Kreis früherer Mitschüler bekannt vor. Und dazu waren sie noch gleichaltrig. Herbert Budde, geborener Münch, war bis 1990 Offizier der NVA, zuletzt am Standort Löbau.
Hatte er wohl einen Ruheposten an der Offiziershochschule gefunden, dachte Joachim lächelnd, aber ohne Missgunst.
Verfasst worden war der Bericht von Margit Kadura.
Joachim brauchte keine besondere Mühe, um hinter diesem Namen die Frau zu vermuten, die er als Viola Kübeck kannte.

Der Name des Opfers Herbert Budde machte ihn nachdenklich, ja unruhig. Nur den tiefen Grund dafür konnte er nicht richtig eingrenzen. Vielleicht war es nur die Ungewissheit darüber, ob diese Tat mit ihm selbst zu tun hatte. Es blieb ein vager Verdacht, den er weder ausschließen noch begründen konnte. Ein Bauchgefühl eben.

Als nächstes öffnete Joachim das Dokument mit der Bezeichnung SPUREN.

Das Blatt enthielt persönliche Aufzeichnungen der Autorin. Es war eine Auflistung von Versuchen, den Täter zu finden. Die Einträge des tagebuchartigen Dokuments reichten bis ins Jahr 2011.

Der Misserfolg bei der Suche nach dem Täter wurde Margit Kadura alias Viola Kübeck persönlich angekreidet. Sie schied schon ein Jahr nach der Tat aus dem LKA aus, absolvierte unter Verwendung des Übergangsgeldes eine Ausbildung zur Physiotherapeutin und eröffnete Ende 2010, schon unter dem Namen Viola Kübeck, eine Praxis in Dresden. Die besondere Brisanz dieses Dokuments bestand jedoch darin, dass es weitere überraschende Informationen enthielt. Joachim Walter konnte folgende Fakten herauslesen: Margit Kadura alias Viola Kübeck blieb dem Täter auf eigene Faust auf der Spur, wollte den Misserfolg ausbügeln. Andeutungsweise las Joachim von einer Weiterbildung auf dem Gebiet der PC-Technik, die sie dazu befähigte, mit den Datenbanken von Polizei und LKA umgehen zu können – und an sie heranzukommen. Außerdem hatte sie die stille Unterstützung eines ihrer ehemaligen Kollegen. Sogar dessen Name – oder Deckname – war hier erwähnt: Berthold Dankwitz.

Voller Spannung las er weiter, denn 2011 folgte der Umzug Violas auf die Insel Usedom. Jetzt mit perfekter Tarnung.

Aber warum gerade Usedom?

Die Antwort folgte sofort. Viola Kübeck konnte aus vielen kleinen Puzzleteilen und nach mühevoller Kleinarbeit nicht nur auf die wahrscheinliche Identität des Täters schließen, sondern auch dessen weiteren Weg verfolgen. Das Manko bestand darin, sich immer nur auf vage Indizien beschränken zu müssen. Persönlich war sie offenbar fest davon überzeugt, den Richtigen gefunden zu haben. Vorsichtig nahm sie deshalb wieder Kontakt zu ihrer früheren Behörde auf, deren neuer Leiter ihre Vermutungen jedoch als Versuch abtat, nachträglich ihren Ruf retten zu wollen.

Und seinen eigenen wohl nicht gefährden wollte, setzte Joachim gedanklich hinzu. Am Ende des Dokuments traute Joachim seinen Augen nicht. In der rechten unteren Ecke befand sich ein Symbol.
Ein Dolch, um den sich eine Schlange wand.
Das Tattoo von Viola!
Sekundenlang starrte Joachim auf das Bild. Nun hatte er die Erklärung. Es war Violas Motto bei der Jagd nach dem Täter. Wohl als ständige Motivation hatte sie es sich auf die Schulter tätowieren lassen.
Sofort überlegte Joachim weiter.
Warum habe ich es bekommen?
Er war nun ganz sicher: Die Zeichnung in Violas Haus war für ihn und keinen anderen bestimmt. Mit der Ergänzung durch die beiden Kreise, die er bis zum heutigen Tag nicht hatte deuten können.
Augen!
Wie Schuppen fiel es ihm von den … ja, den Augen, wie er lächelnd zu sich selbst sprach.
Nur der Täter von Zittau, dessen Spur Viola verfolgte, kam als Absender des Bildes in Frage.
Aber warum? Und warum unmittelbar nach ihrem Tod? Falls sie zu diesem Zeitpunkt schon tot war!
Joachim brauchte Antworten, versuchte ruhig zu bleiben und wandte sich wieder Violas Dokumenten zu, in denen er weitere Hinweise zu finden hoffte.
Er nahm sich den Ordner AKTUELL vor und befasste sich mit Violas Aktivitäten im Dokument SEIT 2011.
Sie hatte sich nach ihrem Umzug 2011 an das LKA in Schwerin gewandt. Die dortigen Beamten waren unvoreingenommen, prüften Violas Vorgeschichte in Sachsen, sahen gleichzeitig eigene Interessen, auch um sie zunächst zu testen.
Sie duldeten Violas weitere Suche nach dem Täter von Zittau, ließen sich von ihr auf dem Laufenden halten. Andererseits hatten sie ihr eine Reihe von Personen genannt, über die das LKA mehr wissen wollte.
Joachim lächelte bei der Vorstellung, wer sich hinter der Bezeichnung „LKA" alles verbergen konnte. Das Lächeln verging ihm jedoch beim Weiterlesen sofort.
Er fand tatsächlich eine Liste mit Namen, und schon beim flüchtigen Blick lief es ihm eiskalt den Rücken herunter.

Sein eigener stand an dritter Stelle.
Hier hielt Joachim inne, blickte gedankenverloren aus dem Fenster und dachte angestrengt nach. Gab es irgendetwas, was er auf diesem Wege unfreiwillig an Violas Auftraggeber ausgeplaudert haben könnte? Etwa seine eigenen Kontakte zur … Landesverwaltung? Sofort drängte sich ihm auch das arrogante Gesicht von Erich Bernecker wieder auf.
Mittlerweile war das Tageslicht fast völlig von der Sonne ins Wasser des Peenestroms gezogen worden. Joachim hatte keine Ahnung, wie spät es war, vertiefte sich ganz und gar in die Geheimnisse seiner Geliebten. Ja, war sie das überhaupt? Hatte sie ihn nicht einfach getäuscht? Ihn glauben lassen, dass er der große Eroberer war?
Voller Interesse las er weiter.
Auf der Liste der Namen fand er weitere bekannte, darunter auch Jürgen Beckert, den Hotelier. Hier erschrak Joachim erneut, dachte an ihr Geheimnis, das hoffentlich immer noch eines war. Und an den Auftrag Beckerts an Daniel Fischer, am Ziegenhof zu suchen. Aber warum war Daniel überrascht, gerade ihn, Joachim, dort zu sehen?
Er versuchte zu sortieren, was das für seine aktuelle Situation bedeutete. Über die Rolle Beckerts konnte er nach wie vor nur spekulieren. Und Daniel war zu ehrlich, um etwas verbergen zu können. Er sollte wohl nur prüfen, wer sich am Ziegenhof aufhielt. Ja, das wäre eine Erklärung. Viola Kübeck hat ihn schlicht ausgehorcht, im Auftrag seiner eigenen Auftraggeber. Ob es Konsequenzen nach sich gezogen hatte, war nicht mehr nachprüfbar. Oder hatte sich erledigt.
Mit Jürgen Beckert wollte er ein Gespräch führen, wenn alles überstanden war.
Ihm wurde klar, dass Viola nach wie vor der Spur des damaligen Täters folgte.
Und jetzt war sie tot.
Die Konturen füllten sich, die Verbindung lag doch klar auf der Hand. Der Täter hatte die Verfolgung bemerkt und den Spieß umgedreht.
Aber darauf hätte doch zumindest das LKA, oder wer sich auch immer dahinter verbarg, kommen müssen. Viola war doch schon vier Tage tot. Joachim erregte sich kurzzeitig über die vermeintliche Tatenlosigkeit der Behörden. Dann fiel ihm ein, dass Viola offenbar immer noch keine Beweise in der Hand hielt. Aber die Indizien, die sie bisher herausfinden konnte? Wo sind die geblieben?

Hoffentlich dort, wo sie hingehören, dachte Joachim, allerdings mit berechtigtem Zweifel. Außerdem konnte man in Schwerin nicht so ohne weiteres Violas Status offenbaren.
Das Symbol! Das abgewandelte Tattoo, ergänzt durch die ominösen Kreise. Wie passte es in das Geflecht, das er gerade mühsam zu durchdringen versuchte?
Es gab eine naheliegende Erklärung. Er, Joachim, sollte eingeschüchtert werden. Gut, das hatte geklappt. Sogar in der wohl nicht beabsichtigten Vermengung mit dem Deichrückbau. Doch davon allein hatte der Täter keinen Vorteil, überlegte er weiter. Ihm sollte der Tod von Viola, oder zumindest eine Beteiligung daran, untergeschoben werden. Der Täter wollte schlicht und einfach von sich ablenken.
Ja, das war es. Joachim kam der Lösung offenbar immer näher. Das würde aber nur aufgehen, wenn nicht nur er dieses Symbol erhielte. Wer also hatte es noch bekommen? Hatte es außer ihm überhaupt jemand erhalten? Wenn ja, wusste die Polizei davon? Woher kannte der Täter seine Beziehung zu Viola?
Die Angelegenheit wurde immer verworrener. Joachim sah die eben noch so nahe Lösung wieder in der Ferne entschwinden. Immer noch nicht klar war die Abänderung des Tattoos durch die beiden Kreise. Welche Erklärung verbarg sich dahinter? Wirklich Augen?
Zur Ohnmacht darüber gesellte sich eine leichte Unsicherheit, oder war es gar Furcht? Vor dem Täter? Aber der hatte doch mit dem Tod von Viola sein Ziel erreicht, dachte Joachim eine Spur ruhiger. Um dann sofort wieder darüber nachzugrübeln, ob nicht diese Ergänzung des Tattoos durch die beiden Kreise über die Beziehung zu Viola hinausging, eine eigene Symbolik enthielt, die sich ihm noch nicht erschlossen hatte.
Augen!
Joachim wurde das Gefühl nicht los, so dicht wie nie zuvor an das Geheimnis der Zusammenhänge gelangt zu sein. Violas Informationen wiesen ihm den Weg und verdeckten ihm gleichzeitig die Sicht. Er musste den Blickwinkel ändern. Hatte er etwas übersehen? Joachim war mehr und mehr davon überzeugt, dass sich das Geheimnis in diesem Geflecht versteckte. Er beschloss, alle Dokumente noch einmal sorgfältig zu studieren, in einer ruhigen Atmosphäre, ohne Hektik und Gefahr von Entdeckung. Wenn das alles vorbei war. Bestimmt würde sich irgendwo

auch ein Bild dieses Täters finden, oder zumindest ein Phantombild, von dem in den Unterlagen bereits die Rede war. Das würde ihm, Joachim, mehr Klarheit bringen. Falls ihm dazu überhaupt noch Zeit blieb.
Doch zunächst wollte er den Überblick abschließen. Er scrollte bis zum Ende des letzten Dokuments. In der untersten Zeile, als Violas wahrscheinlich letzter Eintrag, stand nur, dick unterstrichen: „Dienstag, 17 Uhr!?"
Joachim dachte an seinen unverhofften Besuch im Studio zurück. Das muss kurz vor dieser Zeit gewesen sein. Wenn dieser Dienstag gemeint war.
Er versetzte sich in die aktuelle Situation, verspürte Handlungsbedarf. Es war unbedingt notwendig, an die Datei auf der SD-Card zu kommen. Die Zeit drängte.
Er dachte an Erika. Alles stürmte gleichzeitig auf ihn ein. Es galt, die eben gelesenen Informationen zu verarbeiten. Beim Schließen der Dokumente klickte er versehentlich auf eines aus dem Ordner SPUREN. Der gesamte Bildschirm wurde von einer Zeichnung ausgefüllt.
Sie zeigte einen Engel, der sich über ein Schwert beugt. Joachim stutzte, suchte nach einer Erklärung. Er fand sie beim Scrollen am unteren Bildrand.
Fundstück 13 aus Wohnung des Opfers Herbert Budde, Bild des Erzengels Michael, hier wohl als Symbol der Rache verwendet. Absender unklar, vermutlich der Täter.
Wie erstarrt saß Joachim vor dem Fernsehbildschirm. Ihm wurde abwechselnd heiß und kalt. Sofort erschien Violas Symbol in einem anderen Licht. Eine ganz andere Möglichkeit wurde ihm bewusst. Sollte gar er, Joachim, und nicht Viola das eigentliche Ziel des Täters sein? Und damit das nächste Opfer?
Siedend heiß fielen ihm die Schüsse vom Vorabend wieder ein, die er fast schon vergessen hatte. Sie würden zu seiner Rolle als neues Ziel des Täters passen.
Aber auch Bernecker war auf der Jagd nach ihm, hatte großes Interesse daran, ihn zu finden und zu verhindern, dass der Datenträger in falsche Hände und dessen Inhalt an die Öffentlichkeit kam. Doch bei aller Verachtung, eine so theatralische Handlung wie Schreckschüsse aus dem

Luftgewehr traute er Berneckers Truppe nicht zu. Das war doch eher mit einem Jugendstreich zu vergleichen.
Jugend.
Bei diesem Stichwort schloss sich ein Kontakt in Joachims Langzeitgedächtnis. Ein Dreierkontakt, der auch den Namen des Opfers von Zittau einbezog. Nur – dieser Kontakt verblieb in einer Ebene, auf die er zunächst keinen bewussten Zugriff bekommen konnte. Die er längst verdrängt zu haben glaubte. So wie die dazugehörige tiefdunkle Stelle in seiner Vergangenheit.
Joachim fühlte sich ohnmächtig in einem Geflecht von Lügen, Intrigen, Demagogie und Geheimnissen gefangen. Nie wieder würde er sich solchen Handlungsweisen unterwerfen.
Jedenfalls nur zu einem guten Zweck.
Wie jetzt gerade.
Zuerst musste er unbedingt in Erfahrung bringen, ob Erika in seiner Abwesenheit dieses Bild bekommen hatte. Das Tattoo mit den beiden Kreisen.
Sein Aufenthaltsort, die Wohnung, das Haus, die eingetretene Dunkelheit waren ganz aus Joachims Bewusstsein verschwunden, die eben gewonnenen Erkenntnisse auf dem hellen Bildschirm nahmen ihn völlig gefangen.
Deshalb hörte er das leise Geräusch zu spät.
Der Türdrücker der Küchentür bewegte sich, sie öffnete sich langsam. Joachim blieb sitzen, unfähig zu jeglichen Handlungen. Er blickte wie das sprichwörtliche Kaninchen auf die Schlange, die sich gleich zeigen würde. Das Gesicht der Frau hatte Joachim Walter gerade erst auf einem Bild von Daniel Fischer gesehen.
Marianne Müller-Griesbach war mindestens ebenso überrascht wie Joachim. Sie fasste sich als erste. „Guten Tag, Herr Walter."
Diese Ansprache rief bei Joachim eine direkte Verbindung zwischen dem eben Gelesenen und der eigenen Situation hervor. Der in der menschlichen Evolution herausgebildete Fluchtreflex setzte sofort ein. Noch bevor der Satz zu Ende gesprochen war, sprang Joachim auf, schob die Frau beiseite, stürmte hinaus, riss die Haustür auf und rannte davon. Ein entgegenkommendes Auto wich ihm gerade noch aus.
Das alles ging so schnell, dass Marianne nicht reagieren konnte. Instinktiv zog sie das Handy aus der Tasche, wählte die 110, beendete aber den

Versuch sogleich wieder. Sie war ja offiziell gar nicht hier, schon gar nicht im Haus einer tot aufgefundenen Frau. Stattdessen rief sie van Cramme an und informierte ihn über die Ereignisse.
Dann trat sie zu dem Bildschirm auf dem Küchentisch, warf einen Blick darauf und zog den USB-Stick heraus. Der nächste Weg führte sie ins Arbeitszimmer. Sie schaltete das Licht in dem immer noch abgedunkelten Raum ein, durchsuchte die Bücher im Wandregal, nahm alle großen Bildbände einzeln heraus und klappte sie auf. Bei dem Buch über das Luxusschiff Queen Mary 2 hatte sie Glück. Statt normaler Buchseiten befand sich in dem künstlich geschaffenen Hohlraum ein kleines Notebook.
Zufrieden verstaute Marianne ihren Fund, brachte alles wieder an Ort und Stelle, auch den Fernsehapparat, und verließ scheinbar unbemerkt das Haus.
Joachim suchte während des Laufens eine geeignete Stelle, hielt nach knapp vierhundert Metern inne, stellte sich in eine Heckennische und dachte kurz nach, während sich sein Atem etwas beruhigte.
Bin ja noch ganz gut in Form, dachte er zufrieden.
Er wählte mit seinem kleinen schwedischen Handy die Nummer seiner Frau. Nach dem dritten Ton erklang ihr vertrautes „Ja."
„Erika, bitte schließe den Hintereingang auf", Joachim musste kurz verschnaufen. „Ich bin in wenigen Minuten bei dir." Er legte auf und lief weiter, passierte die Einmündung zur Straße, in der er seit sieben Jahren zuhause war, und suchte sich einen Weg hinter den neu erbauten Häusern über die Peenewiesen. Die vielen Wasserflächen beachtete er nicht, lief einfach hindurch. Schwer atmend, aber erleichtert, betrat er mit vor Nässe triefenden Schuhen durch den Hintereingang sein Haus. Dann fiel er seiner wartenden Frau um den Hals und ließ sie solange nicht mehr los, bis er wieder ruhig atmen konnte.

32

Sonntag, 4. November, 18.00 Uhr

Daniel Fischer konnte in seiner kleinen Wohnung den ganzen Tag keine Ruhe finden, zu sehr war er von den Ereignissen in Beschlag genommen. Am liebsten würde er sich sofort auf den Weg machen und den Deich selbst bewachen. Nur mühsam konnte er die Sinnlosigkeit eines solchen Unternehmens einsehen.

Wie gewohnt ließ er meist das Radio mitlaufen. Am Ende der Nachrichten folgte die anfangs bereits angekündigte Unwetterwarnung, der Daniel aufmerksam lauschte. Für die gesamte westliche Ostsee wurde Sturmhochwasser vorhergesagt, mit Pegelständen von bis zu 1,80 Meter über normal. Daniel erschrak, begann zu rechnen. Er hatte sich mit den Gefahren von Hochwassern genauer beschäftigt, schon aus familiären Gründen. Seine Gedanken schweiften zurück zu den Erzählungen seines Urgroßvaters Hermann, des Fischers aus Peenemünde. Dessen Familie war vom Hochwasser der Silvesternacht 1913/14 direkt betroffen.

Das kleine Zeesboot „Luise" von Gustav Fischer war auf Fang vor Rügen, vor der Halbinsel Mönchgut, nur gut zehn Kilometer von der Peenemündung entfernt, einmal quer über den Greifswalder Bodden. Die Aussicht auf einen schönen Jahresabschluss war trotz des vorhergesagten Unwetters zu verlockend, und dem Meer hatte der 32-Jährige schon oft widerstanden. Damit wuchsen alle Fischerfamilien auf. Das Zeesboot verlangte sogar Wind, trieb mit dem Netz hinein in den Fischschwarm. Mit auf dem Boot waren sein Bruder Karl und sein Schwager Jochen. Sie bildeten eine erprobte Truppe, hatten schon unzählige Törns erfolgreich absolviert. Sein Sohn Hermann war mit seinen zehn Jahren zwar auch schon auf dem Sprung in die Familientradition, aber bei diesem harten Wetter wurde er trotz Protest lieber zum Netzeflicken eingeteilt.

Der starke Ostwind brachte ihnen guten Fang, aber auch viel Mühe, dem Wind zu trotzen. Am Silvestermorgen entschloss sich die Besatzung zur vorzeitigen Rückkehr. Eine solche Entscheidung zwischen Fangerfolg und eigener Sicherheit trafen die Fischer immer aus der Situation heraus, durch jahrelange Erfahrung bestimmt, die von Generation zu Generation weitergegeben wurde. Die Besinnung kam in diesem Fall jedoch zu spät. Der immer stärker werdende Orkan trieb das Boot wie ein Korkschiffchen vor sich her. Die Segel waren längst gerefft, das Fahrzeug wurde zum Spielball des Wetters, manövrieren kaum noch möglich. Mit größter Mühe konnten die drei Fischer das Boot in die Peenemündung steuern, erhielten dadurch etwas Windschutz. Ein Anlaufen des Hafens Peenemünde erwies sich jedoch gegen die Windrichtung als unmöglich.

Der hohe Wasserstand im Peenestrom erschwerte die Orientierung, zumal dichter Regen aus dunklen Wolken die Sichtweite auf wenige Meter begrenzte.

Die drei Männer waren den Naturgewalten völlig ausgeliefert. Gegen Abend sahen sie einige Lichter voraus. Beim Näherkommen, immer noch getrieben von Sturm und Strömung, zeigte sich die Wolgaster Schlossinsel als Ursprung der Beleuchtung. Mit letzter Kraft ließen sie die „Luise" auf die Insel auflaufen und retteten sich selbst an Land. Auch ihr Boot überstand das Unwetter zum Glück mit nur geringen Schäden.

Der Anblick schockierte auch die hartgesottenen Fischer. Die gesamte Wasserfläche vor Wolgast war übersät mit Trümmern aus den ufernahen Häusern, die Brücke zwischen der Schlossinsel und der Stadt völlig zerstört. Damals gab es noch keine Brücke von Wolgast zur Insel Usedom, alles wurde per Fährschiff transportiert. Gustav Fischer und seine Begleiter fanden eine notdürftige Unterkunft für die Nacht. Am Neujahrstag 1914 hatte der Orkan fast völlig aufgehört, das Wasser sank schnell. Die Männer machten sich mit bangen Erwartungen auf den Heimweg.

Im buchtartigen Hafen von Peenemünde wollten sie ihren Augen nicht trauen, traten voll düsterer Ahnungen den Fußweg zu ihren Häusern an. Fischers Lehmhaus war etwa bis zur Hälfte durchnässt, die frische Spur des Hochwassers. Glücklicherweise hatte es nur kurzzeitig im Wasser gestanden, so dass es nicht wie so viele andere Lehmhütten einfach in sich zusammenfiel. Erleichternd für die Peenemünder wirkte die Tatsache, dass das Hochwasser vom Ort aus den Durchbruch nach Südosten schaffte, den Bahndamm und die Straße bei Trassenheide zerstörte und sich schließlich bei Zinnowitz in das Achterwasser ergoss. Dabei wurden jedoch die Nachbarorte Karlshagen und Trassenheide stark in Mitleidenschaft gezogen. Des einen Freud war eben des anderen Leid.

Gern erzählte Daniels Urgroßvater, der damals zehnjährige Hermann, eine Geschichte aus jenen Tagen. Er half am Neujahrstag, das Leben eines

Neugeborenen aus dem Nachbarhaus zu retten. Zusammen mit der Hebamme beförderte er es in einem Waschtrog schwimmend aus dem Haus und brachte es dadurch in Sicherheit.
Das Hochwasser erreichte an diesem Tag seinen Höchststand mit 2,28 Meter über normal in Greifswald, auf halbem Wege zwischen Peenemünde und der Ostsee näherten sich die Fluten aus beiden Richtungen bis auf wenige Meter.
Erst der planmäßige Deichbau nach dem Ersten Weltkrieg machte die Insel Usedom sicherer vor den Gewalten des Wassers.

Und das soll auch so bleiben, sprach Daniel laut in seine eigenen Gedanken, in denen die Hochwasserwarnung mit seinen Erinnerungen zusammentraf und einen weiteren Energieschub auslöste. Alleine die Aussicht darauf, hier sitzen und den Gang der Ereignisse abwarten zu müssen, nicht beeinflussen zu können, wurde für ihn unerträglich und ließ ihn wie ein im Käfig gefangenes Raubtier hin und herlaufen. Dass dabei vernünftige Gedanken kaum eine Chance hätten, war ihm nicht bewusst, aber auch egal. Er konnte nicht eine Minute länger warten. Daniel Fischer stand auf, suchte sein Handy und wählte die Nummer von Joachim Walter. Was genau er ihm sagen würde, wusste er beim Wählen noch nicht.

33

Sonntag, 4. November, 18.10 Uhr

Joachim hielt seine Frau Erika minutenlang in den Armen. Ohne ein Wort ließen beide ihre vergangenen Jahre gedanklich Revue passieren, fanden jeder für sich Antworten, die eine Aussage gemeinsam hatten.
Wir brauchen uns.
Gerade als sich Joachim aus den Armen von Erika lösen wollte, klingelte sein Handy. Er nahm das Gespräch an und erkannte sofort die erregte Anruferstimme.

„Bürgermeister, wir können nicht länger warten, hör dir mal die Sturmflutwarnung im Radio an. Lass uns sofort anfangen. Ich werde mich zunächst mit der Datei befassen."
Erika schaute neugierig auf ihren Mann. Sie las von seinem Gesicht ab, wie er vom Kurzausflug aus den Höhen der Romantik wieder zurück in die Tiefen der Realität fiel.
„Ja – und nein." Joachim merkte, wie er gewohnheitsgemäß aus der Position des Verantwortlichen reagierte. „Was meinst du mit sofort, Daniel. Es ist dunkel, wir können heute nichts mehr machen. Wir drei alleine sowieso nicht. Und ... lass das lieber mit dem Datenträger, wir machen das mit Pia zusammen... Daniel?"
Erstaunt und mit einem Anflug von Ärger hörte er keine Reaktion mehr im Hörer. Daniel hatte einfach aufgelegt.
Joachim unterdrückte seinen Unmut und blickte seiner Frau lange in die Augen. Die vertraute Umgebung kämpfte gegen seine Unruhe – und gewann.
Erleichterung, so konnte er sein Seelenzustand am besten beschreiben. Alles andere trat in den Hintergrund.
Erika hielt dem Blick stand. Das unverhoffte Wiedersehen mit Joachim hatte auch auf sie eine überraschende Wirkung. Die Zweifel und Ängste der letzten Tage, sogar ihre schleichende Distanzierung der vergangenen Jahre – sie begannen sich in einer unerwarteten Geschwindigkeit aufzulösen. Noch wollte sie es nicht richtig wahrhaben, fürchtete, bald wieder enttäuscht zu werden.
Erika wischte alle Bedenken weg und genoss einfach die Situation, und die Berührung ihres Ehemannes. Etwas von der früheren Vertrautheit kam zurück. Sie lächelte ihn an. „Es gibt bequemere Stellen in unserem Haus. Schon vergessen?" Joachim zog sich die nassen Schuhe und Strümpfe aus, ehe er antwortete. „Nein, vergessen nicht. Aber die haben wir beide wohl seit langem unterfordert."
Er war dabei, sich widerstandslos der angenehmen Situation auszuliefern.
„Vorsicht, denk an dein Alter." Erika war schon auf dem Weg nach oben. Joachim folgte ihr langsam. Sie blickte unschlüssig auf beide Schlafzimmertüren, dann zu ihrem Mann.
„Zu uns, falls du das fragen wolltest."

Er öffnete die Tür zu seinem Schlafzimmer und schob Erika sanft hinein. Das Licht blieb aus. Rasch entledigten sie sich ihrer Kleider, tauchten dabei gemeinsam in ihr Langzeitgedächtnis ein. Sie hatten das Gefühl, sich neu zu erobern, erinnerten sich an die Zeit zurück, als sie zu jeder passenden Gelegenheit übereinander hergefallen waren.
Ehe sie beide einschlafen konnten, wurde Joachim wieder ernst. „Wir müssen über vieles reden", sagte er und prüfte die Reaktion seiner Frau. „Ja, das müssen wir. Fang du am besten an, bist es ja so gewöhnt."
Ehe er mit der Schilderung der letzten Tage begann, musste er die entscheidende Frage loswerden. „Sag mal, hast du so eine eigenartige Zeichnung bekommen? Das Foto dazu hängt bei mir im Arbeitszimmer an der Wand. Ein Dolch mit Schlange."
Erika richtete sich sofort auf. „Ja, habe ich. Was hat das zu bedeuten? Die Polizei hat sie mitgenommen."
Für Joachim war jetzt klar, dass er persönlich in Gefahr schwebte. Um seine Frau nicht über Gebühr zu beunruhigen, umschrieb er die Lage. „Da ist jemand hinter mir her, warum kann ich nur vermuten. Ich muss mich jetzt aber entscheiden. Zur Polizei kann ich nicht, die nehmen mich wegen dieser toten Frau fest. Ich denke du weißt inzwischen, wer sie ist. Außerdem habe ich keine Beweise. Die habe ich zwar eben gelesen, musste sie aber bei meiner Flucht zurücklassen."
Erika blickte ihren Mann fragend an und ergriff die Initiative.
„So, jetzt setzen wir uns ins Wohnzimmer, trinken ein Glas Wein und du erzählst mir alles schön der Reihe nach. Oder hast du heute noch einen anderen Termin?"
Joachim lächelte nur bei diesem sanften Hinweis auf seine Gepflogenheiten. „Ich komme gleich. Aber schließ bitte vorher die Jalousien."
Joachim Walter erzählte seiner Frau alles über die vergangenen Tage und seine Situation, beantwortete auch ihre Zwischenfragen. Nur die ganz weit zurückliegende Vergangenheit ließ er unerwähnt. Er wollte Erika nicht überfordern. Außerdem musste er zunächst selbst über eventuelle Zusammenhänge nachdenken.

34

Sonntag, 4. November, 21.15 Uhr

Marianne Müller-Griesbach saß in ihrem Zimmer auf dem harten Sessel und ließ den Tag Revue passieren. Mit großem Interesse hatte sie sich die auf dem Stick gespeicherten Informationen angesehen. Gern nahm sie van Crammes Lob entgegen, als sie ihn kurz danach über die Fundstücke aus Viola Kübecks Haus informiert hatte. Die private Dokumentation dieser Dame hatte offenbar noch keinen Schaden anrichten können. Abgesehen von der nicht geplanten Einsicht durch Joachim Walter. Seine geglückte Flucht war aber wohl wegen der rasanten Entwicklung nicht mehr als ein Schönheitsfehler. Nach kurzer Beratung war sie sich mit van Cramme einig, dass Walter kaum noch eine reale Gefahr für ihre Pläne darstellte. Er musste um seine eigene Haut besorgt sein, konnte sich nicht in der Öffentlichkeit sehen lassen. Und deshalb auch keine Maßnahmen unternehmen oder organisieren. Allerdings hatten beide keine Erklärung dafür, wie die SD-Card ohne ihren früheren Besitzer in den Keller gelangen konnte, und beschlossen, dieser Ungewissheit offensiv zu begegnen. Der „Tatsachen schaffende“ Anruf, der Plan B auslösen würde, stand bevor.

Marianne hatte noch einen anderen Entschluss getroffen, allerdings ohne van Cramme darüber zu informieren. Sie gab die Erkenntnisse von Viola Kübeck über den von ihr bis zu ihrem Tod gejagten Täter von Zittau unverzüglich und detailliert an ihren ganz persönlichen Kontakt im LKA weiter, der, so hoffte sie wenigstens, mit der „Kommission“ nichts zu tun hatte. Der Charakter von Kübecks Dokumenten ließ bei Marianne den Verdacht aufkommen, dass das LKA darüber keine Informationen hatte, zumindest keine aktuellen. Hier tat sich offenbar ein neues Betätigungsfeld auf. Wie weit das alles mit Walters Verschwinden zu tun hatte, konnte sie bisher nur mutmaßen. Offenbar war er zusätzlich durch eine ominöse Quelle diskreditiert worden. Alles sprach dabei für eine Art Rache.

Vielleicht würde sich ja daraus ein wertvoller Kontakt für später ergeben, dachte sie in sich hinein lächelnd.

Mitten in ihre Gedanken platzte ein energisches Klopfen an der Zimmertür.

Marianne überlegte, was sie tun sollte, schwieg vorsichtshalber zunächst. Sie klappte ihren Laptop zusammen, verstaute ihn in der Reisetasche im Kleiderschrank und ging dann langsam zur Tür.

„Wer ist da?"

Keine Antwort.

„Ist da jemand?" Mariannes Vermutungen bewegten sich in dem großen Bereich zwischen Erinnerung an Krimiserien und der Möglichkeit, dass jemand einfach die Tür verwechselt haben könnte.

Langsam bewegte sie die Klinke nach unten und öffnete die Tür einen kleinen Spalt.

Es war niemand zu sehen. Ein vorsichtiger Blick in den Korridor zeigte ihr, dass sich dort niemand aufhielt. Marianne beruhigte sich, entschied sich für die ungefährlichste Variante als Ursache für das Klopfen.

35

Montag, 5. November, 7.50 Uhr

Polizeihauptkommissar Arne Bock war wie gewohnt dabei, während der Fahrt zum Dienst vom geruhsamen Sonntag auf seine Ermittlung umzuschalten. Beim Passieren der Brücke zwischen der Schlossinsel und dem Festland erschrak er. Das Wasser des Peenestroms hatte die Fahrbahn fast erreicht. Beim Stopp vor der roten Ampel schaute er nach rechts und sah, dass der Zugang zur hölzernen Amazonenbrücke schon nicht mehr trockenen Fußes passierbar war. Der Wind drückte das Wasser von der Ostsee über die Peene nach Süden, es staute sich an dieser Engstelle wie am Ende eines Trichters. Arne dachte sofort an das Gespräch mit seinem Großvater Reinhard Henkelmann. Angesichts des Hochwassers verstärkte sich seine Unruhe. Mit dem Pegel stieg seine Ungewissheit darüber wieder an, ob und wie der Deichrückbau mit dem Verschwinden des Bürgermeisters Joachim Walter in Verbindung stand. Die kommende Beratung würde dazu hoffentlich einige Antworten bringen.

Arne versuchte seinem Gesicht Züge von Kampfbereitschaft zu verleihen und eröffnete die Runde mit einer seltenen Entschlossenheit.
„Es deutet vieles darauf hin, dass wir es hier mit Hintergründen zu tun haben, die mit Macht vor uns verborgen werden sollen."
„Mit oder durch … Macht?" Rita Mesing nahm sofort den aggressiven Ton auf.
Siegfried Reuschel registrierte mit einiger Verwunderung die ungewohnten Töne seiner Mitstreiter.
„Hören wir erst unseren Spurenmeister an."
Erwin Meister betrat in diesem Moment den Raum. Er hatte entgegen seiner Ankündigung doch noch am Sonnabend die Ergebnisse seiner Abteilung weitergeleitet und mit Recht, wie Arne jetzt dankbar feststellte, die Dringlichkeit der Analyse und des beantragten Abgleichs mit den vorhandenen Datenbanken unterstrichen.
Arne Bock und seine Mitstreiter sahen den Leiter der Spurensicherung erwartungsvoll an, der mit viel versprechender Miene begann.
„Tjaa, liebe Kollegen vom Fußvolk, ich hoffe ihr hattet einen erholsamen Sonntag?"
Rita reagierte als erste. „Lieber Meister Erwin, wir haben am Sonnabend, als du uns schon verlassen hattest, einhellig beschlossen, dich wegen außerordentlicher Leistungen zum Ehrenkommissar zu ernennen. Das heißt, wir werden dem Chef einen solchen Vorschlag unterbreiten."
„Da kanntet ihr aber die Ergebnisse noch nicht, die ich jetzt mitgebracht habe. Also lasst euch eine angemessenere Position einfallen."
Ein lautes Niesen von Siegfried Reuschel unterbrach das Geplänkel und veranlasste Arne Bock, zum Kern der Sache zu kommen. „Du siehst uns voll aufnahmebereit."
„Gut, fangen wir mit dem Kosmetikstudio an. Wie unser Labor festgestellt hat, stammen das Haar und die Hautreste am Tisch von Viola Kübeck. Damit können wir mit großer Sicherheit eine…", er zögerte mit Blick auf Siegfried Reuschel, „Begegnung ihres Kopfes mit der Tischplatte als Todesursache annehmen. Ob Absicht oder Unfall, muss immer noch offen bleiben." Siegfried nickte dazu lächelnd.
„Zu den anderen Spuren." Erwin Meister legte ein Blatt mit einem Foto und einer Personenbeschreibung auf den Tisch. „Ein alter Bekannter hat seinen gesamten Handabdruck am Hinterausgang vom Kosmetikstudio hinterlassen. Er ist mehrfach wegen Einbruchsdelikten in der

Region aktenkundig, alles kleinere Dinge, ohne Gewalt gegen Personen. Gegenwärtiger Status OFW, also ohne festen Wohnsitz."
„Kann man denn das Alter der einzelnen Fingerabdrücke feststellen?", fragte Arne.
„Kaum, aber die jüngsten halten sich am besten. Und dieser war klar und deutlich. Er hat offenbar die Tür mit der Hand aufgedrückt. Als wenn er in großer Eile gewesen wäre." Rita hakte ein. „Es liegt ja keine Anzeige wegen Einbruchs in das Kosmetikstudio vor. Vielleicht deshalb, weil die Inhaberin dazu keine Möglichkeit mehr hatte?"
„Ich darf auch auf die fehlende Kasse verweisen", ergänzte Erwin Meister zustimmend lächelnd.
„Würde also passen", warf Rita erfreut ein.
„Moment, liebe Leute. Das klingt alles zu einfach. Ein kleiner Ganove ist doch nicht gleich ein Mörder." Siegfried meldete sich mit belegter Stimme. „Was gab es denn noch für Spuren?"
Nun nahm Erwin Meisters Gesicht triumphierende und geheimnisvolle Züge an.
„Das Beste wie immer zum Schluss. Ihr erinnert euch an den kleinen Abstellraum? Dort lag auch eine angefangene Rolle mit großen blauen Abfallsäcken. Und auf dieser Rolle, an nur einer Stelle, haben wir das Fragment eines Fingerabdrucks gefunden, der sehr interessant werden könnte. Da hat wohl der Verursacher nicht aufgepasst oder sich den Handschuh kurz ausgezogen, weil er sonst keinen einzelnen Sack abrollen konnte."
„Name, Adresse?" Arne fragte halb im Scherz, halb ernsthaft. „Das heißt also, er ist in der Datenbank?"
„Ja, aber das ist ziemlich mysteriös." Erwin Meister suchte nach Worten. „Wir haben eine etwa siebzigprozentige Übereinstimmung mit einem Mann, der seit Jahren in einem Tötungsverbrechen in Sachsen als tatverdächtig gilt, aber mit einem eigenartig schwebenden Status. Bisher gibt es keinen richtigen Beweis gegen ihn. Zu ihm passt auch ein Haar, das wir auf dem Fußboden im Bereich des Hinterausgangs gefunden haben. Ein scheinbar schwarzes Haar, aber gefärbt, wie sich herausstellte. Die Ursprungsfarbe geht ins Rötliche. Dieser Mann tritt offenbar unter verschiedenen Namen auf. Einer von denen lautet Karsten Frickmann. Auch bei unserem LKA gibt es dazu schon Hinweise."

„Und alles Zufall?“ Rita meldete sich zu Wort. „Das Opfer ist beim LKA registriert. Warum, wissen wir immer noch nicht, und nun taucht eine weitere dort registrierte Person auf, die aus dem Umfeld der Frau stammt. Das sollten wir näher untersuchen.“
„Lasst mich doch einfach weiter machen“, stoppte Erwin Meister die Deutungsversuche. „An der Türschwelle des Hinterausgangs fanden wir ein winziges Stück blaue Plastikfolie. Richtig, sie stammt von der Rolle aus der Kammer.“
„Ich stelle mir gerade die Situation vor. Eine Leiche wird im Müllsack durch das Kosmetikstudio gezogen.“ Arne Bock reagierte sofort auf die neuen Informationen und wählte die Nummer seines Vorgesetzten.
„Es gibt neue Erkenntnisse im Fall Kübeck. Wir müssen das LKA direkt einschalten, haben Sie jetzt Zeit?“
„Ich wollte Sie gerade herbitten, habe auch etwas für Sie. Aber dann komme ich sofort zu Ihnen.“
Nur eine Minute später gesellte sich Polizeidirektor Hartmut Westphal zur Beratung.
„Bitte, Kollege Bock, berichten Sie.“
Bock setzte ihn kurz in Kenntnis und fuhr dann fort. „Es ist gut möglich, dass die Jungs vom LKA die Verbindung zwischen Viola Kübeck und der Spur eines Verdächtigen noch gar nicht kennen.“
„Diese…“, Westphal zögerte lächelnd vor dem nächsten Wort, „Jungs haben mich vor zehn Minuten angerufen. Ich habe auch überraschende Neuigkeiten für Sie alle.“
In diesem Moment betrat ein Beamter nach angedeutetem Klopfen den Raum.
„Entschuldigung, hier ist ein Herr Waldeck. Er sagt, er habe für Herrn Bock dringende Informationen zum Leichenfund an der Peene.“
„Einen Moment bitte.“ Arne blickte zu Hartmut Westphal. „Der Zeuge, der die Leiche gefunden hat.“ Der Chef nickte nur. „Interessiert mich natürlich auch.“
Der Beamte gab die Tür frei, und Hans Waldeck betrat mit einem Umschlag in der Hand den Raum. Seine anfängliche Sicherheit schwand beim Anblick der ihm unbekannten Personen, die ihm Arne Bock vorstellte. Dieser lächelte den Gast ermutigend an und kam gleich zum Thema. „Herr Waldeck, was haben Sie für uns?“

„Hier, das lag am Sonnabend früh in meinem Briefkasten." Hans Waldeck holte die beiden Blätter aus dem Umschlag und legte das Foto der Leiche sowie das Bild mit dem Symbol auf den Tisch.
Die Polizisten beugten sich darüber.
„Ich habe erfolglos gerätselt, was die Zeichnung zu bedeuten hat. Es muss wohl etwas mit der Leiche zu tun haben, wie das andere Foto zeigt. Warum gerade ich das bekam, ist mir völlig schleierhaft. Deshalb bin ich auch gleich heute Morgen hierher gefahren. Vielleicht haben Sie dazu eine Idee? Mit dem Tod der Frau habe ich jedenfalls nichts zu tun, das kann ich Ihnen versichern. Aber ich denke, das hier wird Ihnen bei der Ermittlung helfen."
„Das war gut überlegt von Ihnen, Herr Waldeck, wird es bestimmt. Und wir glauben Ihnen. Sie sind für uns ein wichtiger Zeuge. Das hatte ich Ihnen schon bei unserem ersten Gespräch versichert."
„Darf ich Sie auch etwas fragen, Herr Bock?"
„Nur zu."
„Ich bin völlig ahnungslos, warum ich dieses Symbol bekommen habe, und würde gern wissen, ob ich der einzige Empfänger war." Hans Waldeck blickte Arne gespannt an, gab seiner Stimme und auch seinem Blick eine möglichst unschuldige Färbung. Aber er wollte den Ermittlern unbedingt auf den Zahn fühlen.
Arne blickte sich in der Runde um, war überrascht, eine solche Frage zu bekommen. Auch die Anwesenheit seines Chefs nagte an seiner Sicherheit.
„Sie werden verstehen, Herr Waldeck, dass wir über unsere Ermittlungen keine solchen Informationen herausgeben. Wie das Foto zeigt, hat die Leiche ja ein ähnliches Symbol als Tattoo an der Schulter. Auch wir wären dankbar für jeden Hinweis darauf, was dieser Zusammenhang bedeuten könnte. Vielleicht fällt Ihnen ja doch noch etwas ein. Und auch dazu, ob es wirklich ein Zufall war, dass gerade Sie die Leiche gefunden haben. Das hatte ich schon bei unserem ersten Gespräch angedeutet."
„Ich werde mir Mühe geben. Aber ich habe nichts zu verbergen, das möchte ich nochmals betonen. Deshalb bin ich ja hier."
„Das wissen wir und wir danken Ihnen ausdrücklich für Ihre Unterstützung", mischte sich jetzt Hartmut Westphal ein und kam Arne durch seine Autorität zu Hilfe.

Arne blickte fragend auf Hartmut Westphal und bekam ein unmerkliches Kopfschütteln als Antwort.

„Also nochmals danke, Herr Waldeck, Sie können jetzt gehen."

Arne stand auf und geleitete Hans Waldeck nach draußen.

„Bitte setzen Sie fort", wandte sich Westphal an den Kommissar, als der wieder Platz genommen hatte.

„Gut, also zuerst zur Zeichnung. Das ist nun nach Erika Walter der zweite Adressat eines solchen Symbols", begann Arne.

„Den wir kennen", ergänzte Rita. Hartmut Westphal hörte gespannt zu und verschob die begonnene Weitergabe der Information vom LKA, als Arne Bock ein Resümee versuchte.

„Wir haben dieses Symbol als Tattoo an Viola Kübecks Schulter und als Foto an der Wand von Joachim Walter. Und zwei Adressaten des Symbols, ergänzt mit zwei mysteriösen Ringen. Erika Walter und jetzt Hans Waldeck. Wo ist der Zusammenhang? Gibt es Verbindungen zwischen Waldeck und dem Bürgermeister oder dessen Frau oder mit Viola Kübeck? Wenn ja, welche?"

„Ich denke, wir sollten jetzt damit an die Öffentlichkeit gehen, ehe wir endlos rätseln." Rita sah Zustimmung heischend in die Runde. „Wir hatten uns zwar bisher dagegen entschieden, aber wer weiß, wer das noch alles bekommen hat. Nicht alle werden es in Verbindung mit dem Leichenfund bringen."

„Ja, unbedingt, nun haben wir Grund dazu", fiel Arne ein, „Außerdem müssen wir das LKA etwas unter Druck setzen, was die Person Viola Kübeck betrifft. Dazu gibt es jetzt mit dem Hinweis auf einen konkreten Verdächtigen noch mehr Anlass. Das wollte ich Ihnen vorhin mitteilen", wandte sich Arne an Hartmut Westphal. Der reagierte sofort.

„Der Druck ist schon da, nur von der anderen Seite. Die ... Jungs sind schon ziemlich aktiv geworden."

„Die haben bestimmt auch Mädels", warf Rita dazwischen und erntete dafür einen langen Blick ihres Chefs, der sogleich fortsetzte.

„Auf dem Hof wird gerade das Auto von Viola Kübeck aufgeladen, es geht direkt nach Schwerin." Westphal wies mit dem Kopf in Richtung Fenster. „Und das hier lag schon auf meinem Schreibtisch, kam heute ganz früh, verstärkt durch einen Anruf danach." Er reichte Arne ein Blatt. „Lesen Sie doch bitte vor."

Der Ermittler blickte auf das Papier, überflog den Text und las dann mit immer größer werdenden Augen.
„Bundesweite Fahndung nach Joachim Walter, 59, 1,85 Meter groß, wohnhaft in Karlshagen... dann kommt ein Foto... Die Fahndung steht in Verbindung mit einem Tötungsdelikt im Bereich Karlshagen-Peenemünde auf Usedom. Walter wurde am 1. November von seiner Frau als vermisst gemeldet. Weitere Informationen lassen jedoch den Schluss zu, dass sich der Gesuchte dem Zugriff der Behörden durch Flucht entzogen hat."
Arne stoppte an dieser Stelle, blickte genauso fassungslos wie seine Kollegen.
„Es wird noch besser." Hartmut Westphal bedeute ihm weiterzulesen.
„Nach Erkenntnissen der Landespolizei Mecklenburg-Vorpommern besteht außerdem der dringende Verdacht, dass sich Joachim Walter Dokumente angeeignet hat, die die Sicherheit der Bundesrepublik Deutschland und des Landes Mecklenburg-Vorpommern sowie das öffentliche Leben im Norden Usedoms berühren. Eine Absicht Walters, diese Dokumente missbräuchlich zu verwenden, kann nicht ausgeschlossen werden. Dieser Verdacht wird durch die Vergangenheit von Walter bestärkt, der noch am Ende der achtziger Jahre dem Staatssicherheitsdienst der DDR als Inoffizieller Mitarbeiter diente."
Hartmut Westphal, der den Text kannte, sah vier erschrocken schweigende Kollegen am Tisch sitzen.
„Um auf die anfangs gestellte Frage zu kommen. Wir können davon ausgehen, dass die Jungs ... und Mädels ... in Schwerin die wichtigen Zusammenhänge kennen. So bewerte ich jedenfalls diesen Text. Die Fahndung geht sowohl über die internen Wege als auch über die Medien. Die zuständigen Kollegen sind schon bei der Umsetzung. Und Sie haben jetzt eine Basis für die weitere Arbeit." Damit verabschiedete sich Hartmut Westphal und verließ den Raum.
Die drei Ermittler und Erwin Meister saßen immer noch nachdenklich am Tisch, mussten die völlig überraschenden Informationen erst verarbeiten. Jedes Wort wollte jetzt gut überlegt sein, die Kräfteverhältnisse waren klar.
„Joachim Walter soll die Kübeck getötet haben?" Arne Bock fasste sich als erster. „Das wurde so nicht gesagt", antwortete Rita.

„Unsere Resultate geben das nicht her“, meldete sich Erwin Meister, „können es aber auch nicht widerlegen.“
„Es muss ja nicht aktiv gewesen sein.“ Die drei anderen nahmen kopfschüttelnd Siegfrieds bekannten Einwand zur Kenntnis.
Natürlich hing die alles entscheidende Frage in der Luft. Woher hatte das LKA alle diese Informationen? Warum wurde die Polizei Wolgast vorher nicht konsultiert? Um welche geheimnisvollen Dokumente handelte es sich? Was bedeutete die Formulierung „missbräuchlich“?
Arne Bock fühlte sich zu einer Stellungnahme gedrängt. Er begann sehr vorsichtig und zögerlich. „Also... lassen wir uns nicht von den Emotionen und Vermutungen beherrschen. Wir suchen jetzt Joachim Walter unter anderen Prämissen, die Begründung haben alle gehört.“ Er schwieg, wartete auf Kommentare, die aber nicht kamen.
„Wir sollten auch Erika Walter darüber informieren, dass ihr Mann höchstwahrscheinlich noch lebt. Denn das geht ja auch aus der Fahndung hervor.“
„Und wenn er sich von Anfang an in seinem eigenen Haus versteckt hat?“ Siegfrieds überraschende Vermutung stieß bei Rita auf Widerspruch.
„Können wir theoretisch nicht ausschließen. Aber Arne und ich haben mit Erika Walter gesprochen. Sie machte nicht den Eindruck einer so abgebrühten Frau. Denn dann hätte ja alles von vornherein geplant gewesen sein müssen. Arne, was meinst du dazu?“
„Auch ich kann es mir nicht vorstellen. Aber wir sollten dem Haus einen Überraschungsbesuch abstatten, um ganz sicher zu gehen. Wir fühlen der Frau erneut auf den Zahn und sehen uns dort um.“
„Mich braucht ihr dazu wohl nicht.“ Erwin Meister erhob sich. „Ich will noch mit den Jungs sprechen, die das Auto vom Hof bringen.“
„Warte, wir brauchen noch deine Informationen zu den Spuren in Viola Kübecks Haus“, fiel es Arne noch rechtzeitig ein.
„Stimmt. Aber leider Fehlanzeige. Keine Fingerabdrücke, die in der Datenbank sind und deshalb verdächtig sein könnten. Und die auf dem Kondom waren nicht zu gebrauchen“, feixte er und verabschiedete sich.
„Und was machen wir mit dem Einbrecher?“
„Richtig, Siegfried, den hätten wir fast vergessen. Der muss auch auf die Fahndungsliste, aber eine Stufe tiefer“, bestätigte Arne.

„Warum bringen wir nicht die Fotos in allen Geschäften der Region an? Das schreckt zumindest den Einbrecher auf. Und vielleicht bekommen wir dadurch noch andere Tipps", ergänzte Siegfried.
„Gute Idee, Siegfried. Lass bitte sofort Kopien der Fahndung anfertigen. Und Walter lassen wir auch über die elektronischen Medien suchen. Rita, wir fahren dann in … zwanzig Minuten zum Haus der Walters. Solange die Brücke noch passierbar ist." Arne stand auf und beendete die Beratung.
Ohne zu zögern betrat er nach kurzem Klopfen das Zimmer von Hartmut Westphal, der ihn lächelnd auf den Besucherstuhl verwies und ermunterte. „Na, noch Fragen? Damit haben wir wohl alle nicht gerechnet."
Arne bemühte sich um Sachlichkeit. „Nein, und ja, es gibt noch Fragen. Es wurden Fingerabdrücke im Kosmetikstudio gefunden, zu denen es einen Eintrag beim LKA gibt, ähnlich geheimnisvoll wie zu Viola Kübeck. Aber nach deren Fahndungsaufruf ist ja Joachim Walter der einzige und noch dazu mit überraschenden Argumenten stark belastete Verdächtige, ohne dass sie den aktuellen Bezug kennen. Das macht mich als Ermittler schon nachdenklich."
Hartmut Westphal betrachtete sein Gegenüber aufmerksam.
„Wir werden natürlich die Erkenntnisse unserer Spurensicherung ans LKA weitergeben. Ich muss aber davon ausgehen, dass es für die Fahndung aus Schwerin gute Gründe gibt. Und wir haben die Pflicht zur Umsetzung. So einfach ist das manchmal, Herr Bock."
Arne entschied sich für einen neutralen Rückzug.
„Danke für die erschöpfende Auskunft." Als in diesem Moment das Telefon auf dem Schreibtisch des Polizeidirektors klingelte, zögerte dieser, die grüne Taste zu drücken. Arne verstand und verließ mit einem angedeuteten Gruß das Zimmer.
Er spürte das dringende Bedürfnis, mit jemandem über alle diese Ungereimtheiten zu sprechen. Die Idee, damit zu Rita Mesing zu gehen, verwarf er lieber. So wurde es ein zornig-lautloses Selbstgespräch, denn der Flur der Polizeistation war für Wutschreie eines leitenden Ermittlers nicht die passende Umgebung. Arne war sich nun ganz sicher, dass hinter den Fällen mehr steckte, als seine Vorgesetzten verschiedener Stufen zugeben oder wissen wollten. Plötzlich erwachte in ihm der Ehrgeiz des einsamen Kämpfers in einer Welt voller Feinde. Zusammen mit diesem Gedanken kehrten bei ihm allmählich Ruhe und Entschlossenheit wieder zurück.

36

Montag, 5. November, 9.35 Uhr

Das Schlagen einer Autotür vor dem Haus ließ Erika Walter aufschrecken. Sie blickte aus dem Fenster und sah Arne Bock und Rita Mesing auf ihren Hauseingang zueilen. Sie schloss sekundenlang die Augen, sammelte ihre Gedanken, ging ihnen kurz entschlossen entgegen und öffnete mit besorgtem Gesicht die Tür. „Guten Tag, was führt Sie zu mir? Bringen Sie mir Neuigkeiten?"
Sie blickte die Ermittler erwartungsvoll an und bat sie ins Haus. Dabei spürte sie die bohrenden Blicke der Polizisten.
„Ja, sehr wichtige. Ihr Mann lebt."
Erika konzentrierte alle ihre schauspielerischen Erfahrungen auf diesen Moment, wandte ihr Gesicht den beiden Ankömmlingen zu und ließ es vor Freude erstrahlen. „Das wissen Sie genau? Wo ist er? Warum kommt er nicht gleich mit? Geht es ihm gut? Was war passiert?"
„Dürfen wir uns setzen?" Arne bemühte sich um die Gesprächslenkung.
„Ja, natürlich, entschuldigen Sie, aber ich bin ja so froh." Sie setzten sich an den Wohnzimmertisch, Erika bemerkte die prüfend umherschweifenden Blicke der beiden Gäste.
„Leider hat die gute Nachricht auch einen Wermutstropfen." Arne legte Erika Walter den Fahndungsaufruf auf den Tisch. Erika las mit wachsender Verunsicherung bis zum Ende, ihr Entsetzen war nun echt. Sie schaute die beiden Ermittler abwechselnd an. „Was soll das bedeuten? Sicherheit gefährdet? Tod von Frau Kübeck? Das ist ja schrecklich, wo ist denn mein Mann? Wem hat er etwas getan?"
Arne und Rita sahen sich an. „Genaueres können wir Ihnen leider nicht sagen, Frau Walter", versuchte Arne sie zu beruhigen. „Dieser Aufruf kommt aus Schwerin."
„Wir wollten nicht, dass Sie alles aus den Medien erfahren, und Ihnen natürlich sagen, dass Ihr Mann lebt. Aber wirklich beruhigend ist diese Information für Sie nicht, das stimmt wohl."
Rita meldete sich zu Wort. „Es ist nicht ausgeschlossen...", sie zögerte, „dass sich Ihr Mann bei Ihnen meldet. Wir möchten Ihnen dringend ans Herz legen, uns dann sofort zu informieren. Als Angehörige müssen Sie natürlich nichts zum Schaden Ihres Mannes unternehmen, aber..."

„Oder ist er schon hier?"
Arne Bock verband diese Worte mit einem bohrenden Blick. Erika wurde für einen Moment unsicher, hatte sich aber sofort wieder unter Kontrolle und brachte sogar ein verlegenes Lächeln zustande. „Das wäre zu schön, und ich hätte es Ihnen doch bestimmt schon mitgeteilt."
Arne nahm die Worte mit einem Rest Zweifel auf. „Ja, das glauben wir auch, so wie wir Sie kennengelernt haben."
„Ehrlich gesagt, Frau Walter, die hier erhobenen Vorwürfe sind auch für uns ziemlich überraschend." Ritas Blick ging von Erika zu Arne und zurück.
„Eine Bitte haben wir noch." Rita nickte Arne unmerklich zu. „Wir würden gern nochmal das Arbeitszimmer Ihres Mannes mit dem Foto an der Wand in Augenschein nehmen. Es gab nämlich einen weiteren Adressaten dieses Symbols." Arne glaubte für einen Moment ein leichtes Flackern in den Augen von Erika Walter zu bemerken.
„Natürlich, bitte folgen Sie mir."
Mit aufmerksamen Blicken stiegen Arne und Rita die Treppe hinauf und betraten das Arbeitszimmer von Joachim Walter. Sie schauten sich sorgfältig um, konnten aber keinerlei Veränderungen seit ihrem letzten Besuch feststellen. In Arnes Erleichterung darüber mischte sich eine Spur von Enttäuschung. Rita schien es ähnlich zu gehen.
„Vielen Dank, Frau Walter. Wir halten Sie weiter auf dem Laufenden und hoffen, Sie tun das mit uns auch." Arne Bock blickte Erika Walter beim Abschied lange an. Sie hielt dem Blick stand.
„Was meinst du?" wollte Rita im Auto von Arne wissen.
„Ich bin mir nicht ganz sicher. Ist nur so ein Gefühl."
„Wollen wir das Haus beobachten lassen?"
„Müssten wir machen, aber wir haben weder einen belastbaren Anhaltspunkt noch die Leute dazu. Außerdem könnte die Insel bald nicht mehr erreichbar sein."
Beim Einbiegen auf die Hauptstraße mussten sie die Vorfahrt eines grauen PKW mit einer Frau am Steuer beachten, an dessen Seite groß die Aufschrift ARGUS-TV prangte. Er fuhr in Richtung Peenemünde. Arne schaute dem Fahrzeug hinterher. „Fehlt nur noch, dass diese Dame auch noch mitspielen will", kommentierte er mit spürbarer Verärgerung in der Stimme. Rita lächelt dazu nur hinterhältig. „Wir haben jetzt Wichtigeres zu tun als deine Privatfehde mit dem Fernsehen."

„Die ist alles andere als privat."
„Aber bringt uns nicht weiter."
„So wie dieser Streit."
Arne hatte sich entschlossen, Rita gegenüber jetzt völlig offen zu sein. Er hatte niemand sonst, mit dem er vertrauensvoll über alles sprechen konnte. „Was sagst du zu dem Aufruf? Und zu Westphals Auftreten?"
Rita Mesing zögerte mit der Antwort.
„Wir sollten uns vertrauen, ich tue es jedenfalls mit dir."
„Also gut. Ich denke, da sind Dinge im Spiel, von denen wir nichts wissen… und nichts wissen sollen. Lass und dazu in Ruhe und ausführlich reden."
„Ja, am besten gleich, ich suche einen Parkplatz."
Sobald das Auto aus dem Sichtfeld des Hauses verschwunden war, stieg Erika ins Obergeschoss hinauf.
Sie und ihr Mann hatten nach dem ausführlichen Bericht von Joachim die restliche Nacht zusammen in Erikas Bett verbracht.
Am Frühstückstisch wollte sich die für einen richtigen Genuss nötige Ruhe nicht einstellen.
„Es ist schön, dass du wieder hier bist." Erika schaute ihren Mann mit leicht verklärten Augen an, er lächelte zurück. „Und auch, dass wir uns ausgesprochen haben."
Joachim legte wortlos seine Hand auf Erikas, seine innere Erregung wollte nicht weichen. Er wusste, dass es dafür mehrere Gründe gab.
„In solchen Situationen erkennt man seine wahren Freunde. Diese Binsenweisheit trifft hier ganz besonders zu. Vor drei Tagen kannte ich weder Pia noch Daniel. Und nun bin ich überzeugt, dass wir zueinander festes Vertrauen haben können." Nach kurzer Pause setzte er hinzu. „Auch wenn ich keine Alternative dazu habe."
Noch am Vorabend hatte Joachim Pia über seinen neuen Aufenthaltsort informiert und bat sie darum, Daniel ins Bild zu setzen. Dass er selbst einem Telefonat mit Daniel lieber aus dem Weg gehen wollte, sagte er nicht.
„Und vor vier Tagen hatte ich einen anderen Ehemann."
„Jetzt übertreibst du aber maßlos."
Joachim stand auf, legte zärtlich seine Hände auf Erikas Schulter, begann sie leicht zu massieren. Sie schloss die Augen. Für nicht einmal eine Minute ließen beide die Gegenwart draußen, dachten an die schö-

nen Zeiten ihres früheren Lebens. Sahen, dass der Zugang dahin noch zu eng war, um ihn passieren zu können.
Im Hintergrund lief das Radio. In den Acht-Uhr-Nachrichten wurde die Warnung vor Sturmhochwasser an der Ostseeküste wiederholt, verbunden mit den Prognosen für den Anstieg des Wasserspiegels in den kommenden Stunden.
„Wir müssen unbedingt aktiv werden, Daniel hat recht. Eine solche Wetterlage kann leicht ausgenutzt werden. Ich denke da nur an das Anklamer Stadtbruch 1995, als dort der Deich brach. Aber ich muss mich immer noch verstecken." Joachim schaute nachdenklich erst zu Erika, dann im Halbkreis um sich, als wenn es dort Zuhörer und Ratgeber geben würde. „Hier ist es auf Dauer nicht sicher, bald wird man mich hier vermuten."
„Geh doch ins Dachgeschoss, da kann dich wenigstens keiner überraschen", schlug Erika spontan vor.
„Gute Idee. Das ist die beste Lösung für den Moment."
Wenige Minuten später hatte Joachim sein Notquartier in dem schmalen Raum zwischen der Decke des Obergeschosses und dem flachen Dach bezogen. Er war ausgestattet mit seinem schwedischen Handy, dem kleinen Radio und einer Flasche Wasser, auf Erikas dringenden Wunsch. Zwischen allerlei in den Jahren angehäuftem Gerümpel schuf er ausreichend Platz. Zum Glück spendete das kleine Dachfenster etwas Licht. Der Zugang zu seinem Versteck war jedoch nur über Leiter und Luke möglich.
„Nun hast du mich völlig in der Hand", frotzelte er, als Erika die Leiter einzog und ihn allein ließ.
Vergebens suchte Joachim nach dem Ende des konstruktiven Gedankenstrangs, den er wenige Minuten zuvor noch in der Hand zu haben glaubte.

Nach dem Überraschungsbesuch der beiden Kriminalbeamten kündigte Erika ihren Besuch mit drei Stößen des Besenstiels an die Luke an, hängte die Leiter ein, stieg hinauf und öffnete den Verschlag. Sicherheitshalber blieb sie auf der Leiter stehen und sah Joachim in die Augen, der sich um eine bequeme Haltung bemühte. Sie informierte ihn über das Gespräch mit den Ermittlern.

„Ich habe schon in den Neun-Uhr-Nachrichten gehört, dass ich gesucht werde."
„Was hat das zu bedeuten, Joachim?"
„Dahinter stecken meine … Freunde … aus Schwerin. Die haben die Drohung wahr gemacht, wollen mich diskreditieren und fertig machen. Für die steht viel auf dem Spiel."
„Aber für uns auch", entgegnete Erika.
„Ja, der Countdown läuft wohl schon. Ich habe alles hier, bitte gehe wieder nach unten, falls weitere Überraschungen drohen. Meine neuen Freunde kümmern sich um ein anderes Quartier."
Erika verschloss sorgfältig das Versteck und begab sich zurück ins Erdgeschoss.
Die Wiedersehensfreude mit Joachim versank soeben in einem tiefen Loch. Außerdem hatte sie plötzlich das Gefühl, dass die vertrauten Gespräche mit ihrem Mann nicht gerade eben stattgefunden hatten, sondern ein Relikt aus der Vergangenheit waren. Aus ihrer glücklichen Zeit. Das Gefühlschaos der letzten Tage hatte Erika wieder fest im Griff. Ich muss mir eine sinnvolle Beschäftigung suchen, dachte sie und setzte sich mit einer wahllos gegriffenen Zeitschrift in Joachims Lieblingssessel. Der Versuch misslang, schon nach wenigen Minuten legte sie die Zeitschrift ungelesen aus der Hand.

37

Montag, 5. November, 9.50 Uhr

Meteorologin Diana Schakowski im Deutschen Wetteramt in Warnemünde konzentrierte sich ganz auf den stündlich fälligen Lagebericht an das Landesamt für Katastrophenschutz. Die Konstellation von Windstärke, Windrichtung und deren Prognosen ließ keinerlei Optimismus zu. Der starke Ostwind mit der Durchschnittsstärke 11 brachte immer noch Böen von bis zu 130 Kilometern pro Stunde hervor. Orkanstärke. Das vor wenigen Tagen in die östliche Ostsee gedrückte Wasser wurde nun mit aller Kraft zurückgeschoben, das schlimmste mögliche Szena-

rio war gerade dabei, Wirklichkeit zu werden. Die Pegelstände an den Küsten wiesen um 10 Uhr alarmierende Höhen auf. Sassnitz meldete bereits 1,75 Meter über normal, Stralsund 1,85. Das war vergleichbar mit dem Hochwasser von 1913/14, und ein Ende nicht abzusehen. Das Sperrwerk in Greifswald, obwohl noch nicht ganz fertig gestellt, war eine Stunde zuvor bereits geschlossen worden. Der Verkehr der Fährlinien über die Ostsee ruhte, die Schiffe waren aufgrund der Wetterprognosen bereits am Morgen in den Häfen geblieben. Noch in unangenehmer Erinnerung war der Untergang der polnischen Fähre Jan Heweliusz 1993 im Sturm vor Rügen.
Mit größter Sorgfalt erfasste die Meteorologin alle relevanten Meldungen der Küstenstationen und arbeitete sie in den Bericht ein. Die Strände der Rügener Steilküsten waren längst nicht mehr passierbar. Auch auf Usedom wütete das Wasser. Am Kliff des Langenbergs bei Bansin kam es zu Abbrüchen, das oberhalb liegende Hotel wurde gerade evakuiert. Unterhalb des Streckelsbergs bei Koserow reichte das Wasser bereits an den neu erbauten Steinwall heran. Alle Usedomer Außenstrände waren bis an den Fuß von Düne oder Steilufer überspült. Die beiden Flussfähren im polnischen Swinemünde zur Nachbarinsel Wollin würden ab 12 Uhr den Verkehr einstellen.
Nur Minuten später fanden die Meldungen Eingang in die Nachrichten von Radio und Internet.

38

Montag, 5. November, 10.00 Uhr

In ihrem kleinen Arbeitszimmer auf dem harten Stuhl sitzend, sortierte Pia bei einem nachdenklichen Blick aus dem Fenster ihre nächsten Aufgaben nach Dringlichkeit. Der schwedische Audiotext geriet dabei in der Rangliste weit nach unten.
Zuerst die Sicherheit von Joachim!
Nachdem die Fahndungsmeldung in den Nachrichten lief, begriff auch Pia, dass sein eigenes Haus alles andere als sicher war.

Sie erinnerte sich an ihr Versäumnis vom Sonnabend, den versprochenen Rückruf an den Makler Andreas Schmidt. Ohne zu überlegen wählte sie seine Nummer.
„Hallo Pia, jetzt bist du in meiner Kontaktliste, ich habe schon auf deinen Anruf gewartet."
„Entschuldige, hier überschlagen sich die Ereignisse. Ich hatte dich total vergessen."
„Dann gebe ich dir Gelegenheit zur Wiedergutmachung, einverstanden?"
Pia spürte lächelnd Andreas' Freude über ihren Anruf. Er war schon auf dem Weg, ihr Wortgeplänkel fortzuführen, sie jedoch unsicher, was sie preisgeben durfte. Ihre Emotionen wurden von einer anderen Situation beherrscht. „Gern, aber ich brauche jetzt Hilfe vom Fachmann."
„Willst du umziehen? Gefällt dir das Haus nicht mehr? Kein Problem, ich habe noch andere Möglichkeiten."
„Es geht nicht um mich." Pia zögerte vor der entscheidenden Frage, suchte noch nach einer glaubwürdigen Begründung.
„Ich bekomme morgen überraschend Besuch von einem früheren Freund mit seiner Familie, insgesamt vier Personen. Brauche deshalb ganz schnell eine freie Wohnung, möglichst kostengünstig und abseits, wegen des Kinderlärms, du verstehst." Sie versuchte am Telefon zu lächeln. „Und die offiziellen Wege dauern mir jetzt alle zu lange. Ist nur für ein paar Tage, das Hochwasser wird ja nicht ewig andauern."
Die Antwort kam schnell.
„Gleich bei dir um die Ecke habe ich ein kleines Häuschen. Der Schlüssel liegt bei mir, und der Vermieter wohnt weit weg."
„Schön, ich werde mich bestimmt erkenntlich zeigen, danke dafür."
„Habe ich ein Mitspracherecht bei der Art des Ausgleichs?"
„Natürlich, aber lass uns darüber später reden, ich stehe unter ziemlichem Zeitdruck. Kannst du mir den Schlüssel in meinen Briefkasten werfen? Das hat bestimmt Einfluss auf die Art der Wiedergutmachung", lächelte sie.
„Klar, bis spätestens 14 Uhr ist alles erledigt."
„Danke, du bist ein…" Gerade noch konnte Pia das Wort „Schatz" verschlucken, das wäre dann wohl doch, ja, vielleicht ein Vorgriff, aber zumindest würde es jetzt Reaktionen hervorrufen, die nicht in die gegenwärtigen Umstände passten. „…hilfsbereiter Mensch", fand sie eine geeignetere Ergänzung.

„Für dich immer gerne."
Einen Moment lang schloss Pia die Augen, ließ ihren Gedanken etwas Auslauf.
Ihr zweiter Anruf ging nach Linköping.
„Schön, dich zu hören. Wie geht es dir, Pia?" Mit väterlichem Tonfall nahm Rune Alfredsson den Anruf entgegen.
„Ach, das ist im Moment keine gute Frage, Rune. Und die Erklärung würde länger dauern, ich muss mich kurz fassen."
Pia schilderte in erregten Worten die Gefahr, die dem Deich und damit der Denkmallandschaft drohte, verstärkt durch das gegenwärtige Sturmhochwasser. „Die Zeit drängt, das Hochwasser steigt immer noch und es ist zu befürchten, dass es ausgenutzt werden soll."
Rune Alfredsson begriff schnell, verfolgte seit Tagen ebenfalls mit Sorge die Wetterentwicklung im Ostseeraum, besonders in der Region, in die er seinen Schützling entsandt hatte. Er erinnerte sich seiner aktiven Berufszeit und konzentrierte sich auf das Wichtigste.
„Was kann ich tun?"
„Alles, was den Deich erhält. Vielleicht hast du ja bessere Möglichkeiten als ich."
„In Ordnung, ich fange sofort an. Viel Erfolg, Pia."
„Danke. Und … was meine Aufträge betrifft…"
Rune Alfredsson nutzte Pias kurzes Zaudern und unterbrach sie. „Mach dir darüber keine Sorgen. Das, was du jetzt zu lösen hast, entspricht haargenau dem Geist deiner Aufträge. Und vergiss nicht, du hast noch eine Telefonnummer für Notfälle. Nutze sie. Ich glaube, es ist an der Zeit."
Rune Alfredsson beendete das Gespräch. Nach kurzem Nachdenken rief er in Stockholm an, beriet sich kurz mit dem Mann, der sofort den Hörer abgenommen hatte. Sie einigten sich schnell über das weitere Vorgehen. Rune Alfredsson wählte dann einen Anschluss in der schwedischen Botschaft in Berlin.

39

Montag, 5. November, 10.05 Uhr

„Wir sollen hier auf den Pfropfen gesetzt werden." Arne Bock fiel keine andere Beschreibung für die Situation ein, mit der sie innerhalb des Polizeiapparates konfrontiert wurden.

Rita Mesing nickte stumm dazu. „Ganz klar, nur – wie gehen wir damit um? Solange wir keine anderen Informationen haben, müssen wir das machen, was von uns verlangt wird. Oder haben wir Spielraum?"

„Wenn du mich fragst, dann hat es jemand von oben auf den Bürgermeister abgesehen, aus Gründen, die wir nicht kennen. Oder kannst du mit den Formulierungen aus Schwerin etwas anfangen? Ich halte sie für schwer widerlegbare Totschlagargumente, ohne konkrete Substanz. Zumindest wird sie uns vorenthalten." Arne schaute nachdenklich und ratlos zugleich seine Kollegin an. „Vielleicht kann uns mein Großvater helfen, ich habe den Eindruck, er weiß mehr, als er zugeben will."

„Du meinst, der Deich steckt dahinter? Aber Joachim Walter scheint doch nichts gegen den Rückbau zu haben, hat öffentlich jede Kenntnis abgestritten. Was auf dasselbe herauskommt. Also müsste er doch aus Schwerin unterstützt werden."

„Ich sehe nur eine Erklärung, es gibt Entwicklungen, die wir nicht kennen, und nicht kennen sollen."

Rita zögerte etwas vor der nächsten Frage.

„Was hältst du denn von Hartmut Westphal in dem ganzen Spiel?"

Arne war bemüht, seine Worte sorgfältig zu wählen.

„Ich vermute, ihm ist sein Bild, das oben ankommt, am wichtigsten. Er hat, zumindest in diesem Fall, Angst vor Rückgrat. Vielleicht fehlt ihm auch etwas Erfahrung im Umgang mit heiklen Fällen."

Rita nickte bestätigend.

„Ganz schön hart, aber ich sehe es ähnlich. Gehorsamsdenken eben."

Hast du etwa mehr Erfahrung?

Diese Frage an Arne stellte sie lautlos. Sie gönnte ihm aber die beruflichen Ambitionen, die in seiner Einschätzung verborgen waren.

Sie vereinbarten, alle neuen Informationen zunächst unter sich zu beraten. Über die Konsequenzen daraus würden sie sich zu gegebener Zeit Gedanken machen müssen.

Arne freute sich über das Vertrauen, das Rita ihm gegenüber offenbarte. Es war ein neuer Baustein in seinem Bild von dieser Kollegin, deren aufrichtigen Charakter er erstaunlicher Weise als anziehend wahrnahm. Vielleicht, weil es von dieser Sorte Mensch so wenige gab?
Die Tatsache, dass er selbst zu dieser Art gehört, stellte er nicht in Zweifel.
Sie fuhren nochmals zu Viola Kübecks Kosmetikstudio und ihrem Haus, um nach eventuellen Veränderungen Ausschau zu halten. An den Supermärkten und der Tankstelle verteilten sie außerdem die Fahndungsblätter mit den Fotos von Joachim Walter und dem vermeintlichen Einbrecher, der aber nicht namentlich genannt wurde.
Als Rita das Blatt mit der Abbildung des Kleinkriminellen gerade an der Tür des Penny-Markts befestigte, wollte sie ihren Augen nicht trauen.
Sie sah es doppelt.
Kein Zweifel.
Blitzschnell begriff sie, dass der Gesuchte ihr seelenruhig aus dem Markt entgegenkam. Er konnte das Papier noch nicht gesehen haben.
Rita blickte sich zu Arne Bock um, der im Auto sitzen geblieben war, und winkte ihn hastig zu sich heran. Der reagierte sofort und begriff ebenso schnell, worum es ging. Auch er hatte das Gesicht des Gesuchten jetzt doppelt vor sich. Sie ließen den Mann den Ausgang passieren, stellten sich dann jeder an eine Seite. Arne legte die Hand auf seine Schulter und sprach in normaler Lautstärke.
„Polizei, kommen Sie bitte mit." Der etwa fünfzigjährige Mann mit Fünftagebart, spärlichem Haar und einer NVA-Tarnjacke blickte erstaunt, leistete aber keinen Widerstand. Arne griff sofort zum Telefon, wollte einen Streifenwagen für den Transport des Mannes nach Wolgast rufen, erfuhr aber, dass keiner verfügbar war.
„Wat nu, ich hab nix geklaut, alles bezahlt." Der Mann protestierte zunächst unbeholfen, wurde dann mutiger. „Polizei ohne Uniform? Kann ja jeder sagen."
Arne zeigte ihm seinen Dienstausweis. „Setzen wir uns doch ins Auto und unterhalten uns ein wenig." Sie platzierten den Mann zwischen sich auf den Rücksitz, versuchten vergeblich den strengen Geruch zu ignorieren und kontrollierten seine Identität. Es war wirklich der Gesuchte. Arne kam ohne Umschweife zur Sache.

„Sie haben im Kosmetikstudio in der Strandstraße eingebrochen und die Inhaberin getötet. War das vielleicht ein Versehen?"
Der Mann riss erschrocken die Augen auf.
„Wat? Getötet? Ich? Nee."
Das letzte Wort ließ er in voller dialektaler Breite und mit dem Triumph des Wissenden lange ausklingen. Sein Gesichtsausdruck war von Furcht zu Entspannung gewechselt. Arne ließ sich davon nicht beeindrucken.
„Wir haben Ihre Fingerabdrücke an der Tür dort gefunden, die Sache ist klar."
Nun erstarrten die Gesichtszüge des Mannes wieder. Er suchte nach Worten, die dann ohne laufende Kontrolle aus ihm herausflossen.
„Klar is' gar nix. Oder doch. Also da war ich schon, wollte an Geld kommen, mein' ich. Hatte nich' mehr viel Zigaretten und Bier war auch alle."
„Erzählen Sie uns doch bitte alles von Anfang an", ermunterte ihn Rita mit sanfter Stimme.
„Nee, ich bin kein Mörder, ihr spinnt wohl." Der Mann begriff, dass die Situation noch nicht in seinem Sinne bereinigt war und er reagieren musste. „Also, wie war es dann?" Arne hob die Stimme. Unsicher blickte der Mann von Rita zu Arne, überlegte wohl, wer von beiden mehr zu sagen hat.
„Ja, das war vorige Woche schon…"
„Am Dienstag, ja", warf die Beamtin ein.
„Genau, kann sein. Ich dachte also, in so ´ner Bude ist auch ´ne Kasse. Die wollt' ich holen und schnell wieder verschwinden."
„Und? War da denn eine?"
„Weiß ich nicht, bin ja gar nicht dazu gekommen. Als ich zum Hintereingang rein bin, kam ich nur ein paar Meter, dann stand da die Frau. Hatte gar nicht damit gerechnet, war ja alles verdunkelt. Und die hat sich genauso erschrocken wie ich." Der Mann grinste.
„Und weiter?"
„Weiter? Nix weiter, bin dann schnell abgehauen, war mir zu gefährlich, ich wollt' doch keinem was tun, is nich' mein Ding."
Rita und Arne schauten sich an.
„Aber dann hat es noch ziemlich gerumst, das hab' ich gehört, als ich zum Ausgang raus bin, also zum Hinterausgang."
„Gerumst? Erklären Sie das näher." Arne wurde ungeduldig.

Der Mann dachte nach. „So… als wenn was Schweres umfällt oder runterfällt, ja, so ungefähr.“ Der Mann versuchte zu lächeln. „Als mir bei meinem Kumpel mal ein Sessel umgekippt war, dicht neben meinen Fuß, das hörte sich genauso an. Kann ich jetzt gehen?“
„Leider noch nicht“, erklärte Rita geduldig. „Sie müssen jetzt mit zu uns kommen, damit wir Ihre Aussage zu Protokoll nehmen können.“
Der Mann reagierte nicht, schien diese Worte überhört zu haben. Er blickte starr auf das Bild von Joachim Walter, das neben seinem an der Tür hing. „Das muss der sein, ja, das ist er.“
„Wer? Was?“ Arne folgte dem Blick des Mannes.
„Ich bin von da aus gleich hierher zu Penny gelaufen, is‘ ja nich‘ weit. Und da kam mir dieser Mann entgegen, aus dem Laden. Kenn‘ ihn vom Sehen. Muss wohl so‘n Wichtiger sein, hat mir mein Kumpel erzählt. Dem seine Schwägerin wohnt bei dem in der Nähe.“
„Nochmal, bitte. Dieser Mann kam Ihnen aus dem Laden entgegen? Und Sie kamen direkt vom Kosmetikstudio…“
„Genauso war‘s. Wird der denn auch gesucht? Hat er was verbrochen?“
Weder Arne noch Rita antworteten. Sie fuhren mit dem Mann zur Polizeistation in Karlshagen, gaben ihn dort zeitweilig in Gewahrsam und setzten ihre Arbeit fort.
„Denkst du dasselbe wie ich?“ Arne blickte Rita an.
„Ich glaube schon.“
„Also hat Viola Kübeck noch gelebt, als Walter schon weg war. Wenn er überhaupt zur fraglichen Zeit da war. Der … Rums war wahrscheinlich die Ursache für den Zustand des Tisches. Und der Frau. Ohne Einwirkung von Joachim Walter.“
„Hat denn Meister Erwin überhaupt Fingerabdrücke von ihm im Studio gefunden?“ fragte Rita.
„Bestimmt, aber wir wissen nur nicht, dass es seine sind. Oder kommt man als Amtsträger automatisch in die Verbrecherkartei?“ Arne grinste vielsagend zu seiner Bemerkung. Dann wurde er wieder ernst. „An dieser Fahndung aus Schwerin ist etwas mächtig faul, das wird immer deutlicher.“ Arne griff zu seinem Handy und wählte den Anschluss seines Großvaters. Niemand nahm ab.

40

Montag, 5. November, 10.15 Uhr

Hotelier Jürgen Beckert lehnte sich in seinen bequemen Drehstuhl zurück, schloss für einen Moment die Augen und gönnte sich einen zufriedenen Blick zurück in die vergangenen zwanzig Jahre, begleitet von einem Lächeln. Gerade eben hatte er die Zahlen vom Oktober gelesen. Mit einer Auslastung von zweiundsechzig Prozent bewegte er sich an der absoluten Spitze der Usedomer Hotels in diesem Monat. Es gab dazu keine offiziellen Statistiken, aber er konnte von einem in jahrelanger Kleinarbeit aufgebauten Netzwerk profitieren. Jürgen Beckert fühlte sich immer dann am wohlsten, wenn er seiner Umgebung und vor allem seinen Mitbewerbern voraus war, und sei es nur um eine Information.
Er münzte die Zufriedenheit mit einem kräftigen Schlag seiner rechten Faust in die linke Handfläche in Entschlossenheit um und blickte aus dem Fenster auf den gut gefüllten Parkplatz.
Nebenbei verfolgte er die aktuelle Sendung von ARGUS-TV mit Bildern der wachsenden Hochwassergefahr. Und plötzlich traute er seinen Augen und Ohren nicht. Mit großem Schreck erfuhr er von der Fahndung nach Joachim Walter. Als erstes reagierten diejenigen unter seinen Antennen, die persönliche Gefahr signalisieren sollten. Bei den Begründungen beruhigte sich Jürgen Beckert wieder. Mit dem Tod von Viola Kübeck konnte man ihn, den erfolgreichen Hotelier, ganz gewiss nicht in Verbindung bringen. Und die ominösen Dokumente, die dort erwähnt wurden, interessierten ihn nicht.
In diesem Moment schlug doch noch eine seiner Warnlampen an. Er erinnerte sich an den Anruf vom vergangenen Freitag. Er war aufgefordert worden, am Ziegenhof nach unbefugten Personen Ausschau zu halten. Ein möglicher Hintergrund wurde ihm nicht genannt. Und Daniel hatte ihm noch nicht einmal berichtet, ob er etwas Verdächtiges finden konnte, wie ihm gerade einfiel.
Was ihn jedoch seit Stunden bewegte, war die Situation im unmittelbaren Umfeld. Aus seiner Heimat Schleswig-Holstein war er Hochwasserereignisse gewohnt, wusste auch, wie unberechenbar sie waren. Nicht nur an der Nordsee. Jürgen Beckert griff zum Telefon und erkundigte

sich in der Greifswalder Kreisverwaltung nach der aktuellen Gefahrensituation. Der dortige Sachbearbeiter gab sich optimistisch.
„Ja, die Situation ist ernst. Aber wir haben mittlerweile Erfahrung mit solchen Ereignissen, Herr … Beckert. Machen Sie sich keine Sorgen. Es sind alle Maßnahmen vorbereitet, um Menschenleben und materielle Werte zu schützen. Unsere Technik wurde erst kürzlich auf den neuesten Stand gebracht. Und das Greifswalder Sperrwerk ist vom Minister persönlich…"
„Schwätzer!"
Jürgen Beckert beendete wütend das Gespräch.
„Was habe ich hier vom Greifswalder Sperrwerk!"
Es war ihm egal, dass es keinen anwesenden Adressaten für seinen Ausbruch gab.
Immer noch erregt öffnete er die Tür zu seinem Vorzimmer und rief: „Daniel soll mal zu mir kommen. Sofort."
„Wollte ich sowieso gerade tun, Chef."
Daniel Fischer betrat in diesem Moment das Zimmer von Jürgen Beckert.
„Kommst wie gerufen. Erste Frage. Was hast du am Ziegenhof gefunden? Treibt sich dort Gesindel herum?"
Daniel musste jetzt schnell reagieren. Er entschied sich für die sichere Variante.
„Bin zu spät gekommen, da hat wohl jemand übernachtet. War aber keiner mehr da." Unsicher wartete er Beckerts Reaktion ab. Anstelle einer Nachfrage wechselte der unvermittelt das Thema.
„Gut, erledigt. Daniel, Du bist doch von hier, kennst dich aus, lässt dir nichts vormachen. Sag ehrlich, wie stark sind wir durch das Hochwasser gefährdet, wenn es noch weiter steigt?"
Daniel blickte seinen Chef an, versuchte auf dessen Informationsstand zu schließen. Der schien nicht übertrieben hoch zu sein.
„Haben Sie etwas Zeit? Kann ein paar Minuten dauern."
Beckert hob erstaunt die Augenbrauen.
„Sag mir das was du weißt, vor allem wenn du mehr weißt als das Fernsehen."
„Schon möglich, Chef."
„Aha, eure alten Seilschaften funktionieren wohl noch?"

Daniel kannte und schätzte Beckerts derben Humor, stand ihm dabei kaum nach. „Seilschaften schaden nie", gab er grinsend zurück.
„Leg los."
Daniel suchte nach Worten. Nach kurzer Überlegung beschloss er, die Karten auf den Tisch zu legen.
„Hier ist eine Riesensauerei im Gange, Chef. Es gibt Leute, die wollen den Deich schlitzen, und zwar höchstwahrscheinlich jetzt, bei diesem Hochwasser."
„Deich schlitzen? Wer macht denn sowas. Ich höre in den letzten Tagen schon ständig vom geplanten Deichrückbau. Gibt's denn hier nur Idioten?"
„Nee, bestimmt nicht mehr als anderswo, Chef."
Daniel gab Jürgen Beckert eine Kurzbeschreibung der Situation, sprach auch über die Rolle von Joachim Walter. Beckert versuchte, den Fahndungsaufruf nach Walter in die Situation einzuordnen, was ihm jedoch nicht gelang.
„Unser Hotel hier liegt günstig, falls das Wasser nicht zu sehr steigt. Kam bisher nicht vor, ich kenne mich da aus. Aber der Bunker…" bei den letzten Worten wurde Daniel leiser. „Wenn der Deich weg ist, egal, ob ganz oder nur ein paar Meter, dann säuft bei Hochwasser das ganze Gebiet ab. Und steht in einigen Jahren ständig unter Wasser. Dann ist nix mehr mit Himmels Resort oder wie das heißen soll."
Jetzt erst wurde Jürgen Beckert das Ausmaß der Gefahr für seine Pläne bewusst, die er bisher nur als vage schwebende Drohung wahrgenommen hatte.
„Chef, ich bin dabei, das zu verhindern. Kann sein, dass ich mal für kurze Zeit weg bin."
Beckert schaute Daniel fragend an. Dann erwiesen sich das Vertrauen in seinen jungen Mitarbeiter und der Pragmatismus stärker als die mysteriösen Absichten des Anrufers vom Freitag.
„Du hast meine volle Unterstützung. Nur…"
Der Hotelier überlegte kurz, ehe er weitersprach. „Sieh zu, dass du Panik vermeidest, und … lass meinen Namen aus dem Spiel. Ich will mit Politik nichts zu tun haben, gar nichts."
„Alles klar, Chef. Ich verliere keine Zeit."
Sofort begab er sich in sein kleines Kellerbüro, holte auf dem Weg dorthin die SD-Card aus dem Versteck im kleinen Lager. Er drehte sie

unschlüssig in der Hand und schob sie in die dafür vorgesehene Öffnung seines PC.

Zeit zum Handeln.

In der Anzeige auf dem Bildschirm erschien ein einziger Dokumentenordner, der mit einer Buchstabenreihe bezeichnet war.

Super, das sieht gut aus, kenne ich, dachte Daniel für sich.

Er versuchte den Ordner mit einem Doppelklick zu öffnen, wie er es gewohnt war.

Es dauerte einige Sekunden, bis Daniel begriff. Der Ordner war durch ein Passwort geschützt und ließ sich nicht öffnen. Voller Zuversicht gab er in die dafür vorgegebene Spalte das Wort Deich ein.

Die daraufhin erscheinenden Worte waren eindeutig.

Bitte geben Sie ein gültiges Kennwort ein.

Kurzzeitig war er versucht, es ein zweites Mal zu probieren, dann erinnerte er sich daran, dass es in solchen Fällen nur drei Versuche gab. Er wollte es auf keinen Fall durch Unachtsamkeit verderben.

Wie weiter? Verzweifelt suchte Daniel nach einem Ausweg.

Joachim würde ihm nicht helfen können.

Aber Pia. Im Museum. Nur sie kann uns jetzt weiterbringen, dachte Daniel, selbst gefüttert von dieser Hoffnung. Hastig suchte er Pias Telefonnummer und wählte.

Es war besetzt. Daniel wartete die freundliche Damenstimme der Mailbox ab und bat um sofortigen Rückruf. Dann dachte er mit gemischten Gefühlen an den gestrigen Abend zurück. In seiner Erregung war er bis an die Grenze des Wagemuts gegangen, ja sogar darüber hinaus.

Er hatte sich an die Frau erinnert, die er auf der Jagd nach dem Datenträger identifiziert hatte. Wie beiläufig fragte er die Kollegin an der Rezeption nach der Zimmernummer der Frau, die sich Doris Laskewitz nannte. Er ging in die dritte Etage, fand das Zimmer mit der Nummer 302 und… klopfte energisch an die Tür.

Doch schon nach wenigen Sekunden besann er sich und verschwand aus der Etage, ehe die Tür geöffnet werden konnte.

Was hätte er der Frau denn sagen können? Sollte er sie überwältigen oder gar verhaften? Dabei war sie wohl selbst von einer Art Polizei.

Daniel war froh, im letzten Moment noch eine peinliche Situation vermieden zu haben.

Was hätte daraus alles entstehen können.

Das wollte Daniel sich lieber nicht ausmalen.
Aber jetzt muss dringend etwas passieren, machte er sich selbst wieder Mut.

41

Montag, 5. November, 10.35 Uhr

Zufrieden saß Marianne Müller-Griesbach im Sessel ihres Hotelzimmers, den Fahndungsaufruf vor sich. Van Cramme war eben ein Profi. Ohne unnötiges Zaudern. Ohne Bedenken. Immer im Dienste der Sache. Solche Menschen mochte sie. Nur als Mann war er ihr nicht interessant genug. Da hatte sie andere Ansprüche. Wehmütig dachte sie an ihr brachliegendes Sexualleben, denn ihr Partner war zu einem mehrwöchigen Sondereinsatz der Landespolizei abkommandiert.
Trotz Einigkeit mit van Cramme über Walters aktuelle Rolle kamen wieder Bedenken auf. Sie musste hundertprozentig sicher sein, dass Walter keinerlei Schaden mehr anrichten, ihre Pläne nicht gefährden konnte. Das wäre fatal für die Interessen des Landes. Und darüber hinaus. Davon war Marianne Müller-Griesbach fest überzeugt. In der Akte des Bürgermeisters hatte sie einen Ansatz gefunden, wieder aktiv zu werden.
Sie räumte das Hotelzimmer auf und begab sich zu ihrem Auto. Beim Verlassen des Zimmers dachte sie nur für Sekundenbruchteile an das Klopfen vom Vorabend. Dann verschwand die Erinnerung daran in den Tiefen ihrer persönlichen externen Festplatte.
Sie fuhr in Richtung Hafen, kam jedoch nur bis zum Parkplatz vor dem Hafendeich. Die Zufahrt über den Deich war gesperrt, die Restaurants am Hafenbecken wurden am Morgen vorsorglich geschlossen. Marianne stellte den Passat ab und ging zurück in Richtung Siedlung. In einer Ecke des Parkplatzes registrierte sie zufrieden das dort geparkte Fahrzeug.

Sie war sich nach kurzer Überlegung ziemlich sicher, wo Joachim Walter so schnell Zuflucht gefunden hatte. Andere Alternativen waren kaum möglich.
Die Navigations-App ihres Smartphones vermied in dem verwinkelten Gebiet des alten Dorfes mit vielen neuen Häusern die lange Suche nach der richtigen Adresse. Dennoch passierte sie zunächst das Haus, sah sich suchend in der gesamten Umgebung um. Dann ging sie zurück, betrat immer noch zögerlich den schmalen Fußweg zur Eingangstür, fand Bestätigung auf dem Namensschild und betätigte die Klingel.

42

Montag, 5. November, 10.55 Uhr

Pia betrat gerade ihr kleines Büro und stand noch in der Tür, als der Klingelton ihres Handys wie ein Alarm losging.
„Hör zu Pia, du bist unsere Rettung. Auf der SD-Karte ist ein gesperrter Ordner, du schaffst das bestimmt."
„Langsam, Daniel, du hast versucht, die Karte zu lesen? Und was ist dann passiert?"
„Sag ich doch gerade, da ist nur ein Ordner drauf, für den braucht man ein Passwort, stand da. Kriegst du das hin?"
Pia lächelte in sich hinein.
Die Geheimnisse der Informatik haben sich offenbar bei vielen Menschen der Region nur oberflächlich festsetzen können. Im wahrsten Sinne des schönen Wortes.
Sie zögerte mit der Antwort. „Nein, Daniel, das wäre eine absolute Glückssache. Und das Wort Deich werden die Urheber ja nicht gerade als Passwort genommen haben."
Daniel wurde bei diesen Worten sogar etwas rot und wartete drei Sekunden länger mit der Antwort als geplant.
„Im Fernsehen kriegen die das doch immer so schnell raus."
„Ja schon, aber dazu braucht man eine spezielle Software, und die haben wir nicht, Daniel!"

Pia bemühte sich, so aussagekräftig und höflich wie möglich zu formulieren.
„Was machen wir denn jetzt, Pia?“
Sie spürte seine Verzweiflung, hatte aber nur beschwichtigende Worte.
„Wir müssen versuchen, ohne das Dokument auszukommen. Das war uns doch eigentlich schon bei unserer ersten Begegnung klar, oder?“
Die Stille am anderen Ende sagte alles. Pia erkannte den Gemütszustand von Daniel Fischer und wollte ihn beruhigen. Sie schwieg einige Sekunden, ehe sie antwortete. „Vielleicht hat Joachim eine Idee, oder kennt jemanden. Ich rufe ihn an und melde mich wieder.“
„Und was mache ich solange? Das Wasser steigt und steigt, es muss endlich was passieren.“
„Damit nichts Schlimmes geschieht, ich verstehe, Daniel.“
Pia spürte förmlich die große Enttäuschung und gleichzeitig die Entschlossenheit des Mannes, der das Gespräch wortlos beendete. Das beflügelte sie selbst in ihrem Handlungsdrang.

43

Montag, 5. November, 11.10 Uhr

Erika Walter erschrak beim Ertönen der Hausklingel. Wer konnte das sein? Es hatte sich niemand angekündigt. Unverhoffter Besuch kam selten zu ihnen. Zumindest um diese Tageszeit. Mit der Post war frühestens in zwei Stunden zu rechnen. Falls die jetzt überhaupt auf die Insel kam.
Prüfend schaute sie nach oben. Dort war alles ruhig. Hoffentlich hatte Joachim das Klingeln gehört. Erika schaute unauffällig aus dem Fenster, konnte zumindest keinen Polizeiwagen erkennen.
Dann fasste sie sich ein Herz und öffnete neugierig die Tür. Vor ihr stand eine Frau von knapp fünfzig Jahren mit dunklem, kurzem Haar und lächelte freundlich.
„Guten Tag, entschuldigen Sie die Störung. Sind Sie Frau Walter?“
„Ja.“

„Mein Name ist Manuela Wellers, ich komme von der Europäischen Natur-Stiftung und hätte gern Ihren Mann gesprochen. Wir kennen uns aus Brüssel. Ich bin auf dem Weg von Rügen nach Berlin für eine Nacht hier und dachte, ich schaue mal kurz vorbei. Die Adresse bekam ich freundlicherweise im Hotel. Ist er denn zuhause?“ In der Hoffnung, Joachim im Hintergrund zu erkennen, versuchte Marianne Müller-Griesbach einen unschuldigen und suchenden Blick an Erika vorbei ins Haus zu werfen.
Erika blickte verständnislos auf ihren Gast. Die Frau schien keine Ahnung zu haben, was hier gerade los war. „Nein, leider nicht, Joachim ist … für einige Tage unterwegs.“
Die Frau blieb unschlüssig stehen. „Das ist wirklich sehr schade. Aber wer sich nicht anmeldet, muss damit rechnen“, zuckte sie bedauernd die Schultern. „Dabei war die Fahrt hierher bei diesem Hochwasser schon ein Abenteuer. Und dazu der Sturm. Doch für uns sind ja die Unbilden der Natur nichts Unbekanntes.“
„Es tut mir wirklich leid, dass Sie umsonst gekommen sind. Ein Anruf und Sie hätten sich den Weg sparen können.“ Erika wurde misstrauisch. Irgendwann hatte Joachim etwas von dieser Stiftung erzählt, auch der Name Manuela Wellers kam ihr bekannt vor, aber das lag mehrere Jahre zurück. Fiel er nicht auch im Zusammenhang mit dem Deichrückbau? Oder hatte Joachim ihn dabei erwähnt? Erika kam eine Idee.
„Darf ich Ihnen wenigsten einen Kaffee anbieten? Damit der Weg nicht völlig umsonst war. Bei diesem Wetter können Sie bestimmt eine Stärkung gebrauchen.“ Erika blickte aus der Haustür, sah kein Auto stehen. „Sind Sie zu Fuß gekommen?“
Nun musste Marianne reagieren. Einen so offensiven Empfang hatte sie nicht erwartet. Die Einladung abzulehnen, empfahl sich nicht, zumal sie mehr Einblick versprach. „Ja, ich habe einen kleinen Spaziergang gemacht. Aber Sie haben Recht, das ist wirklich sehr ungemütlich. Gern trinke ich einen Kaffee.“
Erika bat sie hinein und wies ihr einen Platz im Wohnzimmer zu. Während sie in der Küche mit der Kaffeezubereitung beschäftigt war, blickte Marianne sich um. Sie konnte keinerlei Anzeichen dafür entdecken, dass sich Joachim Walter zu diesem Zeitpunkt hier im Haus aufhielt.
„Schön haben Sie es hier.“ Erika nahm das Kompliment lächelnd entgegen, die Kaffeetassen in der Hand.

„Joachim hat ja sein neues Amt bereits angetreten, wie ich hörte. Wir von der Stiftung wollen hier auf der Insel auch aktiv werden, das würde bestimmt gut zusammenpassen. Joachim und ich haben uns wirklich lange nicht gesehen."

Kurz bevor die Kaffeetassen leer getrunken waren, ging Erika hinaus und kam mit ihrer kleinen Digitalkamera zurück. „Wissen Sie, wenn Joachim Sie schon nicht sehen konnte, dann lassen Sie uns doch für ihn ein kleines Souvenir arrangieren."

Marianne wurde blass, wie Erika bemerkte, konnte sich dann jedoch ein Lächeln abringen.

„Ich mache ein Foto von Ihnen. Joachim wird sich bestimmt darüber freuen. Vielleicht sind Sie ja demnächst wieder hier." Ehe Marianne protestieren konnte, wofür ihr außerdem kein plausibler Grund einfiel, hatte Erika zwei Fotos der Besucherin geschossen, die lächelnde Miene zu diesem Spiel machen musste. Nun hatte Marianne es plötzlich eilig.

„Ja, dann will ich nicht länger stören. Vielen Dank für den freundlichen Empfang. Und die besten Grüße an Joachim." „Gern werde ich sie ausrichten. Haben Sie vielleicht eine Visitenkarte?"

Marianne suchte in ihrer Handtasche, blickte Erika bedauernd an. „Tut mir leid, die liegen im Hotel, aber Joachim kennt meine Telefonnummer. Die hat sich nicht geändert."

In diesem Moment glaubte Marianne ein Geräusch aus dem Obergeschoss des Hauses zu hören. Es klang, als wenn ein Gegenstand auf den Fußboden gefallen wäre.

Sie ließ sich nichts anmerken und verließ das Grundstück mit der Überzeugung, dass sich Joachim Walter hier versteckte. Verstecken musste. Gut, dann konnte er wenigsten an anderer Stelle keinen Schaden anrichten.

Auch Erika hatte das Geräusch gehört. Sofort, nachdem ihr Gast das Haus verlassen hatte, eilte sie die Treppe hinauf, legte die Leiter an und öffnete die Luke.

„Was machst du hier für einen Lärm? Wir hatten gerade Besuch. Das heißt, der war für dich gedacht. Und es war eine Frau." Erika sah Joachims erstauntes Gesicht und berichtete ihrem Ehemann von der Begegnung. Dann zeigte sie Joachim mit triumphierendem Lächeln ein Foto der Frau auf dem kleinen Display der Kamera.

„Du bist ja richtig clever." Joachim freute sich über Erikas besonnene Reaktion, um dann gleich wieder ernst zu werden. „Das ist die Frau, die mich gestern überrascht hat. Also sind sie mir immer noch auf der Spur. Was meinst du, hat sie Verdacht geschöpft?"

Erika überlegte. „Schwer zu sagen, dein Poltern war deutlich zu hören, aber sie hat sich jedenfalls nichts anmerken lassen. Und was machen wir jetzt?" Sie wurde deutlich von Unsicherheit ergriffen. „Hier kannst du nicht mehr lange bleiben."

„Da hast du Recht, aber mir fällt noch etwas anderes ein. Warum drehen wir den Spieß nicht einfach um?"

Erika hörte dem Vorschlag ihres Mannes mit wachsender Begeisterung zu. Und rief Arne Bock an. „Hier ist Erika Walter. Herr Kommissar, ich hatte eben Besuch." Die aufgeregte Färbung ihrer Stimme brauchte sie nicht zu spielen.

„Eine Frau gab vor, meinen Mann besuchen zu wollen, aber die kam mir verdächtig vor. Das interessiert die Polizei bestimmt. Ich sollte mich doch melden, falls etwas passiert."

„Ja, natürlich, Frau Walter."

Erika nannte Arne Bock den vermeintlichen Namen der Frau, und deren richtige Institution in Brüssel. „Ein Foto habe ich auch gemacht. Falls ich es schaffe, schicke ich es Ihnen aufs Handy. Sie wohnt offenbar im Hotel Nordstern."

„Ich bin begeistert, Frau Walter. Geben Sie sich mit dem Foto bitte Mühe. Und wir prüfen die Sache. Vielen Dank."

Mit Joachims Hilfe gelang es Erika Walter schließlich, das Foto der Frau an das Handy des Kommissars zu senden.

44

Montag, 5. November, 11.15 Uhr

Pia sparte sich den Anruf bei Joachim, denn ihr war klar, dass auch er keine Lösung für das Dokument haben konnte. Sie mussten einen anderen Weg zur Rettung des Deiches finden. Angestrengt suchte sie nach

einer Möglichkeit, den Knoten zu lösen, bekämpfte die aufkommende Ratlosigkeit.
Die Handynummer!
Sie nahm ihr Handy zur Hand, holte den Zettel mit der Notrufnummer hervor, den Rune Alfredsson ihr gegeben hatte, tippte die Ziffern ein, drückte das Symbol für wählen.
Die Stimme eines älteren Herrn meldete sich mit einem energischen „Ja."
„Hier ist Gustav", nannte Pia das vereinbarte Codewort. Nach einer kurzen Pause hörte sie den Mann wieder.
„Gut, in Ordnung, hier ist Reinhard Henkelmann, und ich weiß, mit wem ich spreche. Du wurdest mir schon angekündigt."
Seinen Namen kannte Pia als einen der Gegner des Deichrückbaus. Ihre Stimmung wurde deutlich besser. Das war offenbar der richtige Partner im richtigen Moment. Gleichzeitig wunderte sie sich, wie breit der Bekanntenkreis von Rune Alfredsson sogar hier in der Region war. Dass Reinhard Henkelmann als ehemaliger Marineoffizier Kontakte zur schwedischen Organisation der Marineveteranen Flottans Män unterhielt, was so viel wie Männer der Flotte bedeutet, konnte sie nicht wissen.
„Ich glaube wir brauchen dich jetzt dringend." Pia blieb ohne zu überlegen bei der vertrauten Anrede, es handelte sich schließlich um einen schwedisch vermittelten Kontakt.
„Geht es um den Deich?"
Pia wusste nicht, welche Kenntnisse sie bei Henkelmann voraussetzen durfte. Deshalb setzte sie fort. „Ja, und wir haben glaubwürdige Informationen, dass dieses Hochwasser dazu genutzt werden soll, Tatsachen zu schaffen."
„Natürlich schafft es Tatsachen, aber was genau meinst du und wer ist wir?"
Die Deutsch-Schwedin berichtete kurz über ihr Zusammentreffen mit Joachim Walter und die Erkenntnisse, die sie mit dem Bürgermeister und Daniel Fischer gemeinsam gewonnen hatten. „Walter?" Henkelmanns Stimme bekam einen skeptischen Unterton. „Wollte sich also verstecken, der Lump. Hat er sich denn endlich zu seiner Verantwortung bekannt?"

Pia konnte ihn in diesem Punkt beruhigen, berichtete von dem Plan zur Zerstörung des Deiches, auf den sie keinen Zugriff bekamen und preschte mit einem Vorschlag vor.
„Wir sollten uns treffen und gemeinsam beraten, denn wir sitzen ja alle in einem Boot."
Henkelmann pflichtete ihr bei. „Ja, unbedingt, am besten alle Beteiligten. Wo und wann schlägst du vor?" Henkelmann brauchte nicht lange, um gewohnheitsgemäß Verantwortung zu übernehmen. Das würde ihm auch Gelegenheit geben, den Bürgermeister zur Rede zu stellen, was er sich seit dem Auftritt während der Amtseinführung fest vorgenommen hatte.
Pia nannte Henkelmann den Aufenthaltsort von Walter. Sie war froh, auf einen so entschlossenen Menschen gestoßen zu sein, sie fühlte sich im selben Modus.
„Zu unsicher, der muss da weg."
„Ja, ich habe schon ein neues Quartier für ihn. Aber erst am Nachmittag."
„Das ist zu spät. Ich brauche die Handynummer von Walter, muss mit ihm reden."
Pia registrierte den Befehlston ihres Gesprächspartners, runzelte dazu die Brauen, erinnerte sich aber daran, dass er als ehemaliger Offizier seine Gewohnheiten wohl nie ablegen konnte. Sie war froh, einen neuen wichtigen Mitstreiter gefunden zu haben und gab die Nummer des schwedischen Handys von Joachim weiter.
Um Henkelmann zuvorzukommen, wählte sie sofort Joachims Nummer. Der nahm das Gespräch entgegen. Zuerst informierte Pia ihn über den zu erwartenden Anruf von Reinhard Henkelmann.
„Wie kommst du denn auf den?"
„Das … war Zufall. Ich erkläre es dir später."
Joachim stutzte bei dieser Antwort, schob aber alle Bedenken beiseite. „Der ist für uns ganz wichtig, ich hätte mich sowieso irgendwann mit ihm treffen müssen."
„Und noch etwas", wechselte Pia schnell das Thema. „Ab heute Nachmittag hast du ein neues Quartier. Ich habe es über einen mir bekannten Makler gefunden, natürlich unter einem Vorwand." Dann schilderte sie Daniels Ungeduld und die Notwendigkeit, auch ohne Kenntnis des Plans den Deich zu retten.

Joachim Walter informierte Pia bei dieser Gelegenheit über den unverhofften Besuch in seinem Haus. „Ja, ich muss schnell hier weg", war seine Schlussfolgerung.

Reinhard Henkelmann wurde nach dem Ende des Gesprächs von gemischten Gefühlen erfüllt.
Soeben hatte er Kenntnis vom Aufenthaltsort eines polizeilich Gesuchten bekommen und müsste jetzt eigentlich seinen Enkel, den Kommissar Arne Bock, darüber informieren. Doch was würde dann geschehen? Langwierige Untersuchungen über Schuld oder Nichtschuld an…, ja woran eigentlich? Während das Hochwasser dabei war, sein zerstörerisches Werk zu tun. Unterstützt durch eine Bande von Politikern, denen die Zukunft dieser Region völlig am…
Reinhard Henkelmann schaffte es mühsam, seine aufkommende Erregung unter Kontrolle zu halten. Dazu trug auch der Gedanke an sein Telefonat etwa eine Stunde zuvor bei. Stolz auf seine Weitsicht drängte die Erregung zurück.
Der Gesprächspartner war nur einen kurzen Moment erstaunt, dann hatte er begriffen, was zu tun war.
Alte Schule eben.
Den noch fehlenden Rest an Ausgeglichenheit verschaffte ihm seine Frau Ursula, die mit einem Lächeln und einer Tasse Kaffee den Raum betrat. Dankbar lächelte Henkelmann zurück. „Wenn ich dich nicht hätte."
Vor dem entscheidenden Anruf bei Joachim Walter wollte er sich wie bei einem wichtigen Sportwettkampf etwas aufwärmen. Er schlug sein Namensverzeichnis auf, brauchte nicht lange zu suchen, denn der Name stand unter „W" ganz weit oben.

Während der Telefonate hatte Pia ihren Schreibtisch nur geistesabwesend mit Blicken überflogen. Erst jetzt fiel ihr ein kleiner gelber Infozettel auf, der auf dem linken oberen Rand ihrer Schreibtischunterlage klebte. Er musste während ihrer Abwesenheit am Vormittag dort platziert worden sein.
Auf den Zettel war eine Buchstaben-Zahlen-Kombination notiert worden: PDN 4488. Pia wiederholte die Bezeichnung für sich. Ganz hinten in ihrem Gedächtnis blitzte etwas auf, wurde größer. Sie hielt mit Mühe

den Gedanken fest, war sich dann sicher. Ja, diese Bezeichnung hatte sie bereits gelesen. In irgendeiner Übersicht oder Tabelle.
Dann kam ihr eine Idee, und sie rief sofort Daniel an. Der hatte darauf gewartet und legte sofort los. „Wollen wir es doch versuchen? Hat Joachim etwas herausbekommen? Vielleicht schaffen wir es."
„Nein, Daniel, vergessen wir es. Aber sag mal, hat der Ordner auf dem Datenträger eine Bezeichnung? Einen Namen oder Ähnliches?"
„Ich glaube da stand was, ich schaue nach."
Während Pia auf die Antwort wartete, überlegte sie bereits, wo sie die Bezeichnung gelesen hatte.
„Ja, da stehen drei kleine Buchstaben, pdn, also Paula, Dora, Nordpol." Stolz merkte Daniel, dass ihm das Buchstabieralphabet geläufig war. Die Antwort elektrisierte Pia. „Und weiter nichts? Keine Zahlen?"
„Nein, das ist alles. Kannst du damit etwas anfangen?"
„Ich weiß es noch nicht, kann sein, ich hoffe es."
Pia legte auf und machte sich auf die Suche. Alles andere musste jetzt warten.
Sie begann ihre Recherche bei den wenigen bereits vorhandenen Registraturen für Dokumente des Archivs.
Ohne Erfolg.
Eine Suchfunktion der Datenbank fehlte ebenfalls noch.
Pia dachte an die Mikrofilme. Das waren Kopien aus dem Technikmuseum Hannover. In den Wirren der Nachkriegszeit waren Dokumente aus Peenemünde dort gelandet und erst Ende der neunziger Jahre durch Vermittlung des aus Hannover stammenden Museumsdirektors Werner Petersen an den Ursprungsort zurückgekehrt. Ganz zu Anfang ihrer Tätigkeit hatte sie einen Blick auf die Übersichtslisten geworfen. Sollte sie hier…
Pia nahm sich die zehnseitige Inventarliste vor. Doch auch nach zweimaligem sorgfältigem Studium fand sie kein Dokument mit dieser Bezeichnung.
Bei der Brisanz wohl kein Wunder, dachte sie.
Aber vielleicht war die Liste ja nicht vollständig. Wo nur hatte sie das bereits einmal gelesen? Auf ihr Gedächtnis konnte sie sich immer verlassen.
Ihr Blick traf die gegenüberliegende Wand, das Regal mit den Mikrofilmen.

Ihre spontane Freude über die Idee schwand sofort angesichts der Menge der Filme. Unsortiert, wie sie feststellen musste. Sie seufzte angesichts des bevorstehenden Arbeitsaufwands. Dann begann sie mit der systematischen Suche nach einem Film, auf dem das Dokument mit der Bezeichnung PDN 4488 zu finden sein sollte. Alle Filmdosen trugen die Namen der auf ihnen gespeicherten Daten. Wie sie bald feststellte, war deren Zahl von Film zu Film unterschiedlich. Die Suche dauerte bereits dreißig Minuten, als Pia endlich fündig wurde. Fast hätte sie die Dose mit der Aufschrift PDN 4488 wieder ins Regal gelegt.
„Ja!“ Der spontane Freudenschrei blieb im Raum. Erfreut öffnete sie den ersehnten Behälter.
Er war leer.

45

Montag, 5. November, 11.30 Uhr

Ein leises Signal informierte Arne Bock über den Empfang einer elektronischen Botschaft auf seinem Handy. Dreißig Minuten zuvor waren er und Rita Mesing zusammen mit dem ertappten Einbrecher in Wolgast angekommen und hatten inzwischen seine Aussage schriftlich vorliegen. Das heißt, Rita mit ihrer „weiblich-hervorragenden“ Formulierkunst, wie Arne es ihr schmackhaft machen konnte, durfte nach den bruchstückhaften Worten des Täters einen kurzen Bericht verfassen, den dieser dann unterzeichnete, ohne ihn gelesen zu haben. Dann entließen sie den Mann wieder in die Freiheit.
Arne öffnete die Nachricht und sah das Foto einer Frau, erkannte auch den Hintergrund. Es war die Wohnung der Familie Walter. Diese Frau war also auf der Jagd nach Joachim Walter. Als Beweggrund dafür fielen Arne nur zwei Möglichkeiten ein. Entweder es handelte sich um die Person, die den Bürgermeister verunsichern wollte und Urheber der ominösen Bilder war. Die also auch in Verbindung mit Viola Kübecks Tod stehen könnte, zumindest davon Kenntnis haben musste. Oder die Absicht der Frau stand in direkter Beziehung zum Fahndungsaufruf des LKA.

Sein Bauchgefühl plädierte eindeutig für die zweite Variante. Später würde er das noch mit Rita und Siegfried besprechen, die sich zur Mittagspause verabschiedet hatten.
Manuela Wellers in Brüssel wunderte sich kurz darauf über einen Anrufer, der ohne ein Wort sofort wieder auflegte, nachdem sie ihren Namen genannt hatte.
Arne sandte das Foto an seine Mailadresse und druckte es aus. Mit dem Papier ging er zu seinem Vorgesetzten Hartmut Westphal und hielt es ihm triumphierend hin.
„Hier, diese Frau ist in der Wohnung von Frau Walter aufgetaucht, wollte angeblich den Bürgermeister besuchen. Das wird unsere Freunde vom LKA bestimmt interessieren. So wie der Hinweis auf den Verdächtigen aus ihrer eigenen Kartei. Haben die sich denn dazu schon geäußert?"
Arne konnte und wollte seinen Unmut über das eigenartige Gebaren des LKA und die zumindest passive Haltung seines Chefs dazu nicht ohne diese deutliche Reaktion stehen lassen.
„Nein, ich habe dazu noch keine Antwort erhalten. Aber ich kann dort nochmal auf die Dringlichkeit verweisen."
„Das müssten die Profis doch selbst einschätzen können", gab Arne zurück. Westphal lächelte dazu nur, und wollte mit einer Gegenfrage seine Position hervorheben. „Und was macht die Fahndung nach Walter?"
„Wir haben auch bei einem Blitzbesuch seines Hauses dort nichts Verdächtiges finden können. Interessant ist aber, dass der Kleinkriminelle, der gewaltsam in das Studio eingedrungen war, Walter zum wahrscheinlichen Todeszeitpunkt der Viola Kübeck an anderer Stelle gesehen hat."
Hartmut Westphal nahm diese Information ohne erkennbare Reaktion entgegen und verwies nochmals auf die von oben angeordneten dringlichen Aktionen. Er übermittelte das Foto direkt an die zuständige Stelle des LKA mit der Bemerkung, diese Frau habe sich hinsichtlich des Verschwindens von Joachim Walter verdächtig gemacht, indem sie sich unter falschem Namen Zutritt zu dessen Wohnung verschaffte. Und bat um weitere Handlungsvorgaben.
Kaum war Arne wieder an seinem Platz, klingelte das Telefon. Die Zentrale der Dienststelle meldete sich. „Herr Bock, ein Gespräch aus Brüssel für Sie."
Nur einen Augenblick wunderte Arne sich, wer das wohl sein könnte. Dann feixte er und nahm das Gespräch an.

„Kriminalhauptkommissar Bock, Polizei Wolgast, mit wem spreche ich?"
„Hier ist die Nummer, die Sie eben angerufen haben", klang eine kecke Frauenstimme aus dem Hörer.
„Ich spreche nie mit Nummern. Aber Spaß beiseite, ich nehme an, Sie sind Frau … Wellers?" Mit einem schnellen Blick auf seinen Notizzettel hatte er noch rechtzeitig den Namen der Frau parat.
„Ja, das bin ich, und ich würde gerne wissen, woher Sie mich kennen, warum Sie mich angerufen und dann sofort aufgelegt haben."
Arne spürte, dass er es mit einer gleichwertigen Partnerin zu tun hatte und versuchte, seiner Stimme ein charmantes Lächeln zu verleihen.
„Die Antwort könnte ziemlich lange dauern, aber ich will es kurz machen. Sie waren gerade zu Besuch bei Joachim Walter."
Innerlich grinste Arne. Diese kleine Abwechslung gönnte er sich, vor allem angesichts der außerordentlich angenehmen Telefonstimme von Manuela Wellers.
„Wollen Sie mich veralbern? Sie merken doch, dass ich aus Brüssel anrufe."
„Schon gut, ich bitte um Verzeihung. Also im Ernst. Eine Besucherin im Hause von Joachim Walter hat sich bei seiner Frau unter dem Namen Manuela Wellers vorgestellt. Herr Walter ist Ihnen offenbar persönlich bekannt?"
„Ja, ich kenne Joachim Walter aus seiner Brüsseler Zeit. Aber was soll das Spiel, wollen Sie mir nicht erklären, worum es hier geht?"
„Mein Anruf war nichts weiter als ein Test, ob Sie nicht wirklich die Besucherin gewesen sein können. Die Antwort habe ich jetzt also. Und worum es hier geht, wissen wir selbst noch nicht so genau. Mehr kann ich Ihnen aber leider am Telefon nicht erklären. Bitte entschuldigen Sie den Anruf, ich hätte mich direkt an Sie wenden sollen, da haben Sie Recht." Arne bedauerte es, nicht an die Unterdrückung der Rufnummer gedacht zu haben.
„Hat das ganze vielleicht mit der geplanten Renaturierung zu tun?"
Nun wurde Arne hellhörig. Er erinnerte sich an den Namen der Stiftung und überlegte kurz, ehe er nachfragte: „Meinen Sie das Gebiet um den Cämmerer See?"
„Genau das meine ich. Dafür gibt es doch schon Pläne, alles in enger Zusammenarbeit mit der Landesregierung. Joachim Walter kennt die übrigens ganz genau. Deshalb meine Frage. Ein anderer möglicher

Grund für die Kontaktaufnahme dieser Dame in meinem Namen fällt mir jetzt nicht ein."
Unhörbar pfiff Arne durch die Zähne. Immer wieder drängte sich das Thema Deichrückbau in seine Ermittlungen.
„Wie gesagt, wir tappen, was die ominöse Besucherin betrifft, auch ziemlich im Dunkeln. Falls Sie mal hier auf der Insel sind, sollten wir das Thema unbedingt in einem persönlichen Gespräch vertiefen."
Arne sah plötzlich den Ausweg, das Gespräch aus nützlichen Erwägungen heraus zu beenden, indem er es angenehm ausklingen ließ. Die bewährte Kombination ging auf.
„Gerne, kurz vor Ostern werde ich auf Usedom sein."
Eine genervte Ablehnung würde anders klingen, registrierte Arne zufrieden und verabschiedete sich von Manuela Wellers.

46

Montag, 5. November, 12.00 Uhr

Pia wollte ihren Frust bekämpfen und hatte sich im Bistro des Museums einen Snack gegönnt. Dort hörte sie in den Mittagsnachrichten die Meldung, dass der Sturm über der Ostsee nicht weiter an Stärke zunahm. Dadurch stieg auch das Hochwasser etwas langsamer an.
Sie musste unbedingt in den Besitz des fehlenden Films kommen, der sich offenbar irgendwo im Museum befand. An der Treppe hinauf zu ihrem Büro traf sie den Verwaltungsleiter Bernd Hoffmann, der ihr freundlich zulächelte.
Sie betrat ihr Arbeitszimmer – und stutzte. Etwas war anders als zuvor. Sie schaute genauer hin.
Auf ihrem Schreibtisch lag ein Umschlag, sorgfältig zugeklebt. Pias Puls erhöhte sich sofort. Langsam ging sie zum Tisch, nahm das Kuvert in die Hand, bemerkte das Gewicht. Der Umschlag trug keinerlei Aufschrift. Mit Hilfe einer kleinen Schere öffnete sie ihn, blickte hinein. Dann nahm sie den Mikrofilm heraus, suchte hastig nach der Bezeichnung. Und hätte beinahe laut gejubelt.

Zwischen mehreren anderen Dokumentennamen stand auch PDN 4488.
Daran, wer den Film auf ihrem Tisch platziert hatte, verschwendete sie in diesem Moment keinen Gedanken. Das konnte sie später nachholen. Im Gefühl, eine große Verantwortung aufgebürdet zu bekommen, überlegte sie, was als nächstes zu tun wäre. Sollte sie den Film selbst ansehen? Oder jemanden hinzuholen? Das könnte ja nur der Direktor Werner Petersen sein, den sie aber zu diesem Zeitpunkt noch nicht involvieren wollte.
Für Mikrofilme gab es ein spezielles Lesegerät. Das des Museums stand zum Glück in ihrem Zimmer. Pia legte mit einiger Mühe den Film in das Gerät und war brennend neugierig. Die Rolle bestand aus mehreren Dokumenten, die hintereinander aufgenommen und auf diese Art gespeichert worden waren. Ungeduldig drehte sie den Film weiter, durfte aber das Dokument nicht verpassen.
Nach kurzer Suche sah sie das Deckblatt des gesuchten Dokuments. Pia fühlte sich erneut wie eine Zeitreisende auf dem Weg durch das Wurmloch. So wie auf der Betonschwellenstraße zum Prüfstand VII. Obwohl es nur wenige Tage her war, erschienen es ihr wie eine Ewigkeit.
Sie war jetzt wieder ganz direkt unterwegs in eine Vergangenheit, die immer ein Quäntchen unheimlich erschien. Auf dem Blatt war die Bezeichnung ausgeschrieben. Sie lautete Peenedeichnotöffnung 4488. Die Zahlen hatten offensichtlich nur administrative Bedeutung.
Auf dem zweiten Blatt folgte ein beschreibender Text, den sie zunächst nur überflog. Bei der Darstellung auf der dritten Seite handelte es sich offenbar um einen Bunker, mit einer genauen Lageskizze des Innenraums. Pia vertiefte sich in die Zeichnung, die mit schwarzer Tusche auf braungefärbtes Papier aufgebracht war. In diesem Moment öffnete sich die Tür. Erschrocken drehte sich Pia um.
Es war Beate Knapp, die Sekretärin des Museums. „Pia, deine Führung wartet. Du hast dich doch bereiterklärt einzuspringen. Bist auch etwas durcheinander, oder? Geht uns wohl im Moment allen so“, sagte sie verständnisvoll.

47

Montag, 5. November, 12.30 Uhr

Die halbstündlichen Nachrichten begannen an diesem Tag wie gewöhnlich mit der aktuellen Hochwassersituation an der Ostsee. Immer noch wurden von der gesamten südlichen Ostseeküste steigende Pegelstände gemeldet. Der Ostwind zeigte zwar leicht abflauende Tendenz, aber auf hohem Niveau. Zusammen mit der verzögerten Wirkung von Wasserwellen musste auch an der Küste Usedoms mit weiter steigenden Pegeln gerechnet werden. Der Pegel im Norden war auf 1,90 Meter über normal gestiegen. Kleine Teilbereiche des Flugplatzes Peenemünde standen unter Wasser. An der Kienheide, der empfindlichsten Stelle des Usedomer Nordstrandes, dort, wo die Düne aufhört und die weiten Schilfflächen der Inselspitze begannen, stand das Wasser bereits im Wald und näherte sich der Straße zwischen Karlshagen und Peenemünde.

Karsten Frickmann nahm die Informationen mit gemischten Gefühlen zur Kenntnis. Eine unübersichtliche Gesamtlage kam seinen Plänen entgegen. So würde es ihm besser gelingen, die Jagd im Verborgenen weiterzuführen. Zu sehr dürfte das Wasser allerdings nicht mehr steigen, denn das würde den unerkannten Rückzug gefährden.

Seine Beobachtung vom Vortag beunruhigte ihn zusätzlich. Zwar war es ihm schon vor längerer Zeit gelungen, den Aufenthaltsort seiner Beute so zu präparieren, dass er deren Handlungen und Pläne unter Kontrolle behielt, aber offensichtlich hatte er diejenigen unterschätzt, die die Suche nach ihm selbst nicht aufgeben wollten.

Die langjährige Jagd, als Jäger und Beute, hinterließ scheinbar doch Spuren. Immer öfter mischte sich Ungeduld in seine rationalen Gedankengänge, Emotionalität lenkte ihn leichter ab, Zweckkontakte uferten aus. Dabei stand er so kurz vor seinem Ziel, vor dem endgültigen Erfolg. Wie er diesen dann später genießen würde, darüber hatte er sich nur zu Anfang Gedanken gemacht. Seine gesamte Energie war auf ein Ziel gerichtet: die Rache für das Schicksal seines Onkels. Und danach unerkannt zu entkommen, sein Leben irgendwie weiterzuführen.

Er ließ die Ereignisse der letzten Tage Revue passieren. Der spontane Einfall, das Tattoo seiner Jägerin selbst zu verwenden, es durch die Symbole zu ergänzen, die für die Jagd auf seine eigene Beute standen, hatte sich als Volltreffer erwiesen. Die Polizei stocherte bei Viola Kübecks Tod im Dunkeln, ließ sich dann mit der Nase, das heißt durch seine Idee mit dem Symbol, auf den Falschen stoßen. Der verkroch sich vor lauter Angst und machte sich dadurch erst recht verdächtig. Es war einer der Zufälle, die nur erfolgreichen Menschen zu Hilfe kamen, davon war Karsten Frickmann überzeugt. Und er hatte ihn konsequent ausgenutzt, auf eine Weise, die unter seinen Jägern wie auch bei seiner Beute für große Verwirrung sorgte. Als er am Abend des 30. Oktober seinen Termin in Viola Kübecks Kosmetikstudio wahrnehmen wollte, um sich abschließend davon zu überzeugen, dass es sich bei ihr um seine Jägerin handelte, erlebte er eine Überraschung. Die Frau lag leblos neben dem schweren Tisch in ihrem Salon. Er wollte zunächst so schnell wie möglich fliehen, überlegte es sich dann jedoch anders. Ihm fiel etwas Besseres ein.

Kurz zuvor hatte er nämlich Wind bekommen von der Beziehung zwischen der Frau, die vermutlich seine Jägerin war, und seiner eigenen Beute. Unverhofft tat sich jetzt die Möglichkeit auf, ein Labyrinth anzulegen.

Er verpackte die Leiche in einem der blauen Plastiksäcke, die er im Studio fand, beseitigte sorgfältig alle Spuren und transportierte sie dann zu später Stunde ungesehen zum Peenestrom. Durch das Festbinden am Strauch im Wasser machte er deutlich, dass die Frau nicht zufällig dort hingeraten sein konnte. Dann begann er das Verwirrspiel mit dem ominösen Symbol. Vorsichtshalber hatte er den Terminkalender und die Geldkassette mitgenommen. Im Kalender fand er seinen Namen gleich zweifach, und die Kassette war nur eine Ablenkung, sollte einen Raub vortäuschen. Wie er gerade erfuhr, hatte es sogar einen Versuch dazu gegeben, der ihm sehr gelegen kam.

Mit Stolz blickte er auf die umfangreiche Vorbereitung zurück. Nach der erfolgreichen Aktion in Zittau konnte er sich auf sein zweites Ziel konzentrieren, dessen Lebensweg er aber bereits seit langem parallel dazu verfolgt hatte. Als er den Beginn seines Berufslebens vor einigen Jahren mit der aktuellen Situation verglich, wurde ihm erneut bewusst, welche enorme Entwicklung seine Persönlichkeit im Laufe der Zeit genommen hatte. Für sich formulierte er es sinngemäß so: vom naiven obrigkeitsgläubigen Durchschnittsbürger zum bewussten Vertreter der Interessen eines Menschen, dem Ungerechtigkeit begegnet war. Ein Mitglied seiner Familie.

Familie!

Diese sah er als den eigentlichen Stabilitätsfaktor der Gesellschaft an. Einer Gesellschaft, die nicht in der Lage ist, für Gerechtigkeit zu sorgen. Mit einer gewissen Verwunderung entdeckte er allmählich neue Eigenschaften an sich. Das Spiel mit der sicheren Beute war eine davon, wie die Katze mit der Maus. Er umkreiste sein Ziel, nahm Kontakt auf, ließ sie im Ungewissen sowohl über seine Absicht wie über seine wahre Identität. Bis er dann, wie in Zittau, das Objekt mit seiner Vergangenheit konfrontierte. Gnadenlos und unbarmherzig. Dieser Mensch, der hauptschuldig am Schicksal seines Onkels war, zeigte keinerlei Reue, kein Unrechtsbewusstsein, suchte nach Ausflüchten. Und hat die Quittung dafür bekommen. Mit vollem Recht.

Die dauerhafte Behinderung des Täters sah er als gerechten Ausgleich und Ziel seiner Jagd. Nur kurzzeitig erschrak er vor dem Gedanken, dass seine Beute auch hätte zu Tode kommen können. Hatte er das in Kauf genommen? Auch sein Onkel war ja schließlich gestorben.

Immer wenn sich das ihm früher anerzogene Gefühl regen sollte, etwas formal Ungesetzliches zu tun, brachte er durch den Gedanken an das von Fremden zerstörtes Leben seines Onkels wieder Ordnung in seine Emotionen. Dann war er wieder mit sich im Reinen. Denn die Gesetze hatten versagt. Keiner der beiden Verursacher musste damals wirklich für seine Tat büßen.

Planvolles, umsichtiges und vorausschauendes Handeln brachte ihm den erhofften Erfolg, vor dessen endgültigem Abschluss er jetzt stand. Zusätzlich erleichtert durch Zufälle, durch das sprichwörtliche Glück des Tüchtigen. Wichtige Informationen bekam er durch den Einsatz technischer Hilfsmittel. Natürlich gehörten Mut und Entschlusskraft dazu, die Wohnung seiner Beute so zu präparieren, dass er über alles auf dem Laufenden blieb. Jedenfalls darüber, was dort gesprochen wurde.

Für Karsten Frickmann kam der Wirbel um den Deich genau im richtigen Moment. So mancher vermutete nicht ganz grundlos einen Zusammenhang zwischen dem Tod der Frau, dem Verschwinden des Bürgermeisters und den Plänen zum Deichrückbau, so wie es auch aus dem Fahndungsaufruf nach Walter herauszulesen war. Gut so!

Dennoch schien sich die Situation auf eine Art zuzuspitzen, die nicht in jedem Detail günstig für ihn sein dürfte. Zuviel Unkontrollierbares war im Gange.

Zeit für das Finale.

48

Montag, 5. November, 13.15 Uhr

Ganz gegen ihre Gewohnheit hatte Pia die Führung durch die Ausstellung nur mechanisch abgespult, war kaum bei der Sache, forderte keine Fragen der Gäste heraus. Diese hatten sich auch von der akuten Hochwassergefahr nicht abschrecken lassen und die lange vorher bestellte Führung im Museum wahrgenommen.
Zurück in ihrem Zimmer, widmete sie sich wieder dem Mikrofilm, der sich noch immer im Lesegerät befand. Das aufgenommene Dokument musste wieder in ein lesbares und gleichzeitig transportables Format zurückverwandelt werden. Und die nötige Technik dafür befand sich hier im Hause.
Pia überlegte nur kurz. Dann ging sie ins Sekretariat und bat Beate Knapp, den Scanner benutzen zu dürfen, was sie bereits mehrfach getan hatte. Pia gelang es halbwegs, ihre Erregung zu verbergen. So gut es ging, platzierte sie die entsprechenden Stellen des Films auf dem Scanner und speicherte die Abbildungen direkt auf ihrem USB-Stick.
Mit einem freundlichen „danke, Beate" verließ Pia das Büro. An ihrem Arbeitsplatz prüfte sie eilig, ob sich alle Teile des Dokuments auf ihrem Stick befanden. Sie legte den Film in die Originalrolle und verstaute diese im Regal, nicht ohne sich den Standort einzuprägen.
Hastig verließ Pia das Museum, war froh, niemandem zu begegnen, dem sie ihre vorzeitige Abfahrt erklären müsste und fuhr mit ihrem Auto in ihr Ferienhaus. In der Rechtskurve an der Kienheide sah sie linkerhand Wasser durch die Bäume schimmern. Das Rauschen der auflaufenden Brandung der nahen Ostsee konnte selbst durch das Motorengeräusch nicht überlagert werden. Mit allen Fasern ihres Körpers konzentrierte sich Pia auf ein Ziel. Auf ihr gemeinsames Ziel.
Zuhause angekommen, parkte sie den Volvo rückwärts ein, um im Notfall sofort starten zu können. Eilig lief sie zum Briefkasten. Ob Andreas Schmidt Wort gehalten hatte?
Zwischen zwei Briefen fiel ihr ein Schlüsselbund entgegen. Trotz ihrer Eile las sie den kurzen Text auf dem farbigen Papier, das an den Ring geklemmt war.

„Freue mich auf die Wiedergutmachung. Viel Spaß mit den Gästen. Andreas."
Für einige Sekunden vergaß Pia alle ihre Sorgen und lächelte in sich hinein. Liebe Worte verfehlen eben niemals ihre Wirkung, dachte sie.
Auf der Rückseite des Papiers entdeckte Pia dann noch eine kleine Lageskizze des Hauses, zu dem der Schlüssel gehörte. Sie orientierte sich und stellte fest, dass sich die neue Unterkunft für Joachim in einer parallel verlaufenden Straße befand. Fast wäre es in Sichtweite gewesen, wenn nicht große Sträucher den Blick auf das Haus verdeckt hätten. Leider war auch kein direkter Durchgang möglich, der Umweg betrug etwa dreihundert Meter.
Zufrieden und etwas ruhiger betrat Pia ihre Wohnung. Sie setzte sich in ihren bequemsten Sessel, überlegte, in welcher Reihenfolge sie jetzt vorzugehen hatte. Sie wählte zuerst die Nummer von Joachim Walter.
„Hallo Pia, wie ist die Lage? Wo ist mein neues Hotel?"
„Das ist nicht weit von mir entfernt. Du hast mein Haus als Orientierung, nur eine Straße weiter um die Kurve links. Ich werde auf jeden Fall mit dem Schlüssel dort warten. Du musst so schnell wie möglich herkommen, es gibt Neues."
Joachim überlegte kurz, gab Pia dann im gewohnt bestimmenden Ton eine Anweisung. „Ich kümmere mich darum, wie ich dorthin komme, und du rufst jetzt Daniel an. Wir treffen uns dann in meinem neuen Hotel."
Pia tat wie ihr geheißen und erreichte Daniel beim ersten Versuch.
„Klar, komme sofort, hab von meinem Chef freie Hand." Pia wollte schon auflegen, da fiel ihr noch etwas ein. „Daniel, lass bitte den Datenträger da, wo er jetzt ist."
„Warum denn? Wir brauchen doch das Dokument."
„Nein, begreif es doch endlich."
„Hast du denn etwas anderes gefunden?"
„Erkläre ich dir, wenn du hier bist, zusammen mit den anderen."
„Ay ay, Lady." Er schnalzte anerkennend mit der Zunge. *Ganz schön clever, die Frau!*
Pia fiel erst jetzt verwundert ein, dass Joachim mit keinem Wort Reinhard Henkelmann erwähnt hatte.

49

Montag, 5. November, 14.05 Uhr

Erschreckt blickten die Feriengäste auf die beiden Autos, die die Karlshagener Hauptstraße entlangrasten, ein Streifenwagen mit Blaulicht und Martinshorn und ein Zivilfahrzeug im Gefolge. Das junge Ehepaar hatte im Radio die alarmierenden Meldungen über die Entwicklung des Hochwassers gehört und war auf dem Weg zum Strand, um sich die Gefahr mit eigenen Augen anzusehen. Ihr Auto war auf Vorschlag des Vaters vorsichtshalber auf dem Grundstück ihres Ferienhauses im alten Dorf geblieben. Man wusste ja nie…

„Ob da was Ernstes passiert? Wollen wir lieber zurückgehen?" Die Frau zögerte ängstlich.

Doch die Polizeifahrzeuge fuhren nicht zum Strand, sondern bogen hinter der Tankstelle links in die Peenestraße ab. Zielstrebig näherten sie sich einer wohlbekannten Adresse. Mit quietschenden Bremsen hielten die beiden Wagen vor dem Haus. Arne Bock, Siegfried Reuschel und drei uniformierte Beamte stiegen aus, gingen mit schnellen Schritten auf das Haus der Familie Walter zu. Während Arne Sturm klingelte, begab sich einer der Uniformierten auf die Rückseite des Hauses.

Erika öffnete die Tür, bereits durch das Martinshorn aufgeschreckt. Sie blickte erstaunt in das entschlossene Gesicht von Arne Bock, aus dem jegliche Freundlichkeit, die sie von früheren Begegnungen kannte, verschwunden war. Den Mann in Zivil neben Bock kannte sie nicht.

Arne hob ihr ein Blatt Papier entgegen.

„Frau Walter, wir haben einen Haftbefehl gegen Ihren Mann, und die sichere Information, dass er sich hier aufhalten soll. Sie müssen uns ins Haus lassen, damit wir das überprüfen können."

Erika fehlten die Worte, sie trat einfach beiseite.

Arne dirigierte die beiden Uniformierten in die oberen Räume des Hauses und folgte ihnen. Nur Siegfried Reuschel blieb bei der völlig aufgelösten Erika stehen. Er stellte sich vor. „Mich kennen Sie noch nicht, ich bin der Dritte im Ermittlerteam und werde Sie über Ihre Rechte informieren."

Erika setzte sich auf den nächstgelegenen Stuhl. Ihr Gesicht wurde deutlich entspannter, als sie in diesem Moment Reinhard Henkelmann aus der Gästetoilette kommen sah.
„Hallo Siegfried." Der Beamte drehte sich nach dem Grüßenden um, nahm erstaunt die Anwesenheit des ehemaligen Offiziers zur Kenntnis. Sie kannten sich von vielen Begegnungen.
„Reinhard, welche Überraschung, dich hier zu sehen."
Sogar für ungeübte Betrachter war die aufgesetzte Freundlichkeit in Siegfrieds Gesicht nicht zu übersehen.
„Ja, wir wollten gerade einen Kaffee zusammen trinken. Aber was macht ihr hier für ein Theater?"
Henkelmanns Stimme klang ruhig.
Siegfried Reuschel erklärte seinem Gegenüber den Grund der Aktion, der darauf mit großem Erstaunen reagierte.
„Ist denn mein Arne auch dabei?"
„Der ist oben." Siegfried wies mit dem Kopf in Richtung Treppe, wandte sich dann wieder an Erika und wurde förmlich.
„Frau Walter, Sie haben das Recht zu schweigen, Sie müssen Ihren Mann nicht belasten."
„Ich habe keinen Grund, jemanden zu belasten."
Langsam gewann Erika ihre Fassung wieder.
Ehe Siegfried und Reinhard ihr Gespräch wieder aufnehmen konnten, kam Arne die Treppen herab. Als er seinen Großvater sitzen sah, hob er erstaunt die Augenbrauen, winkte ihm zu. „Hallo Reinhard, einen Moment bitte."
Dann wandte er sich in ernstem Ton an Erika. „Frau Walter, befindet sich Ihr Mann gegenwärtig hier im Haus?"
Erika zögerte mit der Antwort. „Nein, natürlich nicht."
Oder sehen Sie ihn irgendwo?
Diese Bemerkung konnte sie sich gerade noch verkneifen.
Sie blickte Arne fest an. „Jedenfalls weiß ich nichts davon", setzte sie aus einem spontanen Einfall heraus hinzu.
„Dann öffnen Sie uns bitte die Luke zum Dachgeschoss."
Erika stand langsam auf, versuchte krampfhaft, ihre Erregung zu unterdrücken, vermied es mit letzter Kraft, Reinhard Henkelmann anzusehen.

Sie stieg die Treppe hinauf, blickte sich zu Arne Bock um. Dann nahm sie mit langsamen Handgriffen die Leiter und hängte sie in die dafür vorgesehenen Ösen ein. Wieder schaute sie Arne Bock an. „Bitte sehr." Ihre Stimme klang eine Spur herausfordernd, wie Arne aufmerksam registrierte. Erika sah keinen Grund zu förmlicher Freundlichkeit. Arne stieg auf die Leiter, öffnete die Luke und sah sich im Dachgeschoss um. Dann begab er sich ganz hinein. Aus der Kammer waren einige dumpfe Geräusche zu hören, auch das Klappen des Dachfensters. Dann stieg Arne wieder herab.

Erika blickte ihn mit der wortlosen Frage an, die er unschwer erraten konnte.

„Ganz gute Ordnung da oben, sieht bei mir anders aus." Arne stand die Enttäuschung ins Gesicht geschrieben, eine Reaktion auf seine Worte hatte er nicht ernsthaft erwartet.

Doch auch Erika vermied jeden Triumpf. Ihre Stimme zitterte immer noch etwas. „Darf ich fragen, ob Sie mit Ihrer Aktion fertig sind, Herr Bock?"

„Gleich, zwei Minuten noch." Arne rief seine Mitstreiter in Walters Arbeitszimmer. Keiner von ihnen hatte den geringsten Hinweis auf die Anwesenheit des Bürgermeisters gefunden.

„Ich bitte um Entschuldigung, Frau Walter, aber unser Auftrag war eindeutig und der Hinweis auf Ihren Mann auch."

„Wissen Sie, Herr Bock, für mich wird das alles immer rätselhafter."

Statt sich zu einer bestätigenden, aber in dieser Situation absolut unpassenden Antwort verleiten zu lassen, beließ es Arne bei einem gedankenverlorenen Nicken.

Er beorderte die Beamten nach unten, sie verabschiedeten sich und verließen ohne weitere Worte das Haus. Arne spürte dabei die fordernden Blicke seines Großvaters im Rücken, entsann sich seiner Ankündigung und ging allein zurück. Er steuerte auf Reinhard Henkelmann zu und blickte ihn durchdringend an. Erika befand sich immer noch im Obergeschoss und telefonierte offenbar, denn Arne hörte ihre unterdrückte Stimme.

„Reinhard, du weißt was du riskierst." Nach einer kleinen Pause korrigierte er sich. „Riskieren würdest."

Reinhard Henkelmann hielt dem Blick stand. „Ich weiß genau, was ich tue… tun muss. Glaub mir."

Mit offen zweifelndem Gesichtsausdruck drehte sich Arne um, wollte das Haus verlassen, als Reinhard ihn zurückrief.
„Arne, hör zu. Ich bin noch nicht fertig." Er zögerte kurz und sprach mit ungewohnt leiser Stimme weiter.
„Das sage ich dir als meinem Enkel und nicht als Ermittler. Wir sind dabei, den Deich zu retten, alles andere ist jetzt unwichtig. Vertraue mir."
Arne versuchte, die Äußerung mit der aktuellen Situation in Verbindung zu bringen, als Reinhard sich mechanisch nach unerwünschten Zeugen umblickte und fortfuhr. Mit den Worten „ich habe hier etwas für dich", zeigte er ihm ein Foto auf einem Handy. „Diese Frau hat den Auftrag, den Deich zu zerstören, oder zerstören zu lassen. Sie ist schon sehr aktiv."
Arne staunte zunächst über die nicht vermuteten Fähigkeiten seines Großvaters im Umgang mit moderner Technik, dann erkannte er die Frau, die sich unter dem Namen Manuela Wellers Zugang zu eben dieser Wohnung verschafft hatte, nur knapp drei Stunden zuvor. Ehe er reagieren konnte, sprach Reinhard weiter. „Sie nennt sich Doris Laskewitz und wohnt im Hotel Nordstern, Zimmer 302. Nun bist du am Zuge und musst entscheiden, was zu tun ist."
In diesem Moment fühlte Arne Bock sich um fünfundzwanzig Jahre zurückversetzt und erneut der Fürsorge unterworfen, mit der sein Großvater ihn in Kindheitstagen umgab.
Auch ohne Nachfrage konnte sicher sein, dass Reinhard die Wahrheit sagte. Er selbst war über die mysteriöse Rolle der Frau bereits informiert worden, wenn auch nicht in Bezug auf den Deich.
Dann suchte er nach einem würdevollen Abgang.
„Darüber werden wir unbedingt reden müssen, wenn alles vorbei ist."
„Ja, absolut. Aber jetzt verlasst euch auf uns."
Arne registrierte diese Bemerkung, ohne genauer zu überlegen, wer mit uns und euch gemeint war. Aus einer spontanen Eingebung heraus reichte Arne seinem Großvater die Hand, drückte sie fest und verließ grußlos zum zweiten Mal das Haus. Kurz darauf entfernten sich die beiden Fahrzeuge.
Erika kam die Treppe herab, ihre Knie zitterten, sie musste sich sofort setzen.

„Das war verdammt knapp." Reinhard Henkelmann hatte sich als erster wieder beruhigt.
„Soll ich uns einen Kaffee zubereiten?"
„Gerne, den können wir jetzt gebrauchen."
Nur wenige Minuten vor dem Eintreffen der Polizei hatte Joachim Walter durch die Hintertür das Haus verlassen. Auf dem selben Weg, auf dem er es bei Dunkelheit erreicht hatte, entfernte er sich nun.
Als das Martinshorn ertönte, hatte Reinhard Henkelmann sofort reagiert und stellte seinen Plan um. Er selbst konnte nun nicht den Transport Joachims zu dessen neuem Quartier übernehmen. Deshalb gab er Erika sein eigenes Handy. Sie sollte sofort nach Abfahrt der Polizisten Pia anrufen und sie bitten, Joachim an einer zu vereinbarenden Stelle abzuholen. In dieses Telefonat war zwar Arne geplatzt, aber er konnte vom Inhalt nichts verstanden haben.
Reinhard Henkelmann hatte sich nach einer kurzen telefonischen Ankündigung sofort zum Haus der Walters begeben. Die anfänglichen Vorbehalte aus dem Zusammentreffen bei der Amtseinführung konnten sie im Gespräch schnell aus dem Weg räumen, dadurch entstandene gegenseitige Animositäten ließen die beiden reifen Männer angesichts der drohenden Gefahr in den Abgrund der Wertlosigkeit fallen.
Sie informierten sich gegenseitig über die wesentlichen Dinge und fanden zu einer gemeinsamen Strategie.
Arne Bock hatte bereits bei der Abfahrt dem Streifenwagen die Anweisung erteilt, unverzüglich nach Wolgast zurückzukehren. Er selbst stoppte nach zweihundert Metern das Fahrzeug und wurde sofort mit Siegfrieds Erregung konfrontiert. „Das hat doch von vorn bis hinten gestunken, oder?"
„Da hast du völlig recht, Siegfried."
Arne wollte Siegfried auf keinen Fall die Informationen seines Großvaters weitergeben. Das war jetzt zu seiner persönlichen Angelegenheit geworden. Er bedauerte jedoch, dass er sich mit Rita nicht abstimmen konnte. Deshalb stimmte er der Einschätzung von Siegfried zu, dass die Anwesenheit von Reinhard Henkelmann im Haus der Walters kein Zufall war. Beide waren davon überzeugt, dass Walter noch kurz vor ihrem Eintreffen in seinem Haus gewesen sein musste und ihnen nur knapp entwischt war. Für eine groß angelegte Suchaktion bestanden

allerdings keinerlei Voraussetzungen. Weder an Personal, an Technik noch an der akuten Begründung. Dann kam Arne eine Idee.
„Ich habe kurz überlegt, einen Beamten als Wache dort zu lassen, aber das wäre jetzt vergeudete Zeit. Der Vogel ist ausgeflogen und der Luftraum zu groß, um ihn schnell finden zu können. Aber wir haben noch eine kleine Chance.“ Er wandte sich an Siegfried. „Du behältst von hier aus für eine halbe Stunde das Haus im Blick, für alle Fälle. Ich sehe mich mal im Ort um, vielleicht fliegt uns der Vogel ja doch noch ins Netz.“
Siegfried folgte nicht gerade erfreut der Anweisung seines jüngeren Chefs, eine umgekehrte Rollenverteilung lag seiner Meinung nach näher.
Die Anfrage beim LKA bezüglich der Frau auf dem Foto war kaum dreißig Minuten nach Arnes Intervention bei seinem Chef bereits beantwortet worden. Mit völlig überraschendem Inhalt.
Die Wolgaster Polizei wurde darüber informiert, dass die von Erika Walter fotografierte Person als Zielfahnderin im Auftrag des LKA unterwegs war. Sie habe die Information übermittelt, der gesuchte Joachim Walter hielte sich mit sehr hoher Wahrscheinlichkeit in seinem eigenen Haus auf. Die Polizei bekam daraufhin die Anweisung, den Gesuchten unverzüglich festzunehmen, Gefahr sei im Verzug.
Nur wenige Minuten danach kam eine neue Suchmeldung, ebenfalls mit Berufung auf die Tätigkeit der LKA-Mitarbeiterin. Im Zusammenhang mit einem einige Jahre zurückliegenden Verbrechen wurde ein Mann namens Karsten Frickmann zur Fahndung ausgeschrieben, der sich jedoch unter fremdem, noch nicht verifiziertem Namen in der Region aufhalten solle. Das beigefügte Phantombild zeigte ihn zur Zeit seiner ihm zur Last gelegten Tat im Jahr 2009. Arne und Siegfried erinnerten sich sofort an den Namen, der im Zusammenhang mit der Spurenauswertung des Kosmetikstudios aufgetaucht war.
„Das Puzzle scheint sich zu füllen. Nur – welches?“ Arne brachte es auf den Punkt. „Was ist das für ein Tötungsverbrechen 2009? Warum wurde denn die Fingerspur im Studio von Viola Kübeck nicht als Fahndungsgrund genannt?“
Die Reaktion der Schweriner auf die Anfrage konnte die Befürchtung der Ermittler keinesfalls ausräumen, dass die Verwirrung in dieser Angelegenheit wohl mit Absicht geschaffen wurde. Es tauchten mehr Fragen auf als Antworten gegeben wurden.

Als Siegfried ausgestiegen war, fuhr Arne direkt zum Hotel Nordstern. Auf dem Parkplatz sammelte er seine Gedanken und bestärkte sich selbst in seinem Vorhaben. Die Überlegung, vorher noch Rita anzurufen, verwarf er. Sie würde sich unter Druck gesetzt fühlen, er wollte sie nicht mit hineinziehen. Die Konsequenzen der geplanten Aktion waren nicht abzusehen, aber Arne konzentrierte sich auf etwas, das ihm seit frühester Jugend vorgelebt wurde. Auf das Gefühl für Recht und Unrecht.

Er betrat das Hotel und registrierte erfreut, dass außer ihm niemand an der Rezeption stand. Ohne großes Aufsehen zeigte er der jungen Frau hinter dem Tresen seinen Dienstausweis und fragte nach dem Zimmer von Doris Laskewitz. Die Rezeptionistin blätterte leicht verunsichert in ihren Unterlagen, blickte zwischendurch schnell zu dem Polizisten. Mit einem solchen Anliegen war sie vorher nie konfrontiert worden, überlegte kurz, ihren Chef zu informieren, ließ es dann aber. Schließlich fand sie das Gesuchte. Ihr Blick hellte sich auf.

„Frau Laskewitz hat vor einer Stunde ausgecheckt.“

„Da will jemand mit uns spielen“, brach es aus Arne heraus, nachdem er Siegfried von dessen erfolgloser Mission erlöst hatte. Nun sah er keinen Grund mehr, seine Emotionen zu zügeln. „Oder besser gesagt, er verwendet uns und unsere Arbeit als Figuren in einem Spiel, in das niemand von außen hineinblicken soll.“

Siegfried Reuschel schaute bei diesen Worten nachdenklich aus dem Seitenfenster und holte tief Luft. Dann nahm er seinen ganzen Mut zusammen. „Was meinst Du, Arne, spielt dein Großvater dabei mit?“

Ruckartig warf Arne den Kopf in Siegfrieds Richtung, um dann gleich wieder nach vorne auf die Straße zu schauen.

„Möglich.“ Um keine Missverständnisse bei seinem älteren Kollegen aufkommen zu lassen, fügte er einen Satz hinzu.

„Wenn, dann bestimmt auf der richtigen Seite.“

„Und welche ist das?“

Siegfried bekam darauf keine Antwort, registrierte nur die von unterdrückter Wut geprägte Angespanntheit seines Chefs und schwieg.

Als sie am Polizeirevier ankamen, sah Arne, wie die Laborleiterin Cornelia Machnit gerade mit ihrem Auto wegfahren wollte, offenbar nach Hause, wie er mit Blick auf ihre Einkaufsbeutel vermutete. Einer plötz-

lichen Eingebung folgend, wandte er sich an Siegfried. „Ich lass dich mal raus, hab noch was zu erledigen."
Erstaunt nahm Siegfried Reuschel die Worte zur Kenntnis und ging ins Haus.
Arne fuhr vom Parkplatz und folgte der Laborleiterin in unauffälligem Abstand. Schon nach fünf Minuten parkte sie vor einem Wohnblock ein, stieg aus, holte die Behältnisse aus dem Kofferraum und näherte sich der Haustür.
„Darf ich Ihnen behilflich sein, junge Frau?"
Erstaunt blickte sich Cornelia Machnit nach dem Fragenden um und blieb an dessen Augen hängen. „Was machst du denn hier?"
Arnes Antwort kam langsam, jedes Wort betonend.
„Den Augen...blick nutzen."
Sie fühlte bei dem Blick in die Augen des Mannes, wie ihre Haut zu elektrisieren begann. Ein Schauer ergriff sie, als sie Arne wortlos die Taschen zum Tragen reichte und das Haus betrat. Cornelia schloss die Wohnungstür im Erdgeschoss auf, Arne folgte ihr hinein.
Sie standen sich gegenüber, Arne ließ die Taschen vorsichtig zu Boden sinken.
Langsam und zögerlich bewegten sich ihre Arme aufeinander zu. Mit der Berührung der Körper wurde eine Energie freigesetzt, die schon lange auf ihre Nutzung gewartet hatte. Sie pressten ihre Körper aneinander, verharrten einen Augenblick, schienen sich einem letzten Test zu unterziehen, für das, was jetzt folgen sollte.
Arne löste sich kurz, ergriff Cornelia unterhalb der Hüfte und hob sie empor, sie wies ihm mit einer Kopfbewegung den Weg in das richtige Zimmer.
Er setzte sie ab, ohne seine Augen von ihren lassen zu können. Die Gier übermannte ihn, ließ alles im Hintergrund verschwinden, was in den letzten Stunden seine Gedanken beherrscht hatte.
Cornelia ließ sich langsam nach hinten auf das Doppelbett sinken. „Gib dir viel Mühe, aber beeil dich."
Arne konnte sich nicht erinnern, jemals eine so elementare Männlichkeit gespürt zu haben, die auch noch sehnsüchtig von einer ebenso offenen Weiblichkeit erwartet wurde.
Abwechselnd befreiten sie sich von ihren Kleidern, erforschten ihre Körper mit Händen und Mündern, ließen keinerlei Hemmungen zu,

schoben in ihre stürmischen Handlungen mehrfach einen Augen-Blick ein.
Dann lagen sie schwer atmend nebeneinander. Arne versuchte wieder zu sich selbst zu finden. Mehrfach verwarf er die Worte, die ihm auf der Zunge lagen. Er entschied sich zu schweigen, denn er wollte die Situation einfach genießen.
Cornelias Lächeln zeigte bereits wieder Anzeichen von gedanklicher Kontrolle.
„Ich weiß, ich habe schließlich Biologie studiert“, antwortete sie auf seine nicht geäußerte Bemerkung.
„Ich ergründe eher die Psyche von Menschen.“
„Dann passt es.“
„Ja, das tut es.“
„Manche Augenblicke sind eben einzigartig.“
„Das weiß man vorher aber nicht.“
„Und danach oft auch nicht.“
Arne ließ Cornelia als Frau gewohnheitsmäßig das letzte Wort und seine Antwort offen, ehe er sich von ihr mit einer langen innigen Umarmung verabschiedete, mit einem Lächeln langsam aufstand, sich ankleidete, die Wohnung verließ und zur Dienststelle zurückkehrte.
Die grauen Wolken am Himmel, der immer noch anhaltenden Oststurm, der leichten Nieselregen – alles verschwand hinter einer farbigen Kulisse aus Energie und Motivation.

50

Montag, 5. November, 16.05 Uhr

Rita Mesing schüttelte verzweifelt den Kopf, hielt ihn dann in beiden Händen fest. Abwesend blickte sie auf die halb leere Kaffeetasse. In den Windböen beugten sich Äste der großen Eiche vor dem Parkplatz der Polizeistation mit beängstigendem Winkel.

Seit zwei Stunden war sie damit beschäftigt, die bisherigen Ermittlungsergebnisse zusammenzufassen, einer Anweisung von Arne Bock folgend, die er noch vor seiner Abfahrt erteilt hatte. Immer wieder musste sie feststellen, dass dazu viele nötige Puzzleteilchen fehlten. Sie kam einfach nicht weiter.
Deich, Viola Kübeck, der Kleinkriminelle, das Symbol, die falsche Frau aus Brüssel, angeblich LKA-Fahnderin, der Bürgermeister, seine Frau, der Jäger…
Sie hatten eine Tote, einen Vermissten, der sich verdächtig gemacht hatte, womit auch immer, wenige oder gar keine Spuren und Anweisungen aus Schwerin, die auf eine riesige Gefahrensituation hindeuteten.
Siegfried Reuschel hatte eine halbe Stunde zuvor kurz ins Zimmer geschaut und ihren fragenden Blick nur mit einem Kopfschütteln beantwortet, ehe er wortlos wieder verschwand. Ein Verhalten, dass sie nicht deuten konnte und ihr Gedankenchaos noch verstärkte.
Das angedeutete Klopfen nahm sie nicht wahr. Ihre Überraschung wandelte sich in Erleichterung, als Arne Bock das Zimmer betrat.
„Sag jetzt, dass du etwas Neues hast, sonst kündige ich." Arne stand vor ihrem Schreibtisch, er hatte die Tür geschlossen und betrachtete die ältere, aber attraktive Kollegin mit einem leicht verklärten Blick, ohne auf ihre Bemerkung einzugehen. Als er die vielen Fragezeichen in ihren Augen sah, bekam er sich endlich wieder unter Kontrolle.
„Neues… Das kann man wohl sagen. Wo ist Siegfried?"
„Keine Ahnung, er ist ohne ein Wort gleich wieder verschwunden. Seid ihr nicht zusammen zurückgekommen?"
„Eigentlich schon… Was hast du denn herausgefunden?"
„Was hast du denn erwartet?" Die Gegenfrage klang herausfordernd und erzürnt.
„Aber einen Versuch war es doch wert."
„Du hast also gar nicht mit einem Ergebnis gerechnet?"
Nun wurde Arnes Stimme ernst.
„Komm, ich lade dich auf einen richtigen Kaffee ein, ins Bistro gegenüber."
Zögernd folgte Rita ihrem Chefermittler. Arne wählte einen abseits stehenden Ecktisch, an dem beide Platz nahmen, Rita mit ständig fragendem Blick. „Was hast du vor?"
„Rita, hör zu. Ich habe mit meinem Großvater gesprochen, wie angekündigt."

Dann berichtete er seiner Mitstreiterin und Vertrauten vom Ergebnis ihrer Fahrt und den Informationen von Reinhard Henkelmann. Rita nahm die Erklärungen reglos auf, so schnell konnte sie jetzt nichts mehr überraschen.

„Wo ist denn jetzt der Nullpunkt? Von dem aus wir alles aufrollen müssen? Hast du einen Vorschlag?"

„Wenn wir davon ausgehen, dass Henkelmann Recht hat, und davon bin ich überzeugt, dann sind das Verschwinden und auch die Fahndung nach Joachim Walter mit dem Deich verbunden. Offenbar wollen irgendwelche Leute in Schwerin den Bürgermeister um jeden Preis in die Hände bekommen. Und ich bin mir sicher, dass mein Großvater weiß, wo der sich versteckt. Er darf es mir nur nicht sagen, denn dann muss ich handeln."

„Und das wiederum würde die Rettung des Deiches behindern."

„So wird es sein."

„Das klingt einfach und nachvollziehbar, wenn da nicht der Fall Kübeck wäre. Walter war offenbar der Letzte, der sie lebend gesehen hat."

„Ja, das ist belegt. Und wird in Schwerin ausgenutzt. Hier gibt es offenbar Überschneidungen, die wir nicht erklären können. Noch nicht."

„Was machen wir jetzt?" Rita sah den Kommissar fragend an, beide waren mit ihren Überlegungen nicht zum ersten Mal in einer Sackgasse angelangt.

„Wir müssen die Frau finden, die sich Doris Laskewitz nennt. Sie kann nicht weit sein, ich vermute, sie will die Situation unter Kontrolle behalten. Das geht nicht aus der Ferne, sonst wäre sie gar nicht erst hergekommen."

„Und wir haben offiziell nichts in der Hand, deshalb deine Inszenierung hier. Wen oder was hätten wir denn überhaupt für die Suche zur Verfügung?"

„Ich hätte dich und du mich, und wir beide meinen Großvater, von dem wir aber nichts wissen."

Arne blickte erst auf die Uhr und dann durch das Fenster in die beginnende Dämmerung.

„Vielleicht habe ich eine Idee."

„Du meinst, du hast eine, weißt aber nicht, ob sie etwas taugt."

„Ja, genau. Bist du denn überhaupt dabei?"

51

Montag, 5. November, 17.15 Uhr

Marianne Müller-Griesbach wagte nicht, das Fenster gegen den Sturm zu öffnen. Sie blickte aus dem Hotelzimmer direkt auf die auch in der Dämmerung sichtbaren Schaumkronen der meterhohen Ostseewellen. Rastlos lief sie dann im Zimmer umher. Die Zeit drängte. Eine solche Gelegenheit würde so schnell nicht wiederkommen. Außerdem war ihr Agieren aufgrund der Turbulenzen um Viola Kübecks Tod und die Flucht von Joachim Walter in einem Ausmaß bekannt geworden, der für diese Aktion alles andere als förderlich war. Nur durch eine offensive Reaktion aus Schwerin hatte die Situation um ihren missglückten Besuch bei Erika Walter einigermaßen bereinigt werden können. Und trotzdem war Joachim Walter der Polizei entwischt, wie sie kurz danach erfuhr. Abschätzig dachte Marianne über die begrenzten Fähigkeiten örtlicher Beamter nach.

Die waren einfach nicht schnell genug.

Aber auch andere Möglichkeiten konnte sie nicht ausschließen. Was war anderes zu erwarten? Hier im tiefen Osten herrschten eben andere Gesetze. Die alten Kader hielten immer noch zusammen.

Das Quartier im Nordstern erschien ihr nicht mehr sicher genug, das Klopfen am Vorabend sah sie nach den Ereignissen des Tages in anderem Licht. Es war nicht schwer, um diese Zeit in Karlshagen ein anderes Hotelzimmer zu finden, denn sie wollte auf keinen Fall zu weit weg vom Ort des künftigen Geschehens sein.

Ich kann mich nur auf mich selbst verlassen.

Marianne bereitete sich innerlich darauf vor, nach Abschluss der gesamten Aktion wohl einige kritische Worte zu hören. Nach wie vor hielt sie aber ihre Entscheidung, Erika Walter aufzusuchen, für richtig und würde dazu stehen.

Bei sachlicher Betrachtung blieb nur ein mögliches Fazit: Die Gesamtlage war nicht vollständig unter Kontrolle zu halten, zu viele andere Akteure wollten hier eigene Süppchen kochen. Das musste ein Ende finden.

Sie rief im Internet die Seite des Landesamtes für Katastrophenschutz auf und informierte sich dort über die Entwicklung der Hochwassersituation. Von Entwarnung war nicht die Rede, die Pegel stiegen weiterhin, auch für den Sturm wurde ein Wiedererstarken nicht ausgeschlossen. Marianne sah diese Entwicklungen ausschließlich unter dem Blickwinkel ihrer Aufgabe, die als höchstes Landesinteresse eingestuft worden und dem alles andere unterzuordnen war. Schließlich hatte sie einen Amtseid auf die Bundesrepublik Deutschland geleistet. Nur kurz schoss ihr durch den Kopf, dass dieses Interesse sehr verschiedene Aspekte und Sichtweisen umfasste.

Zweifel waren jetzt nicht angebracht.

Die Anweisung von Ludger van Cramme ließ keine Missdeutung zu. Sie selbst hatte volle Entscheidungsfreiheit über den zeitlichen Ablauf des Plans, sollte nach den konkreten Bedingungen vor Ort alle Maßnahmen anordnen.

Ihre Armbanduhr zeigte 17.30 Uhr. Dunkelheit, Sturm und das bis ins Hotelzimmer hörbare Rauschen der Wellen, die bereits am Dünenfuß nagten, bildeten eine unheimliche Kulisse. Wie geschaffen für Aktionen, die das Licht der Öffentlichkeit nicht gebrauchen konnten. Marianne überschlug den ungefähren Zeitbedarf, rechnete eine Stunde für unvorhergesehene Schwierigkeiten hinzu. Noch war das Überraschungsmoment auf ihrer Seite. Hoffte sie.

Sie wählte die Nummer ihres neuen Kontaktmannes, der sich sofort meldete.

„Ja?"

„Handeln Sie unverzüglich nach der Anweisung. Das Passwort zum Öffnen des Dokuments entspricht dem Geburtsnamen Ihrer Mutter. Alles andere lesen Sie."

Nur wenige Minuten später bekam sie einen Anruf vom Schweriner LKA. Ihre Informationen über die Ergebnisse der Jagd von Viola Kübeck auf den Täter von Zittau waren sehr schnell ausgewertet und mit vorliegenden Erkenntnissen des LKA Sachsen abgeglichen worden. Dort hatte Berthold Dankwitz, der langjährige Vertraute von Viola, die Angelegenheit nie ganz aus den Augen verloren. Entgegen des nur formalen Interesses seiner eigenen Behörde legte er mit freudiger Motivation aufgrund der neuerlichen Anfrage aus Schwerin sämtliche Erkenntnisse offen. Mit den Spuren im Studio von Viola Kübeck trafen sich zwei bis dahin nur parallel verfolgte Wege. Dieser Schnittpunkt ergab sowohl den vermutlichen Namen als auch ein aktuelles Foto des Täters aus

Zittau, der von Viola Kübeck bis nach Usedom verfolgt worden war. Allerdings mussten die Angaben zur Sicherheit noch vor Ort verifiziert werden. Eine Aufgabe, die Marianne mit gleichbleibendem Jagdeifer erfüllen würde. Marianne registrierte die Informationen, notierte das Wichtigste und fuhr nach kurzer Pause mit dem Sturm im Rücken über die Strandstraße in das alte Dorf von Karlshagen.
Ihre Nerven waren angespannt, sie liebte solche Situationen, die ihre Entschlossenheit herausforderten.
Doch das Fahrzeug, das sie präparieren sollte, stand nicht an dem bezeichneten Platz.

52

Montag, 5. November, 17.30 Uhr

„So viel Zeit muss sein." Pia stand in der Küchenecke, setzte die Kaffeemaschine in Gang und stellte für jeden eine Tasse auf den Wohnzimmertisch des Ferienhauses, um den sich Joachim Walter, Reinhard Henkelmann und Daniel Fischer gruppiert hatten. Die Außenrollos der Fenster waren gar nicht erst geöffnet worden. Dunkelheit und überschaubare enge Straßen der Feriensiedlung hatten die verdeckte Anfahrt erleichtert. Pia selbst hatte Joachim Walter abgeholt. Für den Notfall stand der kleine verschließbare Abstellraum im Obergeschoss zur Verfügung, in den Joachim Walter sich bei Gefahr flüchten konnte.
Reinhard Henkelmann spürte wie alle anderen die Atmosphäre der Entschlossenheit. Nach einem Blick in die Gesichter seiner Mitstreiter ergriff er schließlich die Initiative. „Wie soll ich euch anreden?… Egal. Wir wissen alle, warum wir hier zusammengekommen sind. Lasst uns keine unnützen Worte verlieren."
Die anderen drei erwiderten Henkelmanns Blick und bestätigten nickend dessen Worte.
„Pia, zeig uns, was du gefunden hast."
Nachdem Pia auf die eigenartigen Umstände hingewiesen hatte, unter denen sie an das Dokument gekommen war, blickten die vier Perso-

nen gespannt auf ihren Laptop, auf den sie alles von ihrem USB-Stick kopiert hatte.
Das Deckblatt kannte Pia schon, es enthielt nur die Bezeichnung. Sie klickte weiter.
Im oberen Bereich des zweiten Blattes war der Stempel GEHEIME REICHSSACHE sehr gut lesbar. Darunter erschien nun der erläuternde Text. Pia vergrößerte die Ansicht so, dass der Textabschnitt den gesamten Bildschirm einnahm und komplett zu lesen war. Durch den einfachen Scan war es zwar keine gestochen schwarz-weiße Schrift, aber entsprechend des Alters des Dokumentes nahmen die Leser kleine Unregelmäßigkeiten in Kauf. In der für Schreibmaschinen jener Zeit üblichen geschwungenen Schrift war zu lesen, was die Initiatoren des Planes damit beabsichtigten.

Die Forschungen am Standort Peenemünde sind von herausragender Bedeutung für die Selbstbehauptung des Deutschen Reichs. Neben den alltäglichen Maßnahmen zur Sicherheit der Forschungen vor mißbräuchlicher Nutzung durch feindliche Mächte muß dafür Sorge getragen werden, daß unter keinen Umständen die Anlagen selbst oder Teile davon in feindliche Hände gelangen. Zu diesem Zweck wurde ein Mechanismus installiert, der bei höchster Gefahr für die Sicherheit der Anlage die Funktion des Deiches an der Peene wieder rückgängig macht. Dadurch kann die gesamte hinter dem Deich liegende Fläche unter Wasser gesetzt werden. Durch leistungsfähige Pumpanlagen gelangt das Wasser auch in entfernter liegende Gebiete. Ein besonderer Mechanismus ist ohne Pumpanlagen für die Nutzung von Hochwassersituationen vorgesehen.

Die Anwesenden bemühten sich, die Konsequenz dieser Worte zu begreifen. Joachim Walter brachte den Inhalt in Verbindung mit den mysteriösen Umständen beim Auffinden. „Wenn das Dokument im Museum war, stellt sich doch die Frage, seit wann, und vor allem, wer wusste davon?“
Sie schauten sich an, und erst jetzt wurde ihnen klar, dass es Personen geben musste, die bis heute davon Kenntnis und diese als Geheimnis bewahrt hatten.

„Das ist ja ein Ding. Warum wurde das auch nach 1945 bis heute geheim gehalten? Ich kann das nicht glauben." Daniel Fischer schrie es fast in den Raum. „Und alles hinter dem Rücken des kleinen Mannes."
Inmitten der allgemeinen Erregung fiel Pia auf, dass Reinhard Henkelmann sich auffällig still verhielt. Sie maß dem aber keinerlei Bedeutung zu, einer musste ja den kühlen Kopf bewahren.
„Wichtig ist, dass wir vier uns vertrauen und jetzt aktiv werden", brachte Joachim den Disput wieder in eine konstruktive Spur. Fragend blickte er Pia an. „Wie geht es weiter?"
Pia öffnete die dritte Seite des Dokuments. Zu sehen war eine perspektivische Zeichnung, die das Innere eines Bauwerkes darstellte. Im Mittelpunkt der Abbildung stand eine Wand des Raumes, in deren Zentrum sich eine Tür befand, die mit „Stahltür" bezeichnet war. Rechts davon wurde ein einzelner Ziegelstein hervorgehoben, der einen Griff aufwies. Darunter stand ein Satz: Nähere Informationen nach Entnahme des Steins.
Weitere Seiten wies das Dokument nicht auf.
„Das war's dann wohl erstmal." Daniel konnte seine Enttäuschung nicht verbergen.
„Moment, Daniel, am wichtigsten ist doch zu wissen, um welches Gebäude es sich hier handelt, und ob es heute noch steht." Pia hatte bisher die allmählich zutage tretenden Informationen mit ungläubigem Staunen verfolgt. Nun blickte sie fragend in die Runde. „Hat jemand eine Idee?"
„Auf den zweiten Teil der Frage fällt die Antwort leicht. Ja, es muss noch stehen, sonst wäre der Plan nicht durchführbar." Joachim war in seiner Sachlichkeit aufgegangen und dachte mit steigender Wut wieder an Erich Bernecker.
„Daniel, du kennst doch die Gegend besser als viele andere. Welches Bauwerk könnte das sein?"
„Es muss in jedem Fall am Deich stehen."
Henkelmann stimmte zu.
„Eigentlich ist das ein Fall für die Polizei", erregte sich Daniel.
„Im Prinzip stimmt das, aber was sollen wir denen erzählen? Dass die Informationen von einem wegen Totschlag gesuchten geflüchteten Bürgermeister stammen?"

Bei Reinhards Worten zuckte Joachim zusammen. Aber es entsprach den ungeschminkten Tatsachen.
„Ich weiß, wir begeben uns auf Glatteis, aber ich werde das mit meinem Enkel schon klären. Ungewöhnliche Situationen erfordern ungewöhnliche Maßnahmen, wie bei uns früher in der Truppe“, fügte Henkelmann hinzu.
„Es ist eine absolute Ausnahmesituation, in der auch unkonventionell gehandelt werden muss.“ Joachim bestätigte die Einschätzung und drängte auf eine Entscheidung.
Daniel beendete sein minutenlanges Grübeln mit einem Vorschlag. „Wir brauchen Hans Waldeck.“
Henkelmann blickte erstaunt zu dem jungen Mann, kannte dessen besondere Beziehung zu seinem Kameraden nicht. „Der hat schon zugesagt“, informierte Reinhard die daraufhin erstaunt blickenden Mitstreiter über sein Telefonat mit Hans Waldeck am Nachmittag.
„Was kann der denn für uns tun?“ Joachim Walter kannte den Jäger nur von gelegentlichen Begegnungen im Ort.
„Hans kennt wie kein Zweiter die Gegend um den Deich, ist sein Jagdrevier. Vielleicht weiß er sogar, welches Gebäude das ist. Ich tippe jedenfalls auf das Pumpwerk an der Piese, das steht direkt am Damm.“
„Das wäre eine Möglichkeit“, bestätigte Reinhard, um dann zu relativieren. „Unter mehreren. Auch die Bunkerruinen kommen in Frage.“
„Was nun?“ Daniel schaute fragend in die Runde.
„Ruf Hans an, jetzt gleich“, wies Reinhard an. „Er soll herkommen. Wenn alle einverstanden sind.“
Pia und Joachim hatten natürlich nichts dagegen.
Daniel Fischer wählte die Telefonnummer von Hans Waldeck und bat ihn zu kommen.

53

Montag, 5. November, 18.05 Uhr

Der Mann stand auf und ging Richtung Treppe. „Hast wohl keine Ruhe?“ Seine Frau blickte ihn mit besorgtem Gesicht an. „Denk an dein Alter.“
„Mach ich doch immer, oder immer öfter, genau wie an unseren Sohn…“ Er lächelte sie an und ging nach oben in sein Arbeitszimmer. Dort legte er den Datenträger, den er von seiner Schweriner Auftraggeberin erhalten hatte, in das Lesegerät, öffnete die Datei mit dem Passwort. Nachdem er die Seiten des alten Dokuments und die dort angekündigte Anleitung genau studiert hatte, musste er das Gelesene sacken lassen. Trotz der Abscheu vor seinen bevorstehenden Handlungen konnte er ein Gefühl des Respekts nicht unterdrücken. Die hatten damals aber auch an alles gedacht. Der geplante Ablauf würde ihm tatsächlich die Chance lassen, unerkannt und vor allem unversehrt zu entkommen. Es war keinesfalls eine Selbstmordaktion, wenn er alles richtig machte. Aber eine gewaltige Herausforderung. Wohl die größte, vor der er in seinem Leben bisher gestanden hatte.
Dennoch überkamen ihn wieder Zweifel, so wie seit seiner Begegnung mit dieser Doris Laskewitz. Hatte er vorschnell zugesagt? Würde er mit seiner Entscheidung später bestehen können? Vor seiner Familie? Vor seiner Frau und seinem Sohn?
Schließlich sah er ein, dass die Zeit der Grübeleien vorbei war. Er musste handeln. Die wichtigen Dokumente druckte er aus, faltete die Papiere zusammen, fuhr den PC herunter. Nun griff er zu seinem schnurlosen Telefon und wählte die Nummer seines Handys. Das lag im Korridor. Er wusste jedoch genau, seine Frau würde niemals dran gehen, wenn er sich im Haus befand. Er hörte das Klingeln und ging schnell die Treppe hinunter, griff zum Handy.
„Ja?“ Schwieg dann, als wenn er zuhören würde. „Wann und wo?“ Schwieg weiter.
„Okay, Chef, ich komme sofort.“ Bei diesen Worten blickte er entschuldigend zu seiner Frau, die gespannt das Telefonat verfolgt hatte. „Muss noch mal zur Insel rüber. So ein Mist.“ Seine Frau war sowohl die vielen Einsätze rund um die Uhr als auch sein ständiges Fluchen darüber gewöhnt.

„Zieh dich richtig an."
„Ja, ich weiß, es stürmt."
Der Mann ging nach oben, drückte die rote Taste des Telefons, nahm die Dokumente an sich und verließ das Haus. Er fuhr mit seinem Auto in Richtung Wolgaster Peenebrücke. Erster Anlaufpunkt sollte der Hafenparkplatz in Karlshagen sein, dort würde ein geländegängiges Quad für ihn bereit stehen. Hoffentlich mit Dach, ging es ihm durch den Kopf.
Schon an der Rechtskurve am Ende der Stadtmauer war seine Fahrt zu Ende. Die Straßenbrücke zur Schlossinsel stand unter Wasser, war für PKW nicht passierbar und deshalb gesperrt. Er überlegte kurz, verwarf jedoch den Versuch, sich eine Ausnahmegenehmigung zu holen. Zu auffällig.
Alle Fahrzeuge wurden nach links in die Innenstadt umgeleitet. Er suchte eine Parkmöglichkeit und überlegte, was zu tun sei. Warten? Es war völlig unsicher, ob und wann das Hochwasser soweit sinken würde, dass die Passage zur Insel Usedom wieder frei gegeben wurde.
„Tatsachen schaffen."
Dieser Satz seiner Auftraggeberin klang ihm in den Ohren. Allerdings hinderte ihn die Sachlage nun daran, sein Vorhaben umzusetzen und genau solche Tatsachen zu schaffen. Die Katze hatte sich in den Schwanz gebissen, wie er nicht ohne Schadenfreude feststellte. Vielleicht kam er ja dadurch um seinen Auftrag herum?
Er informierte die Frau, die sich Doris Laskewitz genannt hatte, telefonisch über die Situation. Sie nahm es kommentarlos zur Kenntnis, überlegte kurz und nannte ihm den kommenden Tag sieben Uhr als neuen Termin für die Aktion. Dann musste es eben ohne den Schutz der Dunkelheit passieren, dachte sie mit einem Anflug von Zweifel über die Fähigkeiten des Mannes.

54

Montag, 5. November, 18.45 Uhr

Als der Jäger Hans Waldeck ganz überraschend den Anruf seines jugendlichen Freundes bekommen hatte, begannen seine Gedanken sofort wieder zu rotieren. Daniel Fischer erwähnte nur kurz, dass sein Rat bei der Suche nach einem Gebäude gebrauchen würde, um den Deich retten zu können. Viel mehr wollte er auch auf Nachfrage nicht preisgeben, nur, dass „wichtige Leute" mit von der Partie seien.

Hans kannte das Temperament des jungen Mannes, der mit deutlichen Formulierungen nicht gerade sparsam umging. Als er dann im Kreis der Vertrauten endlich erfuhr, worum es ging und was von ihm erwartet wurde, legte er schnell seine Unsicherheit ab. Das Vertrauen, das die drei der schwedischen Praktikantin entgegenbrachten, übernahm er ohne Nachzudenken auch für sich.

Auf diese Art bekam er einen völlig neuen Zugang zu den viel diskutierten Themen, die ihn in den letzten Tagen bewegten. Natürlich schloss er sich dem Urteil über die Gründe an, die Joachim Walter zur Flucht bewogen und schließlich zum polizeilich gesuchten Verdächtigen gemacht hatten. Den Verdacht, dass der Leichenfund an der Peene irgendeinen Zusammenhang mit der Angelegenheit hatte, konnte er dennoch nicht ganz vermeiden, obwohl niemand diese Tatsache erwähnte. Keiner der Anwesenden wusste offenbar, auf welche Weise er selbst in den Fall der toten Viola Kübeck und das Verschwinden von Joachim Walter involviert war. Das Symbol, das auf die Verbindung beider Fälle hinwies, spielte in dieser Runde keine Rolle. Hier ging es ausschließlich um die Rettung des Deiches.

Nachdem er die Skizze mehrfach sorgfältig studiert hatte, schwankte er, ähnlich wie Reinhard Henkelmann und Daniel Fischer, zwischen dem Pumpwerk und einer der Bunkerruinen. Besonders diejenige, die dem Deich am nächsten stand und seit Jahren schon Brutplatz für die seltenen Brandgänse war, kam für Hans als möglicher Standort der weiteren Informationen in Frage. Nur – einen Eingang hatte Hans dort bisher nicht vorgefunden. Andererseits erschien ihnen das Pumpwerk eher unwahrscheinlich, da es immer noch genutzt und vom Bedienungsper-

sonal ständig betreten wurde. Die Gefahr einer zufälligen Entdeckung der Pläne wäre zu groß.
Joachim wurde ungeduldig. „Wir sollten uns auf den kleinsten Nenner einigen. Wenn etwas passieren sollte, dann am Deich. Also müssen wir beide in Frage kommenden Zufahrten im Auge behalten, auf Deichwache ziehen oder wie das heißt."
„Apropos Auge, über wie viele verfügen wir denn eigentlich?" Bei diesem Stichwort mischte sich Hans Waldeck ein. „Zusammen mit meinem Nachtsichtgerät habe ich alleine vier."
„Frauen haben meist einen besonders guten Blick", versuchte Pia den lockeren Ton aufzunehmen.
Joachim sah Zustimmung zu seiner Idee und ließ sie in einen Vorschlag münden.
„Hans Waldeck und Daniel Fischer übernehmen die erste Wache am Deich. Jetzt ist es 19 Uhr, also sagen wir von 20 bis 1 Uhr. Einer an der südlichen Zufahrt in Karlshagen, einer an der nördlichen in Peenemünde. Pia und Reinhard übernehmen im Anschluss bis morgens. Ich bleibe vorsichtshalber hier in Deckung. Als Telefonzentrale. Aber morgen will ich dabei sein."
Der Vorschlag wurde von allen akzeptiert.
„Gut, dann lasst uns aufbrechen." Hans Waldeck wurde bereits wieder von seinem Jagdfieber gepackt.
„Halt, und danach? Morgen?" Es war Reinhard Henkelmann, der sich an sein früheres strategisches Denken erinnerte und sogleich fortsetzte. „Falls bis dahin nichts passiert ist, fahren wir von beiden Punkten aus los und treffen uns um sieben am Pumpwerk, von dort ist es nicht weit zu den anderen möglichen Gebäuden."
Mit diesen in aller Eile unter Zeitdruck gefassten Beschlüssen gingen die fünf Personen auseinander. Daniel zögerte beim Hinausgehen, blieb etwas hinter den anderen zurück und wandte sich halb scherzhaft an Joachim. „Für den absoluten Notfall hast du ja den Schlüssel zum Bunker", grinste er und ging hinaus. Als Joachim allein war, kontrollierte er nochmals alle Jalousien auf Blickdichte, schloss beide Türen und ließ die Schlüssel von innen stecken. Daniel suchte das Auto von Hans Waldeck, der schon auf dem Fahrersitz Platz genommen hatte. Auf das Zeichen von Daniel ließ er die Seitenscheibe herunter.

„Weißt du, Hans, ich glaube es ist Zeit für unsere Geheimwaffe. Was meinst du?"
Hans Waldeck schaute nach vorn, überlegte kurz, blickte Daniel an und gab eine kurze Antwort.
„Ja, ist es. Wann, wenn nicht jetzt?"

55

Montag, 5. November, 19.15 Uhr

Pia war als einzige zu Fuß hier und machte sich in gleicher Weise auf den Heimweg. Die verschwörerische Stimmung des Treffens beherrschte immer noch ihre Gedanken. Unwillkürlich schaute sie kontrollierend in die Umgebung. Vereinzelt parkten Fahrzeuge an den Ferienhäusern. Um diese Tageszeit gingen die wenigen Urlauber vom Abendessen zur gemütlichen Beschäftigung über, soweit das drohende Hochwasser eine solch gelöste Atmosphäre zuließ. Hier, direkt hinter der Düne, konnte man die brausenden Wellen zwar hören, dennoch war eine akute Gefahr ausgeschlossen. Mindestens zwei Meter Dünenhöhe standen dem Wasser auch jetzt noch entgegen. Niemals in der überlieferten vielhundertjährigen Siedlungsgeschichte der Region war die Ostsee von dieser Seite aus ins Land gekommen. Und die Düne wurde immer höher und breiter, ohne Zutun des Menschen. Wie ihr die Kollegen im Museum erzählten, muss der Draht, der Strand und Düne trennt, regelmäßig Richtung Wasser versetzt werden. Ein beruhigendes Gefühl.
Pias Gedanken waren der Zeit voraus. Sie spürte wie der kommende Tag sich Zugang verschaffte. Nicht alles, was sie auf sich zukommen sah, konnte sie überschauen. Trotz großer Entschlusskraft empfand sie einen Hauch von Unsicherheit.
Fast am Ziel angekommen, blieb sie wie erstarrt stehen.
Direkt vor ihrem Haus bewegte sich eine Person, schien ihr entgegenzublicken. Ihre Gedanken überstürzten sich. Zum Zurückgehen war es zu spät, ausweichen war ebenso wenig möglich. Außerdem hatte der Mensch sie bereits gesehen und winkte ihr zu.

„Hallo Pia, ich beiße nicht, kannst ruhig näher kommen."
Es war Andreas Schmidt. Pia fiel ein Stein vom Herzen.
„Was machst du denn hier?" Es war, als wenn Pia in eine völlig andere Sphäre eintauchte. Sie fühlte sich umgeben von der plötzlich wieder spürbaren, angenehm knisternden Spannung zwischen ihnen.
„Tja, du kennst doch den Spruch vom Berg und dem Propheten." „Willst du dir deine Revanche vorsichtshalber selbst abholen? Hast kein Vertrauen, dass ich mein Versprechen halte?"
„Diese Frage ist zu direkt, als dass ein Kavalier wie ich darauf antworten könnte."
Die freundliche und souveräne Art von Andreas ließ Pia die Sorgen rund um den Deich und ihre Mitverschwörer für den Moment in den Hintergrund treten. Noch rechtzeitig fiel ihr ein, dass sie eine Erklärung für ihren Spaziergang brauchte – und den Laptop, den sie bei sich trug.
„Habe den Schlüssel gefunden und gleich die Wohnung inspiziert, vielen Dank übrigens nochmal ganz persönlich. Das war wirklich eine große Erleichterung für mich. Komm doch mit rein." Pia ging vor, überlegte schnell, ob irgendetwas im Haus nicht für Andreas' Augen bestimmt war.
„Bitte, leg ab und such dir einen Platz im Wohnzimmer." Er blieb jedoch stehen. „Du müsstest jetzt die obligatorische Frage stellen, was du mir zu trinken anbieten kannst."
Pia grinste. „Stimmt. Hier ist mein Angebot. Kaffee, Tee oder Wasser."
Mit galanter theatralischer Geste griff Andreas in die Innentasche seines Mantels und holte eine Flasche Weißwein hervor.
„Und hier ist mein Gegenangebot. War vor einer halben Stunde noch im Kühlschrank."
Pia spürte ein Kribbeln, so wie schon seit Jahren nicht mehr. Dieser Mann gefiel ihr immer besser. Das sagte in diesem Moment auch ihr Bauch. Nur, so einfach darf eine Frau es den Männern nicht machen, meldete sich ihr weiblicher Instinkt leise zu Wort. Pias Gedanken summierten sich in diesem Moment zu einem einfachen Lächeln.
„Einstimmig angenommen. Dann lass den Kavalier in dir sein Werk tun und den edlen Tropfen genussfertig präsentieren. Gläser sind hier im Schrank, Korkenzieher weiß ich nicht, habe ich noch nie gebraucht."

Andreas stellte die Flasche auf den Küchentisch, hängte dann seinen Mantel an die Garderobe und fand nach kurzer Suche in den Schubladen einen Korkenzieher.
Pia stellte trotzdem noch zwei weitere Gläser und eine Flasche Mineralwasser auf den Tisch. „Wie sagt ihr Kerle immer? So trocken schmeckt das nicht."
Pia zog dem Sessel das zweisitzige Sofa vor und setzte sich hinein. Andreas zögerte, wählte dann jedoch den Sessel direkt ihr gegenüber. Sie blickten sich in die Augen, warteten beide darauf, wer das Gespräch beginnen würde.
„Falls du fragen willst, mein Fuß ist wieder in Ordnung, damit hätten wir das Thema erledigt", grinste Andreas.
Pia fiel wieder ihre Bemerkung am Telefon zur Standfestigkeit ein, wollte sich eine Fortsetzung jedoch noch etwas aufheben. Sie fand einen Kompromiss.
„Imponierendes Auftreten ist dir also wieder möglich, wie man sieht."
„Danke für das Kompliment. Ich frage jetzt aber nicht, ob dir mein Auftritt ungelegen kommt. Das würde dich in Verlegenheit bringen. Wenn es so wäre, würdest du es aus Höflichkeit leugnen, wenn es nicht so sein sollte, nicht zugeben. Jedenfalls noch nicht."
Genau solche Gespräche mochte Pia, hatte sie lange vermisst, in dieser Qualität äußerst selten geführt. Sie fühlte sich deshalb sehr wohl in dieser Situation.
„Dann lass uns auf die Wahrheit anstoßen", gelang es Pia, die Antwort indirekt zu geben und ihr Gesicht zu wahren. Beim Klingen der Gläser schauten sich beide tief in die Augen. Der Platz im Sessel war von Andreas gut gewählt, fand Pia.
Sie spürte wie ihre verschiedenen Seiten miteinander rangen. Die Frau in ihr würde am liebsten die Beine anziehen, auf das Sofa legen und ihr Gegenüber mit einladender Handbewegung bitten, neben ihr Platz zu nehmen. Mit allen denkbaren Konsequenzen. Jedoch meldete sich die Verschwörerin wieder, die mit einem schnellen Blick auf die Wanduhr feststellte, dass dieser Abend in keinem Fall so enden würde, wie sie beide es offenbar wünschten. Das wenigstens gab sie vor sich selbst zu.
Pia entschloss sich zu einer Taktik, die alles offen ließ. Sie stellte das Glas auf den Tisch und lehnte sich auf dem Sofa zurück. Lächelte Andreas

ins Gesicht. „Ich finde es schön, dass du gekommen bist. Das ist dir bestimmt nicht verborgen geblieben."
Er lächelte zurück, wartete auf die Fortsetzung.
„Jedes Gespräch mit dir ist für mich ein ... Erlebnis." Pia entschied sich nach kurzem Zögern für diese neutrale Formulierung. Sie merkte gleichzeitig, wie der Versuch, die drängenden Probleme zu ignorieren, sich seinem Ende näherte.
„Aber?" Andreas zeigte mit dieser Frage, dass ihm Pias eigentlicher Gemütszustand nicht entgangen war.
Pia versuchte gar nicht erst, es zu verleugnen.
„Ja, es gibt ein Aber, das völlig unabhängig von dir ist."
Sie überlegte krampfhaft, auf welche Weise sie Andreas in ihre gegenwärtige Situation einweihen sollte, ja, ob sie damit überhaupt gut beraten war.
„Weißt du... wir haben mehrfach über den Deich gesprochen, über Pläne, ihn zu beseitigen. Ich will dich damit nicht belasten, aber ich persönlich habe jetzt, hier, heute und morgen, zusammen mit anderen eine konkrete Aufgabe, das zu verhindern."
Andreas reagiert ernst. „Das verstehe ich... akzeptiere ich."
„Mich hält dieses Thema gefangen", ergänzte sie, „lässt mir keinen Ausweg, bis das alles vorbei ist." Nach einer kleinen Pause setzte sie zaghaft und leise fort. „Auch keine Chance für einen ... schönen Abend."
Andreas senkte den Blick, überlegte. „Dann will ich genauso offen sein wie du. Ja, auch mich berühren unsere Gespräche." Nach diesen Worten schaute Andreas Pia an. Er setzte fort: „Nichts von dem, was dich bewegt, belastet mich. Im Gegenteil, wenn ich das so sagen darf."
Pia ahnte schon, worauf Andreas hinauswollte und wurde bestätigt.
„Kann ich denn vielleicht selbst helfen?"
Pia zögerte mit ihrer Antwort.
„Das ist eine sehr heikle Angelegenheit. Alles läuft intern zwischen wenigen Personen, die zueinander volles Vertrauen haben." Bei diesen Worten schien Andreas etwas sagen zu wollen. Pia ließ ihn nicht zu Wort kommen. „Dass ich persönlich Vertrauen zu dir habe, ist die eine Seite, was die übrigen Personen dazu sagen, eine andere. Und was dabei herauskommt, weiß niemand."
Pia fühlte sich in diesem Augenblick sehr unwohl. Ihre Gefühle für diesen Mann wurden überlagert durch ihr Pflichtbewusstsein. Obwohl

beides miteinander in Einklang zu bringen wäre. Wenn… ja wenn sie volles Vertrauen hätte. Aber warum sollte sie das nicht haben können? Es war doch auch nur ein Zufall, der sie mit Joachim und Daniel zusammengeführt hatte. Genau wie jetzt mit Andreas.
Sie musste eine Entscheidung zunächst für sich selbst treffen. Die gerade wieder entstehenden Emotionen waren dafür jedoch nur schädlich. Sie brauchte zumindest einen kleinen Abstand.
Kurz entschlossen erhob sie sich. „Ich mache uns einen Kaffee, einverstanden?"
„Ja gerne."
Auf dem Weg in die Küche spürte sie die skeptischen Blicke von Andreas in ihrem Rücken. Schließlich schaffte sie es, die Kaffeezubereitung mit gründlichem Nachdenken zu verbinden. Nach rationaler Überlegung konnte es nur eine Lösung geben. Wenige Minuten später stellte Pia die beiden Tassen auf den Tisch.
„Andreas, verstehe es bitte nicht falsch, aber angesichts der Umstände kann und will ich dich nicht in diese Sache hineinziehen. Es geht auch so schon bei allen an die Belastungsgrenze, und …", die ursprünglich geplante Fortsetzung zum Thema Legalität verschluckte sie noch schnell, aber Andreas reagierte nicht darauf, schien keinen Anstoß daran zu nehmen, schob es wohl auf ihre Verlegenheit, dass sie den Satz nicht beendete.
Nach kurzer Überlegung kam seine Antwort dann überraschend schnell und eindeutig.
„Das verstehe ich völlig, ich will mich ja auch nicht aufdrängen, du wirst schon wissen, was zu tun ist."
Damit wurde für beide aber auch klar, dass der angenehme Teil des Abends faktisch an seinem Ende angekommen war. Die Begleitumstände verhinderten eine Weiterentwicklung in die gewünschte Richtung.
Andreas erhob sich. Pia stellte sich ihm gegenüber und blickte zu seinem Gesicht empor.
Ganz ohne Vorankündigung trat Andreas einen Schritt vor und nahm Pia fest in seine Arme. Nach kurzer Überraschung erwiderte sie den Druck seines Körpers und genoss die Situation, schloss für einen Moment die Augen. Einige Sekunden lang schien ihr Widerstand zu erlahmen, sie spürte, wie der rechte Oberschenkel von Andreas sich

zaghaft zwischen ihre Beine schob. Erschrocken bemerkte sie, wie sie dabei war, sich ihrem Körper zu unterwerfen.
Vorsichtig löste sie sich von ihm, dabei immer bemüht, ihn nicht zu verletzen. Aber auch er schien überfordert von der Situation, sein Lächeln enthielt eine Spur von Verlegenheit. Lange nicht mehr hatte sie gegenüber einem Mann eine solche Intimität gespürt. Sie freute sich auf eine Begegnung mit ihm, wenn das alles hier vorbei sein würde.
„Sei nicht leichtsinnig, bei dem was du machst."
Die Worte von Andreas kamen bei Pia so zärtlich an, wie sie gemeint waren. „Auf mich muss ich in diesem Moment selbst aufpassen", setzte Andreas vieldeutig mit einem Lächeln fort und verließ das Haus.
Pia stand noch minutenlang in der geöffneten Tür, sah zu, wie Andreas in sein Auto stieg und davonfuhr. Sie setzte sich aufs Sofa, zog die Beine unter ihren Körper, schloss die Augen und versuchte die eben vorübergegangene Gelegenheit gedanklich weiterzuspielen. Innerlich erregt rief sie sich das Gefühl von Andreas' Umarmung ins Gedächtnis zurück. Nach zwanzig Minuten wachte sie erschreckt aus ihrem Schlummer auf.

56

Montag, 5. November, 19.30 Uhr

Kriminalhauptkommissar Arne Bock hatte sich nach dem gemeinsamen Abendessen mit der Familie in sein Arbeitszimmer zurückgezogen. Er wartete gespannt auf Ergebnisse aus seiner persönlichen Initiative. Rita Mesing hatte ebenfalls versprochen, den Abend noch auf Empfang geschaltet zu sein.
Der Klingelton seines Handys kam dennoch unverhofft.
Arne nahm das Gespräch an und lächelte, als er die Information entgegennahm. Es war die Rezeption eines Hotels. Endlich.
Sofort rief er Rita Mesing an.
„Hat geklappt, wir haben einen Treffer. Sie wohnt im Hotel zur Ostsee in Karlshagen. Kommst du mit?"

„Langsam, Arne.“ Rita hatte den Vorschlag von Arne befürwortet, auch ihre Beteiligung zugesagt, trotz so mancher Bedenken, die sich nach ihrem konspirativen Treff im Bistro noch verstärkt hatten.
Sie hatten eine Fotosuchmeldung nach einer wegen Einmietbetrügerei gesuchten Frau namens Doris Laskewitz gestartet und dabei darauf hingewiesen, dass die Frau eventuell auch unter anderem Namen auftreten könnte.
Diese Meldung hatten sie unter Umgehung der Zentrale per Mail an ausgewählte Hotels der Region geschickt. Eine Information sollte ausschließlich an die angegebene Mobilfunknummer gegeben werden. Nun kam also das Ergebnis.
„Wie willst du das denn begründen? Und was wollen wir mit ihr machen?“
Im Eifer des Handlungsdranges hatten sie sich darüber am Nachmittag keine Gedanken gemacht, sondern sich von der Dynamik des Erfolgszwangs treiben lassen.
„Wir können die doch nicht davonkommen lassen“, entgegnete Arne erbost, seine Gedanken waren schon bei seinem Großvater und dessen undurchsichtigem, aber wohl gerechtfertigtem Treiben.
„Arne, wir sind keine privaten Kopfjäger. Zumindest müssen wir bis morgen früh warten. Oder muss ich als alte Tante dir den Begriff des Rechtsstaates unter die Nase reiben?“
In einer Mischung aus Wut und Einsicht musste Arne seiner Kollegin schließlich Recht geben.
„Gut, dann bis morgen früh. Aber schon um sieben Uhr.“

57

Montag, 5. November, 21.00 Uhr

Wie jeden Abend machte sich der Greifswalder Professor Johannes Berliner, ehemaliger Direktor des Nordischen Instituts, in seinem Arbeitszimmer auf die Suche nach interessanten Artikeln in schwedischen Zeitungen. Statt wie zu seiner aktiven Zeit mit tagelanger Verzögerung

konnte er die wichtigsten Beiträge jetzt bereits am Abend vor Erscheinen der gedruckten Ausgabe lesen. Nachdem er die Überschriften überflogen hatte, weckte auf der Seite von Svenska Dagbladet das Schlagwort Peenemünde seine Aufmerksamkeit.
Aufmerksam und neugierig las er den Text, als dessen Autor Rune Alfredsson aus Linköping angegeben war.

Peenemünde in Gefahr – auch schwedisches Erbe betroffen
Wie aus verlässlichen deutschen Quellen zu erfahren ist, wird der weltberühmte Museumsstandort Peenemünde auf der deutschen Insel Usedom von einer großen Gefahr bedroht. Dort, von wo aus die erste Rakete die Grenzen des Weltraums überwunden hat, soll künftig wieder die „Natur" herrschen. Finanziert und initiiert durch ein zweifelhaftes Naturschutzprojekt soll ein großer Teil der Denkmallandschaft in Peenemünde dem Wasser preisgegeben werden. Angesichts der aktuellen Prognosen zum Meeresspiegelanstieg kann das nur die nicht hinnehmbare Beeinträchtigung eines Standortes bedeuten, an dem Weltgeschichte stattfand. Die Querelen zur konzeptionellen Ausrichtung des Museums in Peenemünde sollen offenbar auf diesem kalten Wege „gelöst" werden. Statt einer sorgfältigen sachlichen Auseinandersetzung mit verschiedenen Argumenten würden irreversible Tatsachen geschaffen. Das Perfide an diesen Plänen ist, dass sie entgegen dem Widerstand der Bevölkerung vor Ort unter Ausnutzung der aktuellen extremen Hochwassersituation illegal umgesetzt werden sollen – durch Zerstörung eines Hochwasserschutzdeiches.
Peenemünde ist in Schweden vor allem bekannt als Landungsort von König Gustav II. Adolf während des Dreißigjährigen Krieges. Aber auch die sogenannte Heeresversuchsanstalt als Ursprung der Raketenforschung ist mit Schweden verbunden. Luftbilder schwedischer Flugzeuge waren unter den ersten Informationen, die den Alliierten über die Anlagen zur Verfügung standen. Die erste Rakete, deren Trümmerteile in London untersucht werden konnten, ging 1944 auf schwedischem Gebiet nieder. Auch Nils Pettersson, der Besitzer des Grundstücks in der Nähe von Kalmar, auf dem diese Rakete als Ergebnis eines Fehlschusses niederschlug, äußerte sich gegenüber dem Autor entrüstet darüber, wie sorglos mit dem Erbe dieses Standorts umgegangen werden soll. Der Verfasser dieses Beitrags hat sich bereits an die schwedische Regierung mit der Bitte gewandt,

Einfluss auf die deutschen Behörden zu nehmen, um diese Pläne zu verhindern. Angesichts der Hochwassersituation ist höchste Eile geboten.

Verschiedene Gedanken gingen Johannes Berliner durch den Kopf. Einer davon war sein lange gehegter Plan, endlich den Posten eines schwedischen Honorarkonsuls für Vorpommern zu schaffen, ein Amt, das aufgrund der engen historischen Beziehungen zwischen Schweden und seiner einstigen Besitzung längst überfällig war, und natürlich kompetent besetzt werden musste – mit ihm selbst.
Der Professor übersetzte den Beitrag ins Deutsche und sandte ihn per Mail unverzüglich nach Schwerin. Mit dem Betreff Zur dringenden Information erhielt der Besitzer der Mailadresse uk@online.org das Dokument ohne weiteren Kommentar als Anhang.

58

Montag, 5. November, 21.30 Uhr

Joachim Walter telefonierte über sein schwedisches Handy mit seiner Frau Erika. Im ihrem gemeinsamen Haus war an diesem Tag alles ruhig geblieben, es gab keine weiteren Störungen oder Besuche. Erika konnte etwas abschalten. Sie freute sich genau wie Joachim darauf, dass sie nach dem Ende dieser Turbulenzen ihre neu entdeckte Nähe erst richtig würden nutzen können.
„Pass auf dich auf."
„Du meinst, ich werde noch gebraucht?"
„Das liegt an dir, aber du bist auf dem Wege dazu. Wieder."
„Nana, lass uns jetzt nicht streiten." Erika konnte jedoch an der Stimme hören, wie Joachim bei diesen Worten lächelte.
„Nein, nein, Streit heben wir uns für … ja für was eigentlich auf? Für die ganz wichtigen Dinge."
„Aber in denen waren wir uns doch schon immer ziemlich einig."
„Hatten wir denn schon ganz Wichtiges zu entscheiden?"
„Ich nenne dir einige Beispiele, wenn ich wieder zuhause bin."

Bei diesem Satz schwieg Erika einige Sekunden. „Darauf freue ich mich schon."
„Hoffentlich ist dann aber wirklich alles vorbei."
„Schlaf gut, und denk an was Schönes." Jetzt hörte Joachim Erikas Lächeln heraus.
„Bis morgen."
Joachim rang sich als erster dazu durch, das Gespräch zu beenden.
Bei dem letzten Stichwort drängten sich verschiedene Gedanken nach vorne. Aus seiner Vergangenheit, als er Erika noch nicht kannte.
Wieder blitzte der Name des Opfers aus Zittau auf. Eine nebulöse Drohung verband sich damit, und Joachim verdrängte erfolgreich diesen Pfad. Der irgendwie zu ihm führen könnte.
Das hat Zeit für später.
Lieber dachte er an das offene Gespräch mit Pia am Tag zuvor. An ihre Schilderung vom Warnemünder Strand. Mit etwas Abstand erinnerte sich Joachim an bestimmte Reaktionen von Pia, die ihn jetzt erst stutzig machten.
Dachte sie etwa… nein, diesen Gedanken wollte er nicht weiterverfolgen. Oder doch?
Wie aus heiterem Himmel kam Joachim ein Ereignis ins Gedächtnis zurück, das irgendwie mit Pias Erzählung zusammenhängen könnte.

Er leistete seinen dreijährigen Wehrdienst in Rostock zur selben Zeit wie Pias Vater. Sie waren in seiner Kompanie gleich zwei Unteroffiziere mit dem Vornamen Joachim, die sich noch dazu äußerlich ähnlich sahen. Der Nachname des anderen war ihm jedoch entfallen. Jetzt erinnerte er sich auch, dass er „Achim eins" und der andere „Achim zwo" gerufen wurden, das war kürzer als den ganzen Nachnamen anzufügen. Typisch Armee. Dabei waren sie von durchaus unterschiedlichem Charakter. Er, also Achim eins, war damals noch von einem Ereignis aus seiner Jugend geprägt, das ihn folgsam und normengerecht handeln ließ. Davon hatte er übrigens Erika nie etwas erzählt, wie ihm gerade einfiel. Er nahm sich vor, das unbedingt nachzuholen.
Achim zwo dagegen war aus anderem Holz, trug bei seinen Aktionen nicht immer die Dienstvorschrift unter dem Arm.

Schrittweise kam die Erinnerung zurück. Es muss im Sommer gewesen sein. Er, Achim eins, hatte am Sonntag Ausgang genehmigt bekommen, Achim zwo am Samstag davor.
Am Sonntag früh sprach ihn Achim zwo an.
„Sag mal, hast du heute einen ganz wichtigen Grund für deinen Ausgang?"
Er, Achim eins, überlegte.
„Warum fragst du?"
„Weil ich gestern die Frau meines Lebens kennengelernt und mich mit ihr für heute am Strand verabredet habe. Kannst du mir einen Riesengefallen tun? Wir sehen uns doch so ähnlich. Gibst mir deine Ausgangskarte für heute, und dazu natürlich deinen Wehrdienstausweis. Dann hast du eine Revanche gut. Ehrlich. Was du willst."
„Mensch, dich hat's ja wirklich erwischt. Nein eigentlich habe ich nichts Besonderes vor außer einem gepflegten Pils in den Vogtländer Bierstuben. Und über die Gegenleistung reden wir, wenn ich Bedarf habe. Also gut, machen wir so."
„Mensch, du bist ein echter Kumpel, danke."
„Brauchst mich nicht gleich zu küssen. Heb dir das für deine Schnecke auf."
Die Gefahr, dass er an diesem Sonntag in der Kaserne seinen Wehrdienstausweis benötigen würde, ging gegen Null. Und die Wache am Tor schaute nie so genau auf das Foto. Das Risiko war sehr gering.
Am Folgetag strahlte Achim zwo über das ganze Gesicht.
„Voller Erfolg, nochmal danke."
„Schon in Ordnung, ich vergesse es schon nicht."
Drei Tage später wurde Achim zwo zur Baustelle des Palastes der Republik kommandiert. Sie sahen sich nie wieder.

Ich habe also noch etwas gut bei ihm, dachte Joachim Walter. Vielleicht freut er sich ja über eine Tochter. Und bei Gelegenheit würde er auch Pia davon erzählen. Diese Spur will sie bestimmt weiter verfolgen. Erst jetzt wurde ihm klar, welche große Bedeutung sich für Pia mit diesem seinen Erlebnis verband. Denn für sie galt immer noch eine andere Variante. Die so manche von Pias Reaktionen erklären konnte.

Im Verlauf dieses Tages bekam Karsten Frickmann als Ergebnis seiner sorgfältigen Vorbereitungen die letzten Informationen, die ihm bisher

gefehlt hatten. Er hatte den Ablauf der entscheidenden Aktion fast bis ins Detail planen können.
Morgen würde er auch die Nummer zwei mit ihrer Vergangenheit konfrontieren. Von dessen Reaktion würde er abhängig machen, was mit ihm passiert. Nein, er war kein blindwütiger Rächer, legte Wert darauf, dass seine Aktionen zumindest akzeptiert wurden. Adäquat zur Schuld seines Widersachers, der von seiner Rolle inzwischen wohl zumindest eine Ahnung hatte.
Im Schutz der Dunkelheit verstaute er die nötigen Gegenstände im Kofferraum seines Fahrzeugs. Das Futter seiner wetterfesten Jacke enthielt bereits die Papiere mit einer neuen Identität. Dann öffnete er eine Flasche Bier, zappte noch einige Minuten zwischen den Fernsehprogrammen, stellte den Wecker auf 5.30 Uhr und legte sich schlafen.

59

Dienstag, 6. November, 5.50 Uhr

Joachim Walter konnte in dieser Nacht erst spät in den Schlaf finden, der um diese frühe Zeit bereits wieder beendet war. Aufmerksam hatte er die Radiomeldungen über die Entwicklung des Hochwassers an der Ostseeküste verfolgt und die Information über stagnierende, an einigen Stellen sogar leicht sinkende Pegelstände zur Kenntnis genommen. Reinhard Henkelmann und Pia waren ebenso wie ihre Vorgänger Daniel Fischer und Hans Waldeck jeder an einer der beiden Deichzufahrten postiert. Nur von Norden, von Peenemünde aus, und von Süden aus Richtung Karlshagen ist die Schotterpiste unterhalb des Deiches zu erreichen. Der Zugang aus Richtung Osten wird durch Wald und nasse Wiesen versperrt. Ein Weg führt zwar rings um den Cämmerer See und von dort aus am Waldrand entlang zum alten Deich nach Karlshagen, er ist jedoch nur bei niedrigem Grundwasserstand im Sommer passierbar. Nicht einmal zu Fuß würde sich ein Mensch bei diesen Sichtverhältnissen und vor allem bei diesem schon sehr hohen Wasserstand dort entlang wagen. Gefahr drohte also ausschließlich von den beiden Zufahr-

ten. Wie selbstverständlich gingen sie alle davon aus, dass derjenige oder diejenigen, die den Plan PDN 4488 umsetzen wollten, mit einem Fahrzeug die etwa zwei Kilometer zurücklegen würden, die jeweils zwischen beiden Zufahrten und dem Pumpwerk lagen. Die anderen Bauwerke, die noch in Frage kamen, lagen nicht weit vom Pumpwerk entfernt. Aufgrund der Prognosen für das Hochwasser, über die sie durch Joachim informiert wurden, waren sie davon überzeugt, dass der Anschlag auf den Deich in dieser Nacht geplant war. Doch aus welcher der beiden Richtungen die Gefahr kommen würde, konnten sie nur vermuten.
Nun fiel Joachim ein, dass sie am Vorabend eine wichtige Vereinbarung versäumt hatten: Wie sollte er selbst zum Deich kommen? Er musste einen der Akteure bitten, ihn abzuholen und entschied sich ohne langes Zögern für Pia, die den kürzesten Weg hatte. Sie stand in Peenemünde und erklärte sich nach seinem Anruf sofort dazu bereit. Dann rief sie Reinhard an und informierte ihn darüber.
„Ist schon in Ordnung, fahr los", beruhigte der die junge Frau. „Ich bleibe ja hier. Wir treffen uns sowieso gleich alle am Pumpwerk. Und bring Kaffee mit."
Pia erreichte zehn Minuten nach sechs ihre Wohnung. Nur schemenhaft sah sie unterwegs im Wald die sich im Mondlicht spiegelnden Wasserflächen. Sie parkte ihr Auto wieder startbereit in der Einfahrt, ging ins Haus und spürte erst jetzt eine große Müdigkeit. Diese ganz typische Reaktion stellte sich immer dann ein, wenn dem Körper nach höchster Beanspruchung in Aussicht gestellt wurde, nachlassen zu können. Pia fühlte ihre Anspannung förmlich von sich abfallen, als sie sich in den bequemen Sessel setzte. Nur einige Minuten die Augen schließen.
Schnell besann sie sich, ging in die Küche und setzte eine große Kanne Kaffee auf. Die Thermosflasche für den Transport gehörte nicht zur Ausrüstung der Ferienwohnung, sie war aus Pias bescheidenem eigenen Hausstand, wenn dieser Begriff überhaupt zutreffend war.
Das Klingeln ihres Handys löste sofort eine diffuse Befürchtung aus, es könne etwas passiert sein. Es war Joachim.
„Guten Morgen Pia, kann ich kommen?"
„Klar, dann bekommst du noch eine Tasse Kaffee."
Zehn Minuten zuvor hatte Joachim seine Frau Erika einen guten Morgen gewünscht und sie über seinen Standortwechsel informiert. „Du bist jetzt unsere Medienbeobachterin. Gib bitte alle Informationen zum

Hochwasser durch, die für uns wichtig sein könnten. Für alle Fälle hast du ja auch die Handynummern von Reinhard und Pia." Nach einer kurzen Pause fügte er hinzu: „Ich freue mich auf dich", lächelte und legte auf.

60

Dienstag, 6. November, 6.30 Uhr

Reinhard Henkelmann fühlte sich während der Deichwache in seine aktive Dienstzeit zurück versetzt. Wie oft hatte er auf der Brücke seines Schiffes gestanden und musste alles unter Kontrolle halten. Die Umgebung betrachten, das Radar, seine Besatzung, den Kampfauftrag, die Positionen der anderen Einheiten seiner Abteilung, zivile Frachter in internationalen Gewässern, aber vor allem die Schiffe der NATO, und auch Schwedens. Obwohl Schweden offiziell ein neutraler Staat war, wurde die schwedische Marine ebenfalls zu den „feindlichen Kräften" gerechnet. Reinhard war es gewohnt, alles zu koordinieren, sich an die äußeren Umstände anzupassen, auch bei stärkstem Seegang.
Nun stand Reinhard Henkelmann an der Zufahrt zum Deich in Karlshagen Wache. Widerwillig spürte er sein fortgeschrittenes Alter. Er fröstelte, die Müdigkeit versuchte wie immer gerade zu dieser Tageszeit von seinem Körper Besitz zu ergreifen. Pias Anruf beförderte ihn wieder zurück in die reale Situation. Er dachte darüber nach, was er während seiner Ausbildung an der Offiziershochschule in Stralsund und auch an der Seekriegsakademie in Leningrad zur Kriegstheorie gelernt hatte. Oft begannen gerade im Morgengrauen die entscheidenden Kampfhandlungen. Er erschrak zunächst über diesen Begriff, konnte jedoch die von ihnen allen erwarteten Ereignisse nicht anders bewerten. Es gab zwei Parteien, die ihre eigenen Ziele verfolgten, Ziele, die einander ausschlossen. Eine der beiden Parteien würde den Sieg davontragen, Kompromisse waren nicht möglich.
Der Wind hatte spürbar nachgelassen, eine Tatsache, die Reinhard positiv bewertete. Sogleich versuchte aufziehender Nebel, diese Lücke zu füllen. Immer wieder staunte der Seemann darüber, wie sich trotz relativ

starken Windes Nebel herausbilden konnte. Die Dunkelheit der Nacht setzte dem aufkommenden Tageslicht ihren letzten, aber aussichtslosen Widerstand entgegen. Reinhard begab sich für einen Moment in sein Auto, das auf dem Hafenparkplatz von Karlshagen direkt am niedrigen Erdwall stand, hinter dem die Zufahrt zum Deichweg verlief.
Gerade hatte er sich gesetzt, als er Motorenlärm vernahm. Unwillkürlich zog Reinhard den Kopf ein, wollte nicht erkannt werden. Ein PKW kam aus Richtung Ortsmitte, fuhr auf den Hafenparkplatz, allerdings an das andere, etwa hundert Meter entfernte Ende am Sanitärgebäude. Das Fahrzeug hielt an, eine Person stieg aus, ein Mann, wie Reinhard schnell an Statur und Gang erkannte. Es war noch zu dunkel, um ihn identifizieren zu können. Der Unbekannte blickte sich suchend um, ging dann in die äußerste Ecke des Parkplatzes und geriet für einen Moment aus dem Sichtfeld. Innerhalb weniger Augenblicke hatte Reinhard seine volle Konzentration zurückgewonnen. Gespannt beobachtete er das weitere Geschehen. Er senkte sich so weit wie möglich in den Sitz und war bemüht, von außen auch nicht als Silhouette wahrgenommen zu werden.
Durch das Rauschen der Bäume im Wind hindurch vernahm er plötzlich Motorenlärm, der aber nicht vom eben angekommenen PKW stammte. Ein lautes Knattern näherte sich aus der Richtung, in die der Mann eben verschwunden war. Reinhard erblickte ein Quad, eines dieser neuartigen Fahrzeuge mit geländegängigen Reifen, auf denen vor allem Jugendliche nicht nur die Wälder der Region unsicher machten, sondern auch im Ort selbst auf und ab jagten, als reine Provokation. Sogar am Strand hatte er diese Rowdys schon erlebt, am Sonntagvormittag, mitten durch die Spaziergänger hindurch.
Reinhard konzentrierte sich auf das Fahrzeug. Es fuhr langsam vom Parkplatz in die Peenestraße, bog dann sofort links in Richtung Deichweg, passierte sein Auto im Abstand von nur wenigen Metern. Auch jetzt konnte er die Person nicht erkennen, die keinen Helm trug. Als das Quad hinter der Biegung des Deichwegs verschwunden war, sprang Reinhard aus dem Wagen und lief hinterher, so schnell es seine Kondition und die durch Kühle schwer gängigen Gelenke zuließen. Aber er vernahm nur noch ein allmählich leiser werdendes Motorgeräusch, das Fahrzeug fuhr ohne Beleuchtung.

Sofort alarmierte er der Reihe nach seine Kameraden. „Bin schon fast weg und in zehn Minuten vor Ort.“ Daniel antwortete wie immer kurz und knapp. Dann wählte Reinhard die Nummer von Hans Waldeck. „Wo steckst du, hier tut sich was, bist du schon unterwegs?“ „Ich komme von Peenemünde aus, wird noch einige Minuten dauern, wir treffen uns am Pumpwerk, ich beeile mich.“ Noch bevor Reinhard fragen konnte, was das eigenartige Hintergrundgeräusch zu bedeuten hätte, war das Gespräch von Hans beendet worden. Irritiert blickte Reinhard auf sein Handy, ehe er Pia und Joachim über seine Beobachtung informierte.
„Warte bitte dort, wir sind schon fast weg.“ Joachims ruhige Stimme gab Reinhard wieder mehr Sicherheit. Sein Urteil über den Bürgermeister hatte sich seit ihrer Begegnung in Zinnowitz grundlegend gewandelt. Er ist eben doch einer von uns, dachte Reinhard, ohne sich darüber im Klaren zu sein, was damit gemeint war.

61

Dienstag, 6. November, 6.40 Uhr

Pia und Joachim saßen zusammen in ihrer Küche. Ganz gegen seine Gewohnheit, aber den Umständen angepasst, schlürfte Joachim den heißen Kaffee hastig in sich hinein. Der alarmierende Anruf von Reinhard Henkelmann trieb sie noch mehr zur Eile.
Bei einem schnellen, unbeobachteten Seitenblick auf Pia gingen Joachim die Gedanken des vorherigen Abends über Achim zwo durch den Kopf. Aber dieses Thema musste jetzt warten.
Eilig nahmen sie ihre Sachen zusammen, hatten das Haus verlassen und wollten gerade in Pias Auto steigen, als wie aus dem Nichts ein schwarzer Audi auftauchte und neben ihnen anhielt. Pia bekam einen Schreck, denn sie wusste, wem der gehörte.
Joachim verbarg sich instinktiv hinter Pias kleinem Volvo. Pia musste jetzt schnell reagieren, schaffte es gerade noch, Joachim über die Identität des Fahrers zu informieren, als Andreas Schmidt schon ausgestiegen war, auf Pia zutrat und fest in ihre fragenden Augen blickte.

„Nimm‘s mir nicht übel, Pia, aber ich kann dich einfach in dieser Sache nicht alleinlassen, habe die ganze Nacht gegrübelt und bin jetzt einfach da. Ich will mithelfen.“
Pia war völlig verwirrt und prüfte im Schnelldurchgang mögliche Handlungsalternativen.
Es blieb nur eine. „Warte bitte kurz“, wandte sie sich an den Makler und ging zu Joachim, erklärte ihm die Situation und versuchte ihn zu beruhigen. Das gelang nur mühsam.
„Ich will ihn aber unter Kontrolle haben“, entgegnete Joachim leise mit Unmut zu Pia, „lass uns losfahren, die Zeit drängt.“
Der Bürgermeister ging auf den Überraschungsgast zu, sah ihn prüfend an, lächelte dann gezwungen. „Schön, dass Sie helfen wollen. Ich hoffe, dass Sie uns wirklich unterstützen können. Die Sache ist nicht ganz ungefährlich.“ Joachim musterte Andreas nun von oben bis unten.
Auch die Antwort erfolgte mit sicherer Stimme. „Ich habe mich mit Pia mehrfach über dieses Thema unterhalten. Mein Entschluss kam spät, ist aber dafür umso fester. Sie können sich auf mich verlassen. Schließlich geht es ja auch um die Region.“
„Dann lasst uns keine Zeit verlieren. Wir werden dringend erwartet.“ Joachim drängte zur Eile und wandte sich an die junge Frau. „Pia, nimm‘s mir nicht übel, aber zwei Fahrten mit deinem Miniauto reichen mir. Wie ich sehe, haben Sie eins mit normal großer Rückbank, Herr Schmidt. Darf ich?“
Mit diesen Worten näherte sich Joachim ohne Zustimmung abzuwarten der rechten hinteren Tür des Audi.
„Natürlich, das wollte ich Ihnen auch gerade vorschlagen. Sie sind dann unterwegs sozusagen mein Bürge.“
Pia nahm diese Szene noch zur Kenntnis, bevor sie in ihr Auto stieg. Sie versuchte möglichst objektiv, das Verhalten des Maklers zu werten. Der Gedanke, dass er nicht nur ernsthaft um das Gemeinwohl, sondern wohl mindestens ebenso sehr um sie selbst besorgt zu sein schien, zauberte ihr ein zaghaftes Lächeln ins Gesicht. Eine andere mögliche Erklärung fiel ihr nicht ein. Umso mehr freute sie sich auf den Zeitpunkt, an dem alles vorbei war und endlich Neues beginnen konnte.
Die beiden Männer saßen abfahrbereit im Audi, Andreas Schmidt winkte Pia aus der Grundstückseinfahrt und setzte sich ebenfalls in Bewegung.

Keiner der beiden Insassen sprach ein Wort, sie mussten sich beide erst auf die angespannte Situation einstellen.
Als das Fahrzeug das Ausfahrtrondell des Feriengebietes erreicht hatte, ertönten undefinierbare, immer lauter werdende Geräusche im Heck. Joachim Walter reagierte darauf mit einem sorgenvollen Blick auf den Fahrer und die sich immer weiter entfernende Pia. Andreas Schmidt fluchte leise, fuhr langsamer, aber die Geräusche hörten nicht auf.
„So ein Ärger, ich halte mal kurz an, ehe uns da was kaputt geht", sagte er, sich andeutungsweise zu Joachim umdrehend. Er bog auf die Parkfläche an der Ostseestraße, stoppte den Wagen und stieg aus. Dann öffnete er die Heckklappe, wühlte dort herum, hatte offenbar die Ursache des Lärms gefunden und schloss das Auto wieder. Pia war bereits abgebogen und aus ihrem Blickfeld verschwunden.

62

Dienstag, 6. November, 6.40 Uhr

Nach einigen hundert Metern auf dem offenen Quad hatte sich der Mann halbwegs an die Bedienung gewöhnt. Wie vereinbart war der Zündschlüssel in einer kleinen Plastiktüte wasserdicht unterhalb des Sitzes befestigt gewesen.
Der erste Teil des Weges von Karlshagen am Deich entlang nach Peenemünde führte durch Wiesen. Der Weg selbst war durchgängig mit Wasser bedeckt, nur die beiden etwas höher gelegenen grasbewachsenen Ränder zeichneten sich ab. Glücklicherweise diente die Baumreihe zur Rechten des Weges als deutlich sichtbare Orientierung. Sie trennte die Fahrbahn von den feuchten Wiesen, die bei niedrigem Grundwasserstand als Weide dienten. Der Weidezaun war jedoch kaum zu erkennen. Die Fahrt verlangte seine ganze Konzentration, zumal er zum Schutz vor Entdeckung ohne Licht fuhr. Es war gut, dass er frühzeitig aufgebrochen war und die Dunkelheit ausnutzen konnte. Beim Fahrtempo setzte er Sicherheit vor Eile. Zum Glück kannte er den mit Schotter befestigten Weg bei normalen Verhältnissen.

Von der Brücke über den Graben, wo der Weg direkt zum Deich schwenkte, waren es nur noch dreihundert Meter bis zum Ziel. Der Mann ließ die Bunkerruinen links liegen und passierte das Pumpwerk, das nur durch den Weg vom Deich getrennt war. Nun war seine ganze Konzentration gefragt. Aufmerksam blickte er nach links, fuhr nur noch im Schritttempo. Schemenhaft tauchte direkt an der Böschung des Deiches ein großer Busch auf. Er hielt an, stieg ab und schaute sich um. Zum Glück war kein Mensch zu sehen. Der Wind verursachte immer noch ein ständiges Rauschen, das alle anderen Geräusche übertönte.

Der Mann drehte das Fahrzeug und schob es einige Meter rückwärts den Deich hinauf, mit den Vorderrädern zum Weg, und ließ den Zündschlüssel stecken.

Schon oft hatte er den Weg am Deich bei Ausflügen mit dem Fahrrad benutzt und den Busch nebenbei registriert.

Er schob die Äste in der Mitte mühevoll auseinander und fand tatsächlich eine schmale Tür.

Wie in der Anweisung vermerkt, war sie nicht verschlossen. Das ließ den Mann erneut nachdenklich werden. Die Aktion war offenbar gut vorbereitet worden. Klopfenden Herzens öffnete er die niedrige Stahltür, zwängte sich hindurch zog sie hinter sich zu. Er musste seine Gedanken sammeln, fühlte sich wie ein Forscher, der in eine unbekannte Höhle hinabsteigt. Mit einer starken Taschenlampe leuchtete er umher und sah den kleinen Raum vor sich, den er bisher nur als Zeichnung kannte. An der hinteren Seite, nur knapp zwei Meter entfernt, bemerkte er eine größere Stahltür. Langsam und vorsichtig ging er auf sie zu. Der betonierte Fußboden wies keinerlei Spuren regelmäßiger Benutzung auf, hier war offenbar schon sehr lange niemand gewesen. Die Tür sah aus wie ein übergroßes Schott auf einem Schiff, mit einem Rad als Verschluss.

Große Unruhe erfasste den Mann. Er stand kurz vor einer Handlung mit weit reichenden Konsequenzen. Für ihn, für seine Familie, für die Menschen der Region, ja eigentlich für die Welt. Er spann den Gedanken weiter, ohne dass es ihn beruhigen konnte. Im Gegenteil.

Er zögerte. Noch war Zeit zur Umkehr. Er konnte sich eine Ausrede einfallen lassen. Irgendeinen Defekt erfinden, der das ausgeklügelte System außer Gefecht gesetzt hätte. Und dann nichts wie weg, niemand würde es bemerken. Doch es gelang seinen Gedanken, die künstlich

aufgebaute Sperre zu überwinden. Nichts wäre dann in Ordnung. Bei nächster Gelegenheit würde es ein anderer erledigen.
Und er selbst stände vor den Trümmern seiner Existenz. So wie die Frau ihm angedroht hatte.
Eine plötzliche Überlegung durchfuhr ihn.
Wenn dieser jemand schon bereit stand? Ihn die ganze Zeit beobachtete? Nur auf sein Versagen wartete?
Nackte Angst erfasste den Mann, so wie noch nie zuvor in seinem Leben. Dann dachte er an seinen Sohn, an seine Arbeitsstelle, seine Kollegen. Und wenn alles gut ging, hatte er ausgesorgt. Er persönlich. Und seine Familie.
Er schloss die Augen, konzentrierte sich, atmete tief durch und ging weiter.
Rechts der Tür wies die Wand ein kleines Loch auf. Dort fehlte offenbar ein Ziegel.
Er hatte sich den Ablauf genau eingeprägt. Noch benötigte er die Zeichnungen nicht, die er in der Innentasche seiner Jacke aufbewahrte. Er drehte das Rad nach links und versuchte, die Stahltür zu öffnen. Sie gab nicht nach. Er musste seine ganze Kraft aufwenden, bis sich die Tür laut quietschend zentimeterweise öffnen ließ. Sie schien lange nicht bewegt worden zu sein.
Nachlässigkeit oder Absicht?
Kälte und Feuchtigkeit schlug ihm entgegen. Er leuchtete in die Tiefe. Fast wäre er die Treppenstufen hinunter gestolpert, die er im letzten Moment vor sich erkannte. Der Raum erstreckte sich in einer Breite von ungefähr drei Metern mindestens weitere fünf Meter weit in die von der Tür abgewandte Richtung. Der Mann versuchte sich zu orientieren. Der große Raum musste nach seiner Schätzung direkt unter der Deichkrone liegen. Er versuchte die Vorstellung auszublenden, die sich ihm in diesem Moment aufdrängte. Wenn das ganze System ohne sein Zutun sofort auslösen würde, wäre es um ihn geschehen.
Die Furcht kam mit großer Macht zurück. Er spürte seine Knie weich werden. Wie ein aufgezogenes mechanisches Spielzeug trat er, Schritt für Schritt, Stufe für Stufe hinabgehend, in den Raum hinein. Ständig leuchtete er angstvoll die Umgebung ab, als wenn an allen Seiten Gefahren lauern würden.

Dann sah er das entscheidende Element des Systems vor sich. Eines, das den angekündigten Überlebensmechanismus für den Auslösenden umfasste. Die letzten drei Meter der Raumdecke wurden von einer großen Stahlplatte eingenommen.
Die Decke war in ihrer ganzen Länge schräg gebaut, senkte sich ab, je weiter er in den Raum hineinkam, so dass er die Platte leicht mit seinen erhobenen Armen erreichen konnte. Er vermutete, dass die Schulter des zum Wasser gewandten Teils des Deiches im selben Winkel direkt darüber lag. Genau auf dieser Voraussetzung beruhte das gesamte System.
Nun schaute der Mann doch auf seine Zeichnung, die er mit klammen und zitternden Händen aus seiner Jacke holte. Er verglich den Bedienungsmechanismus auf der Abbildung mit dem, was er vor sich sah, schaute mehrfach von der Skizze zur Platte und zurück. Dann hatte er es begriffen.

63

Dienstag, 6. November, 7.05 Uhr

So erregt hatte er seinen Chef noch nie erlebt.
„Wie soll ich das verstehen, Bock? Spielen Sie jetzt Cowboy? Statt Ermittlungsergebnissen bekomme ich von Ihnen nur unqualifizierte Beschwerden über ‚die da oben' und Rechtfertigungen für ausbleibenden Erfolg."
Sofort nach Betreten der Dienststelle, noch bevor er wie geplant mit Rita Mesing zusammentreffen konnte, wurde Arne Bock zu seinem Chef gerufen, der ihm nicht etwa einen Sitzplatz angeboten, sondern ein Blatt Papier unter die Nase gehalten hatte. Es war die Suchmeldung zu Doris Laskewitz. Die Rezeptionistin eines Zinnowitzer Hotels hatte geglaubt, die Gesuchte erkannt zu haben. Als sich bei der angegebenen Handynummer niemand meldete, rief die Frau direkt bei der Polizei in Wolgast an, löste dort Erstaunen und eine Meldung an den Chef aus.
Arne Bock musste nun eine Prinzipentscheidung treffen. Sein Ruf als Ermittler stand auf dem Spiel, ja vielleicht sogar seine gesamte Lauf-

bahn. Viel Zeit zum Überlegen hatte er nicht, als er wie ein ertappter Sünder vor dem etwas kleineren Polizeidirektor Hartmut Westphal stand.
Es galt, sich in die andere Seite, in die Lage eines Straffälligen hineinzuversetzen: Nur das Bewiesene zugeben, für alles andere eine Erklärung finden. Und möglichst offensiv bleiben.
„Was haben Sie dazu zu sagen?"
Arne Bock blickte zunächst nach unten wie ein reuiger Sünder, sprach dann mit fester Stimme.
„Ja, es war ein Alleingang von mir. Ich persönlich sah Ungereimtheiten in den Begründungen aus Schwerin, auch bezüglich dieser Frau."
Westphal wartete gespannt auf eine Fortsetzung.
„Ich wollte Gewissheit, ja, und natürlich die Ergebnisse, die uns noch fehlen. Es war nach meiner Meinung einen Versuch wert. Aber eben nur meine ganz persönliche Einschätzung."
Westphal hakte sofort ein.
„Sie haben wohl auch eine ganz persönliche Beziehung zu dem Fall, oder besser gesagt, zu den Fällen. Was hat Ihnen denn Ihr Großvater dazu geraten?"
Arne versuchte, mit seinem Mienenspiel nicht darauf zu reagieren.
Hatte etwa Siegfried Reuschel geplaudert?
„Der hat damit direkt nichts zu tun."
„Nein, direkt vielleicht nicht, aber wohl ziemlich indirekt."
„Reinhard Henkelmann hat von mir keine Informationen über den Gang der Ermittlungen erhalten", hielt Arne energisch dagegen.
„Das habe ich auch nicht behauptet. Hören Sie zu, Bock, wir alle müssen uns an Regeln halten. Wenn Sie vorwärts kommen wollen, müssen Sie dabei noch viel lernen."
Manches möchte ich lieber nicht lernen, schoss es Arne durch den Kopf.
„Ab sofort übernimmt die Kollegin Mesing die Leitung der Ermittlung, ich habe es ihr schon mitgeteilt. Sie können alles Nötige mit ihr besprechen."
Arne nickte nur und verließ das Zimmer. Auf direktem Wege begab er sich zu Rita Mesing, die ihn schon erwartet hatte.
Sie verstanden sich wortlos, Rita begriff dankbar, dass Arne ihre Mitwisserschaft mit keinem Wort erwähnt hatte.

„Was machen wir jetzt?“ Rita hatte ihre neue Rolle noch nicht verinnerlicht, sah Arne immer noch als Chef.
„Viele Möglichkeiten haben wir nicht, außer weiter im Nebel zu stochern. Ich werde sofort auf die Insel fahren und meinen Großvater zur Rede stellen. Jetzt ist Schluss mit der Geheimniskrämerei.“
„Einverstanden“, gab Rita zurück. „Und … danke.“
„Schon gut, das stehe ich durch. Wo ist denn Siegfried?“
„Hat sich krank gemeldet.“
Die Bemerkung, dass er Siegfried als Tippgeber an Westphal im Verdacht hatte, ließ Arne unausgesprochen.

64

Ehe sich Joachim Walter darüber wundern konnte, dass Andreas Schmidt statt wieder auf dem Fahrersitz Platz zu nehmen, die Tür zu seinem Sitz öffnete, spürte er einen kalten runden Stahl an seiner Schläfe.
„Kennst du das Gefühl, wenn die Jagd erfolgreich zu Ende ist? Die Beute nicht mehr entkommen kann?“
Joachim wurde von der Aktion völlig überrascht und hatte im ersten Moment nicht die geringste Ahnung, was hier gerade vor sich ging.
„Du steigst jetzt ganz langsam aus und setzt dich ans Steuer. Wenn du nicht tust, was ich dir sage, bist du tot.“ Andreas Schmidt trat einige Schritte zurück, um aus der Reichweite eventueller Gegenmaßnahmen zu kommen.
Joachim Walter tat, wie ihm befohlen. Er löste den Sicherheitsgurt und bewegte sich langsam aus dem Fahrzeug. Reflexartig begann er bereits in diesem Moment zu überlegen, welche Art von Widerstand ihm blieb. Auf dem Weg um das Auto herum schaute er Schmidt unverwandt an und sah ein zu allem entschlossenes Gesicht. Der Anblick hinderte ihn an vorschnellen, unüberlegten Reaktionen. Er wusste nicht, welches Gefühl bei ihm gerade die Oberhand gewann, schwankte zwischen Wut, echtem Erstaunen und Hilflosigkeit. Schließlich setzte er sich ans Steuer des Audi. Andreas stieg hinter ihm ein und hielt ihm sofort die Pistole an den Kopf.

„Klapp den Sonnenschutz runter."
Als Joachim das tat, erschrak er augenblicklich. Eine Zeichnung sprang ihn förmlich an. Es war ein Dolch, um den sich eine Schlange wand. An beiden Seiten befanden sich kreisrunde Symbole.
Schlagartig wurde Joachim die Situation klar. Er selbst war das eigentliche Ziel des Täters von Zittau. Und mit dem Deichrückbau hatte das alles nichts zu tun.
„Mein richtiger Name ist übrigens Karsten Frickmann. Sagt dir das noch etwas?"
Joachim musste nicht mehr überlegen. Als wenn eine lange aufgebaute Blockade beseitigt worden wäre, setzten seine Gedanken verschiedene Erinnerungen aus ferner Vergangenheit mit jüngsten Informationen zu einem passenden Bild zusammen.
Er nickte mechanisch als Antwort auf die Frage. „Du fährst jetzt los, zu deinem Bunker. Den Schlüssel hast du ja bei dir, wie ich gehört habe. Aber vorher gibst du mir dein Handy." Joachim reichte es Karsten.
„Und jetzt noch das kleine schwedische."
In diesem Moment begriff Joachim, warum er so schnell dieses Quartier bekommen hatte. Alles, was er dort gesagt hatte, wusste sein Widersacher bereits. Mit Schrecken wog er die Konsequenzen dessen ab, dass noch an anderen Stellen Abhörgeräte platziert gewesen sein könnten.
Etwas gefasster prüfte er erneut seine Chancen, allein aus dieser Lage herauszukommen. Aber zunächst würde er den Anweisungen Folge leisten, den Täter in Sicherheit wiegen, um eventuell einen schwachen Moment ausnutzen zu können. Er reichte Karsten Frickmann auch das schwedische Handy.
„So, jetzt fahr los. Du kennst den Weg."
Joachim lenkte den Audi an der Ausfahrt der Ostseestraße nach rechts und fuhr durch den Sturm in Richtung Peenemünde. Beiderseits der Straße schimmerte Wasser zwischen den Bäumen. Doch Joachims Schreck über seine eigene Situation war stärker als die Angst vor Hochwasser.
Als sie die Gerade erreicht hatten, von der aus der Waldweg zum Bunker abzweigte, fuhr vor ihnen ein großer LKW. Die Umrisse kamen Joachim trotz der Dämmerung bekannt vor. Es war aber schon lange her, dass er ein solches Fahrzeug gesehen, sogar selbst gefahren hatte.
„Langsamer, lass den erst weg."

Joachim tat wie geheißen und bog erst in den Waldweg ein, als der LKW außer Sicht war.
„Steig aus und räum die Äste beiseite", befahl Karsten. „Und denk dran, du hast keine Chance."
Joachim schob die Äste weg, fuhr ein Stück, hielt nach Passieren des Geästs wieder an und blickte sich fragend zu Karsten Frickmann um.
„Nein, die bleiben da liegen", kam die Antwort.
Urplötzlich gerieten sie in eine große Wasserlache. Mit letzter Kraft kam der Audi hindurch.
„Mach keine Zicken, ich weiß, dass du fahren kannst. Weiter."
Sie passierten noch mehrere kleinere Wasserflächen, die scheinbar eine leichte Strömung aufwiesen. Dann war Schluss. Auf einer Länge von fünf Metern war der Weg überspült. Joachim versuchte vergeblich, die Pfütze zu umfahren.
„Da bleiben wir stecken. Wir müssen zu Fuß weiter."
Karsten Frickmann überlegte, nickte nur zögernd. „Steig aus und wirf mir den Schlüssel zu. Geh vor."
Joachim setzte sich in Bewegung. Als er sich umdrehte, sah er, wie Karsten einen länglichen, in eine Stoffhülle verpackten Gegenstand aus dem Auto holte. Die Form erkannte er wieder, sie passte zu seinen Erinnerungen und wirkte alles andere als beruhigend.
Sie durchwateten die überspülte Stelle, versanken dabei fast bis zum Knie im Wasser. Ein Umgehen durch den Baumbestand war aber nicht möglich. Mühsam erreichten sie über den immer feuchter werdenden Waldboden und durch weitere Pfützen hindurch den Bunker. Auch vor dem Eingang breitete sich bereits eine Wasserlache aus.
„Schließ auf und geh rein."
Bisher hatte Joachim noch keine Gelegenheit gefunden zu fliehen oder Karsten Frickmann zu überwältigen. Seine Chancen dazu würden im Bunker nicht unbedingt steigen, ging es ihm durch den Kopf. Aber er hatte keine Wahl. Frickmann leuchtete von hinten den Raum aus.
„Du weißt selbst, wohin es weitergeht. Tu es einfach. Dann können wir uns in Ruhe unterhalten."
Joachim dachte angstvoll an den weiteren Weg. Er hatte das Gefühl, sich freiwillig in ein Gefängnis zu begeben, aus dem es keinen Rückweg mehr gab. Er überlegte, verwarf dann aber den Gedanken, es hier auf eine körperliche Auseinandersetzung ankommen zu lassen. Der Aus-

gang wäre völlig unsicher. Er fühlte jetzt auch die Verantwortung für Erika, wollte unter allen Umständen lebend aus diesem Verlies herauskommen. Mechanisch schloss er den Raum auf, in dem er übernachtet hatte, öffnete die Tür und wurde plötzlich von Karsten Frickmann unsanft hineingestoßen.

65

Pia lenkte ihren Volvo auf den Hafenparkplatz von Karlshagen. Sofort nach dem Aussteigen begrüßten Reinhard Henkelmann und Daniel Fischer sie mit erstaunten Blicken.

„Wo ist der Bürgermeister?"

„Direkt hinter mir." Pia antwortete, indem sie sich umdrehte. Da erst merkte sie, dass der Audi mit den beiden anderen nicht zu sehen war. Sie begann zu stottern. „Die sind jedenfalls gleich nach mir losgefahren, hab sie doch gesehen. Sie müssten schon längst hier sein."

Daniel und Reinhard sahen sich an.

„Wer sind denn ‚sie'? Er sollte doch mit dir mitfahren."

Pia erklärte hastig die überraschenden Ereignisse des Morgens, erntete aber nur verständnislose Reaktionen.

Reinhard fragte jetzt nach. „Warum ist er denn überhaupt mit dem anderen mitgefahren?"

„Das hatten wir dann so vereinbart. Er wollte ihn sicherheitshalber im Auge behalten."

Pia versuchte Joachim anzurufen. „Er geht nicht ans Handy. Ich versuche es bei Schmidt", informierte Pia die Umstehenden.

„Vielleicht ist was passiert." Daniel wurde unruhig. „Ich fahr' mal kurz zurück und sehe nach."

„Aber beeil dich. Wir müssen dem Kerl hinterher, das ist jetzt wichtiger", wandte Reinhard ein. Daniel sprang in seinen Jeep und fuhr die Peenestraße zurück. Schon nach drei Minuten war er wieder da.

„Nichts zu sehen. Die müssen woanders hingefahren sein. Warum auch immer."

„Schmidt nimmt auch nicht ab. Vielleicht haben wir uns ja missverstanden und sie sind nach Peenemünde unterwegs, zur nördlichen Zufahrt." Pia hatte die Hoffnung nicht aufgegeben, doch sie erinnerte sich an die Anweisung Joachims, genau hierher zu fahren. Unruhe erfasste sie. Vor allem wegen Joachim, aber einen kleinen Anteil hatte auch Andreas daran.
„Wir müssen jetzt handeln, sonst kann alles zu spät sein." Reinhard wurde ungeduldig. Dann fiel ihm noch etwas ein.
„Sag mal, Daniel, warum kommt Hans aus Richtung Peenemünde? Hat er dir das erzählt?"
„Ja, hat er." Daniel grinste geheimnisvoll. „Werdet ihr gleich sehen, los, steigt ein."
„Macht denn hier jeder was er will? Ich dachte wir vertrauen einander", protestierte Reinhard.
„Keine Sorge, Hans bringt etwas sehr Nützliches mit. Oder auch umgekehrt. Könnt ihr mir glauben."
Pia und Reinhard stiegen kopfschüttelnd in den Jeep, der sich sogleich in Bewegung setzte. Die jetzt nötige Konzentration auf den Weg verhinderte weitere Nachfragen von Reinhard.
Schon nach wenigen Metern, bei Erreichen des Deichweges, rauschte es unter den Rädern. „Keine Sorge, der kann durch einen halben Meter Wasser fahren. Nur nicht zu schnell", beruhigte Daniel seine Mitfahrer. „Das hier sind höchstens ein paar Zentimeter."
„Für Grundwasser ist das aber zu hoch", wandte Reinhard ein. „Es muss woanders herkommen."
„Ein Grund mehr, uns zu beeilen." Daniel erhöhte die Geschwindigkeit etwas. Die Sicht war schlecht. Vorsichtshalber verzichtete Daniel auf die Fahrzeugbeleuchtung, orientierte sich an den Bäumen rechts des Weges. Das zunehmende Tageslicht verbesserte die Fahrsituation ganz langsam, trotz des Nebels.
Kurz vor Erreichen der Brücke über den Graben sagte Daniel unschlüssig: „Wir müssen uns jetzt entscheiden. Bunker oder Pumpwerk. Hier oder dreihundert Meter weiter."
„Fahr auf jeden Fall über die Brücke. Das Quad muss ja irgendwo stehen." Reinhard schaute ebenso wie Pia aufmerksam in die Umgebung, während Daniel auf den Weg achtete. Sie waren nach Passieren der Brü-

cke auf der Höhe der beiden Bunkerruinen angekommen, die jeweils etwa zwanzig Meter rechts und links vom Weg entfernt standen.
„Halt mal an und mach den Motor aus.“ Reinhard öffnete die Seitenscheibe. Jetzt hörten alle das brummende Geräusch. Daniels Handy klingelte. Auf dem Display erschien die Nummer von Hans Waldeck.
„Wir warten schon auf dich, ich hab‘ noch nicht alles verraten...“ Ehe Daniel weiter sprechen konnte, hörten auch die anderen beiden die aufgeregte Stimme von Hans. „Fahrt am Pumpwerk vorbei, hier steht ein Quad am Deich. Beeilt euch.“ Kurz danach erstarb das Motorgeräusch. Daniel steuerte den Jeep weiter, jetzt langsam und vorsichtig, nicht nur wegen des Wassers auf dem Weg. Ruckartig bremste er, die beiden anderen rutschten auf ihren Sitzen nach vorn. Direkt vor ihnen, vom Dunst umhüllt, erhob sich die unbeleuchtete Silhouette eines großen LKW. Der Busch daneben war kaum zu erkennen. Daniel ließ den Jeep direkt davor auf dem Weg stehen. Sie stiegen aus und begrüßten Hans Waldeck, der neben dem Fahrerhaus stand. Pia staunte, hatte noch nie ein solches Fahrzeug gesehen. Reinhards Reaktion war ganz anders. Keiner konnte bemerken, wie seine Augen glänzten.
„Donnerwetter. Wo habt ihr denn den her?“
Vor ihnen stand ein URAL 375 D, der Standard-LKW der NVA.
Daniel und Hans blickten sich verschwörerisch an, ehe Hans antwortete. „Kannst du dich daran erinnern, als der Flugplatz voll mit solchen Dingern stand? Damals, als hier alles aufgelöst wurde und Chaos herrschte?“ Reinhard dachte an die Zeit zurück, als der Flugplatz Peenemünde Anfang der neunziger Jahre als Zwischenlager für ausgemusterte NVA-Technik diente, die dann anschließend verkauft oder verschrottet wurde. „Klar, und ihr habt…“
„Ja, haben wir. Ist damals überhaupt nicht aufgefallen. Viel schwieriger war es, das Ding bis heute zu verstecken. Aber nun wird er bestimmt gebraucht. Außer mir und Daniel weiß keiner davon. Hoffe ich jedenfalls“, grinste Hans.
Jetzt mischte sich Daniel ein und zählte die Vorzüge des LKW auf. „Dreiachser mit Allradantrieb, 180 PS. Guckt euch die Reifen und das Profil an. Der kommt überall durch. Kann über einen Meter Wassertiefe meistern, mit dem richtigen Fahrer natürlich.“
Pia berührte ehrfurchtsvoll die massive Stoßstange, die ihr fast bis an die Schulter reichte.

„Mal sehen, wie er uns helfen kann. Aber jetzt los, lasst uns überlegen." Reinhard übernahm wie gewohnt das Kommando.
Hans zeigte den anderen das Quad neben dem Strauch, den er bereits in Augenschein genommen hatte. „Der Zugang zu dem gesuchten Gebäude verbirgt sich im Busch." Sie berieten das weitere Vorgehen. Es handelte sich offenbar nur um die eine Person, die Reinhard auf dem Parkplatz an sich vorbeifahren sah. Ein Einzelner müsste zu überwältigen sein, stellten sie übereinstimmend fest. „Pia, du bleibst hier, als Ansprechpartnerin. Erika hat doch deine Handynummer?", vergewisserte sich Reinhard. „Und wir drei gehen da hinein."
„Was ist mit dem Bürgermeister?" Daniel erinnerte sie wieder daran, dass ein wichtiger Mitstreiter fehlte. An den Makler dachte außer Pia niemand mehr. Sie blickten sich an. Hans Waldeck fiel erst jetzt die Abwesenheit von Joachim auf. Er musste in diesem Augenblick an das Symbol mit der Schlange denken.
„Es ist völlig ungewiss, ob und wann er kommt. Außerdem weiß er gar nicht, wo genau wir sind. Wir können nicht warten." Reinhards Worte fanden die Zustimmung der Anwesenden. Pia setzte sich in den Jeep, der LKW war ihr zu unheimlich. Die anderen bewaffneten sich mit Werkzeugen aus dem Vorrat des URAL und bewegten sich vorsichtig in Richtung Busch.

66

Joachim war auf diesen körperlichen Angriff nicht gefasst, kam ins Straucheln und fand sich auf dem Fußboden zwischen den Betten wieder. Karsten Frickmann hatte inzwischen das Deckenlicht eingeschaltet. Er stand an der noch immer offenen Tür.
„Setz dich auf das Ding da und hör mir zu. Was ich mit dir machen werde, hängt ganz von dir ab."
Joachim folgte der Anweisung, rappelte sich hoch und setzte sich auf den kleinen hölzernen Nachttisch zwischen den Betten. Er sah einen Mann mit entschlossenem Gesicht, der ein Luftgewehr in seinen Hän-

den hielt und damit demonstrativ auf ihn zielte. Frickmann bemerkte Joachims ängstlichen Blick.

„Ja, genau. Mit diesem Ding habe ich dich schon einmal erschreckt, draußen vor der Tür“, lächelte er triumphierend und setzte fort. „Jetzt sag du mir, warum wir beide in diesem Raum sind. Damit kannst du deine Zukunft beeinflussen. Ich hoffe, du weißt jetzt, worum es mir geht.“

„Ja, ich weiß es.“

„Dann sag‘s mir, ich will deine Version hören.“

Joachim stand immer klarer ein Ereignis vor Augen, das er längst verdrängt zu haben glaubte. Damals war er gerade sechzehn Jahre alt. Er rief sich das Geschehen ins Gedächtnis und begann zu erzählen. Mit einer Offenheit, über die er selbst staunte. Doch er konnte auf seine Wortwahl in dieser Situation keinen Einfluss nehmen, ließ alles einfach aus sich heraus. Als wenn es am Vortag gewesen wäre, kamen die Erinnerungen an diesen Nachmittag plötzlich wieder zurück.

Mit einem dumpfen Knall klatschte die Kugel gegen die Wand, nur wenige Zentimeter neben dem Lichtschalter. Der große Raum absorbierte das Geräusch, es gab keinen Hall. Im hellgelben Putz blieb nur eine kleine Mulde zurück, nicht mehr als zwei Zentimeter im Durchmesser, wie ein Krater in einer wilden Landschaft.

Es erinnerte Joachim an die typischen Laute, wenn Geschosse in Filmen knapp daneben gingen. Er suchte sich willkürliche Ziele heraus, schoss und schoss. Magazin um Magazin füllte er, schob es in die Waffe, legte an und drückte ab. Die zahlreichen Ladehemmungen verdarben seine Stimmung nicht. Besonders forsches Nachladen verhinderte, dass nur die Hälfte der kleinen Bleikugel aus dem Magazin geschoben wurde, was ein unvollständiges PLOPP hervorrief.

Joachim nahm den Übergang nicht wahr, das Hingleiten in einen Rausch. Das Luftgewehr hatte sich in eine frühgeschichtliche Waffe verwandelt, die Wand der Turnhalle wurde zu einer feindlichen Umwelt, tausende Jahre menschlicher Entwicklungsgeschichte spulten sich in kürzester Zeit in seinem Hirn ab.

Endlich selbst entscheiden! Macht haben, sie ausüben können. Ganz ohne Aufsicht. Völlig neue Verbindungen entstanden in seinem Hirn. Sie verdrängten vieles von dem, was er an Denkmustern erworben hatte. Er

fühlte sich wie jemand, der eingesperrt war, das aber erst bemerkte, als er überraschend an neue, bisher unsichtbare Grenzen stieß und diese sogar durchbrach.
Sie waren bei dieser wilden Schießerei zu zweit. Niemand wusste später noch, wer damit angefangen hatte, Joachim selbst oder Herbert Münch aus der Parallelklasse.
Die beiden als zuverlässig geltenden Schüler hatten sich gegenüber dem aufsichtsführenden Lehrer bereit erklärt, nach dem Wettkampf im Luftgewehrschießen die Turnhalle selbstständig wieder in Ordnung zu bringen.
Plötzlich tauchte ein etwa zehnjähriger Junge auf. Er hatte nach dem Unterricht am Vormittag seine Sportsachen vergessen.
Nur kurz unterbrachen sie die Schießerei, fanden gemeinsam schnell das Gesuchte.
Der Junge blieb. Die Schüsse faszinierten ihn. Warum schon wieder nach Hause gehen, wenn hier solch Spannendes passierte? Das Pfeifen der Kugeln im Indianerfilm drängte sich sofort in sein Gedächtnis. Ohne zu überlegen lief er durch die Halle, sah sich die Einschusslöcher in den Wänden an, blickte voller Begeisterung zu den zwei Schützen. Auf den Gedanken, die Waffe selbst in die Hand zu nehmen, kam er nicht.
Vollkommen unerwartet traf der scharfe Schlag sein Gesicht. Mit der Hand griff er an die Stelle – sie färbte sich rot.
Ein etwa drei Millimeter breiter Blutfaden rann aus einer Wunde direkt unterhalb des linken Auges langsam nach unten.
Blitzartig wurden die beiden Halbwüchsigen in die Gegenwart geschleudert. Panik ergriff sie. Was tun? Das Auge selbst war äußerlich nicht verletzt. Der Junge begann zunächst leise zu weinen. Nicht aus Schmerz, mehr aus Unsicherheit, in der Gewissheit, dass soeben etwas Schlimmes passiert war. Sein flehender Blick auf die beiden anderen suchte nach einer Beruhigung, die er selbst wollte, die aber auch die Jugendlichen für sich brauchten.
Die beiden blickten sich an. Schnell war Herbert als der Schütze ausgemacht, aber war das jetzt noch wichtig? Joachim fühlte zumindest ein großes Stück Beruhigung: Ich war es nicht!
Sie betrachteten die kleine Wunde und kamen zu dem Schluss, dass die Kugel vom Knochen unterhalb des Auges abgeprallt war.
Glück gehabt! Glück gehabt!
Doch nun kam die Angst.

Nachdem noch wenige Minuten zuvor zwei entschlossene Steinzeitkrieger ihre feindliche Umwelt bekämpften, standen jetzt zwei Häufchen Elend dort, aus denen jegliche Courage, jegliches Verantwortungsbewusstsein gewichen war.
Sie schickten den Jungen einfach allein nach Hause.
„Lass dir ein Pflaster draufkleben, dann ist bestimmt alles in Ordnung", waren ihre Worte, mit denen sie sich auch selbst wieder in die bis kurz davor behütete Gedankenwelt zurückversetzen wollten.

„Nichts war in Ordnung!" Die Worte von Karsten Frickmann brachen Joachims Erzählung ab.
Erschreckt hielt er inne. Frickmann setzte fort: „Ihr miesen kleinen Feiglinge. Erst sinnlos herumballern und dann den Jungen seinem Schicksal überlassen. Konntest du wenigsten ein paar Tage danach schlecht schlafen?"
Seine Stimme wurde immer lauter, Joachim hörte einfach zu.
„Weißt du denn, wie es mit ihm weiter ging? Nein? Hast du dich jemals bei ihm entschuldigt? Nein? Warum nicht? Hast Schiss gehabt?"
Joachim wusste nicht, wie er auf die pfeilscharfen Fragen reagieren sollte. Er entschied sich für Schweigen, versuchte seine Erregung unter Kontrolle zu halten. Frickmann schien sich etwas beruhigt zu haben.
„Dieser Junge war mein Onkel. Ja, er war es, denn er lebt nicht mehr. Er kann nicht mehr schlecht schlafen, er kann gar nicht mehr schlafen. Oder für immer, ganz wie du willst."
Joachim erschrak. Das hatte er nicht gewusst. Nein, er hatte sich nie mehr um den Jungen gekümmert, dessen weiterer Lebensweg war ihm unbekannt.
„Der Wolfgang war klug, wollte aus seinem Leben viel machen. Und dann war auf einmal Schluss." Frickmann sah Joachim herausfordernd an. Dieser nutzte das Schweigen für eine leise Frage. „Woran ist er gestorben? An den Verletzungen? Das hätten wir doch aber damals zu wissen bekommen."
„Ach, es interessiert dich also doch? Nein, erst Jahre später führte diese Augenverletzung zu seiner Erblindung. So wollte er aber nicht mehr leben."
Joachim verstand den Sinn dieser Worte.

„Sag mir, warum? Warum hat dich das später nie mehr interessiert? Aus Angst vor Konsequenzen?“
Joachim schwieg, schaffte es nur mühevoll, seinem Gegenüber in die Augen zu blicken, erkannte jetzt erst die Tragweite seiner damaligen erbärmlichen Reaktion, oder besser seines Nichtreagierens.
Ihm fiel etwas ein. Er überlegte, ob die Begründung in dieser Situation passend wäre und entschied sich dafür.
„Es hatte einen ganz anderen Grund.“ Joachims Stimme war leise, brüchig, die Erinnerung daran ergriff ihn jetzt. „Jedenfalls sehe ich das so.“
„Jetzt machst du mich aber richtig neugierig. Bisher bin ich nicht schlauer als vorher.“ Provozierend hantierte Karsten Frickmann mit dem Luftgewehr. „Auf diese Entfernung kann es erheblichen Schaden anrichten. Kommt ganz darauf an, wohin ich ziele. Bestimmt nicht auf die Wand. Aber los, erzähl‘.“
Joachim schwankte zwischen Selbstmitleid, dem Gefühl des Ausgeliefertseins und dem Bemühen, seine Selbstachtung zurückzuerlangen. Die folgenden Worte drängten sich ihm jedoch förmlich auf.
„Ich habe dadurch meinen besten Freund verloren. Das hat dann die Vorgeschichte überlagert.“
„Ach ja? Bin sehr gespannt, was ich gleich hören werde.“
Joachim blickte nach unten, wählte seine Worte. Doch nun fiel es ihm leichter, denn diese Situation hatte ihn in seinem Leben in regelmäßigen Abständen immer wieder beschäftigt. Ganz im Unterschied zu dem sie auslösenden Geschehen.

Noch zwei Kilometer waren es für das Moped „Star“ bis zum Ziel, dem Campingplatz an der Ostsee. Detlef hatte nach mehr als zwei Stunden Fahrzeit bereits hundert Kilometer hinter sich gebracht. Die See war schon zu ahnen, aber noch nicht zu riechen. Einen Tag zuvor, am Sonntag erst, war Detlef diese Strecke mit dem Škoda seiner Eltern und seinem Freund Joachim gefahren. Sie hatten zusammen das Zelt aufgebaut und freuten sich wahnsinnig darauf, die Möglichkeiten auszukosten, die sich zwei Halbwüchsigen ohne jegliche elterliche Kontrolle boten.
Der Platz für das Zelt stand ihnen seit dem Sonntag zur Verfügung. Geplant war, dem Auto der Eltern mit ihren Mopeds voraus zu fahren, aber der um ein Jahr ältere Joachim hatte an diesem Montag einen Gerichtstermin in der Kreisstadt. Den Anreisetag zu verschieben, stellte

ein großes Risiko dar. Campingplätze, vor allem im Sommer und an der Ostsee, waren in der DDR wie Goldstaub. Und wenn beide Jugendliche dann doch erst einen Tag später gemeinsam anreisen würden?
„Nein, das geht auf keinen Fall", lehnte der Campingplatzleiter ab. „Wir sind hier im Sperrgebiet, und das Zelt darf nicht so lange leer stehen. Eine Nacht kann ich gerade noch akzeptieren, aber nicht zwei." Also musste Detlef allein fahren. Joachim würde dann eben am Dienstag nachkommen.
Detlefs Gedanken drehten sich bereits nur noch um den Urlaub. Den sanften Abhang hinab, einmal abbiegen und das Ziel wäre schon fast in Sichtweite. Die Einmündung war erreicht.
Er blinkte, bog nach links ab – und dann wurde es dunkel um ihn.
Detlef wachte auch im Krankenwagen nicht mehr auf, dessen Vorfahrt er hätte beachten müssen, aber überhaupt nicht wahrnahm. Noch bevor der Rettungswagen das Krankenhaus erreichte, stellte der Notarzt seinen Tod fest.
Joachim brachte den bis dahin unangenehmsten Termin in seinem Leben hinter sich. Er musste zwar wegen der Geschehnisse in der Turnhalle nur als Zeuge aussagen, empfand sich aber als Tatbeteiligter.
Durch die Nachricht vom Tod seines Freundes brachen bei Joachim alle Dämme. Trauer, Enttäuschung, schließlich kam auch Wut dazu, ja, Wut auf sich selbst, denn sobald er wieder einen halbwegs klaren Gedanken fassen konnte, sagte er sich: Mit mir zusammen wäre das nicht passiert! Er hatte schon mehr Erfahrung von längeren Fahrten. Und, ja, er war wohl auch charakterlich nicht so sprunghaft und manchmal übermütig, wie er es bei Detlef hin und wieder bemerkt hatte.
Der Tag des Luftgewehrschießens forderte damit ein weiteres Opfer, ein Todesopfer. Von dem anderen ahnte er noch nichts.

Karsten Frickmann hatte schweigend zugehört. Joachim blickte ihn erwartungsvoll an. Ob er ihn wohl beeindrucken und dadurch seine Situation verbessern konnte?
„Warum hast du mir das jetzt erzählt? Als Entschuldigung? Oder als Erklärung? Na klar, du willst dich damit rechtfertigen, selbst gelitten zu haben, und damit war das andere für dich erledigt. Stimmt's?"

Den Tonfall seines Widersachers hinderte Joachim daran, es zuzugeben. Doch überraschender Weise schien sich dessen Gemütslage plötzlich zu verändern. Frickmann schaute ihm lange und prüfend in die Augen.
„Zumindest hast du schon mal völlig anders reagiert als dein Kumpel von damals, der Schütze."
Joachim schöpfte wieder Hoffnung, denn aus den Akten von Viola Kübeck kannte er ja dessen Schicksal. Sein Gegenüber schien jetzt weiter von unkontrollierten Handlungen entfernt zu sein als je zuvor. Doch dessen nächste Worte relativierten seine Zuversicht.
„Du zeigst mir zwar, dass du dir Gedanken gemacht hast. Aber wenn du ehrlich bist, willst du den Tod deines Freundes aufrechnen mit deiner Schuld am Tod meines Onkels. So als wenn das damit erledigt wäre. Sogar mit noch größerem Leid für dich selbst."
Über eine solche Interpretation hatte Joachim nie nachgedacht. Er spürte auf einmal, wie die Diskussion ihn wieder in eine emotionale Umgebung versetzte, die er überwunden glaubte. Dieses Kapitel seines Lebens wähnte er in seinem persönlichen Archiv gut und sicher aufgehoben. Verschlossen für immer. Und nun kam ein Benutzer ins Archiv, noch dazu ein ungebetener, der alles wieder aufwühlte. Dem nicht einmal das Recht darauf abzusprechen war. Joachim fühlte, dass er sich zu diesem Thema völlig neu positionieren musste. Grundfragen menschlichen Zusammenseins wurden in den Vordergrund geschoben, mit denen er sich auseinanderzusetzen hatte. Auch, um hier unversehrt wieder herauszukommen. Aus den Tiefen des Bunkers ebenso wie aus den Tiefen menschlicher Moral.
Die Gefahr, die dem Deich drohte, war in diesem Moment vollständig aus seinem Kopf verdrängt.
Es gelang ihm, unauffällig auf die Uhr zu schauen. Schon mehr als eine Stunde befand er sich in der Gewalt seines Entführers. Der bisherige Verlauf gab ihm Hoffnung, die Zeit arbeitete für ihn. Er müsste dieses Gespräch nur so weit wie möglich in die Länge ziehen. Immer deutlicher wurde ihm bewusst, dass sein Verfolger einen guten Grund für die Jagd auf ihn hatte.
Und der ließ nicht locker.
„Sag mal, wenn ich über deine Geschichte nachdenke... Hast du wenigstens ein schlechtes Gewissen den Eltern deines Freundes gegenüber? Die nun plötzlich ohne Kind waren. Du sagst ja selbst, du fühlst dich

mitschuldig. Wie gehst du mit dieser Schuld um, wenn du es wirklich so siehst? Und nicht nur als Selbstrechtfertigung."

Joachim blickte Karsten Frickmann jetzt lange an, aber eigentlich durch ihn hindurch. Seine Gedanken flogen wild umher. Joachim suchte nach einer Möglichkeit, sie wieder einzufangen und in eine neue Ordnung zu bringen. Eine, die sich von seiner früheren Sicht unterschied. Joachim hatte weder seine Gefühle noch seinen Körper in der Gewalt. Er warf den Kopf nach oben, suchte mit den Augen an den Wänden Antworten auf Fragen, die er sich bisher nie gestellt hatte.

„Ja, so ist es gut. Du leidest. Sollst du auch." Karsten Frickmann blieb Joachims Seelenzustand nicht verborgen.

„Weißt du was, Joachim Walter? Das spricht für dich. Ich bin ja kein Idiot, kann schon einschätzen wie jemand mit bestimmten Situationen umgeht. Ob es ihn kalt lässt oder nicht."

Joachim hob erstaunt den Kopf, schöpfte wieder Hoffnung.

„Was schlägst du selbst vor? Was soll ich jetzt mit dir machen?"

Wie war das möglich? Joachim bekam plötzlich das Gefühl, eine Art Therapie zu durchlaufen. Ähnlich wie in den berüchtigten Boot-Camps der Amerikaner, von denen er gehört hatte. Die einen Menschen seelisch erst zerstören, um sie dann nach neuen Maßstäben wieder aufzubauen. Er fühlte sich in diesem Moment völlig am Boden, sah aber bereits das Ende des Seils, an dem er sich vielleicht nach oben ziehen könnte. Genau in diesem Augenblick kam ihm eine Idee. Vielleicht würde ein Themenwechsel auch seinen Entführer verwirren, zumindest aber die geforderte Antwort hinauszögern und das Gespräch verlängern.

„Ich habe keine Ahnung, was jetzt passieren könnte. Aber ich würde dich gerne auch etwas fragen."

Joachim bemühte sich um eine feste Stimme, was ihm auch gut gelang. Karsten Frickmann schaute ihn nur an.

„Bitte."

„Was hast du mit Viola Kübeck gemacht?"

67

Der Mann im Bunker handelte so, wie es die Anweisung vorgab. Einen kurzen Moment lang glaubte er von außen ein Motorengeräusch zu hören. Dann verwarf er den Gedanken wieder. Ein so großes Fahrzeug würde es gar nicht bis hierher schaffen.

Seine Aufgabe bestand jetzt darin, die insgesamt acht starken Befestigungsschrauben der großen Stahlplatte an der Decke zu lösen. Das ging leichter als erwartet. Die Schrauben waren in einem guten Zustand, wie er erstaunt feststellte. Das vertrug sich gar nicht mit der schwergängigen großen Tür.

Entschlossenheit dominierte jetzt sein Handeln. Allmählich war er davon überzeugt, seinen Auftrag erfüllen und dann unerkannt entkommen zu können. Niemand in seinem direkten Umfeld konnte ihn dann mit der Katastrophe in Verbindung bringen.

Ein ausgeklügelter Mechanismus sorgte dafür, dass die schwere Platte nicht sofort nach dem Lösen der großen Schrauben auf den Boden fiel. Sechs in der Decke befestigte kurze, dünne Drähte, deren Haltbarkeit auf das Gewicht der Platte abgestimmt war, würden sie noch eine Weile in der Waage halten, im Abstand von wenigen Zentimetern unterhalb der Raumdecke. Das von oben auf den Deich drückende Wasser müsste dann nur eine dünne Schicht Erde überwinden, unter der sich durch die leicht abgesenkte Platte ein Hohlraum öffnete. Erst wenn der Druck groß genug wäre, würden die Drähte reißen, die Platte nach unten stürzen und dem Wasser den Weg frei geben. Aber auch dann brauchte es noch eine Weile, ehe die Fluten die Innen- und die Außentür überwanden und in die Wiesen strömten. Zu diesem Zeitpunkt hätte der Mann das Gebäude längst verlassen und bereits den Rückweg angetreten.

Sein schon erhöhter Puls kam beim Lösen der letzten Schraube noch mehr in Wallung. Die Platte begann unter ihrem Eigengewicht zu ächzen, blieb aber wie vorausgesagt fast unbewegt hängen. Mit einem letzten Blick auf sein Werk ging der Mann mit schnellen Schritten in Richtung Ausgang, leuchtete auf die Treppenstufen, stieg sie hinauf, wollte sich durch den Spalt der schweren Stahltür zwängen, um sie dann fest zu verschließen.

Doch soweit kam er nicht.

Gleich nach Passieren der Tür blickte er in die entschlossenen und finsteren Gesichter von drei Männern.
Daniel reagierte als erster, hob drohend seinen großen Schraubenschlüssel und befahl: „Hinlegen!“
Das kam für den Mann so überraschend, dass ihm keine andere Möglichkeit blieb, als der Anweisung zu folgen. Daniel sah seine beiden Begleiter triumphierend an. „Reinhard, ruf‘ die Polizei an, wir haben Arbeit für die Jungs.“
Reinhard Henkelmann lächelte nur.
„Die ist schon hier.“
Auch Hans Waldeck erkannte den Mann jetzt. Er war ihm erst am Vortag begegnet.
„Hallo Siegfried“, sprach Reinhard Henkelmann den Ermittler an. „Du hast die Wahl. Entweder du versuchst, mit deiner Dienstwaffe Amok zu laufen oder du akzeptierst deine Lage und lässt sie dir jetzt von mir abnehmen.“
„Mach keine Zicken, das Ding in meiner Hand ist schwer“, ergänzte Daniel mit lauter Stimme.
Reinhard beugte sich zu Siegfried Reuschel, wühlte dessen Dienstpistole aus dem Holster, ließ ihn dann aufstehen und fragte mit einer Mischung aus Neugier und Verachtung: „Warum gerade du?“
Kopfschüttelnd versuchte Reinhard Henkelmann eine Erklärung dafür zu finden, dass ausgerechnet Siegfried Reuschel als Polizist einer solchen Niedertracht fähig war. Siegfried setzte sich auf den Boden, vergrub sein Gesicht in den Händen, vermied jeden Blickkontakt. Für ihn brach in diesem Moment eine Welt zusammen. Schmerzhaft spürte er den leichten Fußtritt, mit dem Daniel ihn in die Realität zurückholte.
„Sag was, du Wicht.“ Daniel legte seine ganze Verachtung in diese Worte. Nicht das geringste Verständnis konnte er für ein solches Handeln aufbringen, das die Existenz von tausenden Menschen aufs Spiel setzte. Dafür gab es keinerlei Rechtfertigung.
Nach etwa einer Minute hob Siegfried sein Gesicht, schaute Reinhard an. Sein hilfloser Blick bat um Verständnis, das er am ehesten bei Henkelmann zu finden hoffte.
„Ich bin unter Druck gesetzt und erpresst worden.“
Er zögerte, bevor er leise weitersprach. „Ja, ich weiß, es gibt keine Rechtfertigung dafür. Nur eine Erklärung.“ Seine Stimme wurde fester. „Ein-

zelheiten heben wir uns für später auf. Jetzt müssen wir hier schnell weg." Siegfried Reuschel hatte seine Fassung halbwegs wiedergewonnen und machte den Anwesenden ihre Situation klar. „Bald kommt das Wasser. Wenn alles funktioniert." Die drei Männer blickten sich an. „Wenn wir uns nicht beeilen, gehen wir alle drauf", wiederholte Reuschel seinen Appell mit lauter werdender Stimme.
Hans Waldeck nahm die Pistole an sich, während Daniel immer noch den großen Schraubenschlüssel bereithielt. „Dann raus mit uns. Passt gut auf ihn auf."
Die Männer verließen eilig den kleinen Raum und blieben vor dem Bunkereingang stehen.
Pia sah gespannt zu, was sich dort abspielte. Es hielt sie nicht mehr im Jeep, sie gesellte sich zu den anderen. Sie verkniff sich jede Frage, hoffte, alles durch Zuhören zu erfahren.
„So, jetzt erzähl' uns, was du gemacht hast." Reinhard schaute seinen alten Bekannten durchdringend an. Siegfried holte die Zeichnungen aus seiner Jacke, gab sie Reinhard und begann hastig zu erklären, wie der Mechanismus angelegt war. Immer wieder blickte er auf seine Uhr.
„Also ein Selbstmordkommando für den, der das öffnet", warf Daniel ein, als Siegfried den Mechanismus der Platte beschrieb.
„Nein, eben nicht. Erstens dauert es eine Weile, bis der Deich zerstört ist, je nach Höhe des Wasserstandes. Und dann nochmal eine gewisse Zeit, ehe das Wasser durch das Gebäude hindurch ist. Die große Stahltür und im Anschluss die kleine Eingangstür sorgen zusätzlich für Verzögerung, bis…" Hier zögerte Siegfried. Er wollte sagen, bis ich weg bin, aber nun betraf sie das alle. „…bis wir alle weg sind. Und das müssen wir jetzt tun. Erst, wenn alle Hindernisse durchbrochen sind, wird es wirklich gefährlich."
Mit wachsendem Entsetzen machten sich die vier Männer und Pia ihre Situation klar. Es musste sofort gehandelt werden. Zeit, über die perfide Konstruktion nachzudenken, blieb nicht mehr. Hans Waldeck hielt immer noch Siegfried Reuschel mit dessen eigener Dienstwaffe in Schach. Die altgewohnte Wachsamkeit ließ ihn so handeln. Außerdem hatte er schon sehr lange keine Pistole mehr in der Hand gehabt und wollte dieses Gefühl auskosten.
Daniel folgte einer Eingebung und rannte den Deich empor. Im jetzt fast vollen Tageslicht erblickte er Beruhigendes. An der sichtbaren höchsten

Wasserlinie am Deich merkte er, dass der Hochwasserpegel im Sinken begriffen war. Zumindest eine kleine Chance für sie alle. Er lief zurück und berichtete über seine Beobachtung.
„Wir machen alles rückgängig. So schnell wie möglich", rief er entschlossen.
„Schaffen wir das denn?", fragte Reinhard mit einem Blick auf den Verursacher. Der dachte bereits weiter.
„Versuchen müssen wir es."
Siegfried hatte das Gefühl, in den vorangegangenen zwei Stunden in einer anderen Person, in einer künstlichen Hülle gelebt zu haben, die er nun einfach ablegen wollte. Erleichterung machte sich in ihm breit, dass alles vorbei sei und er wieder auf seine normale Gangart umschalten konnte. Auch ihm ging es um die bloße Existenz, andere Gedanken ließ er nicht zu. Für sich selbst meinte er, seine Handlung durch entschlossene Gegenmaßnahmen ungeschehen machen zu können. Einfach so. Weil es nötig war.
„Nutzen wir die Chance." Daniel schaute die anderen entschlossen an. Dann blickte er auf Siegfried. „Wie lange ist die Platte jetzt schon gelöst? Nicht mehr als zehn Minuten, schätze ich." Sein Gegenüber nickte. „Wir versuchen die Platte wieder zu befestigen. Und du kommst mit."
Reinhard und Hans stimmten nach kurzer Überlegung zu. Schnell bewegten sie sich wieder ins Gebäude. Reinhard blieb stehen, wandte sich an Pia. „Du bleibst hier und organisierst Hilfe. Wir müssen damit rechnen, dass der Deich trotzdem wie geplant bricht. Da geht es um Minuten."

68

Dienstag, 6. November, 8.15 Uhr

Museumsleiter Werner Petersen wurde von seiner Sekretärin Beate Knapp mit aufgeregter Stimme ans Telefon gerufen. „Der Staatssekretär, ich stelle durch."
Petersen nahm das Gespräch in seinem Büro entgegen.

„Herr Staatssekretär, was kann ich für Sie tun?“
„Hören Sie gut zu, Herr Petersen. Ich komme sofort zur Sache. Wir hatten heute bereits einen Anruf vom Bundesminister. Es gibt eine Intervention seitens der schwedischen Regierung. Aus irgendeinem Grund sehen die Schweden den Museumsstandort Peenemünde und damit auch gewisse eigene Interessen durch das aktuelle Hochwasser in großer Gefahr. Im Auftrag des Ministerpräsidenten habe ich Sie hiermit aufzufordern, alles Erdenkliche zu unternehmen, um die Sicherheit des Standortes zu gewährleisten. Haben Sie mich verstanden?“
Werner Petersen hörte sich die knappen, bestimmten Worte mit wachsender Erregung an.
„Herr Petersen?“
„Ja, natürlich. Ich gehe aber davon aus, dass die zuständigen Behörden für den Katastrophenschutz alles Nötige tun. Dennoch werde ich alle Möglichkeiten, die wir hier vor Ort haben, sofort zum Einsatz bringen.“
„Denken Sie immer an die Verantwortung, die das Land mit diesem Museum vor der internationalen Öffentlichkeit hat. Und Sie sind unser Mann vor Ort.“
„Sie können sich auf mich verlassen.“
„Davon bin ich überzeugt. Ich erwarte in, sagen wir, einer Stunde Ihren ersten Bericht.“ Damit beendete der Staatsekretär das Gespräch.
Werner Petersen versuchte sich einen Reim auf den Anruf zu machen. Wenn die schwedische Seite aktiv geworden ist, konnte das nur mit Pia Bergner zusammenhängen. Und der Druck auf Schwerin schien beträchtlich zu sein, wie er zufrieden feststellte.
Sofort bat er seinen Verwaltungsleiter Bernd Hoffmann zu sich.

69

Die Männer am Deichbunker arbeiteten jetzt fieberhaft. Noch hatte sich die Platte offenbar nicht weiter gesenkt, sie hing nach wie vor an allen Drähten von der Decke. Siegfried gab Hinweise zu den acht Schrauben, die er einfach aus Zeitmangel auf dem Boden des Raumes geworfen hatte. Es galt, die Befestigungen so schnell wie möglich wieder anzu-

bringen. Dabei mussten sie jedoch unbedingt ein Verkanten der Platte vermeiden. Die Helfer suchten nach einer Möglichkeit, sie komplett an die Decke zu drücken und dann erst zu befestigen. Es war ein Wettlauf mit der Zeit.
Daniel wollte nicht länger warten. „Lasst uns mit den hinteren beiden anfangen, zumindest bis das Gewinde fasst. Und dann arbeiten wir uns nach vorne weiter."
Seine praktischen Erfahrungen als Handwerker erwiesen sich als sehr nützlich.
Daniel gelang es, die hinteren beiden Schrauben soweit hineinzudrehen, dass sie durch den Druck des Wassers nicht sofort wieder aus der Fassung rutschten. Zu dritt drückten sie die Platte am vorderen Ende an die Decke, während Daniel sich die nächsten beiden Schrauben vornahm. Das gelang nur mit größter Mühe, denn der Abstand zum Fußboden war hier durch den schrägen Deckenverlauf deutlich höher als am Ende. Nun waren vier von acht Schrauben wieder halbwegs fest. Gleichzeitig wurde die Abdeckung dadurch besser an der Decke fixiert. Daniel zog die hintersten beiden Schrauben etwas nach, die nun mehr Spielraum hatten. Sie wiederholten den Vorgang mit den Schrauben fünf und sechs auf die gleiche Art.
Plötzlich war ein leises Geräusch zu hören, dessen Ursache zunächst unklar blieb. Daniel wollte gerade die letzten beiden Schrauben in die Fassungen drehen, als sich die ersten Wassertropfen vom hinteren Rand der Platte schnell zu einem kleinen Rinnsal verdichteten. Der Flutungsmechanismus begann seine Funktion zu entfalten. Die vier blickten sich an. Reinhard fasste sich als erster. „Wir müssen jetzt weg, die Türen schließen. Vielleicht haben wir Glück im Unglück." Das Wasser kam in immer dichter werdenden Strömen. Die Erde des Deichs musste also schon durchlöchert worden sein. Nun galt es, Schaden zu begrenzen. Auch wenn die Platte jetzt noch näher an der Decke wäre, würde sie das Wasser nicht mehr aufhalten können.
Ein teuflisches System.
„Der Deich wird von oben rings um die Öffnung zerstört, wenn das Wasser erst einen Angriffspunkt gefunden hat. Und dann nützt dieses Hindernis gar nichts mehr." Siegfried Reuschel erinnerte sich wieder der Details des Planes, der also in der Praxis nicht so glatt funktionierte wie vorhergesagt. Mit schlimmen Folgen auch für den Akteur.

Sie verließen den Raum eilig über die Treppenstufen und verschlossen das Schott der Stahltür.
Pia beobachtete das Agieren der vier Männer mit wachsender Hochachtung. Keiner ihrer drei Freunde kümmerte sich noch darum, dass der vierte im Bunde der Verursacher der Situation war. Siegfried Reuschel beteiligte sich ganz selbstverständlich an den Arbeiten. An die Zeit danach dachten weder er noch die anderen. Sie konzentrierten sich voll und ganz darauf, den Schaden durch das sich bildende Loch im Deich so gering wie möglich zu halten.
In diesem Moment klingelte Pias Handy. Es war Erika Walter. Pia nannte laut den Namen der Anruferin und bat um Ruhe. Für einen Moment hielten alle inne, auch weil ihnen Joachim wieder einfiel. Noch immer wussten sie nicht, wo er geblieben, was mit ihm passiert war. Pia hörte fast eine ganze Minute schweigend zu und beendete dann das Gespräch, ohne Erika über den ungewissen Verbleib ihres Mannes zu informieren. Durch das Telefonat wurde sie wieder an Joachim erinnert, machte sich große Sorgen. Was war nur passiert? Hatten die ominösen Jäger ihn etwa erwischt? Aber Andreas war doch bei ihm.
Den Gedanken, der sich ihr jetzt aufzudrängen versuchte, wies sie sofort weit von sich.
Nein, das war unmöglich!
„Pia, sag schon was los ist." Reinhard wurde ungeduldig. Pia besann sich des Gesprächs mit Erika.
„Es gibt einen Wasserdurchbruch an der … Kienheide. Gibt es so einen Ort? Das wurde gerade im Radio gemeldet. Die Straße von Karlshagen nach Peenemünde steht an einer Stelle schon unter Wasser. Was bedeutet das, wo ist das genau?" Pia war mit den genauen Ortsbezeichnungen noch nicht vertraut.
Die Gesichter der vier Männer nahmen einen sorgenvollen Ausdruck an. „Das heißt, das Wasser kommt uns entgegen. Von Norden, über den Cämmerer See. Und wir wissen nicht, wie schnell. Wenn dann noch der Deich bricht, ist alles vorbei." Reinhard hatte die Tragweite der Meldung als erster erfasst. „Wir haben im schlimmsten Fall noch den Deich als einzig passierbaren Fluchtweg. Lasst uns selbst Helfer alarmieren, wir müssen das Deichloch schließen, solange es noch geht. Je schneller, desto besser." Hans nickte, nahm sein Handy und rief einige Freunde und Bekannte an.

Pia informierte das Museum über die entstandene Situation und bat um schnelle Hilfe.
Dann kletterten sie auf den Deich und sahen, dass an der dem Wasser zugewandten Seite ein etwa quadratmetergroßes Loch entstanden war. Dort strömte das Wasser hinein und vergrößerte dabei das Loch selbst. Daniel schoss ein Gedanke durch den Kopf, wo Joachim sich aufhalten könnte. Hatte er ihm gestern nicht selbst den Tipp für die letzte Zuflucht gegeben? Natürlich als Scherz. Aber sollte er sich wirklich dorthin geflüchtet haben? Vielleicht gab es einen ganz anderen Grund. Denn dass sich der Bürgermeister erneut sang- und klanglos aus dem Staub machte, traute er ihm wirklich nicht mehr zu. Wie auch immer. Der Bunker, sein Bunker, war außerdem akut durch das Wasser gefährdet.
Daniel lief zu Hans, redete kurz auf ihn ein, ohne dass die anderen es hören konnten. Hans Waldeck nickte. Daniel blickte sich nach dem Quad um und eilte dorthin. Der Zündschlüssel steckte. Reinhard, Pia und Siegfried verfolgten erstaunt das Geschehen. Daniel rief ihnen zu. „Ich glaube, ich weiß wo der Bürgermeister sein kann. Wenn das stimmt, ist er in Gefahr."
Ehe sich einer der Anwesenden dazu äußern konnte, war Daniel auf dem Quad verschwunden.
„Er weiß genau, was er riskieren kann", beruhigte Hans Waldeck die anderen.
Daniel versuchte sich in der entstehenden Wasserwüste zu orientieren. Noch war er zuversichtlich, sein Ziel auch erreichen zu können. Zunächst fuhr er auf dem Weg am Deich ein Stück in Richtung Peenemünde, bis er fast den Cämmerer See erreicht hatte. Von hier gelangte man bei normalen Verhältnissen quer über die Wiesen bis zum knapp einen Kilometer entfernten Waldrand. Daniel war einige Male dort entlang gefahren, so dass er sich trotz des Wassers die Orientierung zutraute. Er suchte mit den Augen den Waldrand ab und fand bald den markanten V-förmigen Doppelbaum in der Nähe des Bunkers. Nach einigem Bemühen gelang es ihm, südlich des Cämmerer Sees die Einfahrt des von ihm früher genutzten Weges zu erkennen. An den wenigen kleinen Bäumen sah er die vor mehreren Jahren angebrachten Symbole für die hier verlaufende Nordic-Walking-Strecke. Wie er erleichtert feststellte, hatte das geländegängige Fahrzeug Allradantrieb. Es brachte ihn sicher vorwärts. Die Geschwindigkeit wählte Daniel mit Bedacht,

denn er wollte unbedingt vermeiden, auf ein Hindernis zu treffen und seine Fahrt vorzeitig beenden zu müssen.
Immer weiter entfernte er sich vom Deich, immer tiefer geriet er in eine Umgebung, die selbst ihm unheimlich zu werden begann. Überflutete Wiesen, deren Grasnarbe gerade noch zu sehen war, einige Zentimeter Wasser auf seinem Kurs, der nur mit gutem Willen als Weg zu bezeichnen war, das Ufer des Cämmerer Sees kaum von der überschwemmten Umgebung zu unterscheiden. Ein falscher Lenkereinschlag, und er würde sich selbst schwimmend retten müssen, statt dem Bürgermeister zu Hilfe kommen zu können.
Über die Notwendigkeit dieses Einsatzes entschied nicht Daniels Kopf, sondern sein Bauch. Wie so oft konnte er sich aber auf ihn verlassen, denn gerade in Zeiten schneller Entscheidungen war die Körpermitte eindeutig im Vorteil. In einem populärwissenschaftlichen Magazin hatte Daniel die Begründung dafür gelesen, hätte sie aber nicht erklären können. Es war einfach so und basta.
In den drei Tagen, in denen er Joachim Walter näher kennengelernt hatte, war außerdem ein Fundament gelegt worden für eine Einschätzung, für eine grundlegende Charakterisierung, die sich nicht mehr von Kleinigkeiten beeinflussen ließ. Deshalb wertete er Joachims unerklärliches Fernbleiben vom vereinbarten Treffpunkt als Alarmsignal. Für Daniel war die kompromisslose Haltung des Bürgermeisters entscheidend, seine Entschlussfreudigkeit gegen den Deichrückbau. Das passte einfach nicht zu einer erneuten Flucht. Es musste etwas passiert sein. Schließlich war immer noch nicht klar, wer vor dem Bunker die Schüsse auf ihn abgegeben hatte. Ihr großes Geheimnis, der Bunker, war nicht mehr für alle eines. Und es musste jemanden geben, der Joachim ans Leder wollte. Abgesehen von seinen Schweriner Feinden, zu denen Daniel aber keinen gedanklichen Zugang finden konnte.
Schüsse aus einem Luftgewehr waren dagegen etwas Konkretes.
Mitten in diese Gedanken hinein musste Daniel das Fahrzeug ruckartig abbremsen. Der von ihm gewählte Weg wurde von einem etwa zwei Meter breiten Wasserstrom unterbrochen. Die Weiterfahrt erschien ihm zu gewagt. Einmal im Wasser versunken, müsste er sein Vorhaben aufgeben. Er hielt an und stieg vom Quad, ohne den Motor abzustellen. Sofort versank er im tiefer werdenden Wasser. Zum Glück war der Untergrund fest. Nach kurzer Suche fand er einen dünnen Jungbaum

am Wegrand, brach ihn ab und prüfte damit die Wassertiefe vor sich. Der Holzstab versank nicht tiefer als etwa dreißig Zentimeter. Langsam folgte Daniel mit kleinen Schritten den Messungen seines Stabes. Die Tiefe blieb bis zum Ende des kleinen Stroms unverändert. Nun galt es schnell zu entscheiden. Daniel lief zum Quad, fuhr etwa zehn Meter zurück und dann mit Schwung durch die Fluten. Kreischend und spritzend wühlte sich das Fahrzeug durch das Wasser, hatte es fast geschafft, als die Hinterräder durchdrehten. Die Vorderräder waren bereits auf dem Rand des kleinen Grabens. Versehentlich nahm er etwas Gas weg, wodurch das Quad um einige Zentimeter nach hinten rutschte. Automatisch drehte er den Gasdrehgriff wieder voll auf. Mit einem kräftigen Ruck und durchdrehenden Hinterrädern gelang es ihm, festen Boden unter alle Räder zu bekommen.
Glück gehabt!
Nur Bruchteile einer Sekunde dachte er daran, dass ihm dieser Rückweg wohl versperrt war. Langsam und voller Konzentration fuhr Daniel weiter in Richtung Wald. Die Doppelkiefer war nur noch etwa einhundertfünfzig Meter entfernt.

70

„Was geht dich das an?“ Karsten Frickmanns Stimme klang scharf. Er sprang auf und stand jetzt zwischen den Betten vor einem der beiden Stühle. Erst jetzt fiel ihm auf, dass er sich durch seine spontane Antwort verraten hatte.
„Ich meine, wie kommst du denn auf eine solche Idee?“, versuchte er, seinen Fehler wieder gut zu machen. Das blieb Joachim nicht verborgen, der die Offensive behalten wollte und den Einwand ignorierte.
„Du wolltest es mir doch in die Schuhe schieben, das, was du mit ihr gemacht hast.“ Joachim beobachtete die Reaktion seines Gegenübers. „Zumindest hast du es geschafft, mich zu der unüberlegten Flucht zu bewegen.“

Jetzt lächelte Frickmann und bestätigte damit Walters Vermutung. „Ja, das war eine schnelle Entscheidung. Ich meine den Umgang mit Violas Leiche."
„Leiche?" Joachim blickte Karsten Frickmann fragend an.
„Nun kannst du es ja wissen, als erster übrigens. Die Polizei würde wohl noch lange daran herumrätseln."
Karsten Frickmann legte gedankenversunken das Luftgewehr auf eines der beiden Betten, blieb aber stehen. Joachim zeigte keine Reaktion. Er wollte seinen Entführer nicht darauf aufmerksam machen, dass er die veränderte Situation registriert hatte und nun überlegte, wie er sie nutzen könnte.
„Ich habe ihre Leiche nur..." das Wort entsorgt verschluckte Karsten Frickmann, „weggeschafft. Sie muss wohl gestürzt sein und hat sich offenbar an der Kante ihres Tisches das Genick gebrochen. Dort lag sie leblos, als ich ins Studio kam. Warum das passiert ist, weiß ich nicht. Muss jedenfalls kurz davor gewesen sein."
Karsten Frickmann stutzte an dieser Stelle. Seine Stimme wurde bei den folgenden Worten schärfer.
„Du warst doch vorher selbst bei ihr. Wer sagt mir denn, dass du nicht etwas mit ihrem Tod zu tun hattest!"
Joachim zuckte zusammen. Diese Vermutung könnten auch andere gehabt haben, zum Beispiel die Polizei.
Karsten Frickmann ging zum Glück nicht weiter darauf ein und setzte fort. „Ist jetzt egal. Ich habe sie jedenfalls so gefunden, und dann kam mir die Idee, dich damit ein wenig zu ärgern. Und die Polizei auch."
„Das hat perfekt funktioniert." Joachim wollte das Gespräch noch weiter auf dieser Spur halten.
„War sie deine Jägerin?"
Nun wurde Frickmann erneut misstrauisch. „Warum sollte sie mich jagen?" Dann fiel ihm ein, dass er Joachim in Viola Kübecks Haus beobachtet hatte. Sollte er dort etwas gefunden haben?
„Was weißt du darüber?"
Seine Stimme wurde wieder lauter.
Joachim überlegte noch, ob er sein Wissen offenbaren oder den Entführer weiter hinhalten sollte, als er ein leises Geräusch vernahm. Es kam von oben aus Richtung des Bunkereingangs. Auch Karsten Frickmann

schien es gehört zu haben. Nach einem kurzen Kontrollblick auf Joachim drehte er sich zur offenen Tür um.
In diesem Moment konnte Joachim nicht nachdenken, nur handeln. Dieses Mal musste er besser sein als am Ziegenhof. Er sprang auf, erfasste blitzschnell mit beiden Händen das Luftgewehr und schlug es Frickmann in den Nacken. Der strauchelte über den Stuhl und schlug lang hin. Joachim rannte mit dem Luftgewehr in der Hand an dem Liegenden vorbei durch die offene Tür – und einem Mann in die Arme.
Daniel Fischer reagierte schnell, schloss die Tür zum Raum und hielt sie zu.
„Los, schließ ab."
Joachim fand den Schlüssel in seiner Hosentasche und verriegelte damit die Tür.
„Danke, das war gerade noch rechtzeitig." Joachim berichtete Daniel hastig, auf welche Weise er hergekommen war. „Ich konnte mir auch schlecht vorstellen, dass du ein zweites Mal abgehauen wärst. Und der da", er wies mit dem Kopf zur Tür, „hat der die Frau ermordet?" Für Daniel war die Sache klar.
„Nein, hat er nicht, aber die Geschichte ist länger."
„Aber er hat auf dich geschossen."
„Ja, das hat er. Warum, das erzähle ich dir, wenn alles vorbei ist."
„Gut, dann los, draußen gibt's viel Arbeit. Um den kümmern wir uns später. Oder gleich die Polizei."
„Was ist überhaupt mit dem Deich?" Schlagartig wurde Joachim wieder auf dieses Thema gestoßen.
„Warte, erst weg hier."
Sie liefen die Treppen zum Bunkerausgang hinauf und landeten im fast knietiefen Wasser. Daniel erschrak. In den wenigen Minuten seit seiner Ankunft war der Wasserspiegel nochmals gestiegen. Joachim versuchte sich die Situation zu erklären. „Wo kommt das Wasser her? Ist der Deich etwa zerstört?"
„Nein, noch nicht ganz, aber lass mich überlegen." Daniel dachte nach, fand nur eine mögliche Erklärung. „Das Wasser kommt in jedem Fall aus Richtung Ostsee. Hier muss irgendeine alte Leitung oder ein alter Graben als Kanal dienen. Haben sie vorhin schon im Radio gebracht." Er wiederholte Pias Information, sagte aber nicht, dass er genau deshalb und auf eigene Faust den Weg hierher gefunden hatte.

„Und jetzt? Wohin und vor allem wie?“ Joachim war ratlos, vertraute sich völlig seinem jüngeren Freund an. Ja, Daniel war ihm ein Freund geworden, soviel konnte er nach wenigen Tagen mit Sicherheit feststellen. Und nun war er sein Retter aus höchster Not.
„Mit dem Quad, mit dem ich hergekommen bin, können wir nicht zurück, das steht hundert Meter von hier im Wasser, außerdem ist die Strecke jetzt unpassierbar.“ Daniel dachte angestrengt nach. „Uns bleibt nur der Weg zur Straße und dann nach Peenemünde.“
Joachim spürte außerhalb des Bunkers nun, wie er sich ganz langsam aus der Gedankenwelt löste, die ihn in den letzten anderthalb Stunden beherrscht hatte. Er hielt immer noch das Luftgewehr seines Entführers in der Hand, warf es sich am Riemen über die Schulter – und erschrak über die Bewegung, die ihn an frühere Routine erinnerte.
Mit dem Blick zurück schoss ihm etwas anderes ein.
Erika!
„Weiß Erika von meiner Entführung?“
„Keine Ahnung.“ Daniel wusste es wirklich nicht. Joachim suchte nach seinem Mobiltelefon, bis ihm einfiel, dass der Entführer es ihm abgenommen hatte.
„Gib mir mal bitte dein Handy.“ Daniel reichte es ihm. Hastig wählte er die Nummer seiner Frau.
„Ja?“
„Ich bin‘s, Joachim. Wollte nur sagen, dass ich in Sicherheit bin. Alles andere später.“
„Halt, wieso in Sicherheit? Wo warst du denn bis eben?“ Erikas Stimme klang sehr besorgt.
Daniel schaute Joachim ungeduldig an. Mit seiner Miene drückte er Eile aus. „Erkläre ich dir alles später, bleib bitte am Radio.“ Damit beendete Joachim das Gespräch und gab Daniel das Telefon zurück.
„Jetzt erzähl endlich, was am Deich passiert ist“. Der Techniker informierte ihn in Kurzfassung über das bisherige Geschehen. „Wir müssen den anderen sagen, dass ich dich gefunden habe. Und dann nichts wie weg hier.“ Er wählte die Nummer seines Freundes Hans. Als der sich meldete, vernahm Daniel ein brummendes Hintergrundgeräusch. Es wurde immer lauter, bis ihm klar wurde, dass der URAL schon in Hörweite war.

„Ich bin gleich bei dir, Pia hat mir den Weg beschrieben. Was macht Joachim?"
„In Sicherheit."
„Gut, Bleibt dort. Hier komme nur ich noch durch."
Dann sahen sie den URAL auf und ab hüpfend zwischen den Bäumen über den überfluteten Weg auf sich zukommen. Hans hielt das Fahrzeug auf ihrer Höhe an, blieb im Fahrerhaus sitzen. „Steigt ein, wir müssen schnell zurück, solange es noch geht. Erzählen können wir dann."
Joachim und Daniel schauten sich an, dachten beide an dasselbe.
„Der da unten muss mit. Sonst säuft er ab, mitsamt dem Bunker."
Joachim nickte nur zu Daniels Worten. Er ging zum URAL und informierte Hans über die Person des Entführers, der sich noch im Bunker befand. Als Beweismittel schob er das Luftgewehr in den Fußraum des Fahrerhauses. Hans Waldecks Augen leuchteten bei dessen Anblick kurz auf.
„Schafft ihr das allein? Ich bleibe lieber hier."
„Ja. Du nimmst ihn in Empfang." Daniel winkte Joachim mit einer Kopfbewegung, ihm zu folgen. Sie gingen zurück in den Bunker. Das Wasser lief bereits in dünnen Bahnen die Treppenstufen hinab. Joachim schloss die Tür zum mittleren Raum auf. Sie klopften laut, öffneten sie einen winzigen Spalt. Joachim rief hinein.
„Hör zu, Frickmann. Wir holen dich hier heraus, sonst säufst du ab. Mach nichts Unüberlegtes, wenn dir dein Leben lieb ist. Ich öffne jetzt die Tür, und du kommst langsam heraus. Aber zuerst die Pistole."
Sie sahen, wie der Gefangene die Waffe durch den Türspalt schob.
„Ein Spielzeug."
Daniel betrachtete die Schreckschusspistole herablassend. „Aber das konntest du nicht ahnen", besänftigte er Joachim.
Langsam und unsicher verließ Karsten Frickmann den Raum, sorgfältig bewacht durch die beiden Verbündeten.
„Geh langsam die Treppen hoch. Aber mach' dir keine Hoffnung. Da draußen ist überall Wasser. Ohne uns kommst du hier nicht weg." Joachim überließ Daniel die Initiative, wollte sich damit gleichzeitig vor dem Gefühl drücken, billige Revanche zu üben.
Hans Waldeck empfing Frickmann mit vorgehaltenem Luftgewehr. Als er den Blick des Gestellten sah, holte er die Pistole von Siegfried Reuschel hervor.

„Wäre dir die hier lieber?"
Karsten Frickmann hob instinktiv beide Hände. Hans lachte nur. „So schnell kann sich alles ändern, nicht wahr? Du gehst nach hinten auf die Pritsche. Und denk dran: ohne uns hast du keine Chance, den Fluten zu entkommen." Hans hatte das Kommando übernommen.
Frickmann war dabei, aufzusitzen, als Joachim sich vor ihn hinstellte und ihm lange schweigend in die Augen sah. Als der sich gerade abwenden wollte, sagte der Bürgermeister: „Und jetzt kannst du mir meine beiden Handys zurückgeben."
Karsten Frickmann tat es, stieg dann, unterstützt und geschoben von Hans und Joachim, auf die Ladefläche, die von einem Spriegelgestell mit Plane bedeckt war. Er sagte die ganze Zeit kein Wort, tat einfach das, was ihm befohlen wurde.
Hans und Daniel verschlossen auch die Plane an der Rückseite des URAL mit den standardmäßigen Laschen.
Die drei Männer nahmen nebeneinander auf der durchgehenden Bank im Fahrerhaus Platz, der URAL setzte sich langsam in Bewegung. Die Fahrt über den unebenen, überfluteten Waldweg in Richtung Straße verlangte volle Konzentration, machte ein Gespräch unmöglich. Mühsam drängte sich Hans Waldeck erneut am Audi des Maklers vorbei. Als sie die Straße erreichten, wies Hans nach rechts.
Die Straße in Richtung Karlshagen war vollständig überflutet. Ob sie bereits unterspült war, konnte man nicht erkennen. Sie bewegten sich langsam in Richtung Peenemünde. Das Wasser hatte die Fahrbahn noch nicht ganz erreicht, es fehlten aber nur wenige Zentimeter. Die drei Insassen informierten sich gegenseitig über das Geschehen an den verschiedenen Orten. Dann rief Daniel Reinhard Henkelmann an und beruhigte ihn. „Alles im grünen Bereich, der Bürgermeister, Hans und ich sind unversehrt. Und Beute bringen wir auch mit."

71

Dienstag, 6. November, 9.30 Uhr

Hauptkommissar Arne Bock passierte die wieder befahrbare Brücke zur Insel Usedom, steuerte direkt das Haus seines Großvaters Reinhard Henkelmann an. Er hatte sich vorgenommen, nicht ohne die Information, wo sich der gesuchte Joachim Walter aufhielt, nach Wolgast zurückzukehren. Am liebsten hätte er sogar direkt in das Geschehen eingegriffen, welches sich offenbar ohne sein Wissen abspielte. Um das Überraschungsmoment ausnutzen zu können, würde er sich nicht telefonisch anmelden.

Schon wenige Sekunden nach dem Klingeln öffnete seine Großmutter Ursula die Tür, hatte aber wohl jemand anderes erwartet.

„Du?"

„Ich muss dringend Reinhard sprechen, ist er zuhause?"

„Nein. Ach Arne, du weißt ja gar nicht, was hier los ist."

Ehe Ursula weiter sprechen konnte, wählte Arne Reinhards Handynummer.

„Herr Kommissar. Ich habe wenig Zeit, warum rufst du an?"

„Das kannst du dir wohl denken. Wo ist der Bürgermeister? Und wo bist du?"

„Die Fragen sind berechtigt. Aber ich habe wirklich keine Zeit. Wir retten gerade den Deich. Kannst mithelfen, komm zum Hafen von Karlshagen. Dein Kommissar ist auch schon hier."

„Wer? Siegfried? Wie kommt der dorthin?"

„Das erzählt er dir bestimmt bald selbst. Der hat jetzt hier auch zu tun. Also bis später, tut mir Leid, Arne. Sieh zu, dass Hilfe kommt."

Völlig verwirrt blickte der Beamte auf den stummen Telefonhörer. Nichts von dem, was er von Reinhard gehört hatte, konnte er sich erklären. Wie zum Hohn reihten sich auch noch sämtliche Ungereimtheiten vor ihm auf. Spuren, die das LKA verschwieg – oder aufbauschte, je nach Situation. Deichrückbau und Hochwasser, Deichrettung und Museum, mysteriöse Symbole, Gefahr im Verzug, sein Kollege am Deich. Arne wurde gerade klar, dass die gesamte Lage zu einem undurchschaubaren Gemenge wurde und er komplett den Überblick verloren hatte. „Willst du nicht reinkommen, Junge?"

Jetzt erst wurde Arne bewusst, wo er sich befand.
„Klar, entschuldige."
Ursula lotste ihren Enkel sofort ins Wohnzimmer.
„Es läuft gerade eine Sondersendung zum Hochwasser. Am besten du schaust dir das an."
Arne schaffte es noch, seine Jacke auszuziehen, setzte sich dann vor den Fernseher.
Gerade kam ein Sprecher der Landesregierung zu Wort. Er würdigte den aufopferungsvollen Kampf der Behörden gegen das Hochwasser. Besonders wichtig sei dabei die Unterstützung der Bevölkerung. Wörtlich sagte der Sprecher:
„Der Wassereinbruch im Norden Usedoms hat die Zufahrt nach Peenemünde über Straße und Schiene unpassierbar gemacht. Offenbar haben sich die Fluten durch alte Kanäle oder Gräben den Weg nach Süden gesucht. Diese Gefahr war den zuständigen Behörden bisher nicht bewusst, die deshalb davon völlig überrascht wurden. Glücklicherweise ist die Ortslage von Peenemünde noch nicht direkt vom Hochwasser betroffen. Die Maßnahmen zur Zurückdrängung des Wassers sind auch deshalb so wichtig, weil im Umfeld des Ortes mit der Denkmallandschaft Peenemünde ein einzigartiger Schauplatz von Weltgeschichte akut gefährdet ist. Sogar international wird das Bemühen der Landesregierung zum Erhalt der Peenemünder Denkmäler aufmerksam verfolgt und begrüßt."
Der Sprecher hielt kurz inne, bekam offenbar über seinen Ohrhörer eine Information und setzte dann fort.
„Wie wir soeben erfahren, ist aus bisher unbekannten Gründen der Deich zwischen Karlshagen und Peenemünde beschädigt worden. Verantwortungsvolle Bürger aus dem Ostseebad haben sofort aus eigener Initiative die erforderlichen Maßnahmen eingeleitet."
Nun schaltete sich der Kommentator ein.
„Das Team einer befreundeten TV-Station hat uns dazu den folgenden Beitrag übermittelt."
Die Einstellung zeigte zunächst einen Hubschrauber. Auf der Kamera des Teams war beim Einsteigen der Name ARGUS-TV zu lesen. Dann erschienen die Bilder aus dem fliegenden Helikopter. Die Kamera schwenkte über eine fast durchgehende Wasserfläche zwischen der Straße nach Peenemünde, dem Wald an der Kienheide und dem Deich

zwischen Peenemünde und Karlshagen. Einzelne Geländebereiche waren nur mit großer Ortskenntnis auseinanderzuhalten. Nun flog der Hubschrauber näher an das Pumpwerk an der Piese. Drei Personen hielten sich dort in der Nähe auf. Beim Zoomen erkannte Arne zwei Männer und eine Frau. Gleich darauf war er sicher, sowohl seinen Großvater Reinhard Henkelmann als auch seinen Ermittlerkollegen Siegfried Reuschel erkannt zu haben, während ihm die junge Frau unbekannt war. Die Kamera schwenkte nun am Deich entlang in Richtung Südosten nach Karlshagen. Am Hafen schien sich eine Menschenansammlung zu formieren. Der Helikopter war jedoch zu weit weg, Einzelheiten nicht erkennbar. Er flog jetzt einen Bogen nach Nordwesten. Hektische Betriebsamkeit auf dem Gelände des Museums. Mehrere Personen sicherten die im Umbau befindliche Pier am Haupthafen mit Sandsäcken.

Am Ortsausgang von Peenemünde bewegte sich ein einzelner großer LKW auf der von Wasser umsäumten Straße in Richtung Ostsee.

Dann war der Beitrag über das Hochwasser auf Usedom beendet.

Arne sprang auf.

„Ich muss da hin. Mach's gut, Ursula, bis später."

Bereits im Auto rief er seine zeitweilige Vorgesetzte Rita Mesing an und informierte sie über die Entwicklung der Ereignisse, erwähnte auch den Aufenthaltsort von Siegfried Reuschel, ohne dafür eine Erklärung anbieten zu können. Rita sagte zu, alles an Westphal weiterzugeben und ergänzte: „Unsere großen Brüder aus Schwerin haben sich übrigens gemeldet. Wir sollen alle Kräfte auf die Rettung des Deiches konzentrieren. Aber was haben wir als Polizei für Möglichkeiten? Und was hat das mit unseren Fällen zu tun?"

„Sag du es mir, oder frag Westphal. Ich fahre jetzt jedenfalls zum Hafen Karlshagen, melde mich von dort wieder."

72

Der URAL bewegte sich langsam auf die Ortslage von Peenemünde zu. Die drei Insassen konnten nicht erkennen, ob die Straße schon unterspült war. Dann würden sie jeden Augenblick durch den Asphalt brechen und in der Tiefe versinken. Regelmäßig blickte Joachim durch die kleine Scheibe an der Rückseite des Fahrerhauses und das genau dahinterliegende durchsichtige Plastikfenster der Plane. Karsten Frickmann saß direkt an der Heckklappe und versuchte offenbar, sich durch den Spalt zu orientieren.
Als sie die Stelle des künftigen Space Resort passierten, dort, wo der Wald linkerhand aufhörte und in Wiesen überging, sah Daniel aufmerksam in die entsprechende Richtung.
Ob dieses Projekt wohl noch umgesetzt werden konnte oder den zu erwartenden Hochwasserschäden zum Opfer fiel?
Auch der Bunker gehörte dazu, den sie eben, umringt vom Hochwasser, zurücklassen mussten. Mit Wehmut dachte Daniel daran, dass diese Pläne mitsamt der Arbeit, die er selbst in das Projekt investiert hatte, möglicherweise vergeblich gewesen waren.
Kurz vor dem Ortseingangsschild von Peenemünde kam ihnen ein Kleintransporter entgegen. Hans, der aufgrund der geringen Straßenbreite und des Wassers an beiden Seiten bereits in der Straßenmitte fahren musste, hielt den URAL an. Der Transporter kam nicht vorbei, der Fahrer stieg aus und lief fluchend auf sie zu. Lässig drehte Hans die Seitenscheibe herunter und wartete, bis er auf seiner Höhe war. „Kannst du vergessen, da kommst du nicht weiter.“ Hans sagte das mit lächelndem Gesicht, obwohl der Fahrer grimmig schaute. „Selbst wir haben es gerade so geschafft.“
„Auch nicht mit Schwung?“ Der andere Fahrer gab nicht auf.
„Dann landest du garantiert in der Untiefe, glaub‘s mir. Und ich habe keine Zeit, dich da rauszuziehen. Falls man dich überhaupt noch sehen kann. Fahr lieber zurück, kannst dich nützlich machen.“
Doch der Fahrer erwies sich als unbelehrbar, setzte das Fahrzeug einige Meter zurück und ließ den URAL passieren. Fluchend über so viel Ignoranz balancierte Hans den großen LKW an dem kleinen Transporter vorbei.

Unbehelligt passierten sie die Ortslage Peenemünde und bewegten sich auf den Weg am Deich zu. Sie hatten die letzten Häuser des Ortes hinter sich gelassen und befanden sich auf der Zufahrt zum Pumpwerk. Sofort änderte sich die Situation. Rechts verlief der Deich, nur wenige Meter links vom Weg, der weiterhin nur zu erahnen war, erstreckte sich der Cämmerer See.

In diesem Moment klingelte Daniels Handy. Es war Pia. „Daniel, hör zu, äh, wo seid ihr jetzt genau?“ Sie klang sehr aufgeregt.

„Wir sind gerade auf dem Weg zu euch, schon am Deich. Warum?“

„Ihr müsstet vom Museum eine Ladung Sandsäcke mitbringen. Hab ich dem Chef abgeschwatzt, die befestigen damit nämlich den neuen Kai. Könnt ihr nochmal umdrehen?“

Daniel dachte nur kurz nach. „Nein, wir sind schon zu weit. Rückwärts fahren ist zu unsicher, umdrehen völlig unmöglich. Sag dem Museum, die Leute sollen mit Fahrrädern oder sonstwie zum Pumpwerk kommen. Es geht nicht anders.“

Der URAL sackte plötzlich zur Seite weg, Daniel drückte dadurch versehentlich auf den Knopf, der das Gespräch beendete.

„Jetzt wird‘s haarig.“ Hans musste seine ganze Fahrkunst aufwenden. Glücklicher Weise war das Loch nicht sehr groß, das Fahrzeug kam schnell wieder in die Waagerechte. „Der Weg wird wohl bald unterspült werden. Seht euch mal den Cämmerer See an.“ Deutlich sichtbar strömte das Wasser in dem sonst stehenden Gewässer am Rande des Weges entlang.

„Da muss das Hochwasser von Norden wohl Druck ausüben, habe ich auf dem Quad auch schon bemerkt“, ergänzte Daniel. Joachim blieb nichts übrig, als Vertrauen in seine beiden Gefährten zu haben. In einem ruhigen Moment schaute er nach hinten, sah jedoch Karsten Frickmann nicht. Der hatte sich wohl in den Winkel unmittelbar hinter dem Fahrerhaus verkrochen, wo es nicht ganz so sehr schaukelte.

Nach der nächsten Biegung würde das Ziel schon zu sehen sein. Langsam bewegte sich der URAL vorwärts. Die Wasserfläche ließ keine Unterscheidung zwischen dem Cämmerer See und dem Weg mehr zu. Sie mussten sich nur nahe genug am Deich halten.

Alles ging sehr schnell.

Der URAL stoppte ruckartig, als wenn er gegen eine Betonmauer gefahren wäre. Das Fahrerhaus begann sich nach links zu neigen und sackte

gleichzeitig nach vorne. Es näherte sich ganz langsam dem strömenden Wasser. Hans reagierte wie ein Profi. Er setzte zurück, versuchte mit Anlauf das Hindernis zu überwinden, welches offenbar auf dem Grund der überspülten Stelle ihre Weiterfahrt behinderte.
Nur nicht den Motor abwürgen oder die Räder durchdrehen lassen.
Mit neuem Schwung bewegte sich der URAL trotz Schieflage vorwärts. Dann schien das Hindernis überwunden. Wie eine vom Widerstand befreite Feder machte das Fahrzeug einen kleinen Satz nach vorne.

73

Die Ereignisse waren völlig außer Kontrolle geraten, zumindest hatte sie selbst die Übersicht verloren. Marianne Müller-Griesbach wusste nicht, ob der von ihr beauftragte Mann erfolgreich war, die dafür vereinbarte Vollzugsmeldung hatte sie nicht erhalten. Sie war auf das Radio als einzige Informationsquelle angewiesen.
Auch aus dem neuen Hotel hatte sie bereits ausgecheckt, um ohne Verzögerung sofort den Heimweg antreten zu können. Wohl gerade noch rechtzeitig, denn mit ihren geschulten Sinnen konnte sie die verstörten Blicke der Rezeptionistin einordnen, die sofort, nachdem sie das Haus verlassen hatte, zum Telefon griff.
Die hiesige Polizei war wohl doch nicht so unterbelichtet wie sie vermutet hatte.
Ihr Plan, die Lage in Peenemünde in Augenschein zu nehmen, scheiterte an der Unpassierbarkeit der Straße dorthin. Also musste sie zum Hafen Karlshagen, um sich dort ein Bild zu verschaffen. Eventuell bekam sie dadurch sogar noch die Möglichkeit, dem Mann behilflich zu sein, der einen sehr verantwortungsvollen Auftrag zu erledigen hatte. Denn auch sie selbst war bestrebt, nicht mit diesen Geschehnissen in Verbindung gebracht werden zu können. Jedenfalls nicht als Schuldige.
Am Hafenparkplatz hatte sich eine Menschenmenge versammelt, die mit verschiedenen Werkzeugen ausgerüstet war und offenbar weiter zum Deich wollte.

Nun registrierte sie überrascht, dass auch ihre Gedanken gespalten waren. Einerseits sollte sie einen Auftrag mit weit reichenden Konsequenzen erfüllen, andererseits konnte sie sich dem Enthusiasmus der Menschen nicht völlig entziehen, die Gefahren für sich und ihre Umgebung, also für ihre Existenz, beseitigen wollten. Aufmerksam blickte sie sich um, suchte nach dem Gesicht des von ihr Beauftragten in der Menge.
Als sie bemerkte, wie ein hochgewachsener dunkelhaariger Mann zielstrebig auf sie zueilte, war es zu spät. Er stand vor ihr, sprach sie an und hielt ihr einen Ausweis vor das Gesicht.
„Bock, Polizei Wolgast. Frau Laskewitz, oder wie auch immer Sie heißen, ich nehme sie fest wegen Anstiftung zu einer Straftat. Welche genau das ist, wissen Sie besser als ich."
Der energische Blick des Mannes, sein fester Griff an ihrem Oberarm, aber vor allem die blitzschnell durchdachten Folgen eines eventuellen Fluchtversuchs ließen Marianne Müller-Griesbach in Bewegungslosigkeit verharren.
„Ich hoffe Sie wissen, was Sie da tun." „Das hoffe ich auch." Arne Bock informierte Rita Mesing telefonisch über die Festnahme der Frau, die sich Doris Laskewitz nannte, und bat um sofortige Entsendung eines Streifenwagens.
„Das dauert zu lange, Arne, bring die Frau selbst her. Schaffst du das?"
Arne blickte bei Ritas Worten prüfend auf Marianne Müller-Griesbach.
„Ja, sie hat ihre Lage wohl akzeptiert."
„Gut, beeil dich, Arne, hier ist der Teufel los. Es wird wieder Zeit für normale Verhältnisse."
„Wie heißt denn der Teufel? Und was meinst du mit normal?"

74

Er ist schon seit Tagen unruhig. Der Sturm, mit unterschiedlicher Stärke und Richtung, bringt Unordnung in sein Revier.
Der Morgennebel hat sich verzogen. Mit innerer Verärgerung beobachtet er seinen Konkurrenten.

Der ist viel größer, aber auch viel lauter. Wird seine Beute verscheuchen, ehe er ihrer habhaft werden kann, dachte er schadenfroh. Besser aber, man fliegt ihm aus dem Weg. Wenn der will, kann er ziemlich schnell sein, auch Höhe und Richtung abrupt ändern. Den großen Schwingen wäre er nicht gewachsen, zumal es doppelt so viele sind, die sich superschnell bewegen können.
Der Anblick unter ihm ist ungewohnt. Eine solch große Wasserfläche hat er in seinem achtjährigen Leben an dieser Stelle noch nie gesehen, dessen ist er sich ganz sicher. Die meisten Beutetiere sind offenbar ebenfalls durch die neuartige Situation verunsichert. Oder sorgloser als sonst, weniger gefahrenbewusst.
Heute hat er sich auf sein eigentliches Revier beschränkt. Gleichzeitig registriert er viel weniger Verkehr auf der Straße, das Signal der Bahn an den Übergängen hört er schon seit zwei Tagen nicht mehr. Umso mehr fallen die wenigen Fahrzeuge auf, die er beobachtet.
Und erst die Menschen!
Die wenigen rund um das Loch am Deich sind sehr aufgeregt hin und her gelaufen. Nun bewegen sich gleich zwei Menschenschlangen darauf zu. Von beiden Seiten. Die kürzere aus Richtung seines Horstes, die längere aus Süden. Sie scheinen alle etwas zu tragen, denn beide Schlangen bewegen sich sehr schleppend, aber dennoch offenbar in Eile.
Sorgfältig hält er Ausschau nach Besonderheiten in seinem Revier. Der Konkurrent hat das Weite gesucht. Nur ganz klein ist er noch zu erkennen. Und kaum noch zu hören.
Er wertet das als Zeichen seiner Revierstärke. Niemand hat eine Chance, ihn von hier zu vertreiben.
Ein lauter werdendes Brummen erregt seine Aufmerksamkeit. Es ist ein großes Fahrzeug. Direkt unter ihm bahnt es sich seinen Weg durch das Wasser.
Ein lauter Knall ertönt ohne Vorwarnung. Der wohl dazugehörige helle Blitz raubt ihm für Sekunden die Sehfähigkeit. Zischen und Pfeifen erfüllen die Luft neben ihm. Am Ende seiner linken Schwinge fühlt er einen brennenden Schmerz. Erschrocken fliegt er hoch und zur Seite, flüchtet vom Ort des Geschehens. Sein angeborener Reflex führt ihn zu seinem Horst. Erst dort kommt er wieder zur Ruhe.

Epilog

Mai 2013

Fünf Wochen vor Sommeranfang zauberte die Sonne eine bunte Farbenpracht auf die Karlshagener Strandstraße mit ihren weiß verputzten Häusern. Zielstrebige Radfahrer schoben sich am späten Freitagnachmittag durch die meist entspannten Fußgänger. Im Wechsel luden kleine Restaurants und Boutiquen entlang der Flaniermeile zum Stopp ein. Fantasievoll waren die gläsernen Windschutz-Scheiben rings um die Café-Terrassen beschriftet. An diesem Tag jedoch hatte sich die an der Küste fast ständig wehende Brise in den Wald und auf die offene See verzogen, so dass die Sonne ihr ungestörtes Werk vollbringen konnte. Ein Hauch von Mittelmeerküste legte sich über das Seebad.

Keines der verlockenden Angebote konnte jedoch die kleine Gruppe von sieben Personen ablenken, die von einem Bummel zum Strand zurückkam. Nicht nur die lang ersehnte Maisonne hatte sie zu dem entspannten Spaziergang bewogen.

Joachim und Erika Walter waren mit den kleinen Fingern ihrer Hände verhakelt, ein Ritual, das sie nach ihrer unfreiwilligen Trennung ein halbes Jahr zuvor wiederentdeckt hatten. Würdevoll schritt Reinhard Henkelmann neben seiner Ursula, stets bemüht, keinen Bekannten aus dem Ort zu übersehen, der zurückgegrüßt werden wollte.

Hans Waldeck gestikulierte wild und stritt sich mit Daniel Fischer um ein technisches Problem. Pia Bergner genoss den warmen Sonnenschein ebenso wie die angenehme Gesellschaft. Sie war erst drei Tage zuvor wieder aus Schweden angereist, um eine auf ein halbes Jahr befristete Anstellung am Museum anzutreten.

Am schon dicht bevölkerten Strand hatten sie mit etwas Geduld einen Platz in den großen Strandkörben an der Imbisshütte ergattert und dem regen Treiben zugeschaut. Erste Mutige tobten im flachen, allerdings nur fünfzehn Grad warmen Ostseewasser. Die drei Männer probierten ein Bier aus dem Pappbecher, die Frauen genehmigten sich Eis am Stiel vom Imbisswagen am Strand.

„Da!“

Der Ausruf von Hans Waldeck wurde von seiner ausgestreckten Hand begleitet. Das Seeadlerpärchen flog seine Kreise weit über dem belebten Strand, gewöhnte sich langsam wieder an den Hochbetrieb. Wie auf Kommando reagierten einige in der Nähe befindliche Strandgäste und reckten ihre Köpfe ebenfalls in die Richtung. Sie tuschelten untereinander, waren sich wohl nicht sicher, was das denn für große Vögel seien. Hans und seine Begleiter nahmen alles mit einem Lächeln zur Kenntnis. „Hans, erklär mir doch mal, wer von beiden der Mann und wer die Frau ist." Erika sah die Chance, eine ihrer Bildungslücken zu schließen. Er erklärte es ihr und den anderen bereitwillig, obwohl sich niemand zutraute, den Unterschied auch nur Minuten später noch selbst feststellen zu können.

Von ihrem Strandausflug waren sie nun auf dem Weg zum Haus der Familie Walter, wo ein gemütliches Abendessen wartete. Nach den Turbulenzen im November bot dieser Tag die erste Gelegenheit, bei der sich alle Beteiligten wieder zusammenfanden. Erika und Joachim Walter wollten sich auf kulinarische Art bei allen bedanken.

Gleichzeitig war es für sie der persönliche Abschluss der Konferenz zur Raumfahrtgeschichte im Museum, die an diesem Freitagvormittag ihren Abschluss gefunden hatte.

In der Küche half auch Joachim nach besten Kräften mit, soweit Erika es zuließ. Bei aller Gleichberechtigung legte sie großen Wert darauf, dass hier alles nach ihren Vorstellungen ablief. Diesem Anspruch konnte und wollte sich Joachim nur in Ansätzen fügen. Im Gegensatz zu früheren Zeiten war das aber kein Streitanlass mehr. Er räumte nach einem wortlos auffordernden Lächeln seiner Frau freiwillig das Feld, nachdem er zumindest die einfachen Arbeiten wie Kartoffeln schälen oder Fleisch vom Knochen lösen, bewältigt hatte.

Erika hatte „Stockholmer Schnitte" zubereitet, um Pia damit ihre Reverenz zu erweisen. Das seit langem überlieferte Familienrezept bestand aus überbackenen Kasslerscheiben in schmackhafter Soße. Pia teilte Erika dann jedoch sehr einfühlsam mit, dass ihr in mehr als zwanzig Jahren Aufenthalt in Schweden ein Gericht mit solcher Bezeichnung nie begegnet war. Nach dem Essen setzten sich Gastgeber und Besucher mit aufgelockerter Stimmung in die gemütlichen Polstersessel im Wintergarten. Später wusste niemand mehr, wer aus der Runde das Gespräch auf die Ereignisse vom November und deren Folgen brachte.

Durch den Hochwasserstrom war die Bombe aus ihrer ursprünglichen Position auf dem Grunde des Cämmerer Sees freigespült und in die auf dem Deichweg entstandene Senke transportiert worden. Beim Überrollen hatte der Druck des LKW dann die Detonation ausgelöst.
Die Explosion der Fliegerbombe hob das Heck des URAL an. Dadurch wurde die größte Wirkung der Explosion schräg nach hinten und oben abgelenkt. Das stabile Fahrwerk und das Fahrerhaus erwiesen sich als lebensrettend für seine drei Insassen.
Daniel Fischer kam mit starken Prellungen davon, während Joachim Walter den Bruch des rechten Unterschenkels zu beklagen hatte. Am schlimmsten traf es Hans Waldeck. Wohl mit einer schützenden Reflexbewegung, an die er sich später nicht mehr erinnern konnte, hatte er sich Zeige- und Mittelfinger der linken Hand verletzt. Nach Aussage der Ärzte würden die Gelenke künftig kaum noch beweglich sein.
In den Resten der zerstörten Ladefläche fanden sich weder die Leiche, noch einzelne Leichenteile von Karsten Frickmann alias Andreas Schmidt. Sein Verbleib konnte nie geklärt werden. Offenbar hatte er es geschafft, während der Fahrt abzuspringen und von der Insel zu fliehen. Der erzwungene Halt wegen des Transporters im Gegenverkehr bot ihm vermutlich die Gelegenheit dazu.
Reinhard Henkelmann hatte die Explosion von der Deichkrone am Bunker aus gesehen und war sofort mit Daniels Jeep zu Hilfe gekommen. Pia konnte er nicht davon abhalten, ihn zu begleiten. Als feststand, dass die drei Männer im Fahrerhaus mit dem sprichwörtlichen blauen Auge davongekommen waren, handelten sie schnell. Die Verletzten fuhren mit Reinhard im Jeep weiter und wurden am Hafenparkplatz in Karlshagen von einem zwischenzeitlich alarmierten Rettungswagen übernommen. An den Mann auf der Ladefläche dachte außer Pia niemand mehr.
Pia hielt die Stellung am Bunker und instruierte die inzwischen aus beiden Richtungen angekommenen Helfer. Die mitgebrachten Sandsäcke konnten das Loch im Deich zwar nicht vollständig schließen, aber zumindest eine Vergrößerung aufhalten, zumal das Wasser immer weiter zurückging. Auch die verschlossenen Türen des Gebäudes hielten dem schwächer werdenden Wasserdruck stand. Die Katastrophe wurde im letzten Moment verhindert.

Die Ernüchterung kam kurz danach. Bedingt durch die Höhenverhältnisse lief das Wasser nicht mehr von allein aus der überfluteten Fläche zurück. Die Umgebung des Cämmerer Sees blieb eine durchgehende Wasserfläche, aus der nur einzelne Grasinselchen herauslugten.
Fachleute des Landes rangen sich zusammen mit der lokalen Verwaltung und unter Einbeziehung der Bürgerinitiative zu einem Kompromiss durch. An zwei Stellen wurde der Deich am Peenestrom kurzzeitig geöffnet, um das Wasser mit Unterstützung starker Pumpen abfließen zu lassen.
Daraus abgeleitete Versuche der Landesverwaltung, die Öffnungen bestehen zu lassen, wurden jedoch energisch zurückgewiesen. Den Ausschlag für die Schließung des Deiches gab die bevorstehende Konferenz zur Raumfahrt in Peenemünde. Einen solchen Anblick konnte man den internationalen Gästen nicht zumuten.
Die für alle Seiten unerwarteten Konsequenzen des Wassereinbruchs setzten sich dennoch in einigen Köpfen fest.
Der Bunker am künftigen Space Resort wurde vom Wasser befreit und blieb als Attraktion erhalten. Es dauerte allerdings mehrere Wochen, bis der Raum genügend abgetrocknet war, um weiter dort arbeiten zu können.

Die Ereignisse des Novembers hatten für fast alle Beteiligten persönliche Konsequenzen.
Siegfried Reuschel wurde in den vorzeitigen Ruhestand versetzt. Bei seiner Tat hielt man ihm die Erpressung durch Marianne Müller-Griesbach, die Notlage seines Sohnes als Ansatz dafür sowie die unmittelbare Hilfe bei der Beseitigung der Folgen seiner Tat zugute. Vom Amtsgericht Wolgast erhielt er wegen Sachbeschädigung eine Geldstrafe von 10.000 Euro, die er in Form von gemeinnütziger Arbeit im Laufe von zwei Jahren abarbeiten konnte.
Er hatte nach reiflicher Überlegung im Familienkreis sein Haus in der Spitzenhörnbucht verkauft und sich zusammen mit seiner Frau in der großen Einliegerwohnung im Haus seines Sohnes eingemietet. Mit dem Erlös des Hausverkaufs half er seinem Sohn, die Insolvenz des Betriebes abzuwenden. Zu seinem Leidwesen konnte er den Triumpf, dass er schließlich mit seiner Vermutung über die Umstände des Todes von Viola Kübeck Recht behalten hatte, nicht mehr auskosten.

Arne Bock sprach sich mit seinem Großvater gründlich aus. Er akzeptierte im Nachhinein dessen Handeln zugunsten von Joachim Walter, auch wenn er es nur mit viel Gedankenakrobatik in Übereinstimmung mit den Gesetzen bringen konnte.

Nach diesem Gespräch spürte Reinhard Henkelmann eine doppelte Erleichterung – über das wieder wachsende Vertrauensverhältnis zu seinem Enkel und auch darüber, dass ein von ihm widerwillig lange gehütetes Geheimnis auch durch seine Mithilfe öffentlich und dadurch zerstört wurde – im Gegensatz zum Deich.

Reinhard Henkelmann war einer derjenigen, die den Plan PDN 4488 gekannt hatten. Doch diese Last würde er mit ins Grab nehmen.

So manchen anderen Erlebnissen seiner langen Laufbahn wünschte er das selbe Schicksal, auch mit Blick auf die noch verbleibende Lebenszeit. Das würde ihn jedoch noch vor große Herausforderungen stellen.

Nachdem die Festnahme von Marianne Müller-Griesbach alias Doris Laskewitz durch Arne Bock von Polizeidirektor Hartmut Westphal zunächst mit größter Missbilligung registriert wurde, pegelte sich durch das Geständnis der Frau das Verhältnis der beiden Polizisten wieder auf das vorherige Maß ein. Das als unentschlossen eingeschätzte Führungsverhalten von Hartmut Westphal verhinderte im Anschluss an die Geschehnisse dessen schon fast sicher geglaubten Aufstieg auf der Karriereleiter.

Joachim Walter brachte gegenüber Arne Bock Licht in die vielen Unklarheiten und Spuren. Er gab die Aussagen von Karsten Frickmann alias Andreas Schmidt über die Geschehnisse im Studio von Viola Kübeck wieder. Daraus konnte Bock dann den Abschlussbericht zumindest über den Tod von Viola Kübeck nachvollziehbar formulieren. Auf die Frage an Joachim Walter nach dem Grund für die Entführung gab dieser ausweichend an, es seien persönliche Dinge aus einer gemeinsamen Vergangenheit gewesen. Anzeige wegen Freiheitsberaubung wollte er nicht stellen. Karsten Frickmann wurde wegen der schweren Körperverletzung an Herbert Münch aus Zittau zur Fahndung ausgeschrieben. Den Wahrheitsgehalt der bisher lediglich vorhandenen Indizien und Vermutungen hatte Frickmann ja schließlich selbst gegenüber Walter bestätigt. Erich Bernecker musste genau die Erfahrung machen, die er im Gespräch mit Marianne Müller-Griesbach selbst angedeutet hatte: Die Schuldigen werden immer möglichst weit unten gesucht. Wegen

Amtsvergehens erfolgte die Versetzung aus der Staatskanzlei in das Landesarchiv Schwerin.
Marianne Müller-Griesbach verlor wegen Erpressung und versuchtem Missbrauchs öffentlicher Gelder ihren Beamtenstatus. Auch das LKA konnte ihr vorerst nicht helfen, zumal ihre inoffizielle Rolle dort nur wenigen bekannt war. Drei Monate danach gelang es ihr mit Hilfe des sächsischen LKA-Mitarbeiters Berthold Dankwitz, eine Position als Lobbyistin der Europäischen Natur-Stiftung beim Bundestag zu übernehmen. Beide, Erich Bernecker wie auch Marianne Müller-Griesbach, gaben als Begründung für ihr Handeln an, ausschließlich aus eigenem Antrieb und aus Verantwortung für das Land tätig gewesen zu sein.
Hans Waldeck hatte sich fest vorgenommen, die Jagd als sein liebstes Hobby nicht aufzugeben. Er war zuversichtlich, auch mit weniger beweglichen Fingern die Waffe anlegen und dem Wild nachstellen zu können.
In Joachim Walter wurden durch die Ereignisse nicht nur alte Wunden wieder aufgerissen, die Verletzung von Hans Waldeck empfand er als eines seiner eigenen neuen Wundmale. Denn auch hier traf zu, was ihn aus seiner Vergangenheit immer wieder beschäftigte. Ohne sein Handeln wäre das nicht passiert. Obwohl Hans Waldeck jeden Gedanken dieser Art zurückwies, ein Rest an Schuldbewusstsein blieb.
In anderer Hinsicht hatte Joachim mehr Erfolg – und gewann überraschende Erkenntnisse. Noch während Pias Praktikum bot sich die Gelegenheit, mit ihr über die Vermutung zu sprechen, die sie ihm angedeutet hatte, und er sagte zu, ihr bei der Suche nach ihrem Vater behilflich zu sein. Schließlich konnte er sich doch noch an den Nachnamen seines „Doppelgängers“ Achim zwo bei der NVA in Rostock erinnern. Durch einen vagen Hinweis aus der Internetrecherche sprach er Reinhard Henkelmann auf diesen Namen an. Mit großem Erstaunen erfuhr er von seinem neu gewonnenen Mitstreiter, dass ein Offizier dieses Namens im Jagdfliegergeschwader Karlshagen gedient hatte. Auch Alter und Äußeres ergaben zumindest keinen Widerspruch. Die neuen Möglichkeiten, direkte Amtswege nutzen zu können, halfen ihm bei der Suche nach seinem ehemaligen Kameraden. Als er Pia jetzt während der Zeit der Konferenz einen Zettel mit einem Namen und einer Adresse in die Hand drückte, fiel sie ihm spontan um den Hals. Dann las sie: Joachim Heyde, Kaiser-Friedrich-Weg 21, Bad Harzburg.

Erika fand bei einer längst überfälligen gründlichen Aufräumaktion ihres Hauses in einem von ihr selbst mit viel Kreativität gestalteten Wandschmuck im Wohnzimmer einen kleinen Gegenstand, der sich als leistungsfähiges Abhörgerät entpuppte. Nach langem Überlegen erinnert sie sich, dass der Makler Andreas Schmidt einmal tagsüber unangemeldet bei ihr klingelte und sich nach eventuellen Absichten zum Hausverkauf erkundigt hatte. Er verwickelte sie bei dieser Gelegenheit in ein spannendes Gespräch und muss für seine heimliche Aktion die Zeit ausgenutzt haben, die Erika in der Küche zur Kaffeezubereitung benötigte.

Pia erinnerte sich lebhaft an eine Zusammenkunft in Schweden wenige Tage zuvor, kurz vor ihrer Abreise nach Peenemünde. Rune Alfredsson hatte sie dorthin mitgenommen. Er tat sehr geheimnisvoll, als er zusammen mit ihr eine Wohnung in der Stockholmer Altstadt betrat. Genau in dem Haus, wo Schwedens Ministerpräsident Olof Palme bis zu seiner Ermordung 1986 gewohnt hatte.

Beim Betreten der Wohnung umgab Pia eine Aura der Würde, Geruch von Geschichte drang unmittelbar in ihre Sinne. Regale aus dunklem Holz trugen lange Reihen von Büchern, viele mit Lederrücken, der dunkle Tisch war von einer schweren Platte mit Intarsien bedeckt. Glänzende Nieten hielten die Polster der Stühle an der Sitzfläche. Der Raum verströmte den Eindruck eines Museums. An den Wänden hingen zahlreiche Porträts. Viele der Dargestellten erkannte Pia als Persönlichkeiten der schwedischen Geschichte. Die Person auf einem der neueren Fotos kam Pia bekannt vor, sie wusste aber zunächst nicht, in welchen Zusammenhang sie den grobschlächtig wirkenden Mann mit den dunklen vollen Haaren einordnen sollte.

Hausherr Birger Jonsson begrüßte die beiden Gäste. Rune Alfredsson bezeichnete ihn als langjährigen Freund und Mitstreiter. Pia entnahm dem Treffen, dass sie Teil eines Netzwerkes werden sollte, das diese beiden Männer maßgeblich gesponnen hatten und ständig am Leben hielten. Mit nur einem Ziel: die Stärke Schwedens. Damit wurde ihr auch der Hintergrund des heiklen Auftrags klar, den sie von Rune Alfredsson mitbekommen, zu dessen Lösung sie jedoch bei ihrem ersten Aufenthalt in Peenemünde nichts beitragen konnte.

„Das ist eine sehr komplexe Angelegenheit, für die wir keine schnelle Lösung erwartet hatten", erklärte Rune Alfredsson unter beifälligem

Nicken von Birger Jonsson. „Aber wir wären froh, wenn du daran weiter arbeiten könntest. Die Voraussetzungen dafür haben wir ja mit dem erneuten Aufenthalt in Peenemünde geschaffen."
Pia nahm nach kurzer Überlegung in Kauf, dass hier wohl ganz spezifische Interessen im Hintergrund standen. Solange sie mit den ihren deckungsgleich waren und ihr nützen könnten, sollte es ihr nur recht sein. Die beiden Herren kamen dann nochmals auf ihren ersten Aufenthalt in Peenemünde zu sprechen. Sie betonten nachdrücklich, dass allein ihr persönlicher Einsatz zur Rettung des Deiches einen objektiven Nutzen für das Ansehen des schwedischen Staates bedeutete. Die deutschen und schwedischen Medien hatten in ihrer Berichterstattung über den Kampf um den Deich besonders die Tatsache hervorgehoben, dass eine junge Schwedin aktiv beteiligt war. Abschließend bemerkte Birger Jonsson dann vielsagend: „Wie ich unsere Freundin einschätze, wird sie sich über die erneute Reise an die schöne deutsche Ostseeküste freuen. Es sind ja wirklich noch viele Aufgaben offen geblieben." Dieser Vertrauensbeweis seitens der beiden Schweden, deren Absicht diese selbst als von erheblicher Bedeutung für Schweden ansahen, machte Pia wieder unschlüssig. Der Aufenthalt und die Erlebnisse in Deutschland hatten ihrer Verbundenheit mit der Heimat einen großen Schub verliehen und die lange für aussichtslos betrachtete Möglichkeit einer Rückkehr wieder offen gelassen. Nun war alles erneut in die Schwebe geraten. Aber in einer Hinsicht war Pia entschlossen. Sie wollte um jeden Preis ihren Vater ausfindig machen.
Als sie sich schon zum Abschied erhoben hatten, blickte sie nochmals zur Wand mit den Fotos der verdienstvollen Schweden. Sie musterte das Porträt, das sie anfangs nicht hatte zuordnen können. Nun las sie den Namen der Person: Christer Pettersson. Einige Sekunden musste sie in ihrem Gedächtnis wühlen, ehe sie darauf kam, um wen es sich handelte. Es war der Mann, der für den Mord an Olof Palme zunächst verurteilt, in zweiter Instanz dann freigesprochen wurde und inzwischen verstorben war. Aus den Augenwinkeln heraus registrierte sie, dass Birger Jonsson ihr Interesse an dem Mann nicht verborgen geblieben war. Er sagte jedoch nichts, als sie sich verabschiedeten und das Haus verließen.
Es muss wohl das gedankliche Umfeld der Kriminalität gewesen sein, das Pia in diesem Moment an Andreas Schmidt alias Karsten Frickmann denken ließ. Zwiespältige Gefühle blieben erhalten. Einerseits

fühlte sie sich von ihm enttäuscht. Er hatte sich als Straftäter erwiesen, der sie offenbar für seine Ziele nur ausnutzen wollte.
Andererseits hatte die Faszination seiner männlichen Ausstrahlung Spuren hinterlassen, denen sich Pia nicht entziehen konnte. Und bei Andreas glaubte sie als Frau eine ähnliche Wirkung erzielt zu haben.
Aus diesem Grunde bemühte sie sich, lediglich die Gespräche mit dem Teil der Person im Gedächtnis zu behalten, der sich Andreas Schmidt nannte. Auch ein Gespräch mit Joachim Walter hatte sie darin bestärkt, den Makler nicht als bloßen Kriminellen abzustempeln. Trotz vorsichtiger Nachfrage wollte Walter nichts Genaueres über die Motivation seines Entführers preisgeben. Nur, dass es eine persönliche Angelegenheit war und Frickmann die Ehre seiner Familie wiederherstellen wollte. Dessen Agieren in Zittau erwähnte Walter Pia gegenüber nicht, verriet ihr aber zumindest dessen richtigen Namen.
Auch Arne Bock hatte Pia zur Person des Maklers befragt. Ihre Aussagen zum Verhalten und zur Persönlichkeit des Mannes schienen jedoch nicht den Erwartungen des Polizisten zu entsprechen, obwohl er Andeutungen zur kriminellen Vergangenheit von Karsten Frickmann machte. Pia blieb das Gespräch auch deshalb im Gedächtnis, weil sie das Gefühl hatte, in Bock einen interessanten und an ihr offenbar nicht ganz uninteressierten Mann getroffen zu haben.
Im Gespräch mit Bock konnte sie auch Details zum Fall von Dieter Bornhöft beitragen, dessen Leiche vom Sturmhochwasser an den Strand gespült worden war, wie sie schon kurz darauf erfuhr. Eine Todesursache konnte durch die lange Einwirkung des Wassers auf die Leiche nicht mehr festgestellt werden.
Pia berichtete dem Ermittler ihre Beobachtung von ihrem Gang durch das Schilf am Prüfstand VII und den Fund der Plakette des Heimatvereins. Mit einer Mischung aus echter Verwunderung und Stolz auf ihre Kreativität fand sie sogar Ansätze dafür, dass ihre damals als übermütig verworfene Vermutung, der schmale Weg könne dazu gedient haben, eine Leiche ins Wasser zu schleifen, nicht völlig abwegig war. Davon erzählte sie dem Polizisten jedoch nichts. Für Arne Bock waren es Puzzleteile, die eine Rekonstruktion des möglichen Geschehens bestätigten, aber die Ermittlungen nicht wirklich voranbrachten. Sie wurden nur formal weitergeführt, man hoffte hier auf das Wunder einer neuen Spur.

Die Konferenz im Museum Peenemünde wurde zu einem Erfolg, der national und international Beachtung fand. Unter den Teilnehmern waren Abgesandte aus den USA, aus Großbritannien, Russland, Frankreich, Belgien, Polen und Schweden. Damit waren alle Länder vertreten, die sowohl vom Einsatz der Peenemünder Raketen betroffen waren, als auch von ihrer späteren zivilen Weiterentwicklung profitierten. Die Städte Huntsville in Texas und Baikonur in Kasachstan entsandten zusätzliche Teilnehmer. Besondere Aufmerksamkeit wurde der Delegation aus Nordhausen zuteil. Dort, in den Stollen des KZ Mittelbau-Dora, wurde die Rakete V 2 unter unmenschlichen Bedingungen in großer Stückzahl produziert, so dass bereits während der Produktion der Waffe unter den Häftlingen tausende von Todesopfern zu beklagen waren.

Zum Abschluss konstituierte sich ein neuer Beirat für das Museum. Mitglieder dieses Gremiums wurden unter anderem Museumsdirektor Werner Petersen, Reinhard Henkelmann, Joachim Walter, Rune Alfredsson aus Linköping, der neu ernannte schwedische Honorarkonsul Professor Johannes Berliner aus Greifswald und der neue Staatssekretär Ludger van Cramme.

Nach dem offiziellen Ende lud der Minister als Vertreter der Landesregierung bei der Konferenz zu einem Resümee in das Haus des Gastes nach Karlshagen. Die Anwesenden waren gespannt, was sie von dem hochgewachsenen stattlichen Mann mit dem dichten dunklen Haar zu hören bekommen würden.

Der Minister musterte die Anwesenden lächelnd mit einem Rundblick, nahm zufrieden die große Medienpräsenz zur Kenntnis und begann seine Rede mit kräftiger tiefer Stimme.

„Liebe Einwohner Usedoms, liebe Gäste, liebe Vertreter der Medien. Peenemünde ist ein Ort, an dem Weltgeschichte stattfand, ein Erbe für die ganze Welt. Die fähigsten Wissenschaftler sind jetzt gefordert, die Verwobenheit von Fortschritt und Verbrechen für jeden verständlich und akzeptabel darzustellen. Für die Opfer der hier verübten oder organisierten Untaten ebenso wie für die Raketentechniker von heute – und von morgen. Das bedeutet für unsere Landesregierung als Eigentümer des Museums, ihrer Verantwortung im besonderen Maße gerecht zu werden.“

Einige der Teilnehmer aus den hinteren Reihen begannen miteinander zu tuscheln, so manche Stirn runzelte sich.

„Lassen Sie mich an dieser Stelle persönliche Bemerkungen zu einem Thema formulieren, das vor etwa einem halben Jahr in ganz Deutschland und darüber hinaus für Aufregung gesorgt hat.
Es ist gerade mir ein großes Bedürfnis, dazu sehr deutliche Worte an Sie zu richten. Ich selbst habe vor mehr als zwanzig Jahren begonnen, die Last der Diktatur von mir abzuschütteln und mich dem Aufbau eines neuen, wahrhaft demokratischen Gemeinwesens zu widmen. Ich bin überzeugt“, bei diesen Worten ließ der Minister seinen Blick erneut demonstrativ durch den Raum schweifen, *„auch Sie alle, die Sie hier sitzen, durfte ich zu meinen Mitstreitern zählen.*
Die Prinzipien, die nicht nur im Grundgesetz der Bundesrepublik Deutschland, sondern auch in unserer demokratischen Landesverfassung fest verankert sind, stehen im eklatanten Widerspruch zu den kriminellen Machenschaften Einzelner, die den Standort Peenemünde, ja sogar die Existenz der Menschen hier aufs Spiel setzen wollten. Sie alle haben es verfolgen können, wie wir seitens der Landesregierung diese Vergehen mit aller Konsequenz geahndet haben. Im Namen der gesamten Landesregierung möchte ich allen unter Ihnen, die aktiv an der Rettung des Deiches mitgewirkt haben, die höchste Anerkennung aussprechen. Sie haben ein Verhalten gezeigt, das unserer Demokratie würdig ist.“
Der Minister nahm die vielen betretenen Gesichter nicht zur Kenntnis, denn seine Gedanken hatten sich verselbständigt und waren auf dem Weg in die unmittelbar über seinem Kopf befindliche Sphäre. Bei einem Blick in den Spiegel hätte er ein kreisrundes Gebilde um sein Haupt herum erkennen können.
„Der Deich an der Peene wird Peenemünde auch künftig zuverlässig vor Zerstörung schützen.“
Bei diesen Worten hatte der Minister seine Stimme gehoben. Er war so laut geworden, dass der Tontechniker Mühe hatte, ein Pfeifen in der Lautsprecheranlage zu vermeiden. In diese Misstöne hinein flüsterte Reinhard Henkelmann seinem Sitznachbarn Hans Waldeck zu: „Jetzt weißt du, Hans, dass wir unsere Schilder ‚Hände weg vom Deich‘ gut aufheben müssen.“
„Jou“, konnte Hans gerade noch antworten, als der Minister fortsetzte und mit seiner Körpersprache und seinem zufriedenen Blick in die Zuhörerschaft das Ende seiner Rede ankündigte. Es erhob sich Beifall, dessen Intensität in den vorderen Sitzreihen am größten war. Sowohl

der NDR als auch ARGUS-TV schalteten ihre Kameras ab. Die Korrespondentin von SUPER-FIVE-TV aus München, Daniela Wollmann, hatte schon die Bekannten aus ihrer Zeit bei ARGUS-TV begrüßt, ehe sie sich für das vereinbarte Interview zum Minister begab.
Erst spät am Abend verabschiedeten sich die Gäste von Erika und Joachim Walter. Besonders freuten sich alle über Pias halbjährige Anstellung im Museum.
Pia ging als letzte und schlenderte zum Hotel Nordstern, begleitet von Daniel Fischer, der sich in seiner Kavaliersrolle mehr als wohl fühlte. Für das Hotel hatte Pia vom Besitzer Jürgen Beckert ein lebenslanges freies Aufenthaltsrecht bekommen. Die Kosten dafür kalkulierte er bedeutend niedriger als die Verluste eines erzwungenen Verzichts auf das Space Resort.
Pia fühlte sich in diesem Augenblick sehr wohl, hatte viele neue Impulse für ihr neues Thema bekommen, das sie in einem Buchprojekt umsetzen wollte. Sie konnte es kaum erwarten, genügend Zeit für eine intensive Beschäftigung damit zu bekommen. Sie war sicher, dass der Auftrag von Rune Alfredsson sich hier problemlos einordnen würde. Er hatte ihr einige neue Details dazu mitgegeben. Auch persönlich sah sie wieder ein Ziel. Sie brannte darauf, die Adresse in Bad Harzburg in geeigneter Weise nutzen zu können.
Mit Nils Pettersson hatte sie ein klärendes Gespräch über ihre Beziehung geführt, sie blieben aber Freunde und Gleichgesinnte.
Als Pia sich in ihrem Zimmer gerade zum Schlafen fertig machte, klingelte ihr Mobiltelefon. Es war eine ihr unbekannte Handynummer. Neugierig und etwas zögernd nahm sie das Gespräch an.
„Ja?“
„Hallo Pia, hier ist … Andreas, Andreas Schmidt.“

Danksagung

Mein größter Dank gilt meiner Frau Karin, die mich in meiner Idee für das Buch unterstützt hat. Sie war die schonungslose und einfühlsame Kritikerin und gleichzeitig die sorgfältige Lektorin.

Den Anstoß für dieses Buch gab die Bürgerinitiative „Gegen Deichrückbau im Inselnorden e.V.“, deren noch nicht abgeschlossene Bemühungen zum Erhalt des Deiches mit diesem Buch eine Würdigung erfahren sollen.
(www.kein-deichrueckbau-usedom.de)